AF543769

Im westafrikanischen Staat Kangan verhilft ein Militärputsch dem jungen, in England ausgebildeten Offizier Sam an die Macht. Seine Freunde Chris Oriko, Informationsminister der Regierung, und Ikem Osodi, Dichter und Chefredakteur der regierungskritischen *National Gazette*, kennen Sam aus Studienzeiten und müssen mit ansehen, wie der charmante junge Mann sich zu einem machtbesessenen und gefährlichen Despoten entwickelt. Als Ikem sich gegen ihn zu stellen beginnt, bringt er nicht nur sich selbst, sondern das ganze Land in Gefahr.
Chinua Achebe wendet sich mit seinem letzten Roman der afrikanischen Gegenwart zu und erzählt am Beispiel des fiktiven Kangan eindrücklich von der Atmosphäre eines Staates an der Schwelle zur Diktatur.

»Da war ein Autor mit dem Namen Chinua Achebe, in dessen Gesellschaft die Gefängnismauern einstürzten.«
Nelson Mandela über die Bücher, die er im Gefängnis gelesen hatte.

Chinua Achebe wurde 1930 in Ogidi im Osten Nigerias als Sohn eines Katechisten aus dem Stamm der Igbo geboren. Er studierte am University College von Ibadan und lehrte seitdem an nigerianischen, englischen und amerikanischen Universitäten. 1958 erschien sein erster Roman ›Alles zerfällt‹, der zu den wichtigsten Büchern des 20. Jahrhunderts zählt. 2002 wurde Achebe für sein politisches Engagement mit dem Friedenspreis des Deutschen Buchhandels geehrt, 2007 erhielt er den Man Booker International Prize. Chinua Achebe starb 2013 in Boston.

Uda Strätling lebt in Hamburg und hat u. a. Emily Dickinson, Henry David Thoreau, Sam Shepard, John Edgar Wideman und Aldous Huxley übersetzt.

Weitere Informationen finden Sie auf www.fischerverlage.de

Chinua Achebe

Termitenhügel in der Savanne

Roman

Aus dem Englischen von Susanne Koehler
Überarbeitet von Uda Strätling

FISCHER Klassik

Erschienen bei FISCHER Taschenbuch
Frankfurt am Main, September 2016

Die Originalausgabe erschien 1987
unter dem Titel ›Anthills of the Savannah‹
bei Heinemann, London

Satz: Dörlemann Satz, Lemförde
Druck und Bildung: CPI books GmbH, Leck
ISBN 978-3-596-90610-9

TERMITENHÜGEL IN DER SAVANNE

1
Erster Zeuge – Christopher Oriko

»Sie verschwenden unser aller Zeit, Herr Informationsminister. Ich werde nicht nach Abazon gehen. *Finish! Kabisa!* Noch etwas auf der Tagesordnung?«

»Wie Exzellenz wünschen. Aber …«

»Keine Widerrede, Mr Oriko! Die Angelegenheit ist erledigt, habe ich gesagt. Wie oft, um Himmels willen, soll ich das eigentlich noch wiederholen? Warum haben gerade *Sie* Probleme, meine Entscheidungen zu schlucken? Egal, worum es sich handelt?«

»Tut mir leid, Exzellenz. Aber es bereitet mir keinerlei Schwierigkeiten, Ihre Entscheidungen zu schlucken *und* zu verdauen.«

Sein wuterfüllter Blick traf mich und ließ mich nicht mehr los. Einen Augenblick lang hatten sich unsere Blicke im Nahkampf gemessen, dann senkte ich meinen in zeremonieller Kapitulation auf die glänzende Tischplatte. Langes Schweigen. Doch er war keineswegs besänftigt. Vielmehr gelang es ihm, in kürzester Zeit das Schweigen selbst zu einer eigenen Art der Auseinandersetzung werden zu lassen, ähnlich dem Blinzelspiel der Kinder. Auch hier trat ich ihm den Sieg ab. Ohne aufzuschauen, wiederholte ich: »Es tut mir sehr leid, Exzellenz.« Vor einem Jahr noch hätte ich das nie ein zweites Mal über die Lippen gebracht, ohne mir selbst schwerste Gewalt anzutun. Heute tat ich es, als erwiese ich ihm ganz beiläufig einen Gefallen. Mir bedeutete es überhaupt nichts, bereitete mir keinerlei Unannehmlichkeit, doch ihm bedeutete es alles.

Ich betrachte das Ganze als ein Spiel, das relativ unschuldig begonnen hatte, doch plötzlich seltsam und gefährlich geworden war. Möglicherweise kann sich selbst diese Einschätzung noch als zu optimistisch herausstellen. Denn sollte ich recht haben, dann müsste beim Rückblick auf die beiden vergangenen Jahre ein besonderer und entscheidender Augenblick herausgreifbar sein, von dem gilt, ab dem und dem Punkt wurden die Spielregeln außer Acht gelassen, und alles ist schiefgelaufen. Doch obwohl ich hartnäckig und lange danach gesucht habe, habe ich weder einen solchen Augenblick noch eine solche Ursache finden können. Und so hat es langsam den Anschein, dass das Ganze wohl nie ein Spiel war, dass der gegenwärtige Zustand von Anfang an bestanden hat und dass ich nur zu blind oder zu geschäftig war, ihn wahrzunehmen. Doch die eigentliche Frage, die ich mir oft gestellt habe, lautet: Warum mache ich denn weiter, nun, da mir die Augen aufgegangen sind? Ich weiß es nicht. Aus lauter Trägheit vielleicht. Oder möglicherweise aus reiner Neugier: um zu sehen, wo es alles … nun, enden wird. Ich denke dabei nicht so sehr an ihn als vielmehr an meine Kollegen, elf intelligente, gebildete Männer, die dies alles über sich ergehen lassen, die wahrlich alles darangesetzt haben, es heraufzubeschwören, und die selbst jetzt noch nichts begriffen und nichts gelernt haben – die Elite unserer Gesellschaft und die Hoffnung aller Schwarzen. Ich nehme an, dass ich um ihretwillen noch immer auf diesem lächerlichen Beobachtungsposten sitze und absurde Eintragungen in das verrückte Logbuch unseres Staatsschiffes mache. Die Enttäuschung über sie hat sich längst in gleichgültiges klinisches Interesse verwandelt.

Mittlerweile finde ich ihr Tun nicht nur erträglich, sondern durchaus interessant, ja sogar aufregend. Erstaunlich! Wenn ich daran denke, dass ich persönlich fast die Hälfte von ihnen zur Berufung ins Ministeramt vorgeschlagen habe.

Und rückhaltlose Ehrlichkeit gebietet mir natürlich, einen letzten Faktor zu erwähnen, der mich weiterhin auf meinem

Posten verbleiben lässt – eine Tatsache, derer ich mich ein wenig schäme –, dass ich nämlich diese Dinge nicht niederschreiben könnte, wäre ich nicht hier, um alles zu beobachten. Keiner sonst würde es tun.

Während wir steif um den Mahagonitisch saßen, konnte ich ihre Gedanken lesen: *Tja, wieder so ein Tag.* Was einen schlechten Tag bedeutete. Heutzutage haben wir gute oder schlechte Tage, je nachdem, wie Seine Exzellenz am Morgen aufwacht. An einem Tag wie heute, der nach vielen günstigen Anzeichen plötzlich zu einem schlechten Tag geworden war, bleibt einem nichts anderes übrig, als vor seinem Schlupfloch zu liegen, bereit, sich in aller Eile darin zu verkriechen. Und vor allem den Mund zu halten, denn nichts ist gefahrlos – nicht einmal die als Diskussionsbeiträge verkleideten Schmeicheleien, in denen wir zu wahren Experten geworden sind.

Zu meiner Rechten saß der Honourable Commissioner für Erziehung und Bildung. Er ist bei weitem der Ängstlichste von allen. Sobald er Gefahr gewittert hatte, hatte er sich in sein Loch zurückzuziehen begonnen, wollte rückwärts verschwinden wie manche Tiere und Insekten. Instinktiv hatte er seine Papiere zusammengeschoben und war gerade dabei, den Aktendeckel zuzuklappen und ihn mit in sein Loch zu ziehen, als sein ganzer Körper plötzlich erstarrte. Stärkere Alarmsignale aus tieferen Instinktschichten hatten ihn möglicherweise darauf aufmerksam gemacht, dass er etwas tat, das in dieselbe Kategorie gehörte, wie Seiner Exzellenz die Tür vor der Nase zuzuschlagen. Dann passiert etwas völlig Absurdes. Er lässt den Aktendeckel so jäh los, dass sich jedermann ihm zuwendet und Zeuge seiner seltsamsten Handlung wird – in panischem Bemühen, wiedergutzumachen und Buße für das unabsichtlich um ein Haar begangene Sakrileg zu tun, breitet er seine Sitzungspapiere wieder aus. Dann lässt er seinen Blick um den Tisch wandern, bis er sich mit dem Seiner Exzellenz kreuzt, um ihn dann sofort auf den Mahagonitisch zu senken. Seit meiner zweiten Entschuldigung war das Schweigen nicht gebrochen worden. Ich war mir ganz sicher, dass sich der arme Kerl (Originalität war noch nie seine Stärke gewesen) anschickte, es mir wortwörtlich gleichzutun. Ich könnte schwören. Er hielt die Oberarme fest an die Seiten gedrückt, als wollte er sich kleiner machen, die Hände hatte er wie ein Bittsteller auf der Brust gefaltet.

Doch an seiner Stelle spricht Seine Exzellenz. Dabei wendet er sich nicht einmal an ihn, den jüngsten Übeltäter, sondern noch immer an mich. Und dieser erstaunliche Mensch gibt sich fast freundlich, ja versöhnlich. In diesem Augenblick verwandelt sich der Tag. Die feurige Sonne verzieht sich vorübergehend hinter einer Wolke, uns wird Strafaufschub gewährt, und wir beginnen sofort zu feiern. Schon im Voraus höre ich die vielen Komplimente, die wir ihm machen werden, sobald er uns den Rücken gekehrt hat – das Schwierige mit Seiner Exzellenz sei eben, dass er niemals jemandem weh tun und darüber die Sonne untergehen lassen könne.

Diesen Rest Anstand immerhin haben wir uns noch bewahrt: Wir warten tatsächlich, bis er uns den Rücken gekehrt hat. Und einige werden hinzufügen: Das ist schade, denn eigentlich braucht das Land einen rücksichtslosen Diktator. Mindestens fünf volle Jahre lang. Und dann brechen wir alle in übermäßig lautes Lachen aus, denn, meine Güte, wir wissen wohl, dass uns niemals eine solch unverdiente Wohltat wie ein rücksichtsloser Diktator zuteil werden wird.

»Bist du dir eigentlich bewusst, Chris, was du von mir verlangst?«, sagte er. Ich sage nichts, rühre mich nicht, bewege nicht einmal den Kopf. In solchen Augenblicken wird mein Kopf schwer wie Granit, und obwohl ich durchaus klar und logisch denke, scheinen meine Gedanken von weither zu kommen und die Geschehnisse durch ein Teleskop wahrzunehmen. Ich bemerke – unwichtig vielleicht –, dass er die eisige Distanz von *Mr Commissioner* und *Mr Oriko* hat fallenlassen. Doch ich erlaube es mir nicht mehr, mich von solchen Nettigkeiten ablenken zu lassen. Ich glaube, er hat meine Ruhe entweder als Zustimmung oder als Ablehnung verstanden. Es war keines von beidem. Reines, unverfälschtes Desinteresse.

»Du verlangst von mir, diese Leute für dumm zu verkaufen«, sagt er, und seine Stimme klingt beschwichtigt und ziemlich überheblich. Ich schüttele langsam den Kopf. »Doch, genau das verlangst du von mir«, sagt er lebhaft, durch meine schwache, wiederauflebende Opposition zum Kampf angespornt. »Diese Leute glauben an Regenmacher, machen wir uns doch ihre Unwissenheit zunutze und punkten dabei noch. Genau das verlangst du von mir, Chris. Nun, das kann ich nicht. Ihr scheint alle zu vergessen, dass ich noch immer Soldat bin und kein Politiker.«

Er trägt Zivilkleidung, da er sich zurzeit immer häufiger innerhalb des abgeschlossenen Bereichs des Präsidentenpalastes aufhält – ein weißes, geschmackvoll mit Goldfaden besticktes *Dashiki* und die dazu passende Hose. Im Gegensatz dazu sind viele meiner Kollegen, besonders jene, die von den Universitäten kommen, bestrebt, militärisch auszusehen. Professor Okong trägt nur khakifarbene Safarianzüge, komplett mit Achselklappen. Es ist erstaunlich, wie sehr der Intellektuelle den Mann der Tat beneidet.

Ich glaube, Seine Exzellenz nahm mein kaum merkliches Lächeln über die Mahnung, dass er noch immer Soldat sei, wahr; er hat ein echtes Talent, in den Gesichtern anderer zu lesen. Ich sah ihn kurz abwägen, ob er reagieren oder mich ignorieren sollte. Schließlich tat er weder das eine noch das andere, sondern etwas wirklich sehr Gekonntes. Er ließ den Blick nicht von mir, doch gleichzeitig gelang es ihm, mir durch seinen Tonfall zu verstehen zu geben, dass ich von dem, was er jetzt sagte, ausgeschlossen sei, dass seine Worte zu kostbar waren, um an professionelle Dissidenten verschwendet zu werden.

»Soldaten sind einfach und geradeheraus«, sagte er trotzig. »Wenn wir euch die Staatsgeschäfte wieder übergeben und in die Kasernen zurückkehren, dann könnt ihr eure bürgerlichen Tricks wiederaufnehmen. Habt ein wenig Geduld.«

An dieser Stelle wird er mutig vom Commissioner der Justiz und Generalstaatsanwalt und dann von allen anderen mit Protestrufen unterbrochen. In Wirklichkeit sind es die wohlgewählten Worte Seiner Exzellenz, die das Signal für diese mutige Unterbrechung geben, denn trotz des Nachdrucks, der in seiner Stimme lag, signalisierten die Worte selbst die Entwarnung und zeigten an, dass wir nun protestieren könnten. Also begannen wir, wieder aus unseren Löchern herauszukriechen. Der Generalstaatsanwalt sagte in seiner präzisen Art: »Exzellenz, wir dürfen die Wünsche des Volkes nicht verachten.«

»Missachten, meinen Sie«, sagte ich.

»Des Volkes?«, fragte Seine Exzellenz und ignorierte meine Pedanterie.

»Ja, Exzellenz«, erwiderte der Generalstaatsanwalt mutig. »Das Volk hat gesprochen. Sein Wunsch ist offenkundig. Sie sind dazu verurteilt, ihm Ihr Leben lang zu dienen.« Lauter Beifall und »Hört! Hört!«-Rufe. Alle wollen nun etwas sagen.

»Ich bin kein Jurist«, sagt Seine Exzellenz, und sein etwas lauterer Tonfall setzt einer Auseinandersetzung zwischen den Stimmen ein Ende, »nur ein einfacher Soldat. Aber ein Soldat muss sein Wort halten.«

»Doch Sie … Verzeihung, Exzellenz, können kein Wort brechen, das Sie überhaupt nie gegeben haben. Der Unsinn über die hundert Prozent war ja nichts als die Machenschaft eines Chefredakteurs, der meinem Urteil nach ein Saboteur mit eigenen Interessen ist.«

»Keinerlei Verpflichtung, Exzellenz, Häretikern gegenüber sein Wort zu halten«, dröhnte die Stimme des Reverend, Professor Okong.

»Zur Geschäftsordnung, Exzellenz.« Er starrt mich jetzt wütend an und nickt dann dem Generalstaatsanwalt, der von Okong und mir unterbrochen worden war, zu weiterzureden.

»Exzellenz, drei von vier Provinzen ist überall eine Mehrheit.« Größerer Beifall.

»Exzellenz, ich distanziere mich von dem Hinweis des Generalstaatsanwalts auf einen Saboteur und appelliere an meine Kollegen, von derartigen Erklärungen gegen abwesende Staatsdiener, die sich deshalb auch nicht verteidigen können, Abstand zu nehmen.« Mir gefiel der Schrecken, der sich in den Gesichtern meiner Kollegen abzeichnete, als ich das Wort *distanzieren* benutzte, und ebenso die Entspannung, die folgte, als ihnen klarwurde, dass ich nicht das sagte, was sie befürchteten. Selbst Seine Exzellenz geriet einen Augenblick aus dem Tritt. Doch im Unterschied zu uns amüsiert oder erleichtert ihn das Wissen, dass man sich über ihn lustig macht, keineswegs, sondern verärgert ihn zutiefst. Er wendet sich mit einer scharfen Kopfbewegung nach rechts, wo sein Staatssekretär auf der Stuhlkante sitzt.

»Noch etwas auf der Tagesordnung?« So, wie er es jetzt sagt, ist es keine bloße Formel mehr. Es klingt nach Rüge, etwa wie: *Wie oft wollt ihr mir eigentlich diese Frage noch stellen?*

Diese unerwartete Konzentration der Krise auf seine Person ließ den Staatssekretär vollkommen verwirrt und unbeholfen werden.

»O nein, Sir, überhaupt nichts mehr, Sir. Exzellenz.« Und dann schaut er über den Tisch, und unsere Blicke begegnen sich. Ich schreibe mir nicht gerne das Verdienst für Derartiges zu, doch ich meine, das spöttische Lächeln auf meinem Gesicht in jenem Augenblick hat möglicherweise diesen Bürokraten zu einer Kehrtwendung veranlasst. Vielleicht sah er in meinem Gesicht die Schatten von Hohn und Spott, die hinter den massiven Türen dieser Zitadelle auf ihn lauerten. Beschuldigt man ihn, kriecherisch zu sein, so reagiert er äußerst empfindlich, besonders wenn es von mir kommt, denn ich glaube, er hat eine ganze Menge Respekt vor mir. Und auf eine gewisse Weise mag auch ich ihn nicht ungern. Schließlich ist er – im Gegensatz zu uns anderen – Berufsbeamter, der einem bürgerlichen Präsidenten … oder dem Generalgouverneur und Vizekönig von Indien ebenso gedient hätte, wie er nun Seiner Exzellenz dient. Doch was immer ihn auch dazu veranlasst haben mag, jetzt zeigt er einen für ihn völlig untypischen Wagemut, der an Verwegenheit grenzt. Er nimmt seine Rede wieder auf: »Aber Exzellenz, darf ich – hm – ergebenst um Ihre Nachsicht – hm – die Nachsicht Eurer Exzellenz bitten und – hm – ein gutes Wort für den Honourable Commissioner einlegen?«

»Welchen Honourable Commissioner? Wie Sie wissen, sitzen hier zwölf von der Sorte!« Diese Bemerkung hätte zu anderen Zeiten Gelächter hervorgerufen, doch etwas vollkommen Neues spielt sich ab, und wir sind alle viel zu überrascht.

»Exzellenz, ich meine den Commissioner für Information.« Langes und verblüfftes Schweigen. Dann sagt Seine Exzellenz, der, das muss ich zugeben, in solchen Augenblicken unübertroffen ist:

»Er braucht kein gutes Wort von Ihnen. Vergessen Sie nicht, ihm gehören alle Worte in diesem Land – Zeitungen, Radio- und Fernsehsender …«

Uns erfasste eine unbändige Heiterkeit, und unser aller Wohlbefinden war wiederhergestellt. Kollegen, die in meiner Nähe saßen, lachten und klopften mir auf die Schulter. Andere strahlten mir über den Tisch hinweg ihr Wohlwollen zu.

»Der Honourable Commissioner für Worte«, stößt der Generalstaatsanwalt unter großem Gelächter hervor. »Das ist wirklich gut. Mein Gott, das ist gut!« Er tupft sich die Augen mit einem noch fein säuberlich gefalteten Taschentuch ab.

»Einspruch! Das hört sich viel zu sehr nach mir an«, prostestiert der Commissioner für Bauwesen und Raumordnung.

»Das stimmt«, sagt der Generalstaatsanwalt und hört auf zu lachen, um nachdenken zu können. »*Commissioner for Words* und *Commissioner for Works*. Da hat er wirklich recht.«

»Aus theologischer Sicht besteht hier ein grundlegender Unterschied.« Das sagt Professor Okong mit seiner tiefen Kanzelstimme.

»Ha, jetzt legt der Professor wieder los!«, sagt der Commissioner für Erziehung und Bildung. Wir waren ja alle so fröhlich und guter Dinge. Wäre die Sitzung jetzt zu Ende, würden wir zufrieden nach Hause gehen – die Verheirateten unter uns könnten berechtigterweise mit einem Lächeln antworten, sollten sie von ihren Ehefrauen gefragt werden, wie es ihnen ergangen war. Doch wehe! Seine Exzellenz war noch nicht fertig mit uns.

»Was wollten Sie denn eigentlich zugunsten des Commissioner für Information sagen?«

»Exzellenz, es handelt sich … es ist wegen dieses Besuches in Abazon.«

»In diesem Fall ist die Sitzung beendet.« Er steht unvermittelt auf. So unvermittelt, dass der Lärm, den wir machen, um auf die Füße zu kommen, einer Kirchengemeinde angemessen gewesen wäre, die sich ungehalten und mit schmerzenden Knien nach dem Gebet eines wortreichen Priesters erhebt.

Seine Exzellenz setzt sich wieder und lehnt sich ruhig in seinen Drehstuhl zurück, um unter dem Tisch nach seinen Schuhen zu suchen, die er zu Beginn einer jeden Kabinettssitzung von den Füßen streift und die der Staatssekretär jedes Mal und vollkommen unauffällig mit seinen eigenen Füßen ordentlich nebeneinanderstellt, um Seiner Exzellenz die Mühe ausgedehnten Suchens am Ende der Sitzung zu ersparen. Sollte sich Seine Exzellenz dieses kleinen Dienstes bewusst sein, so erwähnt er ihn doch nie, sondern nimmt ihn für selbstverständlich, wie die Aufmerksamkeit des unsichtbaren Hotelbediensteten, der in einem teuren Hotel in der Nacht die Schuhe putzt. Mit äußerstem Bedacht schaut er zu Boden und schlüpft in seinen rechten Schuh. Er schaut auf die andere Seite und schlüpft in den linken. Und dann lässt er die Lebhaftigkeit seines ersten Aufstehens vollkommen vergessen und stemmt sich von den schweren Armlehnen des Sessels hoch. Und das Erstaunliche dabei ist, dass ihm diese schwerfällige Langsamkeit und die vorige Behändigkeit gleichermaßen gut anzustehen scheinen.

Wir alle stehen stocksteif da. Das einzige Geräusch im Raum kommt von seinen eigenen Bewegungen und vom ununterbrochenen Surren der Klimaanlage, das im Schweigen eines unterwürfigen Kabinetts die Aufmerksamkeit auf sich zieht, eines Kabinetts, das mit angehaltenem Atem verfolgt, wie sich der Chef die Schuhe anzieht, um sich dann, wann immer es ihm beliebt, in die Abgeschiedenheit seiner sich anschließenden Privaträume zurückzuziehen.

Zuweilen pflegt er sich mit einem *Guten Tag, meine Herren* von uns zu verabschieden; heute sagte er natürlich nichts. Als er seinen Platz verließ, sammelte eine Ordonnanz eilig seine Papiere ein und folgte ihm hinaus. Eine andere Ordonnanz, mit eher grimmigem Gesicht, öffnete die schweren, mit geschnitzten Paneelen verzierten Türen, stand stramm und salutierte anhaltend mit bebender Hand.

»Er ist heute nicht bei guter Laune«, sagt der Staatssekretär und bricht damit das Eis. »Wir werden es nächsten Donnerstag noch einmal vorbringen, Chris. Mach dir keine Gedanken.«

Wahrscheinlich soll Seine Exzellenz das hören, und ich glaube, er hört es tatsächlich. An seinem Hinterkopf konnte ich ein Lächeln oder vielmehr die Ausstrahlung eines Lächelns erkennen, wie das schwache Licht an den Rändern einer Sonnenfinsternis.

In der Endphase des Rückzugs Seiner Exzellenz schien mit der Stille im Kabinettssaal eine Veränderung vorzugehen. Etwas Unbestimmbares machte sich bemerkbar und wurde langsam deutlicher. Zuerst dachte ich, die Klimaanlage sei nur eben um einen Bruchteil lauter geworden, was durchaus der launenhaften Stromerzeugung der Nationalen Elektrizitätsbehörde entsprechen würde. Dann wurde unsere Aufmerksamkeit durch die Bemerkung des Staatssekretärs und die lebhafte Unterhaltung, die sie über die wechselnden Launen Seiner Exzellenz auslöste, für eine Weile von dem Geräusch abgelenkt. Der Generalstaatsanwalt kam zu mir herüber und klopfte mir auf die Schulter.

»Was ist los mit dir, Chris? Warum bist du zurzeit so angespannt und nervös? Entspann dich, Mann, entspann dich! Noch ist das Ende der Welt nicht gekommen.«

Verärgert, doch ohne ein Wort zu sagen, wies ich sein Friedensangebot zurück, als plötzlich, wie auf ein Zeichen hin, jegliches Gespräch im Raum verstummte. Dann wandten wir uns alle dem Fenster an der Ostseite zu.

»Ein Gewittersturm?«, fragt jemand.

Die niedrige Hibiskushecke vor dem Fenster mit ihren vielen leuchtend roten Blütenglocken stand ruhig und von keinem Lüftchen bewegt. Der freie Platz jenseits der Hecke mit dem ordentlich manikürten Bahamagras zwischen den Betonplatten zeigte weder herumfliegende Blätter noch wirbelnden Staub. Jenseits des Platzes hielt ein weiteres Stück der grünroten Hecke vor dem einstöckigen Ostflügel des Präsidentenpalastes Wache. Über das Dach hinweg sah man die Wipfel der Palmen am Strand sich mit der trägen Gelassenheit wiegen, die sie den sanften Ozeanwinden entgegenbringen. Es war kein gewöhnlicher Sturm.

Der Staatssekretär, dessen Geistesgegenwart nur durch die Gegenwart Seiner Exzellenz beeinträchtigt wird, geht zur Fensterbank, öffnet einen Riegel und schiebt das Glasfenster zurück. Und die Welt dringt mit einer gewaltigen Hitzewelle und dem Lärm einer skandierenden Menschenmenge in das fremde Klima des Kabinettssaales ein. Die riesigen Türflügel hinter sich offen lassend, stürzt gleichzeitig Seine Exzellenz wieder herein.

»Was geht hier vor?«, fragt er außer sich.

»Ich werde nachsehen, Exzellenz«, sagt der Generalinspektor der Polizei, nimmt seine Schirmmütze vom Tisch, setzt sie auf, klemmt den Schlagstock unter den Arm, steht stramm und salutiert.

»Schaut ihn euch an! Da, schaut ihn euch doch an!«, höhnt Seine Exzellenz. »Meine Herren, das ist mein Polizeichef. Steht hier herum und schwatzt, während Gangster den Präsidentenpalast stürmen. Und er hat keine Ahnung, was los ist. Setzen Sie sich, Generalinspekteur!«

Er wendet sich an mich. »Weißt du, was da läuft?«

»Tut mir leid, nein, Exzellenz.«

»Na großartig! Kann mir irgendjemand vielleicht über diesen brüllenden Mob da draußen Auskunft geben?« Er schaut jeden von uns der Reihe nach an. Keiner rührt sich, keiner öffnet den Mund. »Genau das meine ich, wenn ich sage, dass ich keine Exekutive habe. Verstehen Sie jetzt, Sie alle, was ich meine? Nehmen Sie Platz, meine Herren, und bleiben Sie hier!« Er rennt wieder hinaus.

An der Tür salutiert wieder die Ordonnanz mit der bebenden Hand. Vielleicht ist es die Art und Weise, wie der Kerl jetzt einem Henker gleich jene schweren Türen schließt, oder eine kaum merkliche Geste mit dem Maschinengewehr in seiner linken Hand, was dem Generalstaatsanwalt ein tiefes, verzweifeltes Stöhnen entlockt: »O Gott!« Ich grinse ihn breit an. Er schreckt vor mir zurück wie vor einem gewalttätigen Irren.

In der nächsten halben Stunde fallen sehr wenig Worte. Als sich die Türen wieder öffnen, verkündet eine Ordonnanz: *Professor Okong bitte zur Exzellenz!*

»Ich gehe, um Ihnen die Stätte zu bereiten, meine Herrn … Doch seien Sie versichert, die bequemste Zelle behalte ich mir selbst vor.« Lachend ging er hinaus. Ziemlich demonstrativ begann auch ich zu lachen. Dann sagte ich zu meinen Kollegen: »Das ist ein Mann nach meinem Herzen. Ein Mann, der nicht beim ersten Anzeichen der Gefahr in die Hosen pisst.« Und ich ging in die äußerste Ecke des Raumes, stellte mich dort alleine ans Fenster und schaute hinaus.

Obwohl stets zu Possen aufgelegt, ist Professor Reginald Okong so etwas wie eine Kämpfernatur und hat sich aus eigener Kraft hochgearbeitet. Unglücklicherweise ist ihm jegliche politische Moral fremd, was für einen Mann, der seine Karriere als Prediger der Amerikanischen Baptistenkirche begann und später Professor für Politische Wissenschaften an unserer Universität wurde, einer doppelten Tragödie gleichkommt. Möglicherweise trägt er, mehr als irgendeine andere Person außer mir selbst, die Verantwortung für die bemerkenswerte Metamorphose Seiner Exzellenz. Doch vielleicht hatte er es, wie ich, gut gemeint, denn keiner von uns hatte zuvor der Geburt und der Aufzucht eines Babymonsters beigewohnt.

Als begabter Hilfslehrer an den unteren Klassen einer Grundschule war Reginald Okong den Missionaren der Amerikanischen Baptistenkirche aus Ohio aufgefallen, die sich in seiner Gegend verspäteten, aber hartnäckigen Evangelisationsbemühungen hingaben. Sie sagten ihm eine große Zukunft voraus und ordinierten ihn im Alter von 26 Jahren. In typischer Guinnessbuch-Manier nannten sie ihn oft den jüngsten einheimischen amerikanischen Baptistenprediger der Welt. Einheimisch amerikanisch? Um alles in der Welt, nein! Einheimisch afrikanisch! Doch während sie langsam, aber sicher Okong zum zukünftigen Oberhaupt ihrer dortigen Kirche aufbauten, ein Amt, das er in zwanzig oder dreißig Jahren würde übernehmen können, bastelte der junge, intelligente und ehrgeizige Geistliche im Geheimen und in großer Eile an seinen eigenen Plänen. Einer davon führte ihn aus dem missionarischen Weinberg schnurstracks in die weltlichen Gefilde einer schwarzen Universität im Süden der Vereinigten Staaten, sehr zum Entsetzen seiner Gönner aus Ohio, die ihn nicht allein der Undankbarkeit bezichtigten, sondern einen entschlossenen Feldzug mit der US-Einwanderungsbehörde anzettelten, mit dem Ziel, ihn ausweisen zu lassen. Doch auch er war zäh und überwand alle Schwierigkeiten. Seine kärglichen Mittel besserte er durch Predigten und Ringkämpfe auf und machte in Rekordzeit seinen Universitätsabschluss, indem er ihnen seine Grundschullehrerausbildung als zwei Jahren Junior College entsprechend verkaufte. Vier Jahre später war er mit einem Dr. phil. in der Tasche wieder zu Hause und lehrte an der Universität.

Ich war zu jener Zeit Chefredakteur der *National Gazette*, und er wurde bei mir mit dem Vorschlag für eine laufende Kolumne zu aktuellen Fragen in der Wochenendausgabe vorstellig. Ich ließ mich für das Vorhaben gewinnen, und obwohl ich mir der Vorbehalte, die einige seiner Kollegen bezüglich seiner akademischen Ausbildung oft genug zum Ausdruck brachten, bewusst war, machte ich mich daran, ihn als führenden afrikanischen Politologen aufzubauen, wie Chefredakteure dies oft genug tun, in der Meinung, sie täten es zum Wohle ihrer Zeitung, doch tatsächlich päppeln sie schließlich eine Missgeburt auf. Aber ich muss zugeben, Okong war der ideale Beiträger, lieferte pünktlich und so. Und seine Kolumne *Okong's Corner* wurde in der Tat bald äußerst populär. Niemand behauptete, Okong gäbe spektakuläre Einsichten, Weisheit und Originalität von sich, doch seine Fähigkeit, einen Satz so zu formulieren, dass unsere durchschnittlichen Leser hingerissen waren, war bemerkenswert. Er war voller Klischees, doch ein Klischee ist eben kein Klischee, wenn man es noch nie gehört hat, und das traf bei unserem durchschnittlichen Leser eindeutig zu. Deshalb war er auch bereit, jedes neue Klischee mit eben der Begeisterung zu begrüßen, die es wohl ausgelöst haben musste, als es zum ersten Mal geprägt wurde. Denn ein Klischee ist nichts anderes als verarmte Begeisterung.

Wie war das wohl, als jemand zum allerersten Mal aufstand und sagte: »Wir dürfen uns nicht in falscher Sicherheit wiegen«? Sein Publikum hat bestimmt aufgehorcht. Und so war es mit Okong – er war ein echter Volltreffer. Mein Freund, Ikem Osodi, lag mir immer wegen dieser Kolumne in den Ohren. Er sagte, Professor Okong verdiene wegen Phrasendrescherei und Täuschungsmanöver aller Art gevierteilt und gehenkt zu werden. Doch Ikem ist Literat und Künstler, und die *Gazette* beabsichtigt keineswegs, Leute wie ihn zu befriedigen – auch heute noch nicht, wo er selbst im Sessel des Chefredakteurs sitzt. Eine Tatsache, die er noch begreifen muss!

Natürlich legte sich Okong niemals mit den Politikern an – er hielt ihre Wähler bei guter Laune. Mir machte das nichts aus. Mir standen genug Leute wie Ikem zur Verfügung, die durch ihre Beiträge für Aufruhr sorgten, wo es nötig, und oft genug, wo es unnötig war. Doch am Tag nachdem die Politiker gestürzt worden waren, verwandelte sich Okong in einen brillanten Analytiker ihrer vielfältigen Verfehlungen. Ich dachte, mit diesem abrupten Sinneswandel sei er endgültig zu weit gegangen, doch meine Leser waren, ihren begeisterten Briefen nach zu urteilen, völlig anderer Meinung. Offensichtlich hatte er bei ihnen einen großen Treffer platziert, als er den Umsturz des bürgerlichen Regimes als »einen Fall von ›auf Gnade und Gnadenstoß‹« bezeichnete. Danach zog ich den Hut vor ihm. Und als Seine Exzellenz mich bat, ihm ein halbes Dutzend Namen für sein Kabinett vorzuschlagen, war Professor Okong der Erste auf meiner Liste.

Dies nun erfordert eine gewisse Rechtfertigung und Erklärung. Seine Exzellenz kam ohne jegliche Vorbereitung auf die politische Führerschaft an die Macht – eine Tatsache, deren er sich als äußerst intelligenter Mensch vollkommen bewusst war und die darüber hinaus auch niemanden verwundern sollte. Schließlich bildete Sandhurst seine Offiziere nicht mit dem Ziel aus, den Thron Ihrer Majestät zu stürzen, sondern vielmehr in der würdigen Tradition stolzer Zurückhaltung gegenüber Politik und öffentlichen Angelegenheiten. Als unseren bürgerlichen Politikern schließlich das widerfuhr, was sie verdienten, sie ungeliebt und, ohne dass man ihnen Tränen nachweinte, auf dem Abfallhaufen landeten und der junge Kommandeur der Streikräfte von den noch jüngeren Putschisten aufgefordert wurde, Seine Exzellenz, das Staatsoberhaupt, zu werden, hatte er daher ziemlich wenig Vorstellung davon, was zu tun sei. Und wie es sich für einen intelligenten Mann gehört, rief er seine Freunde zusammen und sagte: »Was soll ich jetzt tun?«

Damals kannte ich ihn schon seit fast 25 Jahren, seit jenem lange zurückliegenden Tag, als wir uns zum ersten Mal als neuaufgenommene, dreizehn- oder vierzehnjährige Schüler im Lord Lugard College begegnet waren. Und so fand ich mich plötzlich in der Lage, ein »ganzes« Staatsoberhaupt beraten zu müssen, das zudem ganz unverblümt seine Angst vor der neuen Aufgabe zeigte. Das ist etwas, das ich mir noch nie wirklich erklären konnte: Warum stellen unbewaffnete Zivilisten für die bis an die Zähne bewaffneten Militärs eine derartige Bedrohung dar? Für Seine Exzellenz war dies jedoch nur eine vorübergehende Phase. Er bewältigte bald seine Angst, doch es scheint, dass ihn gelegentlich quälende Erinnerungen daran heimsuchen. Ich weiß sonst keine andere Erklärung für seine vollkommen irrationale und überzogene Angst vor Demonstrationen zum Beispiel. Selbst vor übertrieben friedlichen, unterwürfigen Demonstrationen.

In den ersten Tagen nach seiner Machtübernahme war er von dem ständigen Albtraum besessen, das Volk könnte unzufrieden werden und überall im ganzen Land würden hässliche Demonstrationen ausbrechen; die Sorge darum, wie dies zu verhindern sei, machte ihn ganz verrückt. Auch ich hatte keine klare Vorstellung davon, wie damit umzugehen sei. Doch ich bildete mir ein, dass jemand wie Professor Okong, ohne dass er klarere Vorstellungen gehabt hätte als wir, was auch immer uns einfallen würde, in populäre Sprache und gängige Münze umzusetzen wüsste. Und so wurde er Nummer eins auf meiner Liste, und Seine Exzellenz ernannte ihn zum Commissioner für Inneres. Er hatte seine große Zeit, danach verschwand er teilweise in der Versenkung. Doch ich glaube kaum, dass er so bald ins Gefängnis wandert, noch nicht.

2

Die tiefe Besorgnis Seiner Exzellenz war schnell von dem jungen, brillanten und aggressiven Direktor des Staatsermittlungsrats (SER) zerstreut worden. Einmal mehr, wie seine Exzellenz es ausdrückte, erwies er sich als so effizient, wie das Kabinett inkompetent war. Vom Tag seiner Ernennung an hat jede Tat dieses klugen jungen Mannes Seiner Exzellenz Anlass gegeben, sich zu beglückwünschen. Denn Major Johnson Ossai hatte er persönlich ausgewählt und gegen heftigen Widerstand älterer Offiziere ernannt. Und das genau in jenem kritischen Augenblick, als Seine Exzellenz beschlossen hatte, alle Militärs aus dem Kabinett zu entlassen und durch Zivilpersonen zu ersetzen und als Krönung seinen Titeln den des Präsidenten hinzuzufügen. Unbestätigte Gerüchte von Unruhen, Geheimprozessen und Hinrichtungen in den Kasernen waren im Umlauf. Doch dank zweier Schlüsselpositionen, die er persönlich besetzt hatte – nämlich die des Generalstabschefs der Armee und des Direktors des Staatsermittlungsrats, der Geheimpolizei –, überstand er den Sturm, ohne größeren Schaden zu nehmen.

Daher traf Professor Okong, als er von dem grimmigen Ordonnanzoffizier im Sturmschritt hereingeleitet wurde, Seine Exzellenz in kämpferischer und selbstbewusster Stimmung an.

»Exzellenz, Herr Präsident«, intonierte Professor Okong und verbeugte sich gleichzeitig in einem Winkel von neunzig Grad.

Er erhielt weder eine Antwort noch irgendein Zeichen, dass seine Anwesenheit bemerkt worden war. Eine ganze Minute lang fuhr Seine Exzellenz fort, sich auf seinem Schreibblock Notizen zu machen, ehe er aufschaute. Dann sprach er unvermittelt, wie zu einem Eindringling, den er schnell wieder los sein wollte.

»Ja … ich möchte, dass Sie in den Innenhof hinübergehen, um die dort wartende Delegation zu begrüßen. Setzen Sie sich doch!«

»Danke, Exzellenz.«

»Ich sollte Sie wohl darüber informieren, wer die Leute sind und was sie hier wollen und so weiter. Es sei denn, Sie haben es, seit ich Sie verlassen habe, auf wundersame Weise selbst herausgefunden.«

»Nein, Sir, es tut mir leid, wir wissen nichts.«

»Nun gut, ich werde es Ihnen sagen. Doch vorher möchte ich Sie an jene kleine Unterhaltung erinnern, die wir nach dem Überfall von Entebbe hatten. Sie erinnern sich? Damals sagten Sie alle: Welche Schande für Afrika. Erinnern Sie sich?«

»Ich erinnere mich, Exzellenz.«

»Gut. Sie alle waren voller Empörung. Rechtschaffener Empörung. Aber erinnern Sie sich vielleicht auch daran, was ich damals sagte? Ich sagte nämlich, so etwas könnte auch hier geschehen. Hier bei uns.«

»Ja, Sir, ich erinnere mich sehr wohl.«

»Sie alle sagten: O nein, Exzellenz, so etwas ist hier bei uns nicht möglich.«

Vor einem größeren Publikum oder in einem weniger ernsten Augenblick hätte seine Sprechweise, die einen schwachsinnigen Trottel mit einem Sprachfehler nachahmte, vielleicht Gelächter hervorgerufen.

»Ja, Exzellenz, das haben wir gesagt«, gab Professor Okong zu. »Es tut uns aufrichtig leid.« Ihm war noch nicht ganz klar, worauf Seine Exzellenz hinauswollte, doch was er antworten sollte, war offensichtlich, und er wiederholte: »Exzellenz, es tut uns außerordentlich leid.«

»Schon gut. Sie wissen, dass ich mich nie wirklich auf eure Informationen über irgendwen oder -was verlassen habe, oder?«

»Ja, Sir.«

»Ich wäre auch ein Narr! Wenn so etwas wie Entebbe hier passiert, wird die Welt über *mich* lachen, oder etwa nicht?«

Professor Okong fand es etwas riskant, darauf zu antworten, und äußerte sich deshalb nur durch ein vages, undefinierbares Geräusch aus der tiefsten Kehle.

»Ja, *ich* wäre dran. General Großmaul würden sie sagen und ein Bild von mir mit großem Mund und kleinem Kopf als Titelblatt von *Time* bringen. Von Ihnen wäre nicht die Rede, oder?«

»Bestimmt nicht, Sir.«

»Nein, denn Sie kennt man nicht. Es wäre nicht Ihre Beerdigung, sondern meine.« Professor Okong fühlte sich bei dem Wort »Beerdigung« nicht sehr wohl und begann zu prostestieren, aber Seine Exzellenz hieß ihn schweigen, indem er die linke Hand hob.

»Deshalb vergeude ich keine Zeit. Ich ergreife Vorsichtsmaßnahmen. Verstehen Sie?«

»Ja, Sir. Darf ich Ihnen – ich meine, Ihrer Exzellenz – auch im Namen meiner Kollegen noch einmal unsere haltlose – ich meine vorbehaltlose Entschuldigung aussprechen.«

Es entstand eine lange Pause, wie eine Schweigeminute für gefallene Genossen. Seine Exzellenz war so erregt, dass er Zeit brauchte, um sich wieder zu fassen. Er holte ein Taschentuch hervor und wischte sich heftig das Gesicht und dann den Hals ab. Professor Okong starrte mit gesenktem Blick auf die Tischplatte, Augen auf halbmast.

»Die Leute, die vor ungefähr einer Stunde gekommen sind«, sagte Seine Exzellenz ruhig und betrübt, »kommen aus Abazon.«

»Die wieder!«, sagte Okong mit aufflackernder Entrüstung. »Dieselben Leute, die Sie wegen eines Besuches in Abazon belästigen.«

»Es ist eine Goodwill-Delegation, friedlich und loyal …«

»Ach, das ist aber erfreulich.«

»… sie sind den weiten Weg von Abazon hergekommen, um mich ihrer Loyalität zu versichern.«

»Ausgezeichnet, Sir. Ausgezeichnet! Und meiner Meinung nach allerhöchste Zeit …« Eine plötzliche, heftige Unmutsbezeugung im Gesicht Seiner Exzellenz ließ die wiedererwachte Redseligkeit des Professors verstummen.

»Aber man hat mir zu verstehen gegeben, dass sie außerdem eine Petition wegen der Dürre in ihrer Region mitgebracht haben. Sie möchten mich persönlich einladen, sie zu besuchen und ihre Probleme mit eigenen Augen anzusehen. Nun, Sie kennen – wie jedermann – meine Einstellung zu Petitionen und Demonstrationen und dergleichen.«

»Natürlich, Sir. Jeder loyale Bürger dieses Landes kennt sie …«

»Eindeutige Zeichen von Disziplinlosigkeit. Lässt man so etwas zu, egal, aus welcher Ecke es kommt, ist man so gut wie verloren.«

»Genauso ist es, Exzellenz.«

»Diese hier ist allerdings eine loyale Delegation, wie ich eben sagte, und sie haben eine lange Reise hinter sich. Doch Disziplin bleibt Disziplin. Sollte ich mich entschließen, sie zu empfangen, was hält dann die Händler vom Gelegele-Markt davon ab, morgen hierherzumarschieren, um mir einen Besuch abzustatten. Sie sind nicht weniger loyal. Oder die äußerst loyale Innung der Marktfrauen schickt eine Abordnung, um sich wegen des Preises für den aus Norwegen importierten Stockfisch zu beschweren.«

Der Professor lachte laut, aber alleine und hörte wie ein Irrer ziemlich unvermittelt wieder auf.

»Deshalb habe ich für alle dieselbe Antwort. Nein! *Kabisa!*«

»Ausgezeichnet, Exzellenz.« Möglicherweise ging Professor Okong flüchtig der Gedanke durch den Kopf, dass der Mann, der ihm jetzt die Leviten las, vor nicht allzu langer Zeit in der

Politik fast sein Schüler gewesen war. Aber vielleicht wagte er gar nicht mehr, sich daran zu erinnern.

»Wir müssen allerdings bedenken, dass diese Leute nicht hinterhältige Intellektuellentypen sind, auch nicht ein Haufen Agitatoren vom Arbeiterkongress, sondern einfache, schlichte *Bauern*, die nach allen Informationen des Geheimdienstes aufrichtig bedauern, was vorgefallen ist, und nun den Wunsch haben, die Vergangenheit zu begraben. Deshalb wäre es unfair, ihnen jetzt zu sagen: ›Ihr könnt wieder gehen, Seine Exzellenz, der Präsident, hat keine Zeit, euch zu empfangen.‹ Verstehen Sie?«

»Vollkommen, Exzellenz.« Okong begann zu begreifen, warum er herbeordert worden war, und damit kehrte auch sein Selbstvertrauen zurück.

»Deshalb habe ich Sie rufen lassen. Finden Sie ein paar nette Worte für diese Leute. Sagen Sie ihnen, aufgrund äußerst wichtiger Staatsgeschäfte seien wir im Augenblick leider nicht in der Lage ... Sie wissen schon, was ich meine ...«

»Genau, Exzellenz, genau so werde ich es sagen.«

»Wenn Sie wollen, können Sie ja sagen, dass ich gerade mit dem Präsidenten der Vereinigten Staaten telefoniere oder mit der Königin von England. Wissen Sie, Bauern lassen sich von so etwas beeindrucken.«

»Perfekt, Exzellenz, perfekt.«

»Gehen Sie auf sie ein, meine ich; sondieren Sie die Stimmung und formulieren Sie entsprechend.«

»Jawohl, Exzellenz. Stets zu Ihren Diensten.«

»Sollten sie tatsächlich eine Petition mitgebracht haben, so nehmen Sie sie an meiner Stelle entgegen und versprechen Sie ihnen, dass ihre Klagen, oder vielmehr Probleme – ihre Probleme, nicht Klagen, Seiner Exzellenz persönlich vorgelegt werden. Ehe Sie hinübergehen, bitten Sie den Commissioner für Information, einen Reporter hinzuschicken, und der Protokollchef soll einen Parlamentsfotografen abkommandieren, um

Bilder von Ihrer Begrüßung des Delegationsleiters zu machen. Aber um Gottes willen, Professor, schauen Sie dabei den Mann an, dem Sie die Hand schütteln, und nicht in die Kamera …«

Professor Okong brach wieder in schallendes Gelächter aus.

»Ich finde es überhaupt nicht komisch, wenn Leute sich die Hand geben und dabei den Kopf im rechten Winkel wegdrehen wie dieses Mädchen in *Der Exorzist* und in die Kamera grinsen.«

»Exzellenz sind nicht nur unser Führer, sondern auch unser Lehrer. Wir sind stets zu lernen bereit. Wir sind wie Kinder, die sich nur vor dem Beten den Bauch waschen, wie unsere Alten sagen.«

»Aber was immer Sie tun, sorgen Sie dafür, dass nichts über Petitionen an die Presse gelangt. Ich möchte kein Gerede von Beschwerden und Petitionen in den Zeitungen. Es ist ist ein einfacher Freundschaftsbesuch.«

»Genau. Ein Versöhnungsangebot von den vormals rebellischen Untertanen Eurer Exzellenz.«

»Nein, nein, nein! Genau darauf will ich nicht herumreiten. Lassen wir es gut sein.«

»Aber Exzellenz, Sie sind zu großzügig. Viel zu großzügig! Warum fängt alles Schlechte in diesem Land in der Provinz Abazon an? Dort war der Aufstand. Die Anführer dieser Leute waren die Einzigen, die Eurer Exzellenz ein eindeutiges Regierungsmandat verweigert haben. Ich gebe sonst nichts auf Stammesunterschiede, aber Mr Ikem Osodi macht all diese Schwierigkeiten doch nur, weil er ein typischer Abazonier ist. Ich will Eurer Exzellenz ja nicht zu nahe treten, aber wir müssen den Tatsachen ins Auge sehen. Wenn Sie mich fragen, Exzellenz, Gott schläft nicht. Wer weiß, vielleicht ist die Dürre, unter der sie dort leiden, Gottes Gericht und Strafe für all die Schwierigkeiten, die sie diesem Land gebracht haben. Und nun besitzen sie auch noch die Dreistigkeit, Eure Exzellenz schriftlich um einen Besuch ihrer Provinz zu bitten, und noch ehe Sie die Einladung überhaupt beantworten können, tragen sie Ihnen ihren Unsinn *come your house*. Ich meine, Exzellenz, Sie sind zu großzügig – es tut mir leid, das zu sagen – viel zu großzügig.«

»Ich schätze Ihre Fürsprache, Professor, aber ich muss handeln, wie ich es für richtig halte. Lassen wir es gut sein.«

»Wie Sie wünschen, Exzellenz. Ich werde die Anweisungen Eurer Exzellenz genau befolgen. Wortwörtlich. Eure Exzellenz hatten doch nichts von Fernsehberichterstattung gesagt?«

»Nein, nein, nein, nein! Gut, dass Sie darauf zu sprechen kommen. Kein Fernsehen. Unnötige Publicity. Ehe man sich's versieht, organisiert jedermann im ganzen Land Goodwill-Veranstaltungen, nur um ins Fernsehen zu kommen. Sie wissen doch, wie unsere Leute sind. Kein Fernsehen. Niemals!«

»Exzellenz haben vollkommen recht. Daran habe ich gar nicht gedacht. Es ist erstaunlich, wie Eure Exzellenz an alles denken.«

»Wissen Sie warum, Professor? Weil es um meine eigene Beerdigung geht, deshalb. Wenn es die eigene Beerdigung ist, dann muss man wohl oder übel an alles denken. Besonders wenn man ein so kleinkalibriges Kabinett hat wie ich.«

»Exzellenz, darf ich die Gelegenheit wahrnehmen, um mich ganz förmlich, auch im Namen meiner Kabinettskollegen, für unsere, sagen wir, mangelnde Wachsamkeit zu entschuldigen. Ich bringe dies in aller Demut und im Geiste unserer kollektiven Verantwortung vor, die jeden von uns mitschuldig werden lässt, wenn einer sich etwas zuschulden kommen lässt. Ein öliger Finger beschmiert die ganze Hand … Eure Exzellenz werden wissen, dass ich nie den Wunsch hatte, mich in das Portefeuille meiner Kabinettskollegen einzumischen. Nicht weil ich die ganzen Mauscheleien nicht sehe, die sich so abspielen, sondern weil ich stets an das alte Sprichwort geglaubt habe, dass man sein eigenes Kanu paddeln muss. Doch der heutige Zwischenfall hat gezeigt, dass ein Mann seinen Husten nicht schlucken darf, nur weil er fürchtet, andere zu stören …«

»Ich verstehe nicht ganz, Professor. Wenn es Ihnen nichts ausmacht, so lassen Sie doch bitte die Sprichwörter weg.«

»Nun, Exzellenz, ich bin mit mir zu Rate gegangen, ob es nicht meine Pflicht wäre, Sie, ich meine Eure Exzellenz, hinsichtlich Ihrer Beziehung zu dem Honourable Commissioner für Information und auch dem Chefredakteur der *Gazette* zu warnen.«

»Beziehung, wie meinen Sie das? Können Sie nicht deutlicher werden?«

Der Irritationspegel in seiner Stimme war jetzt ziemlich hoch.

»Nun, Exzellenz, es tut mir leid, persönlich zu werden. Aber ich muss offen mit Ihnen reden. Lässt man nicht Vorsicht walten, glaube ich, werden Ihre beiden Freunde imstande sein, Unzufriedenheit zu schüren, neben der sich die Rebellion in Abazon wie ein Kinderspiel ausnimmt. Und wenn mich mein sechster Sinn nicht trügt, so haben sie bereits einiges Unheil angerichtet.«

»Schön, Mr Okong. Ich setze mich mit Tatsachen auseinander, nicht mit Gerüchten. Machen Sie sich jetzt auf den Weg und kümmern Sie sich um die Leute; sobald alles vorüber ist, erstatten Sie mir Bericht. Aber lassen Sie sich Zeit. Wenn die Delegation ihre Sache vorgebracht und Sie geantwortet haben, wünsche ich, dass Sie bei ihnen bleiben und mich als Gastgeber vertreten. Ich habe Anweisung gegeben, dass Getränke und eine Kleinigkeit zu essen, *small chop*, angeboten werden. Sie sollen sich unter die Leute mischen und dafür sorgen, dass sie sich wohl fühlen. Es sind keine Politikstudenten, doch ich bin sicher, dass Sie gut mit ihnen zurechtkommen werden. Der Staatsermittlungsrat sorgt für die Bewirtung, aber Sie sind der sichtbare Gastgeber. Ist das klar? Geben Sie ihnen das Gefühl, sie wären auf meine Einladung hergekommen.«

»Sehr wohl, Exzellenz.«

Die letzten Worte des armen Professors Okong gingen in dem lauten, ungeduldigen Summen der Sprechanlage Seiner Exzellenz unter, und als er sich aus dem Audienzraum begab, war er so verwirrt, dass er nur knapp einem Frontalzusammenstoß mit der schweren Flügeltür entging, durch die der Ordonnanzoffizier hereintrat. Vor der Tür blieb er einen Augenblick stehen, um die volle Kontrolle über seine Beine wiederzuerlangen, die sich plötzlich schwer wie Mahagoniholz anfühlten. Er hatte das starke Bedürfnis, irgendwo einen Stuhl zu finden und sich ein wenig zu setzen. Aber es war kein Stuhl zu sehen, nur der endlose Flur mit seinem grauen Teppichboden. Überhaupt hatte er keine Zeit, herumzustehen und ins Leere zu starren. Er hatte einen dringenden nationalen Auftrag zu erfüllen. Er ging weiter, doch seine Gedanken verweilten größtenteils bei dem niederschmetternden Tenor seiner Entlassung und vor allem bei der Tatsache, dass Seine Exzellenz ihn *Mister* genannt hatte. Er blieb wieder stehen. »Ich bin in Ungnade gefallen«, sagte er laut. »Mein Gott, ich bin in Ungnade gefallen. Was habe ich bloß falsch gemacht?«

»*You still de here?*«, bellte der Ordonnanzoffizier hinter ihm, und Professor Okong wurde wieder lebendig. Er fühlte sich irgendwie leicht im Kopf. Vielleicht hatte der Protokollchef am anderen Ende des Ganges einen Brandy in seinem Schrank. Er könnte einen Schluck gebrauchen.

Inzwischen hatte der Ordonnanzoffizier mit dem steinernen Gesicht, der ihn eben auf dem Flur überholt hatte, den Kabinettssaal betreten, hatte auf Befehl Seiner Exzellenz das zurückgehaltene Kabinett entlassen und den Generalstaatsanwalt zu Seiner Exzellenz beordert.

Was hat der Bursche eigentlich sagen wollen, fragte sich Seine Exzellenz. Aber dem hab ich's gezeigt. Es geht nicht an, dass meine Commissioner mir vage Anschuldigungen gegen ihre Kollegen ins Ohr flüstern. Wir spielen hier kein Kricket! Keine Loyalität, kein Korpsgeist, nichts! Und so einer nennt sich Universitätsprofessor. Kein Wunder, dass von einer Gefolgschaft überspannter Pflingstler an der Uni gemunkelt wird. Welche

Schande! Verweichlicht bis ins Mark sind sie allesamt. Professor! Mein halbgebildeter Onkel hatte vollkommen recht, als er sagte, wir hätten den Weißen zwar gesagt, sie können einpacken, aber nicht bedacht, dass sie ihr ganzes Werkzeug mitnehmen würden. Professor! Nein, die Weißen haben alles mitgenommen. Aber wie sind wir überhaupt darauf gekommen – als wir die Macht erlangten –, uns von diesen halbfertigen Professoren etwas sagen zu lassen? Was wissen die schon? Da lobe ich mir eine gute militärische Ausbildung und Disziplin!

»Kommen Sie herein, Generalstaatsanwalt ... Nehmen Sie Platz. Ich habe nach Ihnen geschickt, weil ich Ihnen eine direkte und einfache Frage stellen möchte. Mir ist klar, dass Sie Rechtsanwalt sind, aber ich habe außerordentlich viel zu tun und wünsche, dass Sie mir offen und zur Sache antworten. In Ordnung? Ich habe aus verschiedenen Quellen Informationen erhalten, die darauf hinweisen, dass der Commissioner für Information mir gegenüber vielleicht nicht ganz so loyal ist, wie er sein könnte. Nun, Sie sind sich ja wohl bewusst, dass dies eine äußerst ernste, eine äußerst empfindliche und heikle Angelegenheit ist, und ich muss Sie um strikteste Vertraulichkeit bitten. Nichts davon darf aus diesen vier Wänden nach draußen gelangen.« Er deutete auf die vier Wände, je gleichzeitig auf zwei, wie eine Stewardess, die vor dem Abflug den Passagieren die Notausgänge zeigt. Der Generalstaatsanwalt nickte in schneller Folge vier- oder fünfmal hintereinander.

»Gut. Wie schätzen Sie solche Informationen ein?«

Der Generalstaatsanwalt saß auf der Stuhlkante, den linken Ellbogen auf den Tisch gestützt, und reckte angestrengt den Hals, um die Worte Seiner Exzellenz zu erhaschen, der außergewöhnlich leise sprach, als wolle er seinen Zuhörer absichtlich in eine nachteilige Lage versetzen; oder in höchste Aufmerksamkeit, um die lebenswichtige Parole nicht zu verpassen. Während er sein Opfer verzweifelt nach der entscheidenden Botschaft horchen ließ, weidete er sich erneut an dem inneren

Jubel, den er so oft empfand, wenn er sich wie jetzt so beiläufig eines dieser lästigen Vertreter entledigte, die er in seinen Lehrjahren an der Macht für so eindrucksvoll gehalten hatte. Es braucht einen Löwen, um einen Leoparden zu zähmen, sagen unsere Leute. Wie recht sie haben!

Während er dieses herrliche Erfolgsgefühl genoss, das er in so kurzer Zeit erworben hatte und das sein Denken und Sein im Innersten durchdrang und erfüllte, wie frisch rotes, würziges Palmöl auf glühend heißen gebratenen Yams zerfließt und sie einhüllt, ließ er seine Stimme noch tiefer in der Kehle versinken und lehnte den Kopf in seinem riesigen schwarzen Ledersessel zurück, bis es schien, als richte er seine Worte an die hohe, gleichgültige Zimmerdecke statt an den eifrigen Hörer auf der anderen Seite des Tisches.

Plötzlich misstrauisch geworden wie ein gehetztes Wild, das den Tod wittert, doch unsicher ist, in welcher Ecke er lauert, beschloss der Generalstaatsanwalt, auf Zeit zu spielen. Fast eine Minute lang saß er starr da, rührte sich nicht, gab keine Antwort.

»Nun?« Das Zögern und Schweigen seines Gegenüber reizte Seine Exzellenz zu lauten Worten; auch er saß jetzt kerzengerade. »Haben Sie verstanden, was ich gesagt habe, oder muss ich es wiederholen?«

»Das ist nicht notwendig, Exzellenz, ich habe Sie vollkommen verstanden. Sehen Sie, Exzellenz, Ihr ergebener Diener ist Rechtsanwalt. Mein Beruf macht es mir zur Pflicht, nur unumstößlichem Beweismaterial zu vertrauen und persönlichen Gefühlen und reinen Mutmaßungen zu misstrauen.«

»Herr Generalstaatsanwalt, ich habe Sie nicht holen lassen, damit Sie mir eine Predigt halten, sondern mir meine Frage beantworten. Sie sind vielleicht der Staatsanwalt, aber vergessen Sie nicht, ich bin der General!«

Der Generalstaatsanwalt platzte los und lachte bierbäuchig und hemmungslos. Dazwischen wiederholte er mühsam ein ums andere Mal: »Köstlich, Exzellenz, köstlich!« Seine Exzellenz, der zweifellos über das dramatische Resultat seiner witzigen Bemerkung hocherfreut war, sich jedoch nicht herabließ, dies zu zeigen, fixierte seinen Generalstaatsanwalt bloß mit unbeweglichem, aber etwas nachgiebigem Blick und wartete geduldig, bis sich dessen Fröhlichkeit schließlich erschöpft hatte, er sein ordentlich gefaltetes seidenes Taschentuch aus der Brusttasche zog und sich geziert wie ein dicker Clown die Augen tupfte.

»Werden Sie jetzt meine Frage beantworten?«, fragte Seine Exzellenz leicht amüsiert.

»Verzeihung, Exzellenz. Bitte geben Sie nicht mir die Schuld, sondern dem unnachahmlichen Humor Eurer Exzellenz ... Um ehrlich zu sein, Exzellenz, ich habe keinerlei Beweise für ein unloyales Verhalten meines ehrenwerten Kollegen.« Er machte eine wirkungsvolle Pause. Doch die Miene Seiner Exzellenz blieb unbewegt. »Aber Rechtsanwälte sind auch Menschen. Ich habe ganz persönlich das Gefühl – und zugegeben, vor Gericht könnte das nicht bestehen, doch ich bin völlig überzeugt, und wäre Chris hier, würde ich es ihm auf den Kopf zusagen –, ich habe das Gefühl, dass Chris nicht hundertprozentig hinter Ihnen steht.«

»Warum haben Sie dieses Gefühl?«

»Ja, warum nur? Nun, es ließe sich vielleicht so ausdrücken: Ich habe den besagten Kollegen im Laufe des vergangenen Jahres genau beobachtet und den Eindruck gewonnen, dass er keinerlei Freude oder Begeisterung in Angelegenheiten zeigt, die diese Regierung im Allgemeinen und Eure Exzellenz im Besonderen angehen. Vor wenigen Minuten habe ich genau das zu ihm gesagt. Warum läufst du immer mit so einem finsteren Gesicht herum, sagte ich. Kopf hoch, mein Freund, freu dich des Lebens! Aber er kann sich nicht freuen. Warum? Der Grund dafür ist leicht zu finden. Sie beide waren schließlich auf dem Lord Lugard College Klassenkameraden. Er denkt an diese Zeit zurück und sieht Sie als den Jungen von nebenan. Es geht ihm nicht in den Kopf, dass dieser Junge, mit dem er seine Jungenstreiche gespielt hat, heute der Mann des Schicksals ist. Wissen Sie, Exzellenz, Jesus hatte dasselbe Problem mit seinen Leuten. Alle, die ihn kannten und wussten, woher er stammte, sagten: ›Ist das nicht der Kerl, der in einem Ziegenstall geboren wurde, weil sein Vater kein Geld hatte, um eine Unterkunft zu bezahlen?‹ …«

Er redete weiter und weiter, doch die Aufmerksamkeit Seiner Exzellenz ließ jetzt nach; er vernahm das Echo eines Rates, den ihm der alte Präsident Ngongo gegeben hatte: »Dein größtes Risiko sind deine Jugendfreunde, die mit dir in deinem Dorf groß geworden sind. Halte sie dir vom Leibe, und du wirst lange leben.« Die schlaue Schildkröte!

Ein neuer Respekt vor seinem Generalstaatsanwalt spiegelte sich nun in seinem Gesicht wider, wo ihn der pfiffige Jurist sofort bemerkte und seine Strahlen mit beiden Händen auffing. Auf den Großen Iroko steigt man nicht alle Tage, also muss ich so viel Feuerholz ernten, wie ich nur kann.

»Und was meinesgleichen angeht, Exzellenz, uns arme Dummköpfe, die im Busch zur Grundschule gegangen sind, wir wissen, wo wir hingehören und die, die über uns stehen. Für uns ist es kein Problem, einen Mann wie Sie zu verehren. Ehrlich. Sie haben das Lord Lugard College besucht, wo die Hälfte Ihrer Lehrer Engländer waren. Stellen Sie sich vor, was in meiner Schule einem weißen Mann am nächsten kam, waren ein Inder und zwei Pakistanis. Können Sie sich vorstellen, Exzellenz, dass ich keinen richtigen Weißen zum Lehrer hatte, bis ich in Exeter Jura studierte, als ziemlich alter Mann? Ich war einunddreißig. Sie haben keine Ahnung, Exzellenz, wie wir Buschleute damals waren. Während meines ersten Jahres in England sah ich eines schönen Tages *Welsh Rarebit* auf der Speisekarte, und ich rieb mir die Hände, und das Wasser lief mir im Mund zusammen, denn ich dachte, ich würde richtiges Buschfleisch aus den Wäldern von Wales zu essen bekommen!«

Seine Exzellenz war jetzt eindeutig amüsiert und lachte. Der Generalstaatsanwalt war von seiner eigenen Darbietung und von seinem Erfolg wie benommen. Wer hätte es für möglich gehalten, dass Seine Exzellenz so lange jemandem, der von sich selber erzählt, zuhören und sogar über dessen Witze lachen würde?

»Ich erzähle Ihnen das, Exzellenz, um deutlich zu machen, dass es für einen Mann meiner Herkunft kein Problem ist, einen Mann wie Sie zu verehren. Und in aller Fairness meinem Kollegen gegenüber – und ich möchte absolut fair sein –, für ihn ist es ein Problem; er will wissen, warum Sie und nicht er Seine Exzellenz geworden sind. Ich will nicht sagen, dass er das so deutlich zum Ausdruck gebracht hat, aber ich weiß, dass es in seinem Kopf herumgeht. Ich kann keine Gedanken lesen, aber ich bin mir ganz sicher, Exzellenz …«

»Vielen Dank. Sie haben keine Beweise, nur eine ganz interessante Theorie. Ich weiß Ihre Offenheit zu schätzen. Es ist nicht meine Art, nach derlei Informationen herumzuschnüffeln oder meine Commissioner als Spione aufeinander anzusetzen. Ich kann Ihnen versichern, ich habe ganz besonderen Grund, die Staatsräson verlangt es von mir, Ihnen diese Frage zu stellen. Ich weiß Ihre freimütige Antwort zu schätzen. In gewisser Weise bin ich erleichtert und sehr froh zu wissen, dass es keinerlei Beweise gibt. Und nun müssen Sie vergessen, dass wir jemals darüber gesprochen haben. Wie ich schon sagte, keiner Menschenseele ein Wort davon, haben Sie verstanden?«

»Vollkommen, Exzellenz. Sie können mit meiner absoluten Diskretion rechnen.«

»Diskretion? Nein, Herr Generalstaatsanwalt, Sie wollten sagen: absoluten Stillschweigen. Wenn auch nur ein Wort an die Öffentlichkeit gelangt, dann stammt es entweder von mir oder von Ihnen. Ist das klar?«

»Absolut, Exzellenz.«

»Guten Tag.«

3

Chris rief Ikem an und bat ihn, einen Fotografen in die Empfangsräume des Präsidentenpalastes zu schicken, um über eine Goodwill-Delegation aus Abazon zu berichten.

»Ha, das ist ja ganz was Neues! Eine Goodwill-Delegation aus Abazon! Na klar! Was werden wir als Nächstes zu hören bekommen?«

»Und, um alles in der Welt, zeig mir die Story, ehe sie in Druck geht.«

»Und warum, wenn ich mir die Kühnheit erlauben darf, dem Honourable Commissioner eine solche Frage zu stellen?«

»Du hast es eben selbst gesagt. Weil ich der Honourable Commissioner für Information bin. Genau deshalb.«

»Nun, das genügt nicht, Mr Commissioner. *Mir* nicht. Du scheinst eines zu vergessen, dass nämlich *mein* Name und *meine* Adresse unten auf Seite 16 der *Gazette* stehen und nicht der, mit Verlaub, beschissene Name irgendeines beschissenen Commissioners. Ich werde von Major Samsonite hinter Schloss und Riegel gebracht, wenn er es für nötig erachtet, nicht du. Um meine Beerdigung geht es …«

»Das hat doch damit überhaupt nichts zu tun, Ikem. Das solltest du jetzt endlich wissen. Wir haben das nun schon zum tausendsten Mal besprochen, und ich habe die Nase voll davon, es ständig wiederholen zu müssen. Ich tue dies jetzt zum letzten Mal, zum allerletzten Mal. Paragraph vierzehn Absatz sechs des Änderungsdekrets zum Pressegesetz verleiht dem Honourable Commissioner allgemeine und besondere Verfügungsrechte über das, was in der *Gazette* gedruckt wird. Du weißt das ganz genau. Ich werde nun dieses Gesetz wortwörtlich nehmen und dir meine Anweisungen schriftlich zukommen lassen. Du kannst in der nächsten halben Stunde damit rechnen. Du willst es ja nicht anders, also bitte, dann werde ich deinem Wunsch entgegenkommen.«

Er legte auf und rief seine neue Sekretärin herein. Als sie ihren Stuhl heranzog und die vollgeschriebene Seite ihres Stenoblocks umblätterte, klingelte das Telefon, und sie machte Anstalten, nach dem Hörer zu greifen. Doch der Commissioner war schneller, legte seine Hand darauf, und während es läutete, sagte er zu ihr: »Ich bin nicht da, egal, wer es ist.« Dann hob er die Hand, und sie nahm ab.

Es war Ikem, und er schrie ins Telefon hinein. Chris hörte seine erstickt klingende, körperlose Stimme ganz deutlich, denn um ihr Trommelfell zu schonen, hielt die Sekretärin den Hörer in einem gewissen Abstand von ihrem Ohr.

»Er ist nicht *on-seat*, Sir.«

»Quatsch! Er muss am Platz sein, er hat ja eben erst während unseres Gesprächs einfach aufgelegt.«

»Nun, Sir, dies hier ist ja nicht das einzige Telefon in der Stadt, oder? Vielleicht hat er Sie von zu Hause oder dem Präsidentenpalast oder von sonst irgendwo aus angerufen.«

Chris lachte ein unfrohes Lachen. Ein wütender Mann ist immer ein dummer Mann. Mach ihn ordentlich lächerlich, mein liebes Mädchen, dachte er. Ikems kleinlautes Schweigen war schwer und lang. Dann knallte er ohne ein weiteres Wort den Hörer so hart auf den Apparat, dass das Mädchen erschrocken zurückfuhr.

»Erstklassig, meine Liebe«, sagte Chris nun, ohne zu lächeln. »Meine Entschuldigung für das Benehmen meiner unbotmäßigen Freunde.«

»Wer war es denn?«

»Wussten Sie das nicht? Es war der Chefredakteur der *Gazette.*« Das versetzte ihr einen Dämpfer. Ihr Gesicht wurde lang;

Chris bemerkte wohl den Ausdruck der Ehrfurcht, der darin geschrieben stand.

> Die Sonne im April ist unser Feind, obwohl der Wettermann im Fernsehen, der bloß seinen fremden Mentoren nachplappert, von einer stabilen Schönwetterlage spricht. Schön! Seit Februar schmoren wir langsam vor uns hin und sind bald durchgebraten wie Hammelfleisch, und all die Dummköpfe, die von unseren Steuermitteln leben, sagen uns, alles sei in bester Ordnung und es gehe uns gut! Nein, liebe Landsleute. Der leichtsinnige Brigadier der 202. Schweißbrigade versichert: Gar nichts ist gut! Nein, liebe Landsleute, es wird euch erst wieder gutgehen, wenn es euch gelungen ist, die wilde Aprilsonne zu stürzen. Am späteren Abend, verehrte Landsleute, werdet ihr den vollen Wortlaut aus Berufsmunde hören konnen – ich bin nichts als sein Propagandist –, Sie werden die Worte direkt vernehmen, und zwar nach dem Abspielen der Nationalhymne rückwärts. Bis dahin, geliebte Landsleute, schmort in Frieden.

Für den halben Kilometer zum Präsidentenpalast hatte er in Feierabendverkehr und -hitze bereits eine Stunde und fünfzehn Minuten gebraucht, dabei hatte er noch nicht mal die halbe Wegstrecke hinter sich gebracht. Die unwiderstehliche Versuchung von Abazon hatte ihn in diese Lage gebracht. Während er zentimeterweise vorrückte, stehen blieb, erneut anfuhr und scharf bremste, fiel es ihm wieder ein: In dichtem Verkehr muss das Augenmerk besonders auf den Wagen gerichtet sein, der vor dem, der hinter einem ist, fährt. Dumme Cleverness, Klugscheißerei, die einfachen, soliden, vernünftigen Menschen über den Verstand geht. Wie Elewa. Sie wäre völlig überfordert, dieses Verkehrsrätsel auch nur annähernd zu lösen.

Er schaute nach vorn bis zur nächsten großen Biegung der Straße und sah willkommene Bewegung, die sich ruckartig die Reihe der Wagen entlang fortsetzte, auf ihn zu. Er wartete ungeduldig darauf, doch als es so weit war, sah er, dass er kaum mehr als einen armseligen Meter vorrücken konnte. Also beschloss er, dass es nicht der Mühe wert sei, den Gang einzulegen. Aufsparen, bis es das nächste Mal weiterging, das würde eine hübsche Fahrt von zwei Metern ergeben. Außerdem kann übermäßige und unnötige Beanspruchung der Kupplung zu … Hinter ihm wurde so laut gehupt, dass er von seinem Sitz auffuhr und aus den Träumereien seiner Hitzebenommenheit hochschreckte. Er schaute auf und sah im Rückspiegel einen aufgebrachten Mann, der den schwitzenden Kopf aus einem gelben Taxi streckte und ihm mit wilden Gesten bedeutete, er solle weiterfahren. Andere Wagen und Fahrer stimmten nun in den hupenden und schreienden Protest ein. Er beschloss, sie alle zu ignorieren und das wertvolle Stückchen Straße, das vor ihm lag, zu verteidigen, und fiele der Himmel darüber ein! Der Lärm verzehnfachte sich jetzt und begann, einige der vor ihm fahrenden Wagen anzustecken, die unmöglich wissen konnten, um was es ging, und sich vollkommen unbegründet dem von hinten kommenden Hupkonzert anschlossen. Er blieb fest. Er würde nicht nachgeben, sondern sich durch die Betrachtung der näheren Umgebung ablenken … Der Gegenverkehr zu seiner Linken hatte wie üblich mehr Glück als die Fahrtrichtung, in deren Falle er geraten war. Doch er schätzte, selbst wenn man, um überhaupt vorwärtszukommen, sich entscheiden sollte umzukehren, um sich jenen auf der anderen Straßenseite anzuschließen, die sich in schnellem Tempo vom angestrebten Fahrtziel entfernten, so würde das Problem der nicht vorhandenen Wendemöglichkeit das Vorhaben auf der Stelle zum Erliegen bringen … Es gab sonst nichts von Interesse auf jener Seite, also wandte er sich zur Rechten, und es fiel ihm zum ersten Mal eine die Straße säumende Dekoration aus alten und schmutzigen Fahnen auf. Dekorateure aus dem Informationsministerium mussten wohl heute hier zugange gewesen sein, um diese verdreckten Fahnen aufzuziehen, die seit den letztjährigen Feiern zum 1. Mai wohl in mäusezerfressenen Schachteln irgendwo in einem Depot des Ministeriums eingelagert gewesen sein mussten.

In diesem Augenblick sah er aus einem Augenwinkel gerade noch rechtzeitig, wie der Fahrer hinter ihm sein Taxi aus der Reihe manövriert hatte; es war nun auf gleicher Höhe mit ihm, allerdings auf dem grasbewachsenen Seitenstreifen. Er drehte den Zündschlüssel, und Gott sei Dank sprang der Motor beim ersten Versuch an, er schaltete und fuhr los, um die wertvolle Lücke, in die sich sein Gegenspieler tatsächlich fast hinterrücks hereingedrängt hätte, zu schließen. Von da an entspann sich ein Nervenkrieg zwischen den beiden Männern, wann immer der Verkehr einen Zentimeter der Straße freigab. In allen bekannt gewordenen Treffen dieser Art zwischen Taxifahrern und Privatwagen hatte das Taxi stets gewonnen, die entscheidend eingesetzte Waffe dabei war die Gewissheit, dass der Fahrer eines Privatwagens eher seinen Platz abgeben würde, als eine Delle in seinem glatten, wertvollen Panzer zu riskieren. Doch zum ersten Mal in der Verkehrsgeschichte dieses Landes hatte heute ein Taxifahrer seinen Meister gefunden. Dieser verrückte Gegner und Fahrer eines Privatwagens verhielt sich keineswegs nach der Norm seiner Artgenossen. Ein Blick auf den Zustand seines Wagens hätte den anderen vorwarnen können, doch entweder hatte er nicht hingeschaut, oder er hatte hingeschaut, aber nichts gesehen!

»Was sag ich bloß Mama-John!«, soll ein Beamter mittleren Alters angeblich gejammert haben, als ein Taxi die glänzende Seite seines neuen Volvo der ganzen Länge nach mit einem hässlichen tiefen Kratzer versehen hatte. Nun, Ikem hatte zu Hause keine Frau zu fürchten und kein Kind, das John, James oder sonst wie hieß. Deshalb wurde der Kampf unter mehr als gleichen Bedingungen ausgetragen. Unter grimmiger Nichtbeachtung des Wagens, der neben ihm mit zwei Rädern im Busch fuhr, verfolgte Ikem die roten Bremslichter vor ihm wie ein geiler Ziegenbock, der sich schnüffelnd an die Hinterfront seiner Ziege hängt.

Nach fünfzehn Minuten bedenklicher Beinahe-Zusammenstöße gestand der Herausforderer dem anderen mit einem schweren Fluch den Sieg zu und kehrte dank der Kooperation des Bronzemedaillengewinners, der anhielt, damit jener seine ursprüngliche Position wieder einnehmen konnte, auf den zweiten Platz hinter dem Sieger zurück.

Ikem stieß einen sehr tiefen Seufzer aus und schrieb seinen Triumph ritterlich der Sonne zu. Wir werden vorgekocht, so wie Bauern den Reis vorkochen, um das Schälen zu erleichtern. Danach sind nur noch fünf Minuten zum Fertigkochen nötig.

An jenem Abend verfasste er seinen Hymnus an die Sonne:

> Erhabene Botin, die Du dem Allmächtigen die Opfer überbringst – Einziges Auge Gottes! Warum hast Du dies über uns gebracht? Welche siebenmal siebzigmal verbotenen Schandtaten haben wir begangen oder auch gutgeheißen, welchem Irrtum sind wir erlegen, den keine Wiedergutmachung je tilgen kann? Sieh her, unsere verzweifelten Gebete, unsere Versöhnungsgaben liegen verstreut am Boden, da, wo Du sie voll Verachtung hingeworfen hast, und an einem jeden Morgen belädst Du Deinen langen Korb des Tages mit den Werkzeugen und Zeichen des Todes. Beim ersten Hahnenschrei machst Du Dich aufgerissenen Auges, keinen Schlaf kennend, auf den Weg und schleuderst Deine Verwünschungen auf eine geschlagene, darniederliegende Welt. Deine glühend roten Fackeln schüren die Feuer des Himmels, und die brüllende Feuersbrunst Deiner Rache erfüllt das Firmament.
>
> Unsterbliches Auge Gottes! Wir wissen, dass Du Dich aus Mitleid mit uns nicht erweichen lässt. So lass Dich deshalb um Deiner selbst willen erweichen – um jenes hervorquellenden Auges des Wahnsinns willen, das von der fliegenden Asche einer in Flammen stehenden Welt wohl erblinden mag. Einziges Auge Gottes! Wirst Du Dich selbst zum Erlöschen bringen, nur damit die Menschen in Deiner Dunkelheit straucheln und stürzen? Vergiss nicht: Einziges Auge – Nachbar der Blindheit, vergiss nicht! Was ist der Mensch für Dich geworden, Auge Gottes, dass Du Dich um seinetwillen selbst verletzt? Hat er denn Deiner Ansicht nach Gottesähnlichkeit erlangt? Heimwärts ziehend von Deiner gro-

ßen Jagd, den erlegten Elefanten auf Deinem mächtigen Haupt, wühlst Du da etwa noch nach den Grillen zwischen Deinen Zehen?
Große Botin des Schöpfers! Sieh Dich vor, es mag sich herausstellen, dass die Asche der Welt, die täglich von diesem Scheiterhaufen emporsteigt und sich dann wieder herabsenkt, genug sein wird, um in der Jahreszeit der Erneuerung die Kanäle, die Leben gebären, versanden zu lassen.
Die Vögel, die den Morgen ankündigten, waren dahingeschmolzen, noch ehe der letzte Schmetterling verbrannt zu Boden fiel. Und als die Singvögel verschwanden, zog sich die Morgenstunde selbst in die Abgeschiedenheit einer in Sack und Asche trauernden Witwe zurück, Schmuck und Zierrat waren von ihr genommen – der Samt aus weichem zerfließendem Licht und die Halsbänder aus reinem Gesang, eines länger als das andere, einander bedeckend, bis hin zu ihren strahlend schönen Brüsten: Korallen und blaue Chalzedone, Jaspis und Achat, durchzogen von Adern in allen Farben des Regenbogens. Und so hinterließen die Singvögel bei ihrer Flucht keine Leere, keine brachliegende Stunde, denn die Morgenstunde selbst war bereits vor ihnen gestorben. Der Morgen war nicht mehr.
Die Bäume waren zu schlangenköpfigen Bronzestatuen geworden, so alt, dass nur noch grobe Umrisse ihrer Gesichter zu erkennen waren, wie Termitenhügel, die in den Flammen überleben, um dem neuen Gras der Savanne von den Buschfeuern des vergangenen Jahres zu künden.
Alle Haustiere waren tot. Zuerst schmorten die Schweine im eigenen Fett; dann erstickten die Schafe, Ziegen und Rinder an ihren geschwollenen Zungen. In nicht enden wollenden Kämpfen mit den Geiern verschlangen streunende Hunde auf dem Marktplatz die Leiche des Verrückten, die sie eines Morgens zusammengekrümmt in dem Stand aufgespürt hatten, den er stets als sein Eigentum beansprucht und von wo aus er sich jeden Morgen aufgemacht hatte, um die höchste Stufe des Holzgerüsts in der Mitte des Marktplatzes zu erklimmen, um von dort aus die Dorfbewohner zu verhöhnen und zu verspotten. Wo seid Ihr alle? Ihr werdet doch nicht Euren eigenen Markttag vergessen haben? Kommt! Bringt Eure langen Körbe mit den Yamswurzeln und die

runden mit den Taros. Wo sind die Fischfrauen und die mit dem Palmöl, wo sind sie, die ihre hochgetürmten Töpferwaren auf dem Kopf tragen? Kommt, heute ist vielleicht Euer Glückstag, der Tag, an dem Ihr einen Blinden findet, mit dem Ihr handeln könnt. Du hast nichts zu verkaufen? Wer sagt das? Komm! Ich kaufe Dir die Möse Deiner Mutter ab!
Die Hunde knurrten, als sie ihn in Stücke rissen, und schnappten nach den Geiern, die furchtlos mit den Schnäbeln zurückhackten. Nach diesem letzten lärmenden Mahl zogen die Geier ihre bösen, verbeulten Köpfe ein und verschwanden in ein anderes Land.
Schließlich wurden sogar die Wolken unterjocht, obwohl sie am längsten durchgehalten hatten. In tapferem, jedoch konfusem Bemühen, die monumentalen Formationen der brandstiftenden Heerscharen der Sonne aufzuhalten, eilten ihre heruntergekommenen Haufen mit den letzten kümmerlichen, ihnen noch zur Verfügung stehenden Kräften von Ort zu Ort. Diese Impertinenz vergalt die Sonne auf schrecklichste Weise, verbrannte auch den letzten Rest, der von ihnen noch übrig geblieben war, und zerstreute ihre Asche in alle vier Winde. Nur dass die Winde selbst schon vor langem geflohen waren. Und so legten sich die geschändeten Stäubchen der Wolken wie eine Dunstglocke über das ganze Antlitz des Himmels und gaben dem sich auf ihrem Rücken widerspiegelnden Licht der Sonne den gnadenlosen Schimmer von Bronze. Bisweilen regten sich in der Geisterstunde des Mittags ihre entehrten Schatten in sinnlosem Tumult, inszenierten einen plötzlichen wilden Wirbel von Asche und Staub, nur um sofort wieder bezwungen zu werden.
In letzter verzweifelter Tat entzündete sich die Erde nun selbst und ließ eine Wand schwarzer wogender Rauchschwaden über ihr Haupt emporsteigen. Jämmerlich und vergeblich, denn die Hitze der Buschfeuer verstärkte nur noch das Sonnenfeuer. Und ohnehin fand das Feuer bald keinerlei Nahrung mehr.
Niemand wusste eine Antwort darauf, warum die Erhabene Botin, die dem Allmächtigen die Opfer überbringt, dies der Welt antat; man wusste nur, dass es, der Legende nach, vor langer, langer Zeit schon einmal geschehen war. Damals hatte die Erde die Hacken der Grabgräber zerbrochen und ihre Speerspitzen verbogen.

Da wussten die Menschen, dass die Zeit gekommen war, ihr Land zu verlassen und ihre unbegrabenen Toten, ja selbst die Sterbenden aufzugeben und damit ihre Vergehen – welcher Art sie auch immer gewesen sein mochten – zu sühnen, die die Katastrophe entfesselt hatten. Sie wanderten im Licht der Sterne und ruhten am Tage im Schatten ihrer Schlafmatten, bis der Sand zu heiß wurde, um darauf zu lagern. Selbst die Legende schweigt sich über ihr Elend aus, berichtet nur davon, wie jeden Abend, wenn die Reise fortgesetzt wurde, viele nicht mehr aus dem Schatten ihrer Schlafmatten aufstanden und dass jene, die mühsam hochkamen, verstohlene Blicke auf die stillen Unterkünfte warfen und ihre versteinerten Gesichter gen Süden wandten. Und am Rande weiß die Legende zu berichten, dass ein Mann, der Dorf und Schrein verlässt, der sich entschlossen vom Schatten der Matte in der Wildnis abwendet, in dem seine Mutter liegt und sich nicht mehr erheben kann, oder auch seine Frau oder sein Kind, dass ein solcher Mann den Tod in den Augen trägt. Und so geschah es, dass genau so ein Mann mit seinen ihm noch verbliebenen Gefährten eines Nachts die schlafenden Einwohner des winzigen Dorfes Ose überfiel, sie alle auslöschte, das braune Wasser aus ihren Brunnen trank, ihr Land in Besitz nahm und es Abazon nannte.

Und nun waren die Zeiten aus der Legende wiedergekehrt. Vielleicht nicht ganz so schlimm wie damals, noch nicht. Aber diesmal könnte es leicht schlimmer ausgehen. Warum? Weil sich heute keiner aufmachen und, hilflose Angehörige in der wilden Savanne zurücklassend, im Sternenlicht südwärts wandern, heimlich in einem winzigen Dorf ankommen, seine Einwohner überfallen, sie erschlagen, ihr Land in Besitz nehmen und sagen kann: Das habe ich getan, weil mir der Tod aus den Augen starrte. Deshalb schicken sie stattdessen eine Abordnung von Ältesten zu denen, die heute das Messer halten und die Yams, und erbitten Hilfe.

4
Zweiter Zeuge – Ikem Osodi

»Ach, Elewa, ich kann es einfach nicht leiden, wenn man ohne allen Grund Theater macht. Ich hab' dir doch von Anfang an alles erklärt, oder etwa nicht?«

»Erklärt? Ach ja? Ich bitte dich, *no make me vex* … erzähl mir noch einen. So was. Hm! Aber Frauen gehen immer leer aus, *done chop sand for dis world-o*. So was. Und es liegt immer an uns, *na we own fault*. Wär ich nicht so *kuku*, meinen *nyarsh* in dein Schlafzimmer zu schleppen, würdst du mich nicht mit Füßen treten *like I be football*, oder? Nicht deine Schuld. *Na wa!*«

»Ich weiß überhaupt nicht, wovon du sprichst.«

»Wie auch? *How you go know?* Das kannst du gar nicht.«

Ein Wagen fährt in die Auffahrt, und ich gehe zurück ans Fenster, um nachzusehen, wer es ist. Nein, es ist nur einer der Nachbarn aus den anderen Wohnungen, doch ich bleibe trotzdem am Fenster stehen und beobachte, wie der Wagen langsam rechts Richtung Garagen rollt. Eines der Bremslichter zeigt eine nackte weiße Birne in einer zerbrochenen roten Fassung. Also war es Mr Und weiter?, der berüchtigte Post- und Telegraphenmann von nebenan. Er kroch durch das dritte Garagentor. Vielleicht wird er seine schöne Frau heute Nacht wieder schlagen; seit Monaten hat er es nicht mehr getan. Es fehlt dir also? Gib zu, du abscheulicher Wüstling, dass es dir tatsächlich fehlt! Nun, warum auch nicht? Das Ganze hat eine außergewöhnliche surrealistische Qualität, die einer befriedigenden Katharsis gleichkommt. Im Traum höre ich es und gleite in einen halbwachen Zustand, in dem ich, solange das

Geschehen seinen Verlauf nimmt, verweile, denn er pflegt stets jene Stunde der Nacht zu wählen, in der der Schlaf am verführerischsten ist – jene Stunde, die auch von peniblen bewaffneten Einbrechern bevorzugt wird. Und am nächsten Morgen frage ich mich, was von alledem wirklich geschehen und was ich geträumt habe. Auf dem kurzen Weg zur Garage war ich ihnen einmal am Morgen danach begegnet, und sie waren so außergewöhnlich freundlich und entspannt gewesen! Besonders sie. Ich war fassungslos. Später hörte ich, dass ein besorgter Nachbar einmal die Polizei angerufen – das war, ehe ich hier wohnte – und gemeldet hatte, dass ein Mann seine Frau misshandle; der diensthabende Beamte hatte schläfrig geantwortet: »Und weiter?« Deshalb nennen wir ihn heimlich Mr Und weiter? Ich kann mir seinen richtigen Namen einfach merken.

Elewa verflucht mich und ihr Frauenlos noch immer ohne Diskriminierung. Ich werde nichts mehr sagen, nur auf der Fensterbank sitzen und nach dem Taxi Ausschau halten, das viel zu lange braucht. Ich frage mich, warum. Zu dieser Nachtzeit kann man sie im Allgemeinen dazu überreden, innerhalb einer Stunde da zu sein.

»So was. *To put a girl for taxi at midnight,* damit es bewaffneten Räubern auf der Straße in die Hände fällt.«

»Du weißt ganz genau, Elewa, dass es in Bassa keine bewaffneten Räuber mehr gibt.«

»Ach? Und die Frau dem *massacre* auf dem Parkplatz letzte Woche? *Na you killam?*«

»Keiner wird dich umbringen, Elewa.«

»*Keiner wird dich umbringen, Elewa!* Na, dann bring du mich doch heim, wenn du glaubst, die Räuber *done finish for Bassa.* Das möcht ich sehen.«

»Ich kann dich nicht nach Hause bringen, weil meine Batterie leer ist. Das habe ich dir schon mindestens zwanzigmal gesagt.«

»Deine Batterie ist leer. Warum war deine Batterie heute Nachmittag nicht leer, als du mich abgeholt hast?«

»Weil man mit einer schwachen Batterie tagsüber zurechtkommen kann, aber nicht nachts, Elewa.«

»Pass auf, was du sagst, *ojare*! Du und deine *nonsense battery*, morgen geht sie wieder, wenn du mich holst! Unsinn!«

Sie wird jetzt wirklich aggressiv. Kennte ich meine Elewa nicht, hätte ich allen Grund, besorgt zu sein. Doch als Erstes wird sie mich morgen früh anrufen; wahrscheinlich während der Redaktionskonferenz um neun Uhr. Als wir uns das erste Mal in einer ähnlichen Stimmung trennten, war ich überzeugt, dass ich sie für immer verloren hatte. Das war der Abend, an dem ich ihr zum ersten Mal zu erklären versuchte, warum sie nicht in meiner Wohnung übernachten könne. Ich hätte mir nicht die Mühe gemacht, ihr die Gründe für meine Entscheidung darzulegen, hätte sie nicht unablässig behauptet, ich hätte ein anderes Mädchen, das gleich käme, und das sei der eigentliche Grund. »Ungeachtet deiner hohen Meinung von meiner Virilität«, drückte ich mich absichtlich für sie unverständlich aus, »ist der wirkliche Grund ein ganz einfacher. Ich will dich nicht zu einer der losen Frauen von Bassa machen, die nicht zu Hause schlafen.« Mit weit offenem Mund, völlig sprachlos starrte sie mich an. Und da ich meinen Vorteil nutzen und den Punkt noch deutlicher machen wollte, sagte ich so etwas wie: »Das würde ich für eine meiner Schwestern nicht wollen, verstehst du?«

»Und wenn du dann mal wieder bumsen willst, *you go call dat sister of yours*, hörst du?

Als wir auseinandergingen, dachte ich, wir hätten uns für immer getrennt. Doch mitten in der Redaktionskonferenz am nächsten Morgen kam mein Sekretär herein und bat mich, einen Anruf entgegenzunehmen.

»Wer ist denn dran?«, fragte ich ärgerlich.

»Eine gewisse junge Person«, sagte er dumm förmlich.

»Wer immer sie ist, sagen Sie ihr, sie soll später wieder anrufen. Ach, es ist ja eigentlich egal, ich werde eben mit ihr sprechen. Entschuldigen Sie mich, meine Herren.«

Es war Elewa, und sie fragte, ob ich sie am Nachmittag an den Strand fahren könnte, um dort von den hereinkommenden Fischern frischen Fisch zu kaufen, ehe die »dicken Madams« vom Fischmarkt die Gelegenheit hätten, alles wegzuschnappen. »Ich werde dir heut leckeren Fisch mit Pfeffersoße kochen«, sagte sie.

Endlich kommt das Taxi, ich schnappe meine Taschenlampe und begleite sie unsere schmutzige und unbeleuchtete Treppe hinunter. Jedes Mal, wenn ich diese Treppe hinauf- oder hinuntergehe, denke ich an die Ziege, die allen gemeinsam gehört und die schließlich verhungert. Ohne auszusteigen, öffnet der Fahrer die hintere Tür. Keine Innenbeleuchtung geht an. Ich richte den Strahl meiner Taschenlampe dorthin, wo sie hätte sein sollen, und sehe ein paar wirre Drähte. Um Elewa Sicherheit zu geben, studiere ich ausführlich das Gesicht des Fahrers im Licht meiner Taschenlampe. Der Fahrer protestiert:

»Leuchten Sie mir doch nicht so in die Augen. *Wayting.*«

»Ich möchte dich morgen früh wiedererkennen können.«

»Weshalb?«

»Nur so, für alle Fälle.« Ich gehe um den Wagen herum nach vorn und richte das Licht auf die Kennnummer.

»Wegen so was komm ich nicht gern in diese *bigman* Gegend, gibt nur Ärger.«

»Weißt du, dass es nach dem Strafgesetzbuch Kapitel achtundvierzig Paragraph sechzehn Absatz hundertsechs strafbar ist, ein Fahrzeug ohne Innenbeleuchtung zu betreiben?«

»Aber das Licht ist heute erst, *jus' now as I de come here,* ausgefallen.«

Seine Lüge ist so gut wie meine, doch ich habe einen Vorteil: Ich weiß, dass er lügt; er weiß nicht, dass ich lüge, und er hat Angst.

»Okay. Morgen früh als Erstes *make you go for mechanic.*«

»Okay, *Oga*.«

Ich besiegle unsere gegenseitige Übereinkunft mit einem Zwanzig-Kobo-Trinkgeld und wende mich dann Elewa zu, die sich vollkommen in sich selbst und in die hinterste Ecke des Rücksitzes zurückgezogen hat.

»Es wird dir nichts zustoßen, Liebling.«

»Los jetzt, *kick moto, make we de go*!«

Ich werde weiter nach Gründen suchen, die bei ihr ziehen.

Ich habe noch nie verstanden, wieso Leute miteinander *schlafen*. Ein Mann sollte in seinem eigenen Bett aufwachen. Eine Frau ebenfalls. Was immer sie beschließen, vor dem Schlafen zu tun, ist kein Grund, ihnen dieses Recht zu verweigern. Ich verabscheue schon allein den Gedanken daran, wach zu werden und jemanden, der nackt und unappetitlich ist, neben mir vorzufinden. Da wird man sich selbst, aber vor allem ihr nicht gerecht. Also mache ich beim Recht, mir meine Wohnung und meine Freiheit wieder anzueignen, keine Kompromisse. Mir scheint, alleine zu duschen und sich in sein Bett zurückziehen zu können sollte man ganz einfach berechtigter- und vernünftigerweise erwarten dürfen. Doch viele Frauen fassen das als persönliche Beleidigung auf, was ich in der Tat sehr seltsam finde. Sie sind sich selbst der schlimmste Feind, die Frauen!

Elewa denkt, es beweise nur, dass ich sie nicht genug liebe. Es beweist das genaue Gegenteil. Ich mag sie wirklich sehr, sehr gerne, mehr als sonst irgendjemand in den vergangenen Jahren. Und wenn wir uns lieben, ist sie einfach sensationell. Keine Tricks. Ich nehme an, dass ich nie entdecken werde, woher dieser kleine Körper die Kraft nimmt, mich auf ihrem Leib hochzuheben, während sich ihr Rücken langsam nach oben durchbiegt, einer Hängebrücke gleich, nur noch Kopf und Füße stehen wie Stahlpfeiler im Flussbett. Und dann – zweifelhafte Metaphern, reines Vergnügen – rüttelt sie mich wie ein Goldwäscher sein Sieb! Wenn wir uns einmal darauf geeinigt haben, getrennt zu schlafen, werden wir großartige Zeiten zusammen erleben. Sie ist wirklich ein ganz, ganz prima Mädchen.

Wer hat wohl die heiße Dusche erfunden? So etwas gehört zu den Dingen, die man wissen sollte, doch letztlich weiß man es dann nie. Wir stopfen unser Gehirn mit allerlei nutzlosem Wissen voll und wissen nicht, welches Genie die Dusche oder den Papierhefter erfunden hat ... Singen wir doch das Lob berühmter Männer und unserer Väter, die uns gezeugt haben. Nur dass unsere Väter, was Erfindungen betrifft, nicht so berühmt waren. Aber was macht das schon? Die Franzosen lehrten ihre kleinen afrikanischen *piccaninnies* auswendig herzusagen: *Unsere Vorväter, die Gallier* ... Es hat Senghor nicht davon abgehalten, ein herausragender afrikanischer Dichter zu werden ... ein stolzer Sohn der Mandigallier!

Ich muss mich an die Arbeit machen. Das ist der andere Grund, warum man nicht beieinander schlafen sollte. Es hält einen vom Arbeiten ab. Und wenn wir die Leistungen unserer Väter im Erfindungsgeschäft verbessern wollen, so müssen wir uns den süßen Nutzen harter Arbeit zu eigen machen. Den morgigen Leitartikel würde ich mit Elewas heißen Händen im Schritt kaum zustande bringen.

Chris belehrt mich unablässig über die Sinnlosigkeit meiner kämpferischen Leitartikel. Sie bewirken nichts. Sie ecken überall an. Sie sind Übungen im Overkill. Sie sind kontraproduktiv. Armer Chris. Wahrscheinlich ist er jetzt so weit, dass er diesen Scheiß selber glaubt. Erstaunlich, wie nur ein Monat in Amt und Würden das Denken eines Menschen verändern kann. Ich glaube, ich werde ihn wohl bald einmal vor eine Wandtafel setzen und ihm die vielen Volltreffer meiner kämpferischen Leitartikel mit Kreide aufzeichnen müssen. Die Richtung, die ich bis jetzt im Umgang mit ihm eingeschlagen habe, ist vielleicht zu subtil: *Doch angenommen, meine kämpferischen Leitartikel wären tatsächlich sinnlos, wäre ich nicht trotzdem verpflichtet, sie zu schreiben?* Wie kann es sein, dass Chris das nicht mehr versteht?

Vielleicht wollte ich mir den Gesinnungswandel bei meinen Freunden nicht eingestehen. Vielleicht muss ich lernen, mich mit ihm auf seiner Ebene auseinanderzusetzen und seinem kurzen Gedächtnis mit den vielen Erfolgen meiner militanten Leitartikel aufhelfen. Nur, darin liegt eine große Gefahr.

Jene, die unsere Angelegenheiten schlecht verwalten, bringen stets unsere Kritik zum Schweigen, indem sie vorgeben, ihnen stünden Tatsachen zur Verfügung, zu denen wir anderen keinen Zugang hätten. Und ich weiß genau, es ist fatal, sie auf ihrem eigenen Terrain in einen Kampf zu verwickeln. Unsere beste Waffe gegen sie liegt nicht in den Fakten, die ihnen ganz anders zur Verfügung stehen, sondern in der Leidenschaft. Leidenschaft ist unsere Hoffnung und Stärke, eine Hilfe in den großen Nöten, die uns getroffen haben. Als ich die *National Gazette* von Chris übernahm, hatte ich keine ausdrückliche Meinung zur Todesstrafe, weder in die eine noch in die andere Richtung. Ich empfand nicht einmal besonderen Abscheu gegen das öffentliche Schauspiel, das man daraus machte. Hätte ich darüber abzustimmen gehabt, hätte ich wahrscheinlich aus Instinkt dagegen gestimmt, doch ohne mich darüber weiter aufzuregen. Aber all das änderte sich im Laufe eines Nachmittags. Ich wurde zum Kreuzzügler. Chris sagte, ich sei ein Romantiker, ich hätte keinen echten Kontakt zum einfachen Volk von Kangan; das einfache Volk von Kangan glaube unverrückbar an den Grundsatz »Auge um Auge« und Berichten zufolge gefiele den Leuten das Spektakel, das mir den Magen umgedreht.

Berichten zufolge! Einem Bericht zufolge, nämlich meinem, war Chris nicht einmal Zeuge des Geschehens, aber ich. Und, mein Gott, er hat recht, wenn er sagt, dass es den Leuten gefällt! Aber Gott sei Dank auch wieder vollkommen unrecht.

Ab zwei Uhr gab es keinen einzigen Stehplatz mehr am Strand, weder auf dem heißen weißen Sand noch auf den schwarzen Granitblöcken des großen Wellenbrechers, der weit hinaus ins Meer reicht. An gewöhnlichen Tagen klettern nur

Irre in selbstmörderischer Absicht auf jene riesigen Felsbrocken, die den herangaloppierenden Wellen Einhalt gebieten, wie den wilden Reitern beim Durbar-Fest die gedachte Grenze vorm Zelt des Emirs. Aber dies war kein gewöhnlicher Tag. Es war ein Tag, an dem sonst zurechnungsfähige Menschen den Verstand verloren. Unter der Menge auf dem ausgesetzten Damm befanden sich nicht wenige Frauen. Und sogar Kinder.

Das Kamerateam vom Staatsfernsehen, das hoch oben auf seinem Kran hockte, zog die große Bewunderung der Verwandten auf sich. Als sie die Kamera über die Szene schwenkten und die ganze, in der strahlenden Sonne leuchtende Farbenpracht aufnahmen – das Gelb und Rot, Weiß und Blau –, ganz besonders das Blau der einheimischen, mit Indigo eingefärbten Stoffe, lachten die Leute, schnitten Grimassen und winkten ins Objektiv.

Den einzigen freien Platz gab es jetzt nur noch auf der erhöhten Tribüne mit den nummerierten Plätzen für die VIPs und an den vier Marterpfählen, hinter denen ein eigner Damm aus Sandsäcken war. Die durch Salz und Wasserdampf verstärkte Sonnenhitze brannte so brutal auf die Stirn, dass wir alle mit den Händen die Sonne abschirmten, um unsere Augen zu schützen. Die, die so vorausschauend gewesen waren und Schirme mitgebracht hatten, konnten sie nicht öffnen, ohne andere dabei zu behindern. Direkt vor mir entspann sich eine kleine Auseinandersetzung, die erst beigelegt werden konnte, als der anstoßerregende Schirm wieder zugeklappt war.

»*I beg una-o*«, sagte sein friedliebender Besitzer, »dann werde ich eben meinen Schirm als Spazierstock benutzen.«

»*E better so*. Wir schmoren hier nicht seit heute früh, um einen Sonnenschirm zu sehen!«

Irgendwann begann ich mich zu fragen, ob ich nicht sehr töricht gehandelt hatte, als ich die Karte für einen jener in großzügigen Abständen aufgestellten nummerierten Stühle, die sich jetzt so wünschenswert kühl darstellten, ablehnte. Noch hatte kaum jemand auf ihnen Platz genommen. Das hervorstechendste Merkmal eines VIP ist doch, dass ihm sein Anteil an den guten Dingen dieser Welt stets in Fülle zur Verfügung steht, selbst dann, wenn er sich in der Kühle seines eigenen Hauses entspannt; wohingegen der Arme draußen in der Sonne steht und sich für seine paar elenden Krumen schieben, drücken und braten lässt. Da, all diese leeren, gepolsterten Sitzplätze; wie bewahrt der Arme angesichts solcher Provokationen bloß die Ruhe? Aus welch unergründlichen Brunnen der Geduld schöpft er? Die Erklärung muss wohl in seiner Gutmütigkeit liegen. Sein Humor, der bisweilen auch gegen sich selbst gerichtet ist, muss es wohl sein, der ihn vor vollkommener Niedergeschlagenheit und Mutlosigkeit bewahrt. Er hat es gelernt, noch den letzten Tropfen Freude aus seinem steinigen Los zu quetschen. Und der Narr, der ihn unterdrückt, greift genau diese Freude heraus und sagt: *Seht, sie gleichen uns nicht im Geringsten. Den Luxus, ohne den wir nicht sein können, brauchen sie nicht und wissen auch nicht, wie damit umzugehen. Sie besitzen die Fähigkeit der Tiere, die Schmerzen der, sagen wir, Domestizierung auszuhalten.* Genau dieselben Worte, die der weiße Herrscher zu seiner Zeit im Blick auf die Gesamtheit der Schwarzen benutzt hatte. Heute sagen wir dasselbe über die Armen.

Doch selbst der arme Mann vergisst bisweilen, worin der Humor liegt, und wird in seinem Leid allzu humorig. An jenem Nachmittag am Strand wurde er auf die schrecklichste Weise bestraft und lachte sich halb tot; und ich horchte schmerzhaft angespannt nach dem aufblitzende Eisen im Faltenwurf des Gelächters, doch ich hörte es nicht. Chris hat also recht. Doch wie sehr wünschte ich mir, um all der Jahre willen, die ich ihn gekannt und geliebt habe, dass der Tag nie gekommen wäre, an dem er so recht behalten hätte. Aber das nur nebenbei.

Ich hatte nie die Erwartung gehegt, dass sich der Staat in Sachen Geschmack auszeichnen würde. Doch auf die rituellen Obszönitäten, die er an jenem Nachmittag zur Schau stellte, war ich keineswegs gefasst gewesen – vom Ankleben einer Zielscheibe auf der Brust der Opfer über das Gehabe jenes hinterlistigen Wolfs in Schafskleidern, jenes Priesters, der Gott weiß welche Gotteslästerungen in das Ohr des Todgeweihten flüsterte, bis hin zu dem Arzt mit umhängendem Stethoskop, der mit Notarztschritten zu dem gebrochenen, durchlöcherten Körper eilte, gebannt die Zielscheibe abhorchte, um danach mit weisem und wissenschaftlichem Nicken kundzutun, dass alles vorüber sei. Ruft man ihn morgen, sich echter menschlicher Not anzunehmen – wie lange wird er auf sich warten lassen! Und wie teuer wird er sein! Der Staat und seine Diener übertrafen an jenem Tag am Strand bei weitem meine Erwartungen.

Aber nicht die Obrigkeit schreckte mich, auch nicht jene diensteifrigen Narren. Nicht einmal die vier, die zerfetzt wurden. Es waren die Tausende, die über ihre eigene Demütigung und Ermordung so lärmend lachten.

Als die vier Männer aus dem Gefangentransporter gezerrt wurden, erhob sich ein Tosen, wie ich es noch nie gehört hatte und nie wieder zu hören hoffte. Es war eine Ovation. Aber um Gottes willen, eine Ovation für wen?

Die vier Männer waren so verschieden wie die vier Taghimmel. Einem hatten die Beine vollkommen versagt, und er musste von zwei Polizisten zum Schafott geführt werden, seine Hose war vorne eingenässt. Der Zweite weinte zum Erbarmen und wandte unablässig den Kopf über die Schulter nach hinten. Tat er es, um den Blick nach vorn auf jene schweren, in Beton eingelassenen Balken zu vermeiden, oder gab es einen Erretter, der ihm im Traum oder in einer Vision sein Wort gegeben hatte, in letzter Sekunde zugegen zu sein? Der Dritte ging trockenen Auges und festen Schrittes. Er schrie etwas so laut und verzweifelt, dass die Sehnen und Adern an seinem Hals vortraten. Obwohl er gerade erst dem Transporter entstiegen war, schwitzte er über und über wie ein Karrenschieber auf dem Gelegele-Markt.

Der Vierte war ein Verbrecherkönig. Die Polizei sagte, er habe sie zwei Jahre lang an der Nase herumgeführt, habe drei Morde auf dem Gewissen, und ein vierter deute in seine Richtung. Er trug ein makelloses Dashiki-Hemd aus weißer, mit Goldfaden bestickter Spitze und eine schmucke blaue Polyesterhose. Seine Erscheinung, sein aufrechter, hochmütiger Gang schleuderten dem nicht enden wollenden Spott und den Schmähungen, die aus der Menge kamen, Hohn und Trotz entgegen und stachelte die Menschen zu noch heftigeren Äußerungen an. Er sparte sich seine Kraft für den psychologisch richtigen Augenblick auf, in dem das rasende Schreien der Menge plötzlich vor dem Wunsch verstummte, den Befehl des Offiziers an das Erschießungskommando nicht zu verpassen. In jener kurzen Stille verkündete er mit fester und lauter Stimme: »Ich werde wiedergeboren werden!« Zweimal sagte er es, oder wenn es dreimal war, so ging es im Sturm der Schmähungen, Anzüglichkeiten und dem Gelächter unter, so laut, dass es eindeutig der Ausgleich für die schreckliche Wahrheit jener Stille war, in der wir eingeschüchtert gestanden hatten, als habe eine Donnerstimme vom Himmel gesprochen: Seid stille und erkennet, dass ich Gott bin. Die Frau vor mir sagte:

»Na goat go born you nex time, noto woman.«

An dieser Stelle schien das dünne Band, das mich mit diesen Menschen verband, endgültig zu zerreißen. Ich wusste jetzt, dass die Menge johlen und Tränen lachen würde, hängte man in diesem Augenblick ihre eigene Mutter an den Beinen auf und risse sie in der Mitte auseinander wie einen alten Lappen. Ich frage mich noch immer, wie es möglich war, dass die Menschen, als dieser schreckliche Fluch ausgesprochen wurde, lachen konnten, oder dass sie sich von der Aussicht auf die Erfüllung dieses Fluches nicht bedroht sahen. Denn mir war klar, dass die Worte des Verbrechers, die er mit der ganzen Kraft innerer Ruhe in die Hysterie der Menge hineingesprochen hatte, wenige Minuten, ehe sich die weiße Spitze blutrot färbte und sein verhüllter Kopf sich augenblicklich neigte und auf die Brust herabsank, dass diese Worte größer waren als er selbst, dass es in der Tat prophetische Worte gewesen waren. Sollte an der Vision, die ihm in seinen letzten Augenblicken gewährt worden war, irgendetwas Besonderes auszusetzen sein, so ist es dies: Er sah seine Wiedergeburt für die Zukunft voraus, wo sie doch schon eine eindeutig vollendete Tatsache war. Stand er nicht in eben jenem Augenblick hoch aufgerichtet in gestohlenen Spitzen und Polyesterhose überall inmitten dieser richtungslosen und verwirrten Menschenmenge? Und eiferten er und all seine unzähligen Doppelgänger nicht jenen anderen nach, die uns täglich mehr stehlen als nur Spitze und Polyester? Führer, die offen unsere Schatzkammer plündern, deren Unverschämtheit unsere nationale Seele beschmutzt.

Die einzige glückliche Erinnerung an jenen Nachmittag war die Frau vor mir, die sich ausgiebig auf den Rücken des Mannes mit dem Schirm erbrach und die ganze Schweinerei mit ihrem Damast-Gele saubermachen musste. Ich stelle mir gerne vor, dass es überall in der Menge ihresgleichen gab, Leute, die ihren stinkenden Schmutz mit ihren teuren Kleidern beseitigen mussten. Natürlich gab es viele, die ohnmächtig wurden, doch meine Reporter schrieben alles der stechenden Sonne zu. Übrigens berichteten sie auch, es sei ein äußerst erfolgreicher Tag für Taschendiebe gewesen – kleinere Reinkarnationen des königlichen Räubers.

Am nächsten Tag schrieb ich meinen ersten kämpferischen Leitartikel, in dem ich den Präsidenten aufforderte, unverzüglich eine Verordnung zur Abschaffung jenes Gesetzes zu erlassen, das dieses abscheuliche und empörende Schauspiel zuließ. Ich schrieb diesen Leitartikel so leidenschaftlich, dass ich ihn sogar mit einer Strophe auf die Melodie »Herr, dein Wort ...« abschloss.

Böser Männer graus'ge Taten
drohen uns nicht allzu sehr –
doch unser Tun und unser Lassen
ihrem Vorbild anzupassen,
ihnen nicht nur gleich zu werden,
uns noch schlimmer zu gebärden,
wiegt um vieles Mal so schwer.

Ein schlechtes Lied, wie dies ja bei den meisten Kirchenliedern der Fall zu sein scheint. Doch die Leute sangen es in allen Straßen von Bassa. Chris kritisierte den von mir angeschlagenen Ton und meine Taktlosigkeit, so zu tun, als wolle ich Seiner Exzellenz Vorschriften machen. Doch als besagte Exzellenz sich anschickte, genau das zu tun, was ich gefordert hatte, musste Chris andere Töne anschlagen. Mein Leitartikel hatte plötzlich überhaupt nichts mehr mit der neuen Verordnung zu tun, Seine Exzellenz war völlig unabhängig davon zu dem Schluss gelangt, dass er mit der Abschaffung aller unpopulären Maßnahmen des bürgerlichen Regimes punkten konnte. Und die Verordnung zum Gesetz über öffentliche Hinrichtungen war nur ein Plus. Und das war derselbe Chris, der mich eben noch wegen meiner Unwissenheit darüber gerügt hatte, dass öffentliche Hinrichtungen praktisch ein Volkssport seien.

Seit jenen Ereignissen ist mehr als ein Jahr vergangen, und in dieser Zeit habe ich mich erfolgreich gegen Chris' Konzept von der Zurückhaltung eines Leitartiklers gewehrt. Aber wie lange noch?

»Ich habe drei- oder viermal dein Büro angerufen«, sagt er, kaum dass ich zur Tür herein bin. Er schaut nicht mich an, sondern auf den Stapel beschriebener Papiere, die er zwischen den Händen mehrmals auf den Schreibtisch stößt, um sie auf Kante zu bringen.

»Ich nehme an, du bittest mich, dir eine Erklärung darüber zu geben, warum ich nicht *on-seat* war.«

»Ach, sei nicht albern, Ikem. Ich sage nur …«

»Nun, Sir. Ich musste zur Garage, um mir eine Batterie auszuleihen, damit meine neu aufgeladen werden kann. Es tut mir leid.«

»Ich wollte dich wegen des heutigen Leitartikels sprechen.«

Er schaut mich noch immer nicht an, doch trotz äußerer Ruhe bemächtigt sich wachsende Irritation seines Gesichts und seiner Stimme. Dieser Tage scheint es mir nicht mehr zu gelingen, ihn wirklich wütend zu machen; ich irritiere ihn nur noch.

»Was ist mit dem Leitartikel?«

»Was wohl! Weißt du, Ikem, ich habe es aufgegeben, verstehen zu wollen, was du eigentlich im Sinn hast. Ich habe es wirklich aufgegeben.«

»Gut! Endlich!«

»Wie kannst du nur dir selbst, und allen anderen dazu, ständig neue, unnötige Probleme schaffen.«

»Also bitte! Kümmere dich um deine eigenen Angelegenheiten, Chris. Ich bin durchaus in der Lage, für mich selbst zu sorgen. Und was meine Leitartikel angeht, so werde ich, solange ich Chefredakteur der *Gazette* bleibe, niemandes Erlaubnis einholen für das, was ich schreibe. Das hab ich dir tausendmal schon gesagt. Und wenn es dir nicht passt, Chris, dann weißt du doch, was du zu tun hast. Oder etwa nicht? Du hast mich doch eingestellt!«

»Lass dir eines gesagt sein – im Augenblick wäre eine Kündigung das geringste deiner Probleme. Du tätest gut daran, dir für S. E. eine gute Erklärung zurechtzulegen. Doch er wird mich wahrscheinlich zuerst fragen, und das war auch der einzige Grund, warum ich dich anrief. Und ich sage dir jetzt ein für alle Male, dass ich die Nase voll davon hab', dich jeden Donnerstag verteidigen zu müssen.«

»Mich verteidigen? Du meine Güte! Wer um alles in der Welt hat dich gebeten, mich zu verteidigen? Gegen was überhaupt? Da hättest du aber ordentlich zu tun, Chris.«

»Nun ja, wie dem auch sei. Ich werde es einfach nicht mehr tun. Von jetzt an kannst du tun und lassen, was du willst, und die Suppe selbst auslöffeln, die du dir eingebrockt hast.«

»Danke, Sir. Sonst noch etwas, oder kann ich jetzt gehen?«

»Allerdings kannst du jetzt gehen!«

»Das war kurz und schmerzlos«, sagt seine kleine angemalte Puppe im Vorzimmer. Sprachlos starre ich sie nur wütend an und knalle die Tür hinter mir zu. Doch ein paar Schritte weiter, auf dem Flur, fällt mir ein, was ich hätte sagen sollen. Zu spät. So etwas wie: Es ist mir zu Ohren gekommen, dass du es lang und schmerzhaft magst. Ich blieb stehen, wog ab, besann mich eines anderen und ging weiter.

Dieser jungen Dame sagt man nach, dass sie Chris so lange nicht weiterverbindet, bis die Sekretärin am anderen Ende ihren Chef dranhat. Offensichtlich betrachtet sie es als schwerwiegenden Verstoß gegen das Protokoll, wenn der Honourable Commissioner mit einem Assistenten spricht. Ich frage mich, warum in diesem Land nur alles zum Standesritual werden muss. Der Schwergewichtschampion darf sich nicht sehen lassen, sondern muss im Umkleideraum warten, bis sich der Herausforderer im Ring die Beine in den Bauch gestanden hat. Ich muss sagen, dieses ganze Theater sieht überhaupt nicht nach Chris aus, wahrscheinlich wird es ohne sein Wissen inszeniert. Wann wird er endlich lernen, dass die Macht wie eine Ehefrau am anderen Ufer des Niger ist: ständiges Paddeln bei Nacht.

Es scheint, dass Chris sich umsonst abgequält hat. Eine Woche ist vergangen, und noch hat mir kein Eilbote einen in der aufdringlichen Schrift der Remingtons aus dem Präsdidentenpalast geschriebenen Beschwerdebrief gebracht. Weder ein grüner Armeejeep noch ein blauer Polizeijeep ist vor der *Gazette* oder dem Wohnblock vorgefahren. Chris kommt sich ziemlich blöd vor. Natürlich. Ich kann es ihm nicht verdenken. Ich muss ihn heute Abend mal besuchen und sehen, ob ich ihn aufmuntern kann.

Einen Diktator zu verehren ist so lästig. Wenn es nur darum ginge, sich auf den Kopf zu stellen, wär's ja nicht mal so schlimm. Mit ein wenig Übung könnte das jeder lernen. Das wirkliche Problem besteht jedoch darin, dass du von einem Tag auf den anderen, von einer Minute zur anderen, kaum noch weißt, wo oben und wo unten ist. Als Chris zuletzt im Präsidentenpalast war, scheint es, dass der Big Boss kategorisch erklärt hatte, Abazon einen Besuch abstatten zu wollen. Chris ging weg und begann pflichtschuldigst, diese Nachricht an jedermann, mich inbegriffen, weiterzugeben. Doch in der Zwischenzeit hatte der Big Boss ein kurzes Nickerchen gehalten und beim Aufwachen die Welt mit anderen Augen gesehen. »Auf keinen Fall darf ich meine loyalen Untertanen in Abazon besuchen«, sagt er jetzt. Und alle Vorbereitungen werden sofort rückgängig gemacht, was durchaus in Ordnung ist, abgesehen von der Tatsache, dass niemand daran denkt, den Honourable Commissioner, dessen Auftrag es ist, derart wesentliche Informationen in allen vier Provinzen des Reiches zu verbreiten, in Kenntnis zu setzen. Und so lässt man den armen Chris völlig im Stich.

Mir hat auch niemand Bescheid gesagt. Doch ich hatte auch nie erwartet, dass man mich informieren würde, und das ist der große Unterschied zwischen Chris und mir. Ich hatte zufällig ein bestimmtes Gefühl, wie die Sache laufen würde, und als frei Handelnder setzte ich mich in der Nacht, nachdem Elewa in jenem Taxi nach Hause gefahren war, hin und fasste meine Gedanken zusammen. Ich versuche seit langem, Chris klarzumachen, dass so das Leben einfacher ist. Viel einfacher. Schau dich nicht unablässig um, sage ich ihm; es gibt keinen Erretter, der kommen wird – möglicherweise etwas zu spät. Marschiere an die Wand und stell dich dem Erschießungskommando wie ein Mann. Viel einfacher.

Doch die eigentliche Ironie besteht darin, dass meine Methode, selbst gemessen an den Maßstäben, die Chris sich setzt, erfolgreicher ist. Wie viele Male ist es mir nun gelungen, die Gedanken des Big Man besser zu erraten als alle Höflinge. Wer weiß, möglicherweise wird man mich demnächst der Zauberei verdächtigen oder eines geheimen heißen Drahtes zum Palast! Denn es lässt sich nicht mit der Vernunft vereinbaren, dass ich aus meiner Einsiedlerhütte im Wald die Gedanken des Kaisers besser erraten sollte als die hypnotisierten Speichellecker, die ihm täglich aufwarten. Dabei ist es eigentlich ganz einfach. Der Kaiser mag vielleicht ein Narr sein, doch er ist kein Ungeheuer. Noch nicht, obwohl er, wenn Chris und Co. erst mit ihm fertig sind, ganz gewiss eines sein wird. Doch im Augenblick ist er Gott sei Dank noch o.k. Deshalb glaube ich im Grunde, dass seine Absichten lauter sind. Ich weiß, dass einige meiner Freunde da anderer Meinung sind. Selbst Chris. Aber ich bin mir ganz sicher, dass ich recht habe; ich bin sicher, dass Sam, wenn wir uns ins Zeug legen, noch zu retten ist. Nur scharwenzeln so viele mit ihren Partikularinteressen um ihn herum, wie der Generalstaatsanwalt, dass er gar nicht mehr wissen kann, wo es langgeht. Das ist das eigentliche Problem. Und genau da sollten Chris und ich etwas tun – ihm durch die Lücken in den Reihen seiner Hofnarren ein wenig Licht spenden; wir, die wir ihn länger als alle anderen kennen, sollten uns nicht messen wollen. Mit einer Reihe kontroverser Leitartikel habe ich so viel Licht in die Dinge gebracht, wie ich nur konnte. Mit Chris zusammen könnte ich so viel mehr tun. Wäre Sam ein stärkerer Charakter oder auch klüger, würde er unserer Hilfe wahrscheinlich nicht bedürfen; doch dann wäre er aller Wahrscheinlichkeit nach überhaupt nie Seine Exzellenz geworden. Nur Schwachköpfe stolpern in solche Ungeheuerlichkeiten hinein.

Chris hat, wie ich finde, eine sehr gute Theorie über den Militärberuf. Nach dieser Theorie ist das Leben eines Militärs für zweierlei Typen attraktiv: für die wahrhaft Starken, die es sehr selten gibt, und für alle anderen, die gerne stark sein möchten. Die erste Gruppe bringt hervorragende Soldaten hervor, die gute Menschen bleiben und kaum jemals ihre Stärke zeigen, geschweige denn zur Schau stellen. Die anderen sind nur zum Angeben da. Das ging mir bei zwei verschiedenen Vorfällen auf, die sich beide interessanterweise auf dem Gelegele-Markt abspielten. Ein schwankender, zanksüchtiger Betrunkener versuchte mit einem hochgewachsenen Fremden, der einen kleinen Koffer trug und offensichtlich auf dem Weg zum Parkplatz war, einen Streit anzuzetteln. Ich glaube, der Betrunkene versuchte zu behaupten, der Handkoffer oder sogar die Kleidung des Mannes gehöre ihm. Jedermann auf dem Markt, so schien es, kannte den Betrunkenen, denn viele, die Zeugen des sich nun Abspielenden wurden, gaben dem starken Mann mit dem Handkoffer denselben Rat. »Mein Freund, begegnest du diesem Narren nicht mit aller Strenge, so wird er dich zu Tode plagen.« Doch dem Fremden schien mehr daran gelegen, seinem Quälgeist zu entkommen, als den Rat der Menge zu befolgen. Sie konnten jedoch nicht einsehen, warum es jemand einem betrunkenen Narren gestatten sollte, ihn auf diese unerhörte Weise zu belästigen, es sei denn, etwas wäre tatsächlich nicht in Ordnung mit ihm. Vielleicht war die Kleidung, die er trug, gar nicht sein Eigentum. In dem Augenblick erkannte einer, der eben zu der Menge hinzugetreten war, in dem Fremden den Sieger der Ringwettkämpfe von Kangan vom Abend zuvor. »Kein Wunder«, sagte jemand schlicht und einfach, und auch alle Übrigen schienen nun zu verstehen. Ihre Menschenkenntnis war erstaunlich.

Die andere Begebenheit spielte sich auf dem Parkplatz selbst ab. Ich saß lesend in meinem Wagen und wartete auf eine Freundin, die sich unten in der Frisierbude das Haar flechten ließ. Rings um die geparkten Wagen hatten Jugendliche, die gebrauchte Kleidung verkauften, ihre Artikel auf hölzernen Kleiderständern zur Schau gestellt. Von Zeit zu Zeit gab es auf irgendein geheimes Zeichen hin eine wilde Panik, weil ein Polizist oder der Marktaufseher in Sichtweite waren, denn offensichtlich hatte keiner dieser ausgelassenen Straßenhändler auch nur das geringste Recht, seine Ware auf jenem Teil des Marktes zur Schau zu stellen, der den Autos vorbehalten war. In nicht mehr als einer einzigen Sekunde voll unglaublichen Tumults pflegten die Hunderte von Holzgestellen, die mit den schweren, ausrangierten Kleidungsstücken ferner wohlhabender Konsumgesellschaften gemäßigter Zonen behängt waren, einfach in der hellen Mittagssonne dahinzuschmelzen. Meistens erwies sich der Alarm als falsch, und sie pflegten genauso prompt und geheimnisvoll wieder zu erscheinen, wie sie verschwunden waren; lachend und witzelnd bezogen sie wieder ihre verbotenen Posten. Nie lasse ich mir die Gelegenheit entgegen, einfach im Wagen zu sitzen, zu lesen oder vorgeblich zu lesen, während mich das herrlich aufregende, unbändige Leben dieser dramatischen Leutchen umgibt. Natürlich gleicht der ganze Gelegele-Markt tausend Theaterstücken, die alle gleichzeitig aufgeführt werden. Der Frisierbude zum Bespiel, wo Joy gerade auf einer Matte am Fußboden sitzend ihr Haar flechten ließ, den Kopf zwischen den Knien des Künstlers, dessen geschickten Händen sie schwarze Wollfäden reichte, mangelte es keineswegs an Unterhaltungwert. Doch ich zog jederzeit meine stürmischen Jugendlichen mit den gebrauchten Kleidern allem anderen vor.

Ich war deshalb äußerst schockiert, als jenes Armeefahrzeug mit rasender Geschwindigkeit heranfuhr, noch ehe es zum Stillstand gekommen war, den Rückwärtsgang einlegte und mit Karacho rückwärts in den Kleiderständer eines jungen Mannes hineinfuhr, dem es nur knapp gelang, sich aus der verderblichen Bahn des Wagens zu retten. Rundum brach großes Geschrei aus. Der Fahrer stieg aus, drückte den Verriegelungsknopf und schlug die Tür zu. Der junge Händler hatte seine Stimme wiedergefunden und fragte bange:

»*Oga*, willst du mich umbringen?«

»*I kill you I kill dog*«, sagte der Soldat mit einer Vehemenz, die ich kaum glauben konnte. Ganz mechanisch öffnete ich meine

Tür und stieg aus. Ich glaube, ich wollte gerade dem Kerl sagen, dass er sich eine solche Bemerkung hätte sparen können. Aber ich bin froh, dass ich es dann doch nicht getan habe, denn es gibt Dinge, die ein Beobachter nur erkennen kann, wenn er der Versuchung widersteht, sich in die Auseinandersetzung einzumischen und selbst zum Akteur zu werden. Also schaute ich nur zu, wie dieser Esel mit der übertriebenen Großspurigkeit des Feiglings davonging, und setzte mich wieder in meinen Wagen. Aber ich kochte vor Ärger. Bei meinen jungen Freunden herrschte totales Schweigen, so perplex waren sie. Doch dann lachte plötzlich der, den der Wagen um ein Haar erfasst hatte:

»Meint er denn, wenn er mich umgebracht hat, dann wird er gehen und einen Hund umbringen?«

Alle lachten mit ihm.

»Nein, er meint, wenn er dich umbringt, dann ist es, wie wenn er einen Hund umbringt.«

»Also bist du ein Hund … *Na dog born you.*«

Doch das Opfer bestand auf seiner weitaus phantasievolleren Interpretation.

»Nein«, sagte er noch einmal. *»I kill you I kill dog* heißt, wenn er mich umgebracht hat, geht er nach Hause und bringt seinen Hund um.«

Innerhalb von zehn Minuten hatte diese neue Überzeugung das Leben der ganzen Gruppe so gut wiederhergestellt, dass, als der aggressive Soldat zu seinem Wagen zurückkehrte, jener, der noch vor einer halben Stunde sein Opfer gewesen war, zu ihm sagte:

»Alles Gute, *Oga.*« Worauf dieser nichts zu erwidern wusste, obwohl ihn das noch kleiner werden ließ, wenn das überhaupt möglich war. Und da war ich wirklich froh, dass ich mich in dieses hübsche Szenario nicht eingemischt hatte.

Die Bemerkung, dass Sam nie sehr klug war, soll keineswegs bedeuten, dass er zu irgendeiner Zeit in der Vergangenheit ein Dummkopf war oder dies auch heute noch sei. Sein größter Fehler war, dass er niemals etwas anderes tun wollte als das, was von ihm erwartet wurde, und dies ganz besonders vonseiten der Engländer, die er so sehr bewunderte, dass es an Torheit grenzte. Als ihm unser Schulleiter, John Williams, sagte, dass die Armee die einem Gentleman angemessene Karriere sei, beschloss er sofort, sein Vorhaben, Arzt zu werden, aufzugeben und stattdessen Soldat zu werden. Ich bin sicher, dass der einzige Grund, warum er das englische Mädchen, das MM für ihn in Surrey ausgesucht hatte, nicht heiratete, das vernichtende Beispiel von Chris und seiner amerikanischen Frau Louise war, die dieser, bitte schön, in London geheiratet hatte und nicht in New York, was wenigstens noch einen gewissen Sinn ergeben hätte. Aber vermutlich können sich zwei Fremde durchaus eine Nähe einreden, sofern sie nur, und sei es von den entgegengesetzten Enden der Welt, auf derselben abgelegenen Insel gestrandet sind. Unglücklicherweise haben Chris und Louise während ihres sechsmonatigen Zusammenlebens kein einziges Mal im Bett oder sonst wo zueinandergefunden.

John Williams, unser Lehrer, der Strafen mit seinem Lieblingsspruch »Ein voll, gedrückt, gerüttelt und überfließend Maß« zu umschreiben pflegte, hat wahrscheinlich doch die beste Wahl für Sam getroffen. Er wuchs so selbstverständlich in seine Rolle hinein, viel leichter, denke ich, als in die Rolle eines Arztes, obwohl ich ganz sicher bin, dass er am Krankenbett eine tadellose Figur gemacht hätte. Doch nachdem er Sandhurst absolviert hatte, war er zum Katalogmodell eines Offiziers geworden. *Sein* Lieblingsausspruch, den er nach seiner Rückkehr mit perfektem Akzent von sich zu geben pflegte, war *It's not done.*

Ich besuchte Sam am Morgen nach der Bekanntgabe seiner Beförderung zum Hauptmann. Es war ein Sonntagvormittag gegen zehn Uhr. Ich traf ihn im Morgenrock auf einem Sofa liegend an, alle Sonntagszeitungen ringsumher auf dem Fußboden verstreut, auf einem kleinen Seitentisch eine halbgerauchte Pfeife und auf dem Plattenteller Mozarts *Eine kleine Nachtmusik*, eine 7-Zoll-Vinylschallplatte für 45 Umdrehungen, die auf 33⅓ lief. Das war Sams Problem. Nicht sehr helle, aber nicht schlecht. Und vollkommen unmusikalisch. Es gibt nichts Unterhaltsameres, als zu hören, wie Sam versucht eine Melodie zu pfeifen.

Und noch etwas erleichtert den Umgang mit Sam ungemein: sein Sinn für Theatralisches. Im Grunde ist er ein großer Schauspieler, und die Hälfte dessen, was wir ihm ankreiden, ist Repertoiretheater ohne moralische Tiefe. Die Gepflogenheiten der Engländer, ganz besonders jene der oberen Schichten, faszinierten ihn, und er fand Gefallen daran, sich ihrer geschickt zu bedienen. Als er mir erzählte, dass er sich einen ganzen Vormittag lang Zeit genommen hatte, um in einem vornehmen Laden in Mayfair eine elegante Pfeife auszusuchen, wurde mir klar, dass er sich selbst überhaupt nicht ernst nahm. Und deshalb gab es auch für mich keinen Grund, das zu tun.

Natürlich mag man sehr wohl in Frage stellen, ob dergleichen Verhalten einem Staatsoberhaupt angemessen sei. Doch ganz offen gesagt, bereitet mir dies keine Sorge. Ganz im Gegenteil denke ich, dass dieser intellektuelle Spieltrieb, den Sam demonstriert, wohl weniger gefährlich ist als die freudlose Machtbesessenheit vieler afrikanischer Tyrannen. Solange er gut beraten ist und nicht zu tief unter den Einfluss von Rasputins wie Reginald Okong gerät, können wir möglicherweise das Allerschlimmste noch verhindern.

Vielleicht bin ich viel zu optimistisch, doch seine Reaktion auf die Ärztekrise gab mir viel Hoffnung und Ermutigung. Er hatte sofort erkannt – genauso wie ich, aber Chris wollte es nicht wahrhaben –, dass keineswegs Mad Medicos verrückte Graffiti der Grund waren, warum ihm die Zunft so wütend an die Kehle ging. Weit gefehlt. Sein Verbrechen bestand vielmehr darin, dass er es gewagt hatte, einen aus ihren Reihen in Verruf zu bringen. Öffentlich gaben sie wohl zu, dass Dr. Ofe möglicherweise unethisch gehandelt habe, doch gab dies einem Laien, und dazu noch einem Ausländer, das Recht, die Verwandten eines toten Patienten aufzuhetzen und ihnen sogar sein eigenes Geld anzubieten, um das Krankenhaus, in dem er arbeitete, vor Gericht zu bringen? Die Antwort auf ihre eigene rhetorische Frage war natürlich ein entschiedenes Nein. Meine, und Gott sei Dank auch die Seiner Exzellenz, war ein gleichermaßen nachdrückliches Ja. Um Chris gegenüber fair zu sein, er widersprach uns nicht in der Ofe-Affäre, sondern blieb auf der Linie, dass die Proteste der Ärzte gegen Mad Medicos Botschaften vollkommen getrennt und als Sache für sich gesehen werden müssten. Der Generalstaatsanwalt, dieser Winkeladvokat, muss Chris wohl kostenlos Nachhilfeunterricht erteilt haben.

Mit seiner üblen Schmähaktion hat sich Mad Medico ins eigene Fleisch geschnitten. Sie war unverantwortlich und riskant. Nach seinem Scharmützel mit den Ärzten hätte er wissen müssen, dass er sich Feinde gemacht hatte, die mancherorts aus dem Hinterhalt auf seinen Kopf anlegen würden. Er ist ihnen weit über das notwendige Maß hinaus entgegengekommen und hat ihnen seinen Kopf auf dem Silbertablett serviert.

Als ich mich in Leitartikeln für ihn starkmachte, hatte ich keinerlei Grund, seine grobe Verletzung des guten Geschmacks zu beschönigen. Doch ich musste dem das Bild jenes armen Mannes gegenüberstellen, der unter unaussprechlichen Schmerzen vier Tage und Nächte lang in der Chirurgie gelegen hatte, während seine außer sich geratenen Verwandten vom Krankenhaus in ein weit entfernt gelegenes Dorf rannten und wieder zurück und umsonst versuchten, die 25 Manillas aufzubringen, die Dr. Ofe haben musste, ehe er zu operieren bereit war. Alle Zeugen sprachen von den Schreien des Mannes, die den Krankensaal füllten und die man bis in die Notaufnahme am Tor des Krankenhauses hören konnte. Sie sprachen von den

Schwestern, die keine Mittel mehr hatten, um ihn zur Ruhe zu bringen, und die den Krankensaal stundenlang verließen, um selbst irgendwo ein wenig Ruhe zu finden. Drei Krankenschwestern erzählten von ihren Bemühungen, Dr. Ofe ans Telefon zu bekommen, von seinen Drohungen, Disziplinarmaßnahmen gegen sie zu ergreifen, sollten sie ihn weiterhin zu Hause belästigen, und von seinen Anweisungen, dem Mann immer noch einmal eine Dosis Morphium zu spritzen. Und der Arzt, der schließlich die Operation durchführte, nachdem Mad Medico in die Angelegenheit eingegriffen hatte, sprach bei der Untersuchung von all den endlosen schwarzen Darmschlingen – ein oder zwei Meter; ich erinnere mich jetzt nicht mehr daran –, die er herausnehmen musste, und dass alles bereits viel zu spät gewesen war. In meiner Entscheidung, ob ich zusehen sollte, wie sie MM aus dem Land jagten, ging es also um diese Geschichte, die ich an die Seite der Torheiten von Mad Medico stellen musste. Mir war eindeutig klar, dass ungeachtet der weiteren möglichen Torheiten, auf die sich Mad Medico in Zukunft einlassen würde, es moralisch inakzeptabel wäre, wenn Dr. Ofes Freunde, wenn auch indirekt, den Triumph über ihn davontragen würden. Glücklicherweise war Seine Exzellenz in dieser Sache mit mir einer Meinung. Chris sagt, ich sei sentimental. Nun, meinetwegen!

Vielleicht bin ich so nachsichtig mit Sams Imitation der Engländer, weil ich finde, dass sich ein angehender Diktator weit schlimmere Vorbilder aussuchen könnte als den begüterten englischen Gentleman. Ich habe nicht den Eindruck, dass die Engländer heutzutage noch irgendjemanden Schaden zufügen können. Nach einer langen Laufbahn der Unterwerfung von Wilden in den entlegensten Winkeln der Welt entpuppte sich als der gefährlichste von allen, den sie je bezwungen haben, der gleich auf der anderen Seite des Ärmelkanals. Doch die Anstrengung war groß, der Preis war hoch, und obwohl sie sich tapfer schlugen, sorgten sie dafür, dass sie nie wieder in die Verlegenheit kämen, das noch mal machen zu müssen. Also salbten sie den Helden ihres unglaublichen Sieges zum größten Engländer aller Zeiten, ließen ihn bei den Wahlen fallen und stimmten für Clement Attlee. Mit welcher Furcht auch immer der Geist des britischen imperialen Sendungsbewusstseins die kleinen Menschen dieser Welt noch im Griff hielt – sie verschwand endgültig, als ein abtrünniger Engländer mit seiner kleinen Diebesbande die Kolonie Ihrer Majestät in Rhodesien für sich in Besitz nahm und sie dreizehn Jahre lang beherrschte. Nein, die Engländer sind für die Welt praktisch keine Bedrohung mehr. Die wirkliche Gefahr geht heute von jenem dicken, millionenschweren Delinquenten Amerika aus und von all jenen giftigen, missratenen Spinnern wie Amin und Bokassa, die Europa in Afrika gezeugt hat. Ganz besonders von denen.

Ich denke, viel von der großen Veränderung, die über Sam gekommen ist, begann, nachdem er zum ersten Mal an einem Treffen der OAU teilgenommen hatte. Chris und ich und noch ein paar andere Freunde besuchten ihn im Palast, so wie wir es damals häufig taten. Ich sah sofort, dass das nicht mehr derselbe Sam war, der Bassa vor nicht mehr als einer Woche verlassen hatte. Alle sprachen hinterher über diese Veränderung – Chris, Mad Medico und die andern. Er erzählte wie ein aufgeregter Schuljunge von seinen Helden, von dem alten Kaiser, der niemals lächelte und dessen Gesichtsausdruck sich niemals veränderte, ungeachtet dessen, was um ihn herum vor sich ging.

»Vielleicht hört er nicht gut«, sagte Mad Medico.

»Unsinn«, sagte Seine Exzellenz. »Er hört ausgezeichnet. Am fünften Tag frühstückte ich mit ihm. Er hörte alles, was ich sagte, ist äußerst lebendig und hat einen unglaublichen Sinn für Humor.«

»Also trägt er sein Maskengesicht nur bei den großen Stammestreffen«, sagte ich.

»Ich wünschte, ich könnte so aussehen wie er«, sagte Seine Exzellenz sehnsüchtig, dabei weilten seine Gedanken offensichtlich in weiter Ferne. Hätte mir jemand von diesem Gespräch berichtet, ganz besonders von dem Satz *Ich wünschte, ich könnte aussehen wie er,* so hätte ich es nicht geglaubt. Ein junger Mann, der wünscht, er könnte aussehen wie ein Achtzigjähriger!

Doch die Persönlichkeit, von der Sam am meisten erzählte, war Präsident Ngongo – besser gesagt: Präsident auf Lebenszeit Ngongo –, der Sam mit »mein lieber Junge« anredete und ihn gleich am zweiten Tag zu Cocktails in seine Hotelsuite einlud. Ich habe wenig Zweifel, dass Sam die Angewohnheit, *Kabisa!* zu sagen, vom alten Ngongo übernommen hat. Innerhalb einer Woche hatte sie das Kabinett angesteckt und griff immer weiter um sich, bis hinein in die Cocktailszene von Bassa. Von dort bahnte sie sich nach und nach ihren Weg in die Allgemeinheit. Neulich sagte der Fahrer unseres Büros, der mich in die Garage fuhr: »Batterien aufladen ist reine Geldverschwendung; wenn die Batterie spinnt, musst du eine neue kaufen. *Kabisa!*«

Es ist unwahrscheinlich, dass Sam nichts als *Kasiba!* in seinem Koffer mit nach Hause brachte. Möglicherweise irre ich mich, doch ich spürte, dass unser Empfang im Palast von jener Zeit an merklich kühler wurde. Die Beendigung der freundschaftlichen Beziehungen an sich ist nicht von Wichtigkeit, doch der Zeitpunkt dafür musste es wohl sein. Ich schreibe es dem zu, dass Sam zum ersten Mal die Möglichkeiten eines eigenen Dramas und seiner Rolle als afrikanisches Staatsoberhaupt erkannte und beschloss, er müsse sich nun in die Abgeschiedenheit zurückziehen, um seine eigene Maske zu gestalten und seinen Auftritt zu vervollkommnen.

5

»Dasselbe für mich«, sagt Ikem.

»Scheiße!«, erwidert Mad Medico. »In diesem Haus brauchst du es doch deinem verdammten Chef nicht nachzutun. Komm, los, nimm einen Scotch oder Campari oder sonst was – du kannst auch Wasser haben –, um es ihm mal so richtig zu zeigen!«

»Zu spät«, sagt Ikem. »Wir wurden gleich zu Sklaven von Gordon's Dry Gin gemacht. Jeglicher Versuch, Widerstand zu leisten, kommt zu spät und ist vergeblich. Gin wird es sein bis in alle Ewigkeit. Amen.« Muntere Worte, doch weder in Stimme noch Gesicht das leiseste Anzeichen von Fröhlichkeit.

»Wie kommst du drauf, dass Ikem tut, was ich sage? Na, dann erfährst du es mal wieder als Letzter. Er wäre lieber tot – ich dachte, alle, selbst du, wüssten das.«

»Einem Führer zu folgen, der seinem Führer folgt, wäre ein schöner Zirkus«, sagt Ikem immer noch unfroh.

Mad Medico mischt Longdrinks, die durch Eiswürfel, die er mit den Fingern aus einer Plastikschüssel fischt und ins Glas wirft, noch länger werden. Jedem fügt er ein wenig Tonic hinzu, und ich bitte ihn, bei mir noch etwas mehr hineinzutun. Aus einer anderen Schüssel wirft er in jedes Glas ein Stückchen Zitrone; ehe es hineinfällt, drückt er es zwischen Daumen und Zeigefinger ein wenig aus, dann rührt er um. Während dieses ganzen Vorgangs hat er sich zwei- oder dreimal die Finger abgeleckt oder sie am Hosenboden seiner blauen Shorts abgewischt. Ich bemerke, dass Ikems neue Freundin, Elewa, zuerst entsetzt ist und dann fasziniert. Sie erlebt Mad Medico zum ersten Mal aus der Nähe, obwohl sie offensichtlich schon viel von ihm gehört hat. Das hat schließlich jeder. Möglicherweise erlebt sie einen weißen Mann zum ersten Mal aus der Nähe.

Mad Medicos richtiger Name lautet John Kent, doch hier nennt ihn keiner mehr so. Ihm gefällt das Etikett, bei seinen besten Freunden heißt er kurz MM. Natürlich ist er weder Arzt noch eigentlich verrückt. Ikem beschrieb ihn einmal als verhinderten Poeten, und ich denke, das erklärt besser als alles andere das Phänomen John Kent. Und die beiden, Poet und verhinderter Poet, verstehen sich ausgezeichnet. Wie jedermann weiß, verstand sich MM auch sehr gut mit Seiner Exzellenz. Aufgrund ihrer Freundschaft war er überhaupt hierhergekommen, sie hatte ihn zum Verwaltungsdirektor des Krankenhauses werden lassen und hatte ihn vor einem Jahr vor unerwarteter Ausweisung bewahrt.

Elewas Faszination wächst, als sie mit weitaufgerissenen Augen und erstauntem Blick Mad Medicos seltsame Wohnung erforscht. Ich finde ihre Frische äußerst attraktiv. Jetzt stupst sie Beatrice und zeigt auf die Worte, die eine des Lesens und Schreibens nicht ganz kundige Hand auf die Wand hinter der Bar über der langen Reihe von Flaschen gemalt hat. Beatrice kichert pflichtschuldig mit, obwohl sie sie mindestens schon ein Dutzend Mal gesehen hat. Mad Medico bemerkt die Faszination der jungen Dame und erklärt ihr, dass er die Inspiration zu den Zeilen seinem Hausangestellten Sunday verdanke.

ALL DE BEER
DEM DRINK FOR HERE
DE MAKE ME FEAR

Wenn dies tatsächlich Sundays Inspiration zu verdanken war, so beweist dies nur die Wahrheit des Sprichworts: Gleich und Gleich gesellt sich gern. Denn Mad Medico hat eine seltsame Leidenschaft für Graffiti, die zum Anlass für den ganzen Aufruhr wurden, der ihn vor ungefähr einem Jahr fast seinen Job und seine Aufenthaltsgenehmigung im Lande gekostet hätte, wären nicht Seine Exzellenz und Ikem ihm zu Hilfe gekommen – ihre bis zum heutigen Tag einzige konzertierte Aktion. Die Ärzte waren drauf und dran gewesen, ihn bei lebendigem Leib zu vierteilen, und ich kann es ihnen nicht ganz verdenken. Ikem besteht darauf, dass einige der Ärzte die Gelegenheit wahrnahmen, um sich anderen Ärgers zu entledigen, aber ich finde nach wie vor, dass die Sprüche unentschuldbar waren und von bedauerlich schlechtem Geschmack. *Selig sind, die nichtreichen Herzens sind, denn sie werden Gott schauen* wird nirgendwo in der Welt als Wandspruch in einem Krankensaal für Herzkranke als besonders komisch gelten können, ungeachtet des törichten Verteidigers von MM, der sagte, die Patienten seien entweder zu krank oder des Lesens unkundig gewesen, deshalb habe sich auch niemand verletzt gefühlt! Das Ganze war abscheulich geschmacklos. Sein anderes Graffito am Eingang zur Männerabteilung, wo die Geschlechtskranken lagen: ein riesiger Pfeil, der zwischen zwei sich berührenden Kugeln steckte und wie ein verrücktes Straßenschild auf den Eingang und die Worte: *Zu den Zwillingsstädten von Sodom und Gonorrhöe* zeigte. Das war womöglich noch schlimmer.

»Wie geht es meinem Wunderknaben?«, fragt MM. »Ich krieg' ihn heutzutage ja kaum noch zu Gesicht. Ich nehme an, einen verrückten alten Narren vor der Ausweisung zu bewahren fordert auch von der dicksten Freundschaft Tribut. Na ja. Wie geht es ihm?«

»Er wächst über sich hinaus«, sagte ich. »Freitag hat er das gesamte Kabinett nachsitzen lassen.«

»Tatsächlich? Wie langweilig«, sagte Mad Medico. »Weißt du, Dick, das Schlimme an der Macht ist nicht, dass sie vollkommen korrumpiert, sondern dass sie die Menschen hoffnungslos langweilig macht, man weiß genau, wie sie reagieren werden … Sie werden einfach uninteressant.« Er sprach mehr zu seinem

Gast aus England als zu uns. »Ich hab' dir doch erzählt, wie charmant der Bursche war, als ich ihn kennenlernte. Mir war selten jemand so Menschliches, so Kultiviertes begegnet.« Dick nickt unbeeindruckt. Während des ganzen Nachmittags hat Dick kaum ein paar Worte geredet. Trinkt Gimlets, als sei es Aspirin-Brause. Doch ganz im Gegensatz zu seiner düsteren Laune ist sein Teint frisch, fast mädchenhaft, nicht wie Mad Medicos überaus braungebranntes Gesicht. Mad Medico selbst lenkte unsere Aufmerksamkeit darauf, als er uns Dick vorstellte. »Ein weißer Mann in den Tropen«, hatte er gesagt, »muss gelegentlich wieder einmal jemand aus seinem eigenen Stamm sehen, um daran erinnert zu werden, dass seine Hautfarbe vielleicht doch nicht ganz so verkehrt und fragwürdig ist, wie es den Anschein hat.«

Nun spricht Dick, auf seine schwerblütige Art. Er sitzt am anderen Ende der dreiseitigen Bar, mir gegenüber. Ikem und die beiden Mädchen sitzen zwischen uns an der langen Seite des Tresens und haben Mad Medico, unseren Barmann, vor sich. Dick sagt, Actons Definition der Korruption habe wahrscheinlich auch die Enthumorisierung berücksichtigen sollen, wenn es ein solches Wort überhaupt gebe.

»Gibt es nicht, sollte es aber gewiss geben«, sagt Mad Medico leichthin. »Was habt ihr denn verbrochen?«, fragt er mich.

»Wie bitte?«

»Du hast gesagt, ihr musstet alle nachsitzen.«

»Ach das. Nein, wir haben überhaupt nichts getan. Das war es ja gerade. Eine Delegation aus Abazon – du weiß schon, wo die große Dürre herrscht – war plötzlich im Präsidentenpalast aufgetaucht, und keiner von uns wusste davon. Unartig von uns, nicht wahr? Also lässt Seine Exzellenz seinen Zorn an uns aus.«

»Ist ja toll«, sagt Mad Medico, wendet sich Dick zu und spielt vor dem Neuankömmling den Alteingesessenen: »Abazon liegt im Nordwesten, und seit einem Jahr hat es dort nicht mehr geregnet. Deshalb schickten die armen Teufel dort eine Delegation, um Seine Exzellenz um Regen zu bitten.« Dann dreht er sich zu mir um, dass ich die Wahrheit seiner Aussage bestätige. »Darum geht es doch?«

»Mehr oder weniger«, erwidert Ikem, ehe ich überhaupt den Mund aufmachen kann.

»Wunderbar«, sagt Dick und wird plötzlich ganz munter. »Eine Art eingeborener Henderson. Einfach faszinierend. Und was hat er dann getan?«

»Er setzte die Jungs hinter Schloss und Riegel – nicht die Delegation wohlgemerkt, sondern sein eigenes Kabinett ... Daher wohl der Ausdruck ›Kabinett‹ – Leute, die man in einen Holzkasten sperrt, ha, ha, ha! Eine so hübsche Sottise, Ikem, und du schlachtest sie nicht gleich für die Morgenausgabe aus? Das verwundert mich aber doch sehr!«

»NZV«, erwidert Ikem. »Nicht zur Veröffentlichung«, fügt er hinzu und löst das Rätselraten in ein paar Gesichtern. Die Mädchen und Mad Medico lachen. Dick schaut noch immer verwirrt drein.

»Ich verstehe den Zusammenhang nicht«, sagt er.

»Welchen?«

»Zwischen der Delegation aus dem Wüstenort und dem Kabinett.«

Ich will es ihm noch einmal erklären, doch Mad Medico hat eine noch bessere Erklärung und fällt mir ins Wort.

»Typisch britisch, Chris. Er sucht Zusammenhänge. Es gibt keine, junger Mann. Du bist hier im Land der Négritude, nicht in Devonshire.«

»Oh, ganz so weit würde ich nicht gehen«, sage ich. »Wir sind hier auch nicht unlogischer als andere Nationen, auch eure.« Meine Stimme klingt vielleicht etwas schärfer als notwendig.

»Ich muss doch sehr bitten«, sagt Dick mit höchst beleidigender Herablassung. »John hat ja nur Spaß gemacht.«

»Da siehst du, was ich meine«, sagt Mad Medico, ehe ich behaupten kann, dass auch ich es nicht ernst gemeint hätte. »Überhaupt keinen Humor mehr. Nichts. Sie sind alle so steif und verdammt patriotisch, so schnell beleidigt. Als Weißer kannst du hier keine Witze machen. Du hättest hören sollen, was sie mich alles geschimpft haben, weil ich so naiv war, die tristen Krankensäle ihres verdammten Krankenhauses etwas aufzumuntern. Imperialist! Weißer Rassist! Reaktionär! Das Beste jedoch war negrophob. Hast du das schon mal gehört? Negrophob. Offensichtlich das Gegenteil von Niggerfreund.«

»Also, nun sei mal ehrlich, MM« (ich bin jetzt echt irritiert), »hättest du deine sogenannten Witze in einem englischen Krankenhaus an die Wand gepinselt?«

»Natürlich nicht. Habe ich auch nie behauptet. Aber es heißt ja, dass die Engländer sowieso keinen Humor hätten. Und hier sind wir ja nun wirklich nicht in England, oder? Sieh dich doch um. Was siehst du da? Leben! Sonnenschein! Lebensfreude, sie lockt dich und sagt: Komm spielen. Gib dich der Liebe hin! Lebe! Und die spießigen schwarzen Abziehbilder, die Europa in Sandhurst und an der London School of Economics korrumpiert hat, erwarten von mir, dass ich hier wie einer dieser Scheißbanker von der Cheapside mit Melone und aufgerolltem Regenschirm spazieren gehe. Mein Gott!«

Wir alle lachen über diese Rede und applaudieren. Außer Dick. Er beobachtet aufmerksam, wie der schwitzende Mad Medico sein Glas mit Campari und Soda auffüllt, zwei Eiswürfel hineinwirft und sich die Finger ableckt.

Es stellt sich heraus, dass Dick Begründer und Herausgeber einer neuen Literaturzeitschrift in Soho ist, die sich *Reject* nennt. Von Mad Medico ermuntert, erzählt er davon, zuerst zögernd und in Häppchen von jeweils höchstens einem oder zwei Sätzen.

»Wie hat das alles angefangen? Ich bin sicher, Ikem würde das interessieren.«

»Oh, wir haben einfach in den bekannten Literaturmagazinen zur Einsendung von Manuskripten aufgefordert, die anderswo abgelehnt worden waren. Ganz einfach.«

»Und das war vor drei Jahren?«

»Nun, vor fast vier Jahren.«

»Und es hat etwas gebracht?«

»Es war ein sensationeller und durchschlagender Erfolg.« Seine Stimme beginnt so etwas wie Leben anzunehmen. Auch sein Gesichtsausdruck verändert sich. Es sieht aus wie Häme, ist aber wahrscheinlich seine Form von Stolz. Die Informationen kommen nun bereitwilliger. »In weniger als zwei Jahren durchbrachen wir den Dünkel des Literaturestablishments und seiner verstaubten Organe. Es war die bedeutendste Entwicklung in der britischen Literatur seit dem Krieg.«

Langsam teilt sich die Gruppe auf: Ikem und der Literaturmensch am einen Ende der Bar, zusammen mit Elewa, die bei ihnen bleibt, jedoch wenig versteht, und Mad Medico mit Beatrice und mir am anderen.

»Es tut mir leid, dir sagen zu müssen«, sagt MM zu Beatrice, »dass du fünf Jahre zu lange gewartet hast, um Chris kennenzulernen. Er und Sam waren damals viel netter als heute.«

»Wer war das nicht? Aber vor fünf Jahren war BB noch nicht volljährig und wäre für mich nur von begrenztem Interesse gewesen.«

»Ich muss doch sehr bitten«, sagt sie.

»Ehrlich, damals hat es Spaß gemacht mit denen«, sagt MM fast wie zu sich selbst, »mit ihm und Sam.« Mit dem Zeigefinger schiebt er den winzigen Eisberg herum, der in seinem Campari schwimmt. Echte Wehmut hat sich in seine Stimme eingeschlichen, und seine Augen drücken dasselbe aus.

»Weißt du, MM«, sage ich, »dass du der einzige Mensch in diesem Land bist – vielleicht in der ganzen weiten Welt –, der ihn noch immer Sam nennt?«

»Ja, und bei Gott, nie und nimmer werde ich bei eurem lächerlichen *Exzellenz*-Theater mitmachen. Lieber lasse ich mich des Landes verweisen.«

»Aber weißt du, *Sam* ist noch lächerlicher. Ein Name, der nicht mehr zum Träger passt. Aber du warst ja noch nie ein Meister in der Beurteilung dessen, was passt und was nicht … Und das macht dich so anziehend.«

»Danke«, sagt er mit einem verlegenen, jungenhaften Grinsen. In solchen Augenblicken blitzt ihm der Schelm, der er ist, aus den Augen. Beatrice, die bis jetzt sehr wenig gesagt hat, fragt spitz: »Sag mal, würdest du zu deiner Königin spazieren und sagen ›Hallo, Elizabeth‹?«

»Zum Teufel, natürlich nicht. Aber warum um alles in der Welt seid ihr so scharf darauf, aus diesem Sonnenscheinparadies ein trostloses kleines England zu machen? Sam ist, verdammt nochmal, keine Königin! Ich sag' euch doch, er war ein echt netter Kerl damals. Er hatte so etwas wohltuend Unschuldiges an sich. Er war … wie soll ich sagen? Er war moralisch und intellektuell intakt – eine Art Jungfrau, wenn ihr versteht, was ich meine. Natürlich nicht im prüden Sinn. Er war selbstsicherer, wusste eine ganze Menge mehr als seine englischen Mitoffiziere und sprach weitaus besseres Englisch als sie, das sag' ich euch. Und trotzdem konnten ihn gewisse Dinge noch auf angenehme Weise überraschen … Und das fand ich an ihm so gesund und so anziehend … Einmal hab' ich ihm ja ein Mädchen ausgesucht …«

»Wem?« fragt Elewa und rückt mit ihrem Barhocker näher, mit Ikem und seinem Literaturfreund im Schlepptau – der Letztere deutlich widerstrebend. »Seiner Exzellenz, Mylady«, sagt Mad Medico und verbeugt sich. »Ich besorgte ihm Mädchen, nachdem er aus dem Camberley-Krankenhaus entlassen worden war.«

»Ich wusste ja gar nichts von deiner Begleitdienstkarriere«, sagt Dick so feierlich, dass es ihn selbst zu überraschen scheint.

»Nun, so könnte man es wohl nennen«, sagt Mad Medico,

»doch du musst das von einer ganz anderen Seite sehen. Ein netter junger Mann kommt von weither aus der Wärme Afrikas in das wenig gastfreundliche Klima eines englischen Krankenhauses. Und er erholt sich nur schwer von einer doppelten Lungenentzündung. Das mindeste, was ich für ihn tun konnte, war, ihm ein warmes, freundliches Mädchen zu besorgen, die ihn etwas aufmuntern würde. Nichts dabei. Ein vernünftiger Richter würde mich laufen lassen, da bin ich mir sicher.«

»Frauen sind immer die Leidtragenden in dieser Welt«, sagt Elewa.

»Also eine moderne Desdemona. Hat sie ihn denn aufgemuntert?«, fragt Beatrice und übergeht vollkommen Elewas grundsätzlicheren Appell zur Solidarität.

»Und wie! Noch Jahre danach hat er an sie gedacht. Am nächsten Morgen rief er mich an. ›Onkel John‹, sagte er, ›was hast du mir da bloß eingebrockt.‹ Dabei lachte er und schien mit der Welt vollkommen ausgesöhnt! Es würde mich nicht im Geringsten überraschen, wenn er ein Ferngespräch mit Chris in der London School of Economics geführt hätte … Hat er?«

»Nun, fast. Das war ja eine großartige Geschichte. Eines kann ich dir sagen, er hat nicht lange damit gewartet, mir alles von ihr zu erzählen.«

»Was hat er dir denn erzählt?«, kommt von Beatrice.

»NZV.«

»NZ was?«

»BB. Das hat man dir doch eben erklärt, BB. Das schreiben meine Freunde vom Rundfunk in großen gelben Buchstaben auf Schallplatten, die zu anstößig sind, als dass man sie im Radio spielen könnte.«

»Es bedeutet: Nicht zur Veröffentlichung«, erklärt ihr Ikem noch einmal. »Chris hätte natürlich noch dazusagen können, dass dies heutzutage nicht mehr nur für anstößige Schallplatten gilt. Alles, was der Regierung *unpassend* erscheint, ist NZV«.

»Du hast vollkommen recht. Ich hätte das hinzufügen sollen.

Verstehst du, meine erste Pflicht als Commissioner für Information ist zu entscheiden, was unpassend ist, und Ikem davon zu informieren, der diese Information prompt ignoriert … Doch um auf das interessantere Thema zurückzukommen – ich bekenne, dass ich die Vorschrift später umgangen und BB das Geheimnis verraten habe.«

»Mir?«, fragt Beatrice mit weitaufgerissenen Augen. »Du sprichst von mir, Beatrice?«

»Ja«, sagt Chris. »Ich hab' dir doch von dem Mädchen mit der … wie soll ich sagen … mit der anregenden Zunge erzählt.«

»Oh! Das war dieses Mädchen? Du meine Güte!« Sie und Chris lachen auf eine Weise, die uns ausschloss.

»Ihr beide scheint etwas zu wissen, das selbst unserem Begleitdienst noch nicht zu Ohren gekommen ist«, sagt MM, »aber das tut ja nichts zur Sache.«

Der Literaturzeitschriftenherausgeber versucht seit geraumer Zeit sein versprengtes kleines, durch Elewas Fraternisierung mit den Klatschmäulern abhandengekommenes Publikum wiederzugewinnen. Er macht einen letzten kühnen Versuch und belegt die ganze Gesellschaft mit Beschlag. Er zieht schon länger eine komische Miene. Eigentlich hat er ein außerordentlich ausdrucksvolles Gesicht, versteht man unter ausdrucksvoll eine ständig wechselnde Abfolge schattenhafter Grimassen, eine jede von nicht zu bestimmender Bedeutung. Man kann nicht unbedingt auf den ersten Blick sagen: Nun ist er traurig oder jetzt gefällt ihm etwas. Man muss stets warten und raten, und dann ist man immer noch nicht ganz sicher. Und plötzlich ärgert man sich über sich selbst, weil man so viel gedanklichen Aufwand auf etwas derart Belangloses verwandt hat. Er ist jemand, der einen in Wut versetzen kann. Jetzt gerade trägt er ein finsteres, puritanisches Stirnrunzeln ohne das moralische Gewicht eines Puritaners zur Schau.

»Wir hatten derart großen Erfolg«, sagt er, als sei er sich der

Tatsache überhaupt nicht bewusst, dass seine Rede jemals unterbrochen worden ist, »dass es nach einiger Zeit recht schwierig wurde sicherzustellen, dass alles Material, das wir erhielten, auch wirklich ›Abgelehntes‹ war. Wir bestanden auf dem Zettel mit dem Vermerk *abgelehnt,* der jedem Manuskript beiliegen musste; aber jeder kann ja einen solchen Zettel fingieren. Ihr versteht schon. Die meisten Zeitschriften nehmen es mit den Details ja nicht so genau ... Wie manche Frauen eben ... Die hier Anwesenden natürlich ausgenommen ... Sie werden nicht in der Königlichen Münzanstalt gedruckt ... Deshalb gab es keinerlei Möglichkeit festzustellen, ob das, was uns zugeschickt wurde, auch echtes, nichtakzeptiertes Material war. Aber wie ich dir schon sagte ...« – Jetzt, wo ihm wieder alle zuhören, scheint sein einziger Wunsch zu sein, uns seine Gleichgültigkeit spüren zu lassen, indem er so tut, als unterhielte er sich mit Ikem alleine. Manche Leute haben wirklich Nerven – » ... das größte Problem war unser Erfolg. Bald druckten wir nur noch einen Bruchteil, einen winzigen Bruchteil dessen, was uns zugeschickt wurde. Eine Zeitlang spielte ich sogar mit dem Gedanken einer Begleitzeitschrift mit dem Titel *Reject Two* oder *Double Reject,* die, dessen bin ich gewiss, genauso erfolgreich wie *Reject* gewesen wäre. Doch ich musste mich schließlich dagegen entscheiden. Man darf sich nicht übernehmen, verstehst du?«

»Ist ja faszinierend«, sagt Ikem. »Wenn Chris mich hier feuert, könnte ich vielleicht hinüberkommen und *Double Reject* für dich machen. Der Gedanke begeistert mich geradezu.«

»Du bist der Chefredakteur ...«

»Vom Lokalblatt, der *National Gazette*«, sagt Mad Medico. »Ikem ist ein hervorragender Journalist ... Ach Scheiße! Wer bin ich schon, ihm gute Zensuren zu erteilen! Wie dem auch sei, seine brillanten Leitartikel haben alles getan, um mich vor den gerechten Konsequenzen meiner Indiskretion zu retten. Aber eigentlich wollte ich sagen, dass er ein noch besserer Dichter ist, meiner Meinung nach einer der besten im ganzen englischen Sprachbereich.«

»Ja, John hat mir erzählt, dass du ein großartiger Dichter bist. Es beschämt mich, zugeben zu müssen, dass ich bis heute noch nichts von dir gelesen habe. Aber das werde ich jetzt natürlich nachholen.«

»Lass dir Zeit«, sagt Ikem. »Und vergiss nicht, MM kann keineswegs als unparteiisch gelten. Ich habe ihm einen großen Gefallen getan.«

»Und außerdem hab' ich dir noch nichts von diesem Mädchen hier erzählt, die so bescheiden dasitzt, Beatrice heißt und ihr Englischstudium an der Universität London mit Auszeichnung abgeschlossen hat. Sie ist besser in Englisch als wir alle zusammen, das ist sicher.«

»Das überrascht mich nicht im Geringsten. Es ist mir zu Ohren gekommen, dass heutzutage das beste Englisch entweder von Afrikanern oder von Indern geschrieben wird. Und dass die Japaner und die Chinesen gewaltig aufholen«, sagt Dick mit etwas zweifelhaftem Enthusiasmus.

Möglicherweise hatte MM recht, als er sagte, Beatrice hätte mich zu spät kennengelernt. Gelegentlich frage auch ich mich, ob unsere Beziehung nicht zu ruhig, zu gesetzt ist, ob wir nicht zu sehr einem Paar müder Schwimmer gleichen, die sich am Beckenrand ausruhen. Ich erinnere mich an die Szene aus früheren Tagen, es war vor mehr als zwei Jahren gewesen – jede Einzelheit ist in unglaublicher Genauigkeit und Frische in meinem Gedächtnis gespeichert, und doch, wenn ich daran denke, hat diese Erinnerung auch etwas Ätherisches, Entrücktes an sich.

Ich hatte Beatrice angeboten, mit ihr ins Restaurant Cathay zu gehen, doch sie hatte nein gesagt. Chez Antoine? Noch immer nein. Das waren ihre beiden bevorzugten Restaurants – nicht zu groß, kein grelles Licht und gute Küche. Zu was habe sie denn sonst Lust?

»Können wir zu dir gehen?«

»Aber natürlich«, war alles, was mir in jenem Augenblick zu sagen einfiel. Ich war mir noch immer nicht sicher, ob ich richtig gehört hatte. Sie erriet meine Verwirrung und bot etwas wie eine Entschuldigung an. »Wir haben beide einen langen Tag hinter uns. Jetzt möchte ich nichts anderes tun als in Ruhe irgendwo sitzen und Musik hören.«

»Wunderbar!« Natürlich war sie schon ziemlich oft bei mir gewesen, doch die Initiative zu einem Besuch war noch nie von ihr gekommen. Nicht aus Schüchternheit, sondern weil sie ihren eigenen Stil und vor allem ihr eigenes Tempo hatte, das ich von Anbeginn an zu respektieren beschlossen hatte. Nach einigen heißen Affären, inklusive einer sechsmonatigen Ehe mit allem Drum und Dran in London, war ich für BBs konservativen Stil bereit und dankbar. Manchmal, wenn ich an sie dachte, kamen mir nicht unbedingt Rosen oder Musik in den Sinn, sondern ein gutes und geschmackvoll gemachtes Buch, hübsch anzuschauen. Nichts Überladenes. Durch und durch solide. Obwohl ich wusste, dass es verrückt war, konnte ich nicht umhin, BB mit meiner Exehefrau zu vergleichen. Louise war so darauf versessen gewesen, mir zu beweisen, dass sie eine eigenständige Meinung hatte, dass sie sich als vollkommen frigide im Bett erwies, trotz wöchentlicher Besuche beim Psychiater. Es gibt auch noch eine andere Sorte – am entgegengesetzten Pol –, das fordernde Sexsymbol, das seine Reize zur Schau stellt. Auch solche Frauen waren mir begegnet. Im Allgemeinen funktionierte ihr Stil eine Zeitlang, bis sich eine plötzliche Kälte meiner Seele bemächtigte und ich nur noch den Wunsch hegte, sie aufzufordern, das ganze Gestöhne und leidenschaftliche Getue sein zu lassen und möglichst schnell zur Sache zu kommen. Beatrice ist die perfekte Verkörperung meiner Idealfrau – schön, ohne falschen Glanz, friedlich, aber sehr stark. Sehr, sehr stark. Ich liebe sie und werde das Tempo einschlagen, das sie angibt. Doch gelegentlich frage ich mich, ob ich ihre Signale nicht falsch deute, ob mich nicht, wie MM es ausdrückt, die Erfahrung ohne mein Zutun hat vertrocknen lassen, und ich den Dreh nicht mehr finde.

Wir waren beide nicht wirklich hungrig. Also entschlossen wir uns zu einer Flasche Wein und ein paar gebratenen Garnelen. Mein Koch, Sylvanus, geriet stets außer sich, wenn ein Gast kam und er nicht die Gelegenheit erhielt, das ganze Ausmaß seiner kulinarischen Künste zu präsentieren. Selbst als wir seine exquisiten Garnelen verspeisten, ließ er uns nicht in Ruhe.

»*Make I fix madam small sometin*«, bettelte er. Wir beschworen ihn, sich nicht weiter Gedanken zu machen, und er ließ uns schließlich alleine, kam jedoch bald zurück und hing an der Küchentür herum. Er konnte einfach nicht verstehen, dass zwei erwachsene Menschen nichts anderes als »Krabbenfisch« zum Abendessen aßen.

»Oder gehen Sie noch *sometain* ins Hotel essen?« Und wenn Sylvanus das sagte, dann musste man ihm schwören, dass seine Küche besser war als die irgendeines französischen, italienischen oder sonstigen Küchenchefs an der gesamten Westküste Afrikas.

»Nein, Sylvanus«, sagte Beatrice und versuchte, ihn zu besänftigen. »*We no de go anywhere.* Wir möchten nur hier in Ruhe sitzen. Du kannst dir einen schönen Abend machen. Wenn der *Oga* etwas möchte, kann ich es ja richten.« Ich wusste sofort, und ihr wurde bald klar, dass sie damit eine Dummheit begangen hatte. Sylvanus stürmte nicht gerade davon, doch an seinem Gesicht und der Art, wie er gute Nacht sagte, war seine Verärgerung deutlich ablesbar.

»Weißt du eigentlich, warum ich hierherkommen und mit dir alleine sein wollte?«

»Nun, ja und nein.«

»O. k., das Ja zuerst.«

»Du möchtest nicht zu oft mit mir in der Öffentlichkeit gesehen werden.« Es klang wie eine vorbereitete Antwort, war es aber nicht. Beatrice erwiderte nicht gleich etwas darauf; sie schien meine Worte zu wägen, als wolle sie sagen: Ja, vielleicht ist da was dran. Dann schüttelte sie ein paarmal leicht den Kopf und sagte einfach: »Heute vor einem Jahr hast du mich zum ersten Mal zum Abendessen zu dir eingeladen.«

Gefühle, die ich seit Monaten beiseitegeschoben hatte, überwältigten mich vollkommen. Ich zog sie zu mir aufs Sofa und küsste sie – vielleicht ein wenig zu heftig. Ich dachte daran, mich für meine Vergesslichkeit zu entschuldigen. Mit jedem anderen Mädchen hätte ich das sofort getan. Aber mit ihr war das anders – es hatte keinen Zweck, ihr etwas vorzumachen. Ich bin nicht der Typ, der an Jubiläen denkt, und zu sagen, ich hätte das Datum übersehen, wäre vollkommen unwahr gewesen. Ich küsste sie noch einmal und sagte stattdessen: »Du bist ein großartiges Mädchen.« Dann sagten wir beide ziemlich lange nichts.

»Wie lange kennt Ikem eigentlich dieses Partygirl schon?«, fragte ich.

»Ich weiß nicht. Ich hab' sie vor dem heutigen Nachmittag erst ein- oder zweimal gesehen.«

»Sie wirkt so jung. Und ohne jegliche Schulbildung. Worüber spricht er wohl mit ihr?«, fragte ich.

»Ikem redet mit keinem Mädchen viel. Er ist der Meinung, sie hätten nicht genug Verstand.«

»Na, bravo: der große Revolutionär!«

»Na ja – weißt du, vielleicht übertreibe ich auch ein wenig. Aber Frauen nehmen in seinen Unternehmungen nicht allzu viel Platz ein, außer zum … nun, zum Trösten. Ich denke, das ist ungefähr der einzige Riss in der revolutionären Fassade …« »Hast du bemerkt«, fragte sie unvermittelt und wechselte dabei das Thema, »hast du bemerkt, wie empfindlich er plötzlich auf dich reagiert? Ich glaube, du merkst es gar nicht. Mich beunruhigt es, denn früher war er nicht so. Ich sehe allerhand Schwierigkeiten auf euch beide zukommen.«

»Ach, du übertreibst. Doch du hast recht mit der Empfindlichkeit. Ich denke, das ist ganz natürlich. Besonders seit dem Coup und Sams Aufstieg und in geringerem Maße auch meinem. Wenn du es genau nimmst, so ist Sam jetzt mein Chef, und ich bin Ikems Chef.«

»Du meinst also, Ikem beneidet euch beide?«

»Ja, warum nicht? Aber ich beneide ihn genauso sehr. Vielleicht noch mehr – um seine Freiheit.«

»Ich verstehe euch nicht.«

»Es ist doch ganz einfach. Verstehst du, das geht alles auf unsere ersten Tage im Lord Lugard College zurück. Ikem war von der ganzen Klasse der Intelligenteste – in jedem Schuljahr, sechs Jahre lang, der Klassenbeste. Kann man das noch übertreffen? Sam war das gesellschaftliche Vorbild ... Er war der Vielseitige – guter Schüler, Kapitän der Kricket-Mannschaft, *Victor Ludorum* in Leichtathletik und in unserem letzten Schuljahr Schulsprecher. Er war der Schwarm aller Schulmädchen der Provinz. Doch trotz seiner großen Schwäche für Mädchen war Sam in jenen Tagen seltsamerweise von einer großen geistigen Reinheit – Reinheit ist vielleicht nicht das richtige Wort, aber er schien so perfekt und so unwirklich.«

»Zu viel Erfolg.«

»Vielleicht. Zu viel Erfolg. Nicht ein einziges Mal ist ihm irgendetwas misslungen. Ihm ging alles so leicht von der Hand. Auf lange Sicht bringt das stets Verderben. Ich glaube, er bezahlt jetzt die Rechnung dafür. Wenn wir nicht ganz großes Glück haben, wird es uns alle sehr teuer zu stehen kommen. Ich wünsche mir so sehr, er hätte Medizin studiert, was er zuerst wollte. Doch stattdessen ist er unter den Einfluss unseres englischen Schuldirektors geraten, der 1941 in Abessinien gegen die Italiener gekämpft hatte und als Beweis dafür das Schwert eines äthiopischen Prinzen besaß. Also trat Sam ins erste Kadettenkorps des Landes ein und war auf seinem Weg nach Sandhurst.«

»Ich hab' dich nach Ikem gefragt und nicht nach Seiner Exzellenz«, sagt BB mit einem schelmischen Augenzwinkern und kuschelt sich näher an mich ran.

»Da bist du selbst dran schuld. Du bist eine so gute Zuhörerin.«

»Außerdem hast du kein einziges Wort über dich selbst gesagt«, fügt sie hinzu und ignoriert mein zweifelhaftes Kompliment.

»Wir hängen alle zusammen. Man kann nicht die Geschichte des einen erzählen, ohne die anderen miteinzubeziehen. Ikem mag mir grollen, aber wahrscheinlich grollt er Sam noch viel mehr, und Sam wiederum hegt heftigsten Groll gegen uns beide. Wir sind uns zu nahe, denke ich. Das Lord Lugard College erzog seine Schüler zu einsamen Führerpersönlichkeiten an weit auseinanderliegenden fernen Orten und nicht, um gemeinsam in einem lausigen Familienunternehmen eingesperrt zu sein.«

»O.k., Ikem war der Intellektuelle, Sam der Gesellige – und was warst du?«

»Ich war ein Mittelding. Nicht so intelligent wie Ikem und kein so großer gesellschaftlicher Erfolg wie Sam. In gewisser Weise hab' ich immer Glück gehabt. Als Kinder sangen wir ein Lied, kennst du das? *Das Vordere hat im Auge die Geister / Das Mittlere ist Günstling des Glücks / Das Hintere hat krumme Finger.* Habt ihr das auch gesungen? Ich war immer der Günstling des Glücks.«

»Soll ich dir was sagen? Und du versprichst mir, nicht böse zu sein? Ganz bestimmt nicht? Also, ihr drei seid unglaublich eingebildet. Für mich scheint die gesamte Geschichte dieses Landes die Geschichte von euch dreien zu sein ... Aber bitte, sprich weiter.«

»Natürlich, du hast vollkommen recht. Ich habe es ja eben selbst gesagt. Gelegentlich neigen wir dazu zu vergessen, dass unsere Geschichte nur eine von zwanzig Millionen Geschichten ist – ein winziger Abriss. Doch es ist die einzige, die ich kenne, und wie ich schon gesagt habe, bist du eine so angenehme Zuhörerin.«

»Die etwas versüßt? Bitteres vielleicht … Führst du übrigens detailliert Buch über die täglichen Ereignisse? Ich meine, du solltest das tun. Aber bitte, erzähl weiter.«

»Ja, ich führe ein Tagebuch. Aber, nein, lass uns von etwas anderem reden. Erzähl mir auch mal etwas.«

»Heute bist du dran … Warum sollte Seine Exzellenz euch beiden grollen? Der ganze Erfolg ist auf seiner Seite.« Ich ahne, dass sie nur bezwecken will, dass ich weiterrede, über irgendetwas. Vielleicht findet sie meine Stimme beruhigend. Aber sie hat auch eine sehr schnelle Auffassungsgabe und ein ganz besonderes Geschick dafür, unbequeme Fragen zu stellen, wie ein altkluges Kind.

»Ja, wahrhaftig, warum sollte er uns eigentlich grollen? Er hat den ganzen Erfolg eingeheimst. Von der Schule nach Sandhurst; erster afrikanischer Leutnant in der Armee; Adjutant des Generalgouverneurs; im persönlichen Dienst der Königin während ihres Besuchs; kommandierender Offizier bei der Unabhängigkeit; Oberst zur Zeit des Coups; General und Seine Exzellenz, dann Staatsoberhaupt. Warum um alles in der Welt sollte er gegen irgendeine lebende Seele Groll hegen? Jetzt, wo ich dir diese Frage stelle, muss ich zugeben, dass ich die Antwort darauf nicht weiß. Er war nicht immer so. In den ersten sechs Monaten oder so hat er sehr engen Kontakt mit uns gehalten, und dann … Aber lass uns doch an diesem wichtigen Jahrestag unseres ersten Zusammenseins über Schöneres reden.«

Sie hatte an meiner Brust gelegen, nun fuhr sie hoch und musterte mich scharf. »Ich hoffe, das ist nicht sarkastisch gemeint«, sagte sie. Ich tue sehr feierlich, ziehe sie an mich und küsse sie sanft. Sie bot mir noch einmal ihren Mund, wir zitterten beide.

»Sollte ich jetzt nicht lieber nach Hause gehen?«

»Warum? Ich dachte, du wolltest hierbleiben.«

»Warum?«

»Weil ich es gerne möchte.«

»Ist das ein ausreichender Grund?«

»Ja.«

»Ich habe noch einen besseren.«

»Zu gehen oder zu bleiben?«

»Um nach Hause zu gehen.«

»Und der wäre?«

»Dass ich nicht gehen will ...« Wir lachten, und ich versuchte, sie zu küssen, aber sie bedeckte meinen Mund mit ihrer Hand ... »Warte, ich bin noch nicht fertig ...« Und dann sang sie, was sie noch sagen wollte: »... *but twelve o'clock done knack and my mama go vex with me.*« Dann legte sie die engelhafte Miene ab, die das Lied von ihr verlangte, wurde wieder sie selbst und erbot sich zu bleiben ... unter einer Bedingung allerdings.

»Und die wäre? Du brauchst mir's nicht zu sagen, ich weiß schon.«

»Ja?«

»Dass wir uns nicht lieben.«

Sie schüttelte den Kopf. »Nun, da du es erwähnst, sollte ich es vielleicht noch hinzufügen. Rate noch mal.«

»Dass wir uns über uns selbst unterhalten.«

»Wer will schon noch mehr über dich hören? Du sprichst am Ende doch nur über andere Leute.«

»Ich gebe auf.«

»Versprich mir, dass du jetzt sofort die Klimaanlage in deinem Schlafzimmer ausschaltest.« Ich lachte schallend. Große Ernsthaftigkeit vortäuschend, informierte mich BB, dass sie vor kurzem auf ihrem Weg zum Badezimmer, der sie durch das Schlafzimmer führte, fast erfroren sei. Unglaubliches Mädchen, diese BB; ihre Wünsche waren nie von der Sorte, die einem Mann das Rückgrat brechen!

Der Tiger im Bett, den sich manche Frauen wünschen, die

Kleiderfetzen als Spur des Risses, sie waren ihre Sache nicht. An dem Tag, an dem wir uns zum ersten Mal geliebt hatten, Monate nach unserer ersten Begegnung, schrieb ich in mein Tagebuch: *Ihre Leidenschaft beginnt wie das Kräuseln an der Wasseroberfläche eines tropischen Flusses, der sich träge in gewaltigen Bögen dem Tumult der Fallzone nähert.* Pompös? Nein. Gewaltig.

»Du hattest mir von dem weißen Mädchen und deinem großen Freund erzählt«, sagte sie unvermittelt, knipste die Nachttischlampe an, die ich eben ausgemacht hatte, und hielt meine Hand, die wieder nach dem Schalter griff, fest. Ehe ich antworten konnte, sagte sie: »Warum hast du gesagt, sie habe Wunder vollbracht?« Ich hatte wohl beschlossen, dass ich mich nach BB richten würde, doch unter gar keinen Umständen würde ich mich die ganze Nacht lang über Sam und Gwen unterhalten, von denen bereits beim Mittagessen mit Ikem und seinem Partygirl die Rede gewesen war. Also kam ich ohne Umschweife zur Sache.

»Am Morgen nach einer äußerst anstrengenden Nacht weckt ihn dieses Mädchen Gwen auf und will wieder anfangen. Ich weiß noch gut, was Sam damals sagte: *Bruder, verstehst du, die Pipeline war leer – vollkommen leer!* Also dreht sich Gwen herum und nimmt kurzerhand sein schlaffes *wetin-call* in den Mund. Und wie vom Zauberstab berührt, strömt das Leben aus dem Nichts zurück. So etwas war Sam in seinem ganzen Leben noch nicht widerfahren.«

BB sagte erst einmal gar nichts, sondern rückte nur noch etwas näher an mich heran. Dann fragte sie: »Du meinst, Leute tun das wirklich?«

»Dauernd.«

»Abscheulich«, sagte sie.

»Nun, ich weiß nicht.«

»Das hört sich so an, als hättest du auch nichts dagegen. Vielleicht hast du es auch schon mal getan.«

»Nein, ich nicht. Das Mädchen tut es.«

»O. k., Mr Schlauberger. Hat dir also ein Mädchen den Gefallen getan?«

»Wir wollen lieber nicht so ins Persönliche gehen.«

»Nun gut, ich werde nicht mehr weiter nachforschen. Aber meiner Meinung nach ist das ekelhaft, findest du nicht auch? Und sie haben nicht mal geduscht vorher, oder?«

»Ja, weißt du, ich war nicht dabei; aber geduscht hatten sie wahrscheinlich nicht. So wie ich es verstanden habe, weckte sie ihn auf und machte sich sofort an die Arbeit.«

»Mit all dem Zeugs drauf!«

»Ja, angetrocknet und festgeklebt!«

»Abscheulich. Ich mach' das auf keinen Fall. Für niemanden.«

»Keine Angst, Liebling. Ich werde dich nie darum bitten.«

»Und was ist, wenn es in ihrem Mund passiert?«

»Was? Ach so. Aber darum geht es doch, oder nicht?«

»Da fragst du mich? *Na me de tell de tori, no be you.*«

»Ja also, so viel ich weiß, geht es genau darum. Es ihr direkt in den Mund zu besorgen.«

»Das ist doch nicht dein Ernst!«

»Ich schwör' dir's.«

»Chris, bist du ganz sicher, dass du das noch nie gemacht hast?«

»Ja. Das Mädchen tut es doch.«

»Ach, sei still, du weißt schon, was ich meine. Und fang jetzt bloß nichts an, denn ich werde meinen Mund dafür nicht hergeben.«

»Wir gehen vorher unter die Dusche.«

»Mach doch nicht so blöde Witze. O Chris! Bitte!«

6
Beatrice

Als ich den Hörer abnahm und eine vollkommen unbekannte Stimme sagte: »Kann ich bitte Miss Beatrice Okoh sprechen«, ergriff mich panische Angst, und mein Herz klopfte zum Zerspringen. Ich weiß nicht, warum, doch als Erstes kam mir in den Sinn: O mein Gott, Chris hat einen Unfall gehabt, und jemand ruft mich aus der Unfallstation des Universitätskrankenhauses an. Warum ich an einen Unfall dachte, ist mir unerklärlich, doch das Gefühl war so stark, dass es andere Gedankengänge blockierte. Als deshalb der Anrufer sagte: »Einen Augenblick bitte, Seine Exzellenz möchte Sie sprechen«, war meine Antwort ein verwirrtes und nahezu hysterisches: »Seine wer? Wer sind Sie?« Erst als die selbstbewusste, volle Stimme gedehnt fragte, ob er denn ein so unwillkommener Anrufer sei, begriff ich, was ich soeben gehört hatte, und stammelte eine unzusammenhängende Reihe von Entschuldigungen. Selbst während er sprach, überschlugen sich meine Gedanken, und erst eine ganze Weile nachdem er eingehängt hatte, hatte ich so viel Fassung wiedergewonnen, dass ich die Einzelheiten dessen, was er gesagt hatte, auszusortieren begann. Er lud mich zu einem kleinen, privaten Abendessen ein. Am Samstag. Er wollte etwas Wichtiges und Persönliches mit mir besprechen. Ein Wagen würde mich um halb sieben zu Hause abholen. Kleidung ganz informell, ja zwanglos. Bis dann, also. Und schon hatte er aufgelegt. Einfach so!

Damals, in den Tagen gleich nach seiner Machtübernahme, war ich zusammen mit Chris ziemlich oft im Präsidentenpalast gewesen, manchmal auch mit Chris und Ikem. Doch dann, nach ungefähr einem Jahr, war alles auf ziemlich dramatische Weise anders geworden. Abgesehen davon, dass ich ihn praktisch jeden Abend in den Fernsehnachrichten sah, war ich ihm seit gut über einem Jahr weder begegnet, noch hatte ich sonst direkten Kontakt mit ihm gehabt. Ich wusste also nicht, was ich von dem Anruf und der Einladung halten sollte, zumal sie so völlig unerwartet gekommen war.

Natürlich hatte mich Chris über die ständige Verschlechterung ihrer Beziehung auf dem Laufenden gehalten. Ginge es bei dem wichtigen, persönlichen Gespräch darum? Würde ich mir peinliche gegenseitige Beschuldigungen zweier Freunde anhören müssen, die sich schon gekannt hatten, als ich noch in den Windeln lag …? Nun, nicht ganz, aber fast … Das könnte der Grund für den sehr frühen Zeitpunkt der Einladung sein – halb sieben. Erst da kam mir in den Sinn, dass ich selbstverständlich annahm, ich würde so wie früher zusammen mit Chris in den Präsidentenpalast gehen, doch als er mich einlud, war davon keine Rede gewesen. Ich stürzte ans Telefon und rief erfolglos bei Chris zu Hause an und dann im Büro, wo er wie üblich, lange nachdem alle anderen nach Hause gegangen waren, zu Mittag gegessen und ihre Siesta gehalten hatten, noch arbeitete, und erzählte ihm alles. Nein, er war nicht eingeladen worden, aber er würde am Telefon lieber nicht weiter darüber sprechen. Er würde gleich auf dem Nachhauseweg bei mir vorbeikommen. Das war an einem Donnerstag, am späten Nachmittag.

Um genau achtzehn Uhr fünfundzwanzig klingelte es an meiner Haustür. Ich saß vor dem Spiegel und hörte gleich darauf Agatha, die am Sabbat genauso prompt wie an jedem anderen Tag Besuchern die Haustür öffnete, in lebhafter Unterhaltung mit einer männlichen Stimme. Nachdem sie den Besucher – wer immer es auch war – so lange für sich in Anspruch genommen hatte, wie sie es für notwendig erachtete, kam sie an die Schlafzimmertür und setzte mich davon in Kenntnis, dass ein Mann, ein Soldat vom Haus des Präsidenten, an der Tür sei; der *soja-man* sage, *na President sendam make he come bring madam.*

»Sag ihm, er soll sich einen Augenblick setzen«, sagte ich, »ich bin gleich da.«

Während ich mich fertigmachte, hörte ich die Stimmen wieder. Als ich wenige Minuten später ins Wohnzimmer trat, verschwand Agatha eben durch die Küchentür. Der Soldat, der noch immer stand, salutierte, als ich eintrat, und ich entschuldigte mich sofort für mein Hausmädchen, die ihm keinen Stuhl angeboten hatte.

»*No be like dat madam*«, sagte er galant. »Ihr Mädchen ist sehr, sehr höflich. Sie sagte, ich solle mich setzen, sie hat mich sogar gefragt, ob ich etwas zu trinken möchte. Sie ist also gar nicht schuld – ich wollte mich nicht hinsetzen. Verstehen Sie, dieser Soldatenberuf ist ein Stehberuf.«

»O. k. Sie fahren mich zum Präsidentenpalast? Von mir aus können wir gehen.«

»*Ah madam, no be Palace we de go*. Haben die im Palast Ihnen nichts gesagt?«

»Was? Wo fahren wir denn sonst hin?«

»Sie meinen, die haben Ihnen nichts gesagt? Ist ja unglaublich! Mir hat man gesagt, ich soll Sie in das Gästehaus des Präsidenten in Abichi Lake bringen. Und das wird schon stimmen. Warum? Der Präsident ist seit gestern dort. Er ist überhaupt nicht im Palast.«

Das seltsame Gefühl, das mich seit Donnerstagnachmittag verfolgt hatte, drohte in heftige Wut umzuschlagen und überzuschäumen, nun, da diese letzte beleidigende Zutat so beiläufig in das Gebräu gegossen wurde. Mein Gott! Was glaubt dieser Mensch eigentlich, wer er ist? Erst befiehlt er mich zum Abendessen und legt auf, ehe ich überhaupt meine tiefempfundene Dankbarkeit zum Ausdruck bringen konnte. Dann erachtet er es nicht für notwendig, mich wissen zu lassen, dass ich für das

Privileg eine Reise von vierzig Meilen auf mich nehmen muss! Was, um Himmels willen, ging in diesem Lande vor?

Meine erste kleine Rebellion, die mir fünf Minuten später in ihrer vollkommenen Sinnlosigkeit ein mattes Lächeln entlocken sollte, bestand darin, den mir vom Fahrer des im schwarzen Mercedes in der Auffahrt angebotenen Ehrenplatz links hinten zu verschmähen. Als er vor mir hinauseilte und mir die Wagentür aufhielt, sagte ich einfach, tut mir leid, ging auf die andere Seite, öffnete selbst die Tür und stieg ein. Der Chauffeur drehte sich mit einem Ruck nach mir um, wahrscheinlich wollte er sich seine heutige exzentrische Fracht genau anschauen. Als ich ihm noch einen guten Abend wünschte, schien er zuerst wie vor den Kopf gestoßen, doch dann machte seine Verblüffung einem breiten, fröhlichen Grinsen Platz, was mir außerordentlich gefiel, denn es bestätigte mir, dass ich meine Rebellion erfolgreich in den Griff bekommen hatte – zuerst durch das Ausschlagen eines Ehrenplatzes und dann durch das Grüßen eines einfachen Fahrers. In jenem Augenblick lächelte ich über mich selbst und über meine kümmerliche, nichtssagende Auflehnung, die Auflehnung einer im Käfig gefangenen Maus.

Und ich rief mir Chris' Ratschlag ins Gedächtnis zurück, unter allen Umständen einen kühlen Kopf zu bewahren. Meiner Klage, dass der Kerl sich nicht einmal die Mühe gemacht habe zu fragen, ob ich an besagtem Abend auch Zeit hätte, und abzuwarten, ob ich seine Einladung annähme, brachte Chris nur ein nachsichtiges Lächeln entgegen. »Sieh mal, BB«, sagte er, »in jedem Land und in jeder Sprache der Welt kommt eine Einladung vonseiten des Staatsoberhauptes letztlich einem Befehl gleich, sogar dann, wenn er diese Einladung nicht persönlich am Telefon ausspricht. Deshalb, mein liebes Kind, wirst du hingehen und vielleicht sogar etwas bewirken. Weißt du, Sam ist nicht dumm. Er weiß, dass die Lage ziemlich hoffnungslos ist, und es könnte sein, dass er in dir eine letzte Chance sieht, sich aus dem Schlamassel zu ziehen. Du kannst möglicherweise von großer Hilfe sein.«

»Wie denn?«

»Meine Liebe, ich weiß es nicht. Aber lass alle Möglichkeiten offen. Es ist nie zu spät.«

Chris ist viel zu verdammt vernünftig, kann ich nur sagen. Alle Möglichkeiten? Ich wusste zumindest von einer, die ich nicht offenhalten würde.

Gegen halb acht waren wir im Dorf Abichi und am See angelangt. Obwohl ich schon zweimal das Landhaus des Präsidenten besucht hatte, war es beide Male während des Tages gewesen. So war es trotz meines gereizten und verbitterten Gemütszustandes an jenem Abend ein bewegend schönes Erlebnis, nun zu dem Haus hinaufzufahren, mit der großen schimmernden Wasserfläche des künstlichen Sees zur Linken, der sich nach Osten hin in die sinkende Dunkelheit hinein ausbreitete, und vor uns die hellerleuchtete breite Straße, die in gigantischen Kurven um den Berg herum nach oben führte, wo das Haus des Präsidenten wie ein Leuchtturm auf der Spitze des Berges thronte. Die zwanzig Millionen, die dem Gerücht nach von der gegenwärtigen Regierung für Renovierung und Einrichtung des Hauses seit dem Sturz der Zivilregierung, die es für fünfundvierzig Millionen gebaut hatte, ausgegeben worden waren, mögen, gemessen an unserer Lage, noch immer eine unverantwortlich extravagante Ausgabe sein, doch ... Doch was? Vorsicht ist jetzt geboten, sonst ertappe ich mich unversehens dabei, mir insgeheim Chris' vernünftige Denkweise zu eigen zu machen!

Er und Ikem hatten einmal in meiner Gegenwart eine ihrer heftigen Auseinandersetzungen, in der es um die riesigen Summen ging, die für die Renovierung und Neuausstattung dieses Landhauses ausgegeben wurden. Mittel übrigens, die nicht auf dem normalen Weg über das Finanzministerium gelaufen waren. Damals hatte ich mich vollkommen auf Ikems Seite geschlagen.

»Wovor will er sich eigentlich dorthin zurückziehen? Vor wem?«, fragte Ikem mit der ihm eigenen Heftigkeit. »Vor dem Volk und seinem Grundbedürfnis nach sauberem, parasitenfreiem Wasser, nach einem Dach überm Kopf und Nahrung. Davor zieht ihr euch zurück. Ihr zieht euch in trauter Gemeinschaft mit Gesinnungsgenossen auf den Berg zurück, dabei vergesst ihr das Volk, das eure Autorität legitimiert.«

»Dafür kannst du mir ja nicht die Schuld geben«, schrie Chris. Und dann umging er diese Frage vollkommen, indem er eine jener schönen historischen Skizzen produzierte, die er aufgrund seiner unglaublichen Belesenheit und seiner Redegewandtheit so hervorragend zu zeichnen versteht. Nationen, sagte er, seien in gleichem Maße durch Baukunst wie durch Gesetze und Revolutionen entstanden. »Wo diese Bauten heute noch bestehen, sind sie der Stolz der Nation. Aber jeder vergisst, dass sie nicht von demokratisch gewählten Premierministern errichtet wurden, sondern sehr häufig von ziemlich unattraktiven mittelalterlichen Tyrannen. Die Kathedralen Europas, das Taj Mahal von Indien, die ägyptischen Pyramiden und die Türme von Groß-Simbabwe wurden allesamt auf dem Rücken von Leibeigenen, verhungernden Bauern und Sklaven errichtet. Unsere gegenwärtigen Herrscher in Afrika sind in jeder Beziehung späterblühte mittelalterliche Monarchen, selbst die Marxisten unter ihnen. Weißt du noch, wie Professor Mazrui damals Nkrumah einen stalinistischen Zar nannte? Vielleicht müssen unsere Führer so sein. Vielleicht ist es sogar notwendig, dass sie so sind.«

»Verdammter Reformist«, sagte Ikem wütend und beeindruckt, denn obwohl er ein großer Schriftsteller sein mag – wenn es um Reden aus dem Stegreif geht, kann er sich mit Chris nicht messen.

Am Eingang durchsuchte ein Major mit freundlichem Gesicht meine Handtasche, und ein anderer Offizier geleitete mich eine breite und mit einem roten Teppich belegte Treppe hinauf. Von der oberen Diele führte eine sehr große offene Tür in einen riesigen, üppig ausgestatteten Raum, in dem sich Gäste bereits niedergelassen hatten. Kaum war ich an der Tür erschienen, war Seine Exzellenz herbeigeeilt, um mich in Empfang zu nehmen, hatte mir einen Kuss auf die Stirn gedrückt und mich an der Hand in den Salon geführt. Die Gäste hatten sich in Grüppchen von zweien oder dreien über den ganzen Raum verteilt; sie saßen auf Stühlen, Sofas und Puffs, hatten alle ein Glas in der Hand und taten sich an den vielerlei Knabbereien gütlich, die auf niederen Tischchen bereitstanden oder auf großen Tabletts auf dem Fußboden.

»Wen kennen wir nicht?«, fragte der Gastgeber, und ohne meine Antwort abzuwarten, fügte er hinzu: »Fangen wir bei den Damen an.« In der Zwischenzeit hatten sich alle Herren mühsam erhoben, um strammzustehen sozusagen.

»Du musst unbedingt Miss Cranford von der *American United Press* kennenlernen. Lou ist hier in Bassa, um festzustellen, ob all die schlechten Nachrichten, die sie über uns in Amerika hören, auch wahr sind.« Hätte man mir nicht gesagt, dass sie Amerikanerin sei, so hätte das dunkelhaarige Mädchen in mein Klischeebild einer italienischen Schönheit gepasst. Sie lächelte und schlug die Hände wie ein Paar Zimbeln aneinander, um das Salz der gerösteten Erdnüsse abzuschütteln, alles in Vorbereitung auf einen Händedruck, der, als er dann kam, wegen seiner übereifrigen Festigkeit ihre amerikanische Herkunft auf alle Fälle verraten hätte. In der Zwischenzeit rezitierte Seine Exzellenz meinen Lebenslauf: »Lou, das ist eine der brillantesten Töchter dieses Landes, Beatrice Okoh. Sie ist stellvertretende Staatssekretärin im Finanzministerium, und von allen Beamtinnen und Beamten des Landes ist sie die Einzige, die ihr englisches Staatsexamen mit Auszeichnung bestanden hat. Und das nicht an einer Universität hier im Lande, sondern am Queen Mary College der Universität London. Unsere Beatrice hat die Engländer in ihrem eigenen Spiel geschlagen. Wir sind sehr stolz auf sie.«

»Wow«, sagte Lou, »das ist ja toll. Wie hast du das bloß geschafft, Beatrice?«

Das Übrige war Routine. Ich glaube, es waren acht Männer und mit mir sieben Frauen.

Von den Männern kannte ich nur einen mehr oder weniger gut – Joe Ibe, den Commissioner für Bauwesen und Raumordnung. Als er an der Reihe war und Seine Exzellenz zu ihm sagte: »Sie kennen natürlich Beatrice«, hatte er erwidert: »Ich? Tut mir leid, Sir, noch nie gesehen«, was so ziemlich der abgedroschenste Insiderwitz in ganz Bassa ist und trotzdem stets Gelächter hervorruft – diesmal am meisten von dem Humoristen selbst, der, als wolle er das Ganze auf die Bildungsebene derer herabstufen, die für diese Art hochgeistigen Humors nicht helle genug sind, sofort hinzufügte: »Hab' Sie lange nicht gesehen, Beatrice, wie geht's meinem Freund Chris?« Worauf ich meine eigenen schwachen Kräfte, witzig zu sein, aufbot und antwortete: »Aber das muss ich Sie fragen. Sie sehen ihn häufiger als ich. Er ist immer in irgendeiner eurer Sitzungen.«

»Aha, das also erzählt er Ihnen?« Was allseits großes Gelächter hervorrief.

»Joe hat vollkommen recht«, sagte Seine Exzellenz mit einem Augenzwinkern. »Wenn ich du wäre, würde ich gelegentlich Stichproben machen.«

Sobald das Vorstellen vorüber war, stürzte die amerikanische Journalistin auf mich zu und sagte, sie hoffe, dass wir uns außer zum Kennenlernen am heutigen Abend in den nächsten paar Tagen einmal zu einem Essen oder so zusammensetzen könnten, um uns mal näher zu unterhalten. Über die Frauenfrage natürlich vor allem. Worauf ich ziemlich scharf erwiderte, dass ich nicht verstünde, was eine Reporterin, die jederzeit vorbeikommen und Informationen aus erster Hand beziehen könne, wohl noch von Leuten wie mir zu hören wünsche. Vielleicht ohne es zu wollen, wurden ihre Augen einen winzigen Moment lang kämpferisch schmal, dann weiteten sie sich wieder arglos.

»Ich werde das Land bestimmt nicht verlassen, ohne mich mit Ihnen unterhalten zu haben«, sagte sie. »Nicht nach alledem, was ich soeben gehört habe. Das verspreche ich Ihnen!« Und dann ging sie weiter und ließ mich erst einmal in Frieden.

Ich weiß, dass ich in diesem kurzen Gespräch unangemessen scharf gewesen war. Doch ich schien nicht ganz Herr meiner Reaktionen zu sein. Etwas, das stärker war als gutes Benehmen, hatte in einem Aufruhr tief in meinem Inneren die Kontrolle durchbrochen und meinen lässig hingeworfenen Worten die scharfe Dringlichkeit beschwörender Formeln verliehen. Fürs Erste nahm ich an, dass es noch immer eine Überreaktion auf die seltsamen Umstände meiner Einladung zu dieser Gesellschaft war, und erinnerte mich an Chris' Ratschlag, ruhig zu bleiben. Seinem Schatten versprach ich nun, mich anzustrengen und es besser zu machen.

Das also waren die neuen Drahtzieher, mit denen sich Seine Exzellenz umgab. Zum ersten Mal sah ich den umstrittenen Direktor des SER aus nächster Nähe und konnte, wie ich fast erwartet hatte, keinerlei Sympathie für ihn aufbringen. Er sieht recht jung, adrett und auf leicht unerfreuliche Art stark aus. Vielleicht waren es seine riesigen Hände – Ringerhände –, die beim ersten Anlick sofort den Eindruck erweckten, selbst für einen so großen Mann wie ihn zu groß zu sein. Ich glaube, seine Hände sind ihm peinlich, denn er sucht ständig danach, sie zu verstecken – an der Seite, hinter dem Rücken und schließlich in den Taschen seines Anzugs, was natürlich die Aufmerksamkeit noch mehr auf sie lenkt. Er redet nur, wenn er angesprochen wird, und dann mit absurd leiser Stimme. Für mich war er endgültig erledigt, als ich sah, welch übertriebene Servilität er beim Essen Seiner Exzellenz gegenüber an den Tag legte. War er Gast wie wir alle oder eine Art Oberfestordner? Es kam vor, dass er einen Gast mitten im Satz unterbrach, um die Bedienung herumzuhetzen, weil irgendwo ein Glas zu drei Vierteln leer war.

Der Generalstabschef der Armee war ein in der Öffentlichkeit allgemein bekannterer Mann, im Auftreten sicherer und im Ganzen ein weitaus angenehmerer Mensch.

Das Überraschendste waren die Damen. Alle hatten sich für diesen Anlass viel zu fein gemacht – vielleicht hatte ihnen auch niemand gesagt, dass es eine eher informelle Runde sein würde; außerdem wusste keine von ihnen sehr viel zu sagen. Sie konnten unmöglich zur partywütigen Schickeria gehören, die dem Gerücht nach das gesellschaftliche Leben Seiner Exzellenz zurzeit bestimmte. Möglicherweise war diese langweilige Gruppe auf bemitleidenswert inkompetenten Rat hin ausgewählt worden, um das amerikanische Mädchen zu beeindrucken. Es wäre doch denkbar, dass irgendein Trottel im Stab des Präsidenten, der Abend für Abend in den von Sponsoren finanzierten religiösen Fernsehprogrammen so viele gegen die herrschende Unmoral wetternde amerikanische oder von Amerikanern ausgebildete Prediger hört, tatsächlich glaubt, dass eine Zurschaustellung präsidialer Schicklichkeit wünschenswert sei!

Das Essen war einfach und gut. Krabbencocktail; *jollof*-Reis mit Bananen und gebratenem Hähnchen; Obstsalat aus frischen Früchten oder Käse mit englischen Crackers zum Nachtisch. Die Weine waren hervorragend, doch an diese Gesellschaft vollkommen verschwendet – nur Seine Exzellenz, das amerikanische Mädchen und ich verstanden etwas davon. Die Männer von Bassa hielten sich an ihr Bier, das sie schon den ganzen Tag über getrunken hatten; eine der Damen trank Gimlet und die anderen beiden dunkles Bier mit Seven-up, was eine – ich glaube, sie hieß Irene – als *Black Is Beautiful* bezeichnete.

Seine Exzellenz war ein vollkommener Gastgeber. Vom Kopfende des ovalen Tisches aus verbreitete er gesellige Heiterkeit, so dass sich jedermann wohl fühlte. Eigentlich hätte es ein durchaus bemerkenswerter und schöner Abend sein können, hätten nur die Gäste etwas weniger Eifer darin gezeigt, mit allem, was er sagte, einverstanden zu sein und über die Maßen zu lachen, wenn sie dachten, er habe einen Witz gemacht. Er hatte mich zu seiner Rechten platziert und das amerikanische Mädchen zur Linken, so dass wir uns am Ende des Tisches gegenübersaßen. Rechts von mir saß der schweigsame Major Ossai und ihm gegenüber der Commissioner für Bauwesen und Raumordnung. Der Generalstabschef befehligte das andere Ende des Tisches wie ein Unterhäuptling, der dem Oberhäuptling, wenn dieser es wünschte, seine Aufmerksamkeit schenkte, doch ansonsten angelegentlich seine eigenen Wege ging und das Gimlet-Mädchen zum Kichern brachte.

Die Bemühungen des Gastgebers, eine Unterhaltung zwischen mir und dem amerikanischen Mädchen in Gang zu bringen, scheiterten kläglich. Ich konnte keinerlei Enthusiasmus für einen zunehmend erlahmenden Austausch aufbringen, trotz der Wiederbelebungsversuche des Staatsoberhaupts. Nach der Abfuhr, die ich ihm anfänglich erteilt hatte, beschränkte sich mein Gegenüber auf höfliche Floskeln. Unterhielt ich mich nicht mit dem Gastgeber, wandte ich mich dem Gentleman zu meiner Rechten zu und verwickelte ihn in ein scheinbar tiefschürfendes Gespräch. Er war mir auf ideale Weise zweckdienlich, da er kein größeres Verlangen nach gesellschaftlichen Artigkeiten hatte, als ein Ersatzgenerator das Verlangen hat, Elektrizität zu produzieren, wenn der Hauptgenerator zufriedenstellend funktioniert.

Zusätzlich zu dem trockenen Sherry, den sie zu Beginn des Essens mit dem Krabbencocktail getrunken, und zu dem, was sie sonst noch vorher im Salon zu sich genommen hatte, trank das amerikanische Mädchen noch drei große Gläser Moselwein. Alles zusammen erwies sich eindeutig als zu viel für sie. Im Laufe des Abends wurde sie immer redseliger und weniger zurückhaltend, obwohl sie, was den großen Bogen anlangte, den sie um mich machte, durchaus noch Herrin ihrer fünf Sinne zu sein schien. Was mir natürlich sehr gelegen kam. Ich konnte zuhören und zugleich unauffällig beobachten, ohne die Anstrengung, Provokationen höflich begegnen zu müssen.

Ihr Benehmen gegenüber Seiner Exzellenz wurde unerträglich familiär und anmaßend. Während sie sich mit ihm unterhielt, geschah es verschiedene Male, dass sie sich mitten im Satz von ihm abwandte und Major Ossai etwas zurief, den sie jetzt nur noch mit Johnson anredete. Und Wunder über Wunder, vom Generalstabschef, dem General Lango, sprach sie sogar einmal als Ahmed. Und für diese Unverschämtheiten erntete sie von den besagten Herren nichts als ein zufriedenes Grinsen. Unglaublich!

Aber das war noch überhaupt nichts. Völlig unvermittelt begann sie, Seiner Exzellenz samt Untertanen eine Lektion über die Notwendigkeit zu erteilen, die gegenwärtige (nebenbei recht unbeliebte) Höhe der ausländischen Kreditrückzahlungen aufrechtzuerhalten, die im Augenblick etwas mehr als einundfünfzig Prozent der gesamten Deviseneinnahmen ausmachten. Warum? Als *Quid pro quo* für erhöhte amerikanische Hilfe aus Getreideüberschüssen für unsere von der Dürre heimgesuchten Regionen!

»Haben Sie in letzter Zeit die Leitartikel in der *National Gazette* gelesen?«, fragte ich vollkommen sprachlos.

»Ja, Johnson war so freundlich und hat mir vor ein paar Tagen einige der Kommentare gezeigt. Der Chefredakteur, der, wie ich höre, eine Art Marxist ist, scheint auf zwei Hochzeiten tanzen zu wollen, wie alle, die sich noch Demokrat nennen können. Es mag ja nichts daran verkehrt sein, Castro zu bewundern, solange wir nicht in Kuba oder gar Angola leben müssen. Aber die merkwürdige Tatsache bleibt bestehen, dass Dr. Castro, egal, was er sagt, niemals mit seinen Verpflichtungen der internationalen Bankenwelt gegenüber im Rückstand ist. Er weist die anderen an: ›Zahlt nicht!‹, während er selbst sicherstellt, dass er mit seinen Rückzahlungen nicht in Verzug gerät. Wir dürfen nicht vergessen, dass Banken keine Wohltätigkeitsinstitute sind. Sie sind dafür da, um zu einem fairen und vernünftigen Preis Geld zu verleihen. Verweigert man ihnen die Profitmarge, indem man leiht und nicht zurückzahlt, werden sie ihre Tätigkeit früher oder später einstellen müssen, und wir werden bald wieder dahin kommen, unser Geld in den Sparstrümpfen unserer Großmütter aufzubewahren.«

»Oder in alten Matratzen«, fügte Seine Exzellenz hinzu, dessen nachsichtige Haltung dieser Unverschämtheit gegenüber mir einen größeren Schock versetzt hatte als sonst irgendetwas in letzter Zeit. Fast unterwürfige Nachsicht und die Leidensmiene eines Märtyrers. Er schien zu dem Mädchen zu sagen: »Mach weiter so, gib's ihnen; ich habe ihnen dasselbe gesagt und mich dabei heiser geschrien.« Und *ihnen* in diesem Zusammenhang war *ich*.

Was ich tat, als man zu tanzen begann, mag einer kleinen Erklärung bedürfen. Die Tafel wurde aufgehoben, und wir begaben uns der größeren Bequemlichkeit halber wieder in den großen Salon zu Kaffee und Likör. Währenddessen saßen Seine Exzellenz und Lou in tiefem und intensivem Gespräch versunken auf einem Sofa.

Dann hörte ich plötzlich meinen Namen. »Beatrice, komm und setz dich hierher zu mir«, befahl er und schlug mit der Hand auf den freien Platz neben sich, »afrikanische Häuptlinge sind immer polygam.« Natürlich wurde dies mit explosivem Gelächter aufgenommen. Er schien ein wenig beschwipst zu sein. »Polygamie bedeutet für Afrika dasselbe wie Monotonie für Europa«, verkündete er in die noch immer lodernden Flammen des Gelächters hinein und schürte sie rücksichtslos so sehr, dass die Dachbalken Feuer zu fangen drohten. Ich meine, das Mädchen neben ihm hat noch eingeworfen: »Und in Amerika!« Aber das kann ich nicht beschwören, denn der Lärm war allzu groß gewesen.

Ehe seine Stimme in meine Gedankenwelt eingebrochen war, hatte ich mich vorübergehend dorthin zurückgezogen.

Äußerlich schien ich währenddessen dem Commissioner für Bauwesen und Raumordnung zuzuhören, der sich mit übertriebener Gewissenhaftigkeit einer fast beiläufig hingeworfenen Bemerkung von General Lango widmete, nämlich dass ganz im Gegensatz zu dem, was er in Europa und Amerika, ja selbst in Kenia gesehen habe, unsere Straßen, kaum dass sie befestigt würden, bereits wieder Schäden aufwiesen. Der Commissioner, der offensichtlich lange genug mit Fachleuten verkehrte, um ihren Jargon ein bisschen zu kennen, erklärte einem nun unaufmerksam zuhörenden General etwas über Schwerlastwagen und dass nicht sie, sondern ihr Achsdruck, oder so ähnlich, das eigentliche Problem darstellten.

In jenem Augenblick hatten mich erneut Zweifel und Fragen befallen, und ich hatte mich zurückgezogen, um mich damit auseinanderzusetzen. Warum bin ich hier? Warum hat er mich holen lassen? Die Erklärung, die sich mir zuerst angeboten hatte, dass es mit der Vermittlung zwischen zwei alten Freunden (selbst in Abwesenheit des einen) zu tun haben könnte, zog nicht mehr recht. Warum also war ich dann hier? Damit ich dieses amerikanische Mädchen kennenlerne, mich ihr zur Verfügung stelle und ihr den Standpunkt der Frauen in diesem Land klarmache. Das musste es wohl sein. Man hatte mich hierhergeschleppt, um diesem frechen Mädchen aus Arizona oder sonst wo aufzuwarten. Schön. Wir werden sehen!

Und dann rief der Herr und Gebieter zum Dienst in den Kammern der afrikanischen Polygamie!

Als mir dasselbe zum ersten Mal widerfuhr, war ich Studentin in England gewesen. Mein Freund hatte mich zu einem Silvesterball in der Stadthalle von St. Pancras eingeladen. Der Saal war überfüllt, und wir mussten uns schließlich einen Tisch mit jemanden teilen, den mein Freund kannte und der bereits mit einem weißen Mädchen dort Platz genommen hatte. Nach ein paar Tänzen flüsterte ich Guy ins Ohr, dass wir der Höflichkeit halber mal Partner wechseln müssten. Nach zwei Tänzen mit dem weißen Mädchen verlor Guy vollkommen den Kopf. Er zog sich mit ihr in die entfernteste Ecke des riesigen Saales zurück und wartete dort am Ende eines jeden Tanzes, bis die Band wieder zu spielen begann. Der Freund des weißen Mädchens tanzte ein- oder zweimal mit mir und verschwand dann. Und so blieb mir nichts anderes übrig, als mit fremden Männern zu tanzen, die ohne Freundin zum Ball gekommen waren. Zum ersten Mal in meinem Leben war ich *kabu kaboo* – frei verfügbar geworden.

Als sich schließlich, nachdem geraume Zeit vergangen war, Guy und das Mädchen wieder an unserem Tisch einfanden und er sich sofort erneut auf der Suche nach Drinks auf den Weg machte, schaute das Mädchen in ihren kleinen Taschenspiegel, zog ihre Lippen nach und sagte mit ihrem starken Londoner Cockney-Akzent: »Eure Jungs sind scharf auf uns, stimmt's? Meine Freundin sagt, das is' der Desdemona-Komplex. Hübsches Wort, Des-de-mo-na. Ich glaub', das ist italienisch. Hast du das schon mal gehört?«

Nun also lag ich wieder im Kampf mit Desdemona, dienstlich sozusagen, und schlimmer noch, diesmal ging es nicht um einen nutzlosen schwarzen Kerl in England, sondern symbolisch sozusagen um den Stolz der Nation. Sentimental? Kitschig? So sei es!

Also warf ich mich zwischen ihn und die Feindin. Ich warf mich ihm buchstäblich an den Hals wie der Offiziersbursche sich im Kugelhagel schützend vor seinen Mann.

Ich tat es auf schamlose Weise. Ich gab mich billig her. Mein Gott! Ich tat es dir zu Ehren, wie die Tänzerin in einem Hindu-Tempel; wie Esther, o ja, wie Esther für mein geduldig leidendes Volk.

Und war ich froh, als der König langsam, aber sicher anbiss! War ich froh! Die große Schlange, die königliche Python seiner Erektion regte sich im Gebüsch meines heiligen Hains, als wir enger und enger umschlungen zu sanften Melodien tanzten und zusammen im gedämpften Licht Linderung für unsere alten Wunden suchten. Auf dem Höhepunkt seiner Erregung klammerte er sich verzweifelt an mich. Und da nahm ich ihn kühn an der Hand und führte ihn hinaus auf den Balkon mit dem atemberaubenden Blick von der Hügelkuppe über den dunklen See. Und dort, am Geländer, erzählte ich ihm meine Geschichte von Desdemona. Ich war wie besessen, als ich sprach.

»Ginge ich heute nach Amerika, nach Washington, D.C. – würde ich, könnte ich dann einfach ins Weiße Haus hineinspazieren, mich bei einem privaten Abendessen an den Tisch setzen und den amerikanischen Präsidenten als Geisel nehmen? Und seinen Verteidigungsminister und den Chef der CIA dazu?«

»Oh, sei doch nicht so rassistisch, Beatrice. Das hätte ich nicht von dir gedacht. Ein Mädchen mit deiner Bildung!«

Und er stürmte davon und ließ mich allein auf dem Balkon zurück. Ich stand da, starrte auf den schwarzen See, und meine Tränen flossen in Strömen. Ich war mir bewusst, dass immer wieder jemand verstohlen an die Balkontür kam, um einen Blick auf mich zu werfen. Ich sah sie nicht; ich wusste nur, dass sie kamen, um sich dann wieder in das gedämpfte Licht und die Musik zurückzuziehen. Dann hörte ich feste Schritte auf dem Terrazzoboden des Balkons und Major Ossais Stimme hinter mir: »Unten wartet ein Wagen, der Sie nach Hause bringen wird.«

7

Noch Wochen und Monate, nachdem ich endgültig die Herausforderung angenommen hatte, so viele zerbrochene Scherben dieser tragischen Geschichte, wie ich nur irgend finden konnte, zusammenzutragen, konnte ich noch immer keinen Anfang finden. Alles, was ich niederschrieb, hatte in meinen Ohren den falschen Klang – zu abrupt, zu taktlos, zu offensichtlich.

Und so drehte ich mich unablässig im Kreise – bis zum vergangenen Samstag, nach der wöchentlichen Tortur auf dem Markt. Heiß und verschwitzt vom stundenlangen Feilschen in der Sonne, dann zu Hause nach Atem ringend, nachdem ich mit all den Einkäufen die schwindelerregende Wendeltreppe zum Kücheneingang erklommen hatte, warf ich die Taschen und Tüten im Vorübergehen einfach auf den Küchentisch und holte mir etwas Kaltes zu trinken. In die Küche ging ich nicht wieder zurück. Ziemlich außergewöhnlich für mich. Normalerweise nehme ich es sehr genau mit Lebensmitteln, besonders mit dem Fleisch, das sofort gewaschen und gekocht oder mit etwas Milton-Desinfektionslösung abgespült und eingefroren werden muss. Doch nachdem ich die Hälfte des großen Glases Limonade gierig hinuntergeschüttet hatte, trug ich unter dem Einfluss einer seltsamen Kraft den Rest in das Gästezimmer, aus dem ich eine Art Arbeitszimmer gemacht hatte, und schrieb bis spät in den Abend hinein. Vage, in weiter Ferne hörte ich Agathas Stimme an der Tür, die mir irgendwann einmal guten Abend sagte, doch ich nahm nicht weiter Notiz davon.

Dieser eine Gedanke oder die Kraft oder was immer es war, das mich an jenem Nachmittag blitzartig überfallen hatte, sobald ich aus dem dichten Verkehr heraus war und mich auf der offenen Strecke zwischen den Ministerien und dem Beamtenwohnviertel befand, hatte mich beim Schopfe gepackt! Doch obwohl es mich an den Schreibtisch zwang, versäumte es, mir die rechten Worte einzugeben, denn am Montag musste ich noch einmal von neuem beginnen, nachdem ich die Bemühungen vom Samstag und vom Sonntag weggeworfen hatte. Doch die Hochstimmung hielt unvermindert an. Ich hatte begonnen. Die nutzlosen Seiten und das fast verdorbene Fleisch schienen ein notwendiges Ritual oder Opfer zu sein, dem dargebracht, der wegen der Kühnheit besänftigt werden musste, mit der ich mich dorthin vorgedrängt hatte, wohin selbst vernünftige Engel[1] zögern würden, ihren Fuß zu setzen; oder vielmehr, weil ich einen der Speere aus dem Boden zog, die Männer in der Stunde ihrer Niederlage und ihres letzten Tanzes im Kreis in den Boden stoßen.

Mein Hausmädchen Agatha gehört einer dieser Pfingstkirchen an, die Bassa wie eine Krankheit heimgesucht haben. Ihre Sekte nennt sich YESMI, was für Yahwe Evangelical Sabbath Mission Inc. steht und ihr angeblich verbietet, am Samstag auch nur ein Streichholz für den Herd anzuzünden. Sie verlässt das Haus, ehe ich am Morgen aufstehe, und bleibt den ganzen Tag über weg. Gegen fünf Uhr kehrt sie zurück, sieht aus wie ein welkes Taroblatt und isst Brot und kalte Fleischsoße oder irgendwelche Reste, die ihr unter die Finger kommen – bisweilen sogar nur *garri*: in Eiswasser eingeweichten Grieß mit acht Stückchen Zucker und einer ganzen Dose Büchsenmilch. Nahm *ich* jedoch das Streichholz, zündete den Herd an und wärmte das Essen auf, so entdeckte ich, dass es kein Verbot gab, das sie davon abhalten würde, es zu essen. Doch von Anfang an hatte ich ihr klargemacht, dass ich noch nicht bereit sei, die

1 Anspielung auf E. M. Forster *Where Angels Fear to Tread;* deutsch *Engel und Narren*. Anm. d. Übers.

Füße meiner bezahlten Hilfe zu waschen. Es genügt vollkommen, dass ich den wöchentlichen Einkauf auf dem Gelegele-Markt mache, während sie vor einem weißgewandeten Propheten mit behaarter Brust und einer Duschhaube auf dem Kopf klatscht, mit den Augen rollt und die Hüften verrenkt.

Doch anderes hat unser Leben vor nicht allzu langer Zeit verändert, und an diesem besonderen Samstag muss allein die Kraft von etwas völlig Außergewöhnlichem, das im Hause vor sich ging, Agatha so überwältigt haben, dass sie das Gesetz des Sabbats überging und das bereits ein wenig riechende Fleisch und das welkende Gemüse wegräumte. Oder aber, da auch ihr ein Besessensein nicht fremd war, konnte sie möglicherweise Anzeichen dafür in anderen sehr schnell erkennen!

Mein Name ist Beatrice, doch die meisten meiner Freunde nennen mich entweder B oder BB. Und auch meine Feinde – das nun ist eine Lektion, die ich aus den mir noch immer unfassbaren Gewalttaten lernte, die wir durchlitten haben – dass selbst kleine Leute wie ich sich Feinde machen können. Naiverweise hatte ich angenommen, dass Feinde das Privileg der Großen seien. Doch nein. Ich selbst hielt etliche Leute so eifrig mit der Verfertigung von spitzen und giftigen Namen auf Trab, wie sie sich beeilten, gefallene Helden zu schmähen, die Fälle von »auf Gnade und Gnadenstoß«, wie unsere halbgebildeten Journalisten sagen.

Es war eine ziemliche Offenbarung, die mir ehrlich gesagt eine Zeitlang Schwierigkeiten bereitete – besonders die groben Anspielungen auf das, was unsere Männer feixend *bottom-power* nennen. Doch dann sagte ich mir, was kümmert's mich, man wird kaum den Lauf der Dinge anhalten, bis geklärt ist, was ein unbedeutendes weibliches Wesen im Verlauf einer Katastrophe, die so viele und so vieles vernichtet hat, getan oder nicht getan hat. Eine kleine Verletzung meines persönlichen Stolzes vielleicht, doch was tut's?

Aber mit einer Wahrnehmung meiner Person scheine ich

mich doch nicht abfinden zu können, noch immer kommen mir dabei die Tränen. Ehrgeizig. Ich, ehrgeizig! Wie denn? Genau dieses wahrhaft ungerechte Bild zwingt mich, mein Leben auf diesen Seiten offenzulegen, denn möglicherweise gibt es Dinge in mir, die ich sogar vor mir selbst erfolgreich zu verbergen gewusst hatte. Anmaßende Journalisten, die sich die Aufmerksamkeit der neuen Militärmachthaber erhofften, schufen ein Bild von mir als der »modernen Madame Pompadour«, die Generäle manipulierte und Schriftsteller protegierte.

Nie in meinem bisherigen Leben habe ich Aufmerksamkeit gesucht – nicht einmal als Kind. Auf meine frühesten Erinnerungen zurückblickend, sehe ich ein kleines, von seiner eigenen kleinen Welt vollkommen umschlossenes Mädchen – einer Welt, die, russischen Puppen gleich, in der engen Welt unseres Missionshauses enthalten ist, das wiederum fest in die Welt der anglikanischen Missionsstation eingebunden war. Ein bemerkenswerter Ort. Außer der Kirche gab es die beiden Schulhäuser, das Pfarrhaus, das Haus des Katecheten, das Langhaus, in dem die Lehrer je nach Rang sich ein Zimmer teilten, ein eigenes Zimmer hatten oder sogar zwei Zimmer bewohnten. Das waren, wohlgemerkt, die Lehrer. Die Lehrerinnen dagegen bewohnten das kleinste von allen Häusern – ein Dreizimmerhaus mit Grasdach, das wohl um des besseren Schutzes willen zwischen dem Haus des Pastors und dem des Katecheten stand. In der entferntesten Ecke des Missionsgeländes war der ein wenig zugewachsene Friedhof, auf dem eine meiner Schwestern, Emily, begraben lag.

Eine Welt in einer Welt in einer Welt, ohne Ende, von Ewigkeit zu Ewigkeit. *Uwa-t'uwa* in unserer Sprache. Wie faszinierte mich als Kind diese seltsame Lautfolge, die sich ins Unendliche wiederholen ließ, bis sie im Ohr, wenn man es mit der Hand öffnete und verschloss, öffnete und verschloss, zum Rauschen des Regens wurde. *Uwa-t'uwa t'uwa t'uwa; Uwa-t'uwa.*

Uwa-t'uwa war ein Baustein meiner vielen einsamen Spiele.

Damit konnte ich Gedanken aller Art erfinden und formen. Ich konnte es sogar in den Armen wiegen wie mein hölzernes Baby mit dem abgeschlagenen Ohr.

Meine Freundschaft mit dem seltsamen Wort begann zweifelsohne sehr früh, damals, als ich es zum ersten Mal erkannte und willkommen hieß, nämlich am Ende des Gebets, das mein Vater in Anwesenheit der ganzen Familie zu Beginn und zum Abschluss eines jeden Tages zu sprechen pflegte – Gebete, die so lang waren, dass ich dabei vom Wachen ins Träumen glitt und manchmal einschlief und umkippte. *Uwa-t'uwa* war stets das Ende der Tortur, worauf wir alle lauthals antworteten: *Amen! Guten Morgen, Sir! Guten Morgen, Madam!* oder *Gute Nacht,* wenn es sich um das Abendgebet handelte.

An einem Abend, als die Worte *uwa-t'uwa* an mein Ohr drangen und mich mit einem Ruck wach werden ließen, packte mich der Teufel; ohne überhaupt nachzudenken, erhob ich meine Stimme zu einem kindlichen Dankgesang: Uwa-t'uwa! Uwat'uwa! Uwa-t'uwa! Uwa-t'uwa! T'uwa t'uwa! Uwa-t'uwa!

Das Kichern meiner Schwestern schürte die Inbrunst meines verwegenen Gesangs.

Mein Vater sprang auf, das Amen noch auf den Lippen, griff nach dem Rohrstock, den er stets griffbereit hielt, und gab jeder von uns eine ordentliche Tracht Prügel. Als wir uns an jenem Abend auf unseren Matten in den Schlaf weinten, hielten es meine Schwestern für angebracht, mir zwischen Schluchzen und Schnupfen zu versprechen, dass sie am nächsten Morgen mit mir abrechnen würden.

Er war ein sehr strenger Mann, mein Vater – uns Kindern so fern wie unserer armen Mutter. Als ich älter wurde, erfuhr ich, dass seine Peitsche nicht nur in unserem Hause und im Schulhaus nebenan berüchtigt war, sondern in der ganzen Diözese. Eines Tages beehrte ihn der Häuptling des Dorfes mit einem Besuch, und als sie in dem äußeren großen Zimmer, von uns Piazza genannt, saßen, sich Kolanuss mit Guineapfeffer teilten und ich mich in der Nähe aufhielt, was ich gerne tat, wenn Besuch da war, hörte ich, wie der Häuptling nichts als lobende Worte für meinen Vater fand, der den Dorfkindern mittels seiner Peitsche eine so gute Erziehung erteilte. Mit einem sehnsüchtigen Ausdruck im Gesicht, den ich noch nie zuvor bei meinem Vater gesehen hatte, erzählte er dem Häuptling von einem gewissen Schulleiter, der im Jahre 1940 von einigen weißen Schulinspektoren, die aus England gekommen waren, um sich die Schulen in ihren Kolonien anzuschauen, gelobt worden war, weil sich seine Schule als die ruhigste in ganz Westafrika erwiesen hatte. »*Das right!*«, schwärmte der Häuptling auf Englisch.

Ich erinnere mich sehr genau an diese Begebenheit, denn zu jener Zeit nahmen wir im Erdkundeunterricht die Karte von Westafrika durch. Ich verließ also meinen Vater und seinen Freund, ging zu meiner Schultasche aus Raffiabast, zog den Atlas von Westafrika heraus und war zutiefst von der Größe des Gebiets beeindruckt, in dem der Schulleiter aus dem Jahre 1940 den ersten Platz eingenommen hatte.

Es gab Zeiten, in denen ich Anlass hatte zu vermuten, dass er unsere arme Mutter schlug, doch in Anbetracht der Schrecklichkeit alleine des Gedankens daran muss ich sagen, dass ich nie tatsächlich Zeuge davon geworden war. Auch keine meiner Schwestern hatte es je miterlebt; sollten sie es doch gesehen haben, so hatten sie es möglicherweise vorgezogen, mir nichts davon zu sagen, denn ich genoss eigentlich nie ihr Vertrauen. Zurückblickend bin ich bisweilen erstaunt, wie sehr sie sich fast immer geradezu gegen mich verschworen hatten. Trotzdem hegte ich den starken Verdacht, den ich weder bestätigen noch widerlegen konnte. Denn war es wieder einmal so weit, pflegte mein Vater stets die Vorsichtsmaßnahme zu ergreifen, die Tür ihres Schlafzimmers abzuschließen. Hinterher kam sie heraus (nachdem sie, oder vielleicht auch er, die Tür wieder aufgeschlossen hatte), wischte sich die Augen mit einem Zipfel ihres

Wickeltuchs, zu stolz oder zu erwachsen, um laut zu weinen wie wir. Aber es geschah nicht allzu oft. Jedes Mal jedoch erweckte es in mir den Wunsch, eine Zauberin zu sein, in deren Macht es läge, zu meinem Vater zu sagen: »Stirb!«, und er würde wie in der Fabel sterben. Dann, wenn er seine Lektion gelernt hätte, würde ich ihn wieder zum Leben erwecken, und er würde seine Peitsche nie mehr anrühren.

Und dann eines Tages, als meine Mutter herauskam und sich die Augen wischte, rannte ich zu ihr und umschlang ihre Beine. Doch anstatt mich an sich zu drücken, wie ich erwartet hatte, stieß sie mich so heftig von sich, dass ich mir den Kopf am hölzernen Mörser aufschlug. Fortan stand mir der Sinn nicht mehr danach, meinem Vater den Tod zu wünschen. Ich kann damals nicht viel älter als sechs oder sieben gewesen sein, doch ich weiß noch um dieses starke Gefühl in mir – außergewöhnlich, machtvoll und erwachsen –, dass mein Vater und meine Mutter ihre eigene Welt bewohnten, meine drei Schwestern die ihre, während ich in meiner allein war. Und dieses Alleinsein machte mir damals gar nichts aus und hat es auch seither nie getan.

Erst viel später wurde mir klar, dass meine Mutter einen tiefen Groll gegen mich hegte, weil ich ein Mädchen war – das fünfte in einer Reihe, obwohl eines gestorben war –, und dass sie, als ich zur Welt kam, verzweifelt um einen Jungen gebetet hatte, den sie meinem Vater hätte schenken können. Dieses Wissen wurde mir nach und nach in einem langsamen Prozess zuteil, den ich jetzt nicht näher erläutern will. Doch ich muss erwähnen, dass sie mir bei meiner Taufe außer Beatrice noch einen anderen Namen gaben, Nwanyibuife – ein Mädchen ist auch etwas. Kann man das noch überbieten? Selbst als Kind hegte ich heftigste Abneigung gegen diesen Namen, ohne mir seiner wirklichen Bedeutung bewusst zu sein. Damals fiel mir nur auf, dass ich sonst niemanden kannte, der den Namen trug; er schien eine Notlösung zu sein! Seltsamerweise verabscheute ich ihn bedeutend weniger in seiner abgekürzten Form, Buife. Vielleicht war es das *nwanyi*, der Teil, der »Mädchen« hieß, was mich so besonders kränkte. Mein Vater ritt ständig darauf herum. »Sitz wie ein Mädchen!« oder »Mädchensoldat«, wie er mich nannte, als er mich an jenem Tag, als ich vom Cashewbaum gefallen war, mit der linken Hand aufhob und mir mit der rechten drei schmerzende Schläge auf den Po versetzte.

Aber ich hatte nicht die Absicht, meine Autobiographie zu verfassen, und das werde ich auch nicht. Wie käme ich dazu, meine Geschichte der Welt aufzudrängen? Ich will eigentlich nur damit klarmachen, dass ich, soweit ich mich zurückerinnern kann, immer alleine gewesen bin und nie die Aufmerksamkeit anderer für mich gefordert habe. Nie! Und ich erinnere mich auch nicht daran, je etwas in Angriff genommen zu haben, wozu ich fremde Hilfe gebraucht hätte. Was wiederum bedeutet, dass ich nie etwas unternommen habe, das meine eigenen, kümmerlichen Kräfte überstieg. Was letztendlich den Schluss zulässt, dass ich unmöglich ehrgeizig sein kann.

Da bin ich sehr, sehr empfindlich – ich gebe das gerne zu.

Dass ich am Leben der Großen und Mächtigen teilhatte, geschah rein zufällig und keineswegs auf mein Betreiben hin. Und überhaupt kamen sie alle erst zu Macht und Größe, *nachdem* ich sie kennengelernt hatte. Nicht vorher.

Als ich Chris kennenlernte, war er keineswegs Commissioner, sondern nur der Chefredakteur der *National Gazette*. Und das war noch in den Tagen der bürgerlichen Regierung gewesen. Und wenn ich sage, dass es Chris war, der sich um mich bemühte, und nicht andersherum, gebe ich überhaupt nicht an. Genauso war es. Und ich habe mich auch nicht geziert. Die Erfahrung hatte mich in meiner kleinen Welt gelehrt, wachsam zu sein. Manche Leute sagen sogar, ich sei von Natur aus misstrauisch. Vielleicht. Als Frau, die vielleicht etwas überdurchschnittlich gut aussieht, eine gute Ausbildung hat und eine gute Stellung dazu, lernt man schnell genug, nicht jedem

Süßholzraspler auf der Schwelle die Tür zu öffnen. Das ist nichts aufregend Neues. Jedes Mädchen hat das mit der Muttermilch eingesogen, obschon manche sich aus dem einen oder anderen Grund blenden lassen und es vorziehen zu vergessen, was sie einst gelernt. Oder sie geraten in Panik, und die Vorstellung, dass die Zeit an ihnen vorübergehe, begräbt sie unter sich. Es kommen dann Zeiten, wo man allerlei dummes Geschwätz von anderen Mädchen zu hören bekommt: Es ist besser, einen Tunichtgut zu heiraten, als dass dir im Hof deines Vaters ein Schnurrbart wächst. Besser unglücklich verheiratet als eine unglückliche alte Jungfer sein. Besser in dieser Welt den Falschen heiraten, als im Himmel auf den Richtigen zu warten. Alle Ehen sind *how-for-do*, ein Durchwurschteln; alle Männer sind gleich. Und noch einen ganzen Sack voll ähnlicher Torheiten.

Ich war von Anfang an entschlossen, meine Karriere an die erste Stelle zu setzen und, wenn es sein musste, auch an die letzte. Dass eine Frau ohne Mann unvollständig ist, war für mich chauvinistischer Schwachsinn, ehe ich überhaupt von einer Frauenbewegung gehört hatte. Oft sagen die Leute: Das hast du aber in England gelernt. Völliger Quatsch! Im Hause meines Vaters gab es genug männlichen Chauvinismus, genug für sieben weitere Leben!

Als Chris also aufkreuzte, flog ich ihm nicht bereitwillig in die Arme, obwohl ich ihn eindeutig mochte. Und seltsamerweise war er es selbst, der allen Grund zur Vorsicht bot. Er sah so gut aus, war so rücksichtsvoll, so ganz anders als die aufdringlichen Typen, von denen es im berauschenden Reichtum des Ölbooms nur so wimmelte, dass irgendetwas an ihm faul sein musste!

Unnachgiebig? Vielleicht. Aber mir kann man nicht die Schuld für den Zustand, in dem die Welt sich befindet, zuschieben. Sagt unser Volk nicht, eine nachgiebige Frau sei stets schwanger? Skepsis ist der sechste Sinn einer jeden Frau. Man kann ihr das nicht vorwerfen – nicht sie hat gemacht, dass ihre Welt ein so hartes Pflaster ist.

Eine meiner Freundinnen – eine vernünftigere und attraktivere Person gibt es überhaupt nicht – hatte das Verbrechen begangen, sechsundzwanzig Jahre alt zu werden und noch immer unverheiratet zu sein. Als sie einmal mit ihrem damaligen Verlobten in einem weitabgelegenen Dorf seine Verwandten besuchte, hatte eine seiner Tanten mit der vollen Absicht, dass es gehört werden sollte, ein Sprichwort zum Besten gegeben – wenn *ogili* wirklich ein so wertvolles Gewürz wäre, ließe es niemand so lange herumliegen, dass sich die Ratten drüber hermachten! Nun, da hättest du Comfort aber erleben sollen! Die Beleidigung selbst machte ihr gar nicht so viel aus, aber das Schweigen ihres Freundes. Also hielt auch sie den Mund, bis sie wieder in der Stadt und in ihrer Wohnung waren. Dann sagte sie ihm, dass sie schon immer den Verdacht gehegt habe, dass er so etwas wie eine Ratte sei. Ich kann richtig hören, wie sie das sagte und ihn aus der Wohnung warf! Nun ist sie glücklich mit einem Mann aus dem Norden verheiratet und hat zwei Kinder.

Meine Erfahrung mit Chris war natürlich eine völlig andere. Er schien mich so vollkommen zu verstehen, ohne mir auch nur eine einzige Frage zu stellen. In jenen ersten Tagen hat er mir oft Rätsel aufgegeben, weil er von sich aus über kleine Dinge – Farben oder Essen oder Benehmen, Dinge, die ich mochte oder nicht mochte – Bescheid wusste; dann fragte ich ihn: Aber woher weißt du das? Dann lächelte er nur und sagte: Vergiss nicht, ich bin Journalist; es gehört zu meinem Job, alles in Erfahrung zu bringen. Und wie er es sagte, hätte jede Frau hinschmelzen lassen.

Emotional also hatte ich vom ersten Augenblick an keinerlei Vorbehalte Chris gegenüber. Doch intellektuell musste ich mein Warnsystem voll einsetzen. Ich kam mir vor wie zwei Menschen in derselben Haut – nicht verfeindete Parteien, sondern nachbarschaftliche Wesen, die unterschiedlich genug waren, um füreinander interessant zu sein, aber nicht unverträglich. Als wir uns das allererste Mal trafen, so erinnere ich mich noch deutlich, flog mir der Gedanke durch den Kopf, dass ich seine Frau beneide. Doch es vergingen Wochen, ehe ich mich dazu durchringen konnte, vorsichtig etwas über sie in Erfahrung zu bringen, und nicht einmal direkt von Chris, sondern verstohlen über einen Dritten, nämlich Ikem. Und der subtile innere Widerstreit, in den Chris mich versetzte, war derart, dass die Information von der Nichtexistenz einer Ehefrau, obwohl sie mir zugegebenermaßen bis zu einem gewissen Grad Erleichterung verschaffte, mich nicht unbedingt zufriedenstellte. Es blieb in der Labsal ein Bodensatz Enttäuschung. War es die Enttäuschung des Spielers oder des geborenen Kämpfers, der um den Rausch von Wettkampf und riskantem Sieg betrogen wurde? Oder verlor die Affäre an Attraktivität, weil ich tief in meinem Innern der schrecklichen zynischen Tante in jenem Dorf nicht unähnlich war und glaubte, was so gut sei, bleibe für eine wie mich nicht lange genug liegen. Wie furchtbar!

Selbst dann noch, als ich mich dabei ertappte auszuwählen, welches Kleid oder welches Make-up ich trug, wann immer ich dachte, ich könnte ihm zufälligerweise begegnen, tat ich es als unbedeutende, harmlose Spielerei ab, die ich mir durchaus leisten konnte, solange ich nicht vergaß, auf der Hut zu sein.

Ich glaube, es war an einem Samstagvormittag im Supermarkt, als mir Ikem eine Gelegenheit bot, nach Chris' Frau zu fragen. An die Einzelheiten erinnere ich mich jetzt nicht mehr, aber ich glaube, er forderte mich damals auf, mit ihm, seiner Freundin und Chris zu einer Geburtstagsparty von einem ihrer vielen Bekannten zu gehen. Aus dem einen oder anderen Grund lehnte ich ab, doch es gelang mir, so nebensächlich, wie ich irgend konnte, danach zu fragen, wo Chris' Frau eigentlich sei, oder ob er zu denen gehöre, die jede Gelegenheit nutzten und ihre Frau, sobald deren Periode aussetzt, zu ihrer Mutter und der Dorfhebamme abschieben?

»BB!«, schrie er mit geheucheltem Entsetzen, und in seinen großen Augen blitzte es schalkhaft und voll Vergnügen. »Und das von deinen braven Lippen …«

»Ich weiß, ich weiß. Das hättest du nicht von mir gedacht! So wie man dem Mund eines Königs nicht ansieht, dass er je an der Brust seiner Mutter gesaugt hat, nicht?«

»Oder der Gang einer Frau nicht alles verrät!«

»Genug!«, sagte ich mit ebenfalls gespielter Entrüstung und legte den Zeigefinger an den Mund. »Ich hab' ja nur danach gefragt, wo dein Freund seine Frau versteckt.«

»Es gibt keine Frau, meine Liebe. Du kannst also völlig beruhigt sein.«

»Ich? Wieso? Was hab' ich damit zu tun?«

»*Plenty plenty. I been see am long time,* meine Liebe.«

»Was hast du gesehen? Platz da!«, und ich machte Anstalten, meinen Einkaufswagen an ihm vorbei zur Kasse zu schieben, aber er packte mich am Arm, hielt mich zurück und begann, mir in lautem Flüsterton, unterbrochen von verschwörerischen Blicken, die er nach allen Seiten um sich warf, einen langen und absurden Bericht von allen Handlungen und Reaktionen darzulegen, die er peinlichst genau zwischen Chris und mir in den vergangenen Monaten beobachtet haben wollte und die alle nur eine einzige Bedeutung haben konnten – sein Freund Chris *done catch*!

»*You de craze!* Und jetzt Platz da.«

Das war in dem Jahr, als ich aus England zurückgekehrt war. Ich kannte Ikem schon seit Jahren – schon seit meiner Studienzeit in London. Wie er es damals anstellte, weiß ich nicht, aber er war mir sofort wie ein Bruder geworden. Er hatte sein Studium zwei oder drei Jahre früher als ich abgeschlossen und trieb sich in London herum, übernahm Gelegenheitsarbeiten für Publizisten, las Gedichte im Afrikazentrum und ähnlichen Einrichtungen und schrieb für Dritte-Welt-Zeitschriften, ehe ihn seine Freunde zu Hause schließlich dazu überreden konnten, zurückzukehren und ihnen bei der Nationenbildung zu helfen. »Schwachsinn«, sagte er später, wenn er davon sprach.

Als er dann schließlich heimkehrte, hatte ich eben mein Examensjahr am Queen's College begonnen, und wir waren uns in der Tat sehr nahe. Eine Zeitlang bewegte sich unsere Beziehung unschlüssig am Rande einer Romanze entlang, doch wir brachten sie auf festen Grund und Boden zurück, und ich blieb bei meinem Freund Guy und er bei seiner atemlosen Folge von Freundinnen.

Mit Ikem habe ich stundenlang über ernsthafte und nichternsthafte Dinge gestritten und diskutiert, mehr als mit je einer Menschenseele. Natürlich bin ich der Überzeugung, dass er ein großartiger Schriftsteller ist, und wenn ich gelegentlich eine Kurzgeschichte oder ein Gedicht geschrieben habe, so hat es mich auf wunderbare Weise ermutigt, wenn er mich gelobt hat. Es macht mir nicht einmal allzu viel aus, dass sein Lob sich darin erschöpft, meinen Stil mal als hart, mal als männlich zu bezeichnen! Als ich ihn darauf hinwies und im Spaß zu ihm sagte, dies sei ein sicheres Zeichen seines Chauvinismus, war er zuerst erschrocken, doch dann strahlte er auf die ihm eigene Art, die das unschuldige Kind hinter der Maske von Bart und gebildeter Strenge verriet.

In den vergangenen zwei Jahren haben wir viel über das gestritten, was ich seinen schwachen Punkt, den Riss in der Rüstung seiner brillanten und originellen Ideen nannte. Ich sagte ihm, dass in seinem politischen Denken Frauen keinen Platz hätten, was er einfach nicht zu begreifen scheint. Das heißt, bis kurz vor dem Ende hat er es nicht begriffen.

»Wie kannst du nur so etwas sagen, BB!«, rief er aus, fast verzweifelt.

Und ich kann verstehen, warum er so verzweifelt war. Denn dies war ein Mann, der einen ganzen Roman und ein Theaterstück über den Aufstand der Frauen in Aba 1929 geschrieben hat, der damals die gesamte britische Verwaltung aus den Angeln hob; und er wird beschuldigt, den Frauen keine klar umrissene politische Rolle einzuräumen. Aber ich sehe das etwas anders – den Frauen heute dieselbe Rolle zuzuweisen, die sie in der traditionellen Gesellschaft von jeher innehatten, nämlich nur dann einzugreifen, wenn alles andere versagt hat, ist nicht genug ... Wie die Frauen in Sembenes Film, die zu den zurückgelassenen Speeren ihrer besiegten Männer greifen. Es genügt nicht, dass die Frauen zur letzten Instanz werden, denn bis zur letzten Instanz ist es ein verdammt weiter Weg, und außerdem ist es dann bereits zu spät!

Das war so ziemlich der einzige ernstliche Vorbehalt, den ich Ikems politischer Position gegenüber hatte. Obwohl er dazu neigte, etwas unbekümmert mit seinen Freundinnen umzugehen, und kein geringerer Freund als Chris ihn in dieser Sache sogar als gewissenlos bezeichnete, muss ich zugeben, dass er in der Tat für dreierlei Frauen tiefsten Respekt hegte: für Landfrauen, Marktfrauen und intellektuelle Frauen.

Er konnte über die Maßen zuvorkommend sein, und ich habe erlebt, wie er sich vollkommen verausgabte und größte Mühen auf sich nahm, um einer Frau in Not beizustehen. Noch immer bekomme ich eine Gänsehaut, wenn ich an eine bitterkalte Winternacht zurückdenke, in der er mit dem letzten Zug irgendwo steckengeblieben war und sich um meinetwillen fast den Tod geholt hätte.

Ich war in jener Nacht töricht genug gewesen, ihn anzurufen, nachdem ich in Begleitung meines Freundes Guy und durch sein Verschulden einen so demütigenden Abend erlebt hatte wie noch nie zuvor in meinem Leben. Es war bei einem nigerianischen Weihnachtsball in der Stadthalle von St. Pancras gewesen. Ich wollte Ikem gar nicht bitten, sich zu so später Stunde auf den Weg zu mir aufzumachen, sondern brauchte nur jemanden zum Reden, jemanden, der anders war als jener lärmende, bunt zusammengewürfelte Haufen unkultivierter und oberflächlicher junger Männer, die unser Land zu jener Zeit in ebenso großen Mengen exportierte wie sein Rohöl. Doch offensichtlich klang ich am Telefon so außer mir, dass Ikem in seinen Mantel schlüpfte, sich seine Wollmütze aufsetzte, den dicken Schal umwickelte und sich in den Schnee hinauswagte. Weit nach Mitternacht bestieg er den letzten Zug an einem Bahnhof im Süden von London. Als er schließlich nach einer ausgedehnten abenteuerlichen Reise in den nur zur Nachtzeit verkehrenden Bussen an meiner Tür anlangte, war es halb vier geworden. Ich hatte ein so schlechtes Gewissen, dass ich keines weiteren Trostes bedurfte. Ich war bereit, alles zu kochen, was ihn aufwärmen würde. Reis? Grieß? Bananen? Er schüttelte nur den Kopf, seine Lippen waren vor Kälte zu taub, als dass er hätte reden können. Alles, wozu ich ihn schließlich überreden konnte, war eine Tasse schwarzen Kaffees. Und er warf den Mantel von sich, fiel auf die Couch und schlief sofort ein. Von meinem Bett holte ich jede letzte Decke, die ich besaß, und deckte ihn zu.

Von all dem absurden Zeug, das gewisse Leute in letzter Zeit über uns behauptet haben, übertraf Ikem als einer meiner drei Liebhaber an Lächerlichkeit alles andere. Verdammt nochmal, der Kerl war für mich wie ein Bruder!

In jenem letzten Jahr hatte ich ihn nicht allzu oft gesehen – gelegentlich bei Mad Medico, ein paarmal auf Gesellschaften, und ein- oder zweimal hat er mich zu Hause besucht. Er war nie sehr für Besuche gewesen, doch jeder, den er machte, hat einen nachhaltigen Eindruck hinterlassen.

Sein letzter Besuch war im August gewesen. Ich weiß noch, dass es August war, denn er kam inmitten eines für die Jahreszeit unzeitgemäßen tropischen Gewitters. In der Küche schrillte die Klingel, gefolgt von dringlichen Schlägen gegen die Haustür. Ich sprang auf, nicht um zu öffnen, sondern um meinem Mädchen Agatha den Weg zu versperren, die wie ein Kaninchen, dem man den Bau ausräuchert, aus der Küche gestürzt kam und die Haustür ansteuerte. Ungeachtet meiner vielen Versuche, ihr anhand detaillierter Schilderungen von vielfachem Mord und Vergewaltigung die Gefahr der uns von allen Seiten umgebenden bewaffneten Einbrecher klarzumachen, war Agatha in seliger Unschuld durch nichts zu erschüttern. Auf alles, was man ihr sagt, antwortet sie einfach Jamadam und Neinmadam und fährt dann fort, genau das zu tun, was sie vorher auch schon getan hat.

»Zurück in die Küche!«, donnerte ich sie an und wandte mich im selben Tonfall an den Störenfried draußen. Ich hatte mich in letzter Zeit etwas sicherer gefühlt, seit ich alle Fenster und Türen der Wohnung mit Eisengittern hatte versehen lassen. Gelang es also dem Kerl draußen, die größere, hölzerne Haustür einzuschlagen, so würde er sich noch mit dem Eisengitter auseinanderzusetzen haben, was einem doch ein wenig Zeit ließ, die Flucht zu planen. Trotzdem stand ich in gebührendem Abstand von der Eingangstür mit einem Auge auf dem Küchenausgang und der Feuerleiter daneben.

»Wer ist da?«, schrie ich. Wer immer es war, schien nichts zu hören, läutete unablässig Sturm und schlug auf die Tür ein. Nun, auch ich würde nicht nachgeben und schrie deshalb weiter, wer ist draußen? Minutenlang ging es so fort, bis ich schließlich Angst bekam. Doch entweder hörte er mich dann, oder ihm fiel unabhängig davon ein, dass er eigentlich seine Stimme anstatt seiner Fäuste gebrauchen könnte. Und ich hörte sie in einer dieser kurzen Atempausen, die so ein Sturm einlegt. Ich nahm die Kette vom Eisengitter und schloss die Tür auf.

»Bei mir hat es überhaupt nicht geregnet«, rief er entschuldigend, als er hereinkam. »Erst bei den Ministerien traf es mich mit voller Wucht. Es war tatsächlich, als renne man gegen eine Wand aus Regen. Man konnte geradezu mit einem Fuß im Nassen und mit dem anderen im Trockenen stehen.«

»Komm doch herein, wir schreien uns ja heiser hier draußen!«

Er ließ den tropfenden Regenschirm bei meinen Topfpflanzen am Eingang und folgte mir ins Wohnzimmer. Die Lüftungsklappen an den Fenstern waren fest verschlossen, und als wir nun auch die Tür noch schlossen, verebbte der Lärm des Regens zum gemütlichen Hintergrundrauschen.

»Als wir Kinder waren«, sagte Ikem, der sich aufs Sofa fallen ließ, seine nassen Schuhe auszog und die Socken hineinstopfte, »war der August immer ein trockener Monat. Augustpause hieß das damals. Die Erdkundebücher erklärten das Phänomen, die Bauern im Dorf erwarteten es. Auf die Augustpause war damals Verlass.«

»Wirklich?«

»Was ist aus den Tagen meiner Jugend geworden, BB?«

»Verschwendet, vertan, Ikem. Für immer verloren, fürchte ich.«

»Ich hatte gehofft, du würdest das nicht sagen. Nicht heute. Nun ja.«

»Warum, was ist heute? Hast du etwa Geburtstag?«

»Bei mir gibt es keine Geburtstage. Als ich zur Welt kam, wurden in meinem Dorf weder Geburten noch Todesfälle registriert. Brief und Siegel.« Ich lachte, und er lachte mit mir … »Meine Geburt war nicht so eine verwöhnte Angelegenheit in einer Entbindungsklinik. Ich kam auf Bananenblättern hinter der mit Gras gedeckten Hütte an, nicht auf weißen Betttüchern … Was für schöne Blumen du hast, wie heißen sie?«

»Ich hab' noch nie erlebt, dass du Blumen oder was Frauen anhaben oder dergleichen je bemerkt hättest. Was ist los mit dir?«

»Tut mir leid, BB, du hast ein wunderschönes Kleid an. Und sehr schöne Blumen, wie heißen sie?«

»Agatha röstet eben Maiskolben mit *ube.* Magst du das? Oder ziehst du Kokos vor?«

»Ich ziehe beides vor, *ube* und Kokosnuss.«

»Vielfraß!«

»Recht hast du! Im Endstadium offenbar, denn meine Grammatik ist schon affiziert. Du hast mir noch immer nicht gesagt, wie diese Blumen heißen. Ich hab' früher vielleicht keine Notiz von Blumen genommen, aber jetzt tu ich es. Es ist doch nie zu spät, oder?«

»Nein. Sie heißen Hortensien.«

Als ich in die Küche ging, um für Agatha wegen der Kokosnuss die Speisekammer aufzuschließen, fragte ich mich, was Ikem bloß hatte. Ging es um Chris? Stand ihrer Beziehung, die in den vergangenen Monaten arg holprig geworden war, nun der große Knall bevor? Ikem vermied es stets, sich bei mir über Chris zu beklagen. Würde er dieses eine Mal mit der von ihm peinlichst eingehaltenen Gepflogenheit brechen? Als ich ins Wohnzimmer zurückkehrte, hatte er die Blumen mit der Vase hochgehoben und roch daran.

Ich aß meinen Mais mit *ube* und er den seinen abwechselnd mit *ube* und Kokosnuss. Draußen wütete das Gewitter, so wie ich Gewitter mag – weit weg, das heftige Blitzen und Donnern gedämpft und fern wie in einem Film. Ich hätte mich vollkommen behaglich gefühlt, wäre Ikem nicht ein wenig seltsam gewesen. Hoffen wir, es ist das Gewitter, betete ich im Stillen. Tropische Gewitter können so mancherlei Kreaturen mancherlei antun. Das weiß ich schon seit meiner Kindheit. War mein Vater nicht zu Hause, pflegte meine ältere Schwester Alice stets bei Regen im Hof umherzurennen, dabei sang sie ein kindisches Regenlied:

ogwogwo mmili
takumei ayolo!

Erschöpft, vor Kälte zitternd und zähneklappernd, mit rotunterlaufenen und weitaufgerissenen Augen kam sie dann schließlich herein und eilte zum Feuer in der Küche. Was mich anlangte, die sie wegen meiner Abneigung gegen das Nass »Salz« nannte oder etwas weniger freundlich »Fräulein Ziege«, so zog ich es vor, mich am Fußboden in eine Matte zu rollen und in meiner dunklen, zylindrischen Kapsel mein eigenes Spiel zu spielen, nämlich den Gesang des Sturmes zu modulieren, indem ich in einem gewissen Rhythmus die Handflächen auf die Ohren drückte und wieder wegnahm. In jenen Tagen gab es für mich keinen größeren Luxus, als am Freitag bei nächtlichem Regen zu schlafen, wohl wissend, dass mich am Morgen weder Schule noch Gottesdienst zu kümmern brauchten.

»Als du klein warst«, fragte ich Ikem, »was hast du da gemacht, wenn es so regnete wie jetzt?«

»Aber ich sage doch, im August hat es nie geregnet. Bei uns gab es einen Monat lang trockenes Wetter, und das hieß die Augustpause.«

»O. k.! Im Juli also, oder im September.«

»Als ich noch ganz klein war, zog ich meine spärliche Bekleidung aus und rannte im Regen herum.«

»Und hast *ogwogwo mmili takumei ayolo* gesungen?«

»Hast du auch dem Regen ein Lied gesungen?« Er war ganz aufgeregt.

»Nein, ich nicht, aber meine ältere Schwester.«

»Oh … und was hast *du* getan?«

»Ich hab' zugehört. Der Regen hat mir ein Lied gesungen.«

»Glücksmädchen! Was hat er dir gesagt, der Regen?«

»Uwa t'uwa t'uwa t'uwa; tuuu … waaa … tuuu … waaa … Duuu – daaa … Buuu – baaa … Schuuu – schaaa … Kuuu – kaaa … Luuu – laaa … Muuu – maaa …«

»Puuu – paaa«, sagte Ikem, »tolles Lied!«

»BB, du fragst dich vielleicht, warum ich mich heute so seltsam aufführe. Nun, ich komme in einer Angelegenheit, die für mich vollkommen neu ist … ich komme, um dir für das größte Geschenk, das ein Mensch einem anderen geben kann, zu danken. Für das Geschenk der Einsicht. Das hast du mir gegeben, und ich möchte dir dafür danken.«

»Einsicht? Ich? Einsicht in was?«

»In die Welt der Frau.«

Ich hielt eine spöttische Bemerkung, die mir auf den Lippen lag, zurück. Ikems plötzliche Veränderung und außergewöhnliches Verhalten verboten dergleichen. Ich hielt mich zurück und hörte mir die seltsame Botschaft an, die er mir zu künden hatte.

»Weißt du noch, wie du mir vor zwei Jahren gesagt hast, meine Gedanken zur Rolle der modernen Frau in unserer Gesellschaft seien diffus und reaktionär, weißt du noch?«

»Ja.«

»Der Angeklagte widersprach …«

»Ich habe dich doch nicht angeklagt.«

»Natürlich hast du, und wie. Und ich wehrte mich dagegen, mit aller Gewalt. Aber das Erstaunliche geschah – je öfter ich deine Klageschrift las …«

»Also ehrlich!«

»… desto schwächer schien mir meine Einlassung. Dass ich meines Postens bei der *Gazette* enthoben wurde, hat Wunder gewirkt. Ich habe Zeit gehabt zum Nachdenken. Mir ist jetzt klar, dass du recht hattest und ich unrecht.«

»Ach, hör doch auf, Ikem. Du weißt, ich kann Bekehrte nicht leiden.«

»Spotte du nur!«

»Tut mir leid, sprich weiter. Und was war dann?«

»Gar nichts. Vor zwei Tagen ist mir einfach aufgegangen, dass ein Schriftsteller auf seine Romanfiguren hören sollte; schließlich hat er sie erschaffen, damit sie sich den Schuh anziehen und ihm verraten, wo's langgeht.«

»Nun aber mal langsam! Willst du damit sagen, ich sei eine Figur in deinem Roman?«

»BB, du musst jetzt ernsthaft zuhören, oder ich geh'. Mir ist es sehr ernst. Ich hab' schon ganz den Faden verloren.«

»Ich werde kein einziges Wort mehr sagen. Bitte sprich weiter.«

»Du hast mir unter anderem gesagt, dass meine Einstellung Frauen gegenüber zu respektvoll sei.«

»Nein, das hab' ich nicht gesagt.«

»Doch, verflixt nochmal, natürlich hast du das gesagt. Und du hattest verdammt recht. Du hast mich angeklagt, Frauen die Rolle der Feuerwehr zuzuweisen, die gerufen wird, wenn das Haus längst Feuer gefangen hat und nahezu niedergebrannt ist. Deine Anklage hat mich gezwungen, über das Wesen der Unterdrückung nachzudenken – wie flexibel sie sein, wie viele Masken sie anlegen muss, um wieder und wieder zu funktionieren.« Er fuhr mit der Hand in die Hemdentasche und zog ein zusammengefaltetes Stück Papier heraus, das er sorgfältig auf den Knien auseinanderfaltete. »Gestern Abend habe ich diesen seltsamen Liebesbrief geschrieben. Darf ich ihn vorlesen?« Ich nickte.

»Im Anfang war die Unterdrückung der Frau schlicht Verunglimpfung. Schließlich war sie für den Sündenfall verantwortlich. Also wurde sie zum Sündenbock gemacht. Nein, nicht zum Sündenbock, denn der könnte unschuldig sein, sondern zur Missetäterin, die jedwedes Leiden verdient hatte, das der Mann hernach für richtig erachtete, ihr aufzubürden. Das ist die Frau im Buch Genesis. Hier draußen haben sich unsere Ahnen ohne segensreiche Kenntnis des Alten Testaments genau dieselbe Geschichte erschaffen, mit dem einzigen Unterschied, dass sie ihr etwas örtliches Kolorit gaben. Im Anbeginn aller Dinge war der Himmel der Erde sehr nahe. Doch jeden Abend schnitt sich die Frau ein Stück des Himmels für ihren Suppentopf ab, oder, wie es in einer anderen Version heißt, sie stieß dem Himmel beim Hirsestampfen ein paarmal rücksichtslos den Stiel ihres Stößels ins Gesicht, oder, wie es an noch anderer Stelle heißt – wie großartig ist doch der Erfindungsreichtum des Menschen –, sie wischte ihre Küchenhände am Angesicht des Himmels ab. Wie immer die Einzelheiten des provokativen Verhaltens der Frau auch ausgesehen haben mochten – der Himmel zog sich schließlich im Zorn zurück und Gott mit ihm.

Nun, diese Art von unverhohlenem Chauvinismus mag für den kruden Geschmack des Alten Testaments o.k. sein. Das Neue Testament jedoch erforderte – scheinbar – eine aufgeklärtere, verfeinerte, ja liebevollere Strategie. Also hatte der Mann den Einfall, aus seiner Ehegefährtin die Mutter Gottes selbst zu machen, sie vom Boden aufzuheben, wo sie seit der Schöpfung unter seinem Fuß gelegen hatte, und sie ehrfürchtig auf ein schönes Eckpodest zu heben. Dort droben, ohne jede Bodenhaftung, würde sie im Weltgetriebe so belanglos sein wie zu ihren alten sündigen Zeiten. Anders jedoch ist nun, dass der Mann unter keinen Schuldgefühlen mehr zu leiden hat; er kann sich zurücklehnen und sich zu seiner Großzügigkeit und Ritterlichkeit beglückwünschen.

In Unkenntnis des Neuen Testaments ließen sich in der Zwischenzeit unsere Ahnen hier draußen, ganz auf sich selbst gestellt, eine entsprechende eigene List einfallen. *Nneka,* sagten sie. Mutter ist die über alles Erhabene. Wir wollen sie als letzte Reserve für die endgültige Krise aufsparen, wenn die Mitte zerbricht und das Leben über dem Feuer verdorrt, wenn die Palme ihre Früchte an der Spitze der Blätter trägt. Dann, wenn die Welt dem Mann über dem Kopf zusammenbricht, wird die Frau in ihrer Überlegenheit herabsteigen und die Scherben aufkehren. Mache ich mich verständlich?«

»Wie immer. Lies weiter.«

»Danke, BB. Dir verdanke ich diese Einsichten. Ich kann dir nicht sagen, wie die neue Rolle der Frau aussehen wird. Ich weiß es nicht. Ich hätte mir nie anmaßen dürfen, darüber auch nur das Geringste zu wissen. *Du* musst es uns sagen. Wir haben dich noch nie danach gefragt. Und weil du vielleicht noch nie danach gefragt worden bist, hast du möglicherweise noch nie darüber nachgedacht, hast möglicherweise die Antwort nicht parat. Mir liegt nur daran, aufzuzeigen, wer *bisher* bremst.«

»Das ist sehr lieb von dir!«

»Dies war der erste Teil des Liebesbriefes, der Teil, den ich allein dir verdanke. Nun kommt das Übrige:

Die Frauen sind natürlich die größte Gruppe aller unterdrückten Menschen der Welt, und wenn wir dem Buch Genesis Glauben schenken wollen, die allerälteste. Aber sie sind nicht die Einzigen. Es gibt noch viele andere – die arme Landbevölkerung überall, die verarmten Menschen in den Großstädten der Industrieländer, schwarze Menschen überall in der Welt, auch auf ihrem eigenen Kontinent, ethnische und religiöse Minderheiten und Kasten in allen Staaten. Praktisch gesehen liegt das Hauptproblem natürlich in dem Ausmaß und der Heterogenität der Aufgabe. Die Unterdrückten der Welt sind keine einheitliche Masse. Freie Menschen mögen sich überall in ihrer Freiheit gleich sein, doch von den Unterdrückten bewohnt jeder seine eigene besondere Hölle. Die zurzeit gängigen orthodoxen Glaubenssätze zum Thema Befreiung sind weitgehend wirkungslos, weil sie diesen Punkt nicht zu erkennen vermögen. Du kennst ja meine Haltung in dieser Sache. Jeder echte Künstler spürt das in den Knochen. Allzu vereinfachende Heilmittel, von Propagandisten aller Art (einige nennen sich sogar Künstler) angepriesen und vertrieben, werden immer aufgrund des eigenwilligen Abwehrstoffes im Menschen, der Überraschung heißt, zum Scheitern verurteilt sein. Der Mensch überrascht stets durch seine Fähigkeit, sich entweder für Größe oder aber Niederträchtigkeit zu entscheiden. Kein System kann dies verändern. Es wohnt dem freien Geist des Menschen inne, dem Innersten seiner Seele.

Die allumfassenden, majestätischen Visionen von Menschen, die sich wie eine Flutwelle siegreich gegen ihre Unterdrücker erheben und ihre Welt mit Parolen und Theorien verändern, sie in einen neuen Himmel und eine neue Erde der Brüderlichkeit, Gerechtigkeit und Freiheit verwandeln, sind bestenfalls Blendwerk. Die sich erhebende, alles besiegende

Flutwelle ja; aber das tausendjährige Reich danach, nein! Neue Unterdrücker werden sich im Sog der Flutwelle längst bereitgemacht haben, ehe sie sich auch nur richtig aufbaut.

Erfahrung und Intelligenz mahnen, dass der Fortschritt des Menschen hin zu größerer Freiheit Stückwerk sein, sich langsam und undramatisch vollziehen werde. Eine Revolution mag sich als notwendig erweisen, um eine Gesellschaft aus einem unbegehbaren Sumpf herauszuführen, doch sie bringt nicht die Freiheit, sie mag ihr ganz im Gegenteil im Wege stehen.

Verdammter Reformist? Das ist ein Schimpfwort, das ich, unnötig zu sagen, über das mir zustehende Maß hinaus anderen an den Kopf geworfen habe. Doch ich frage mich jetzt: Welchen ernstzunehmenden Gewinn bietet der Gebrauch dieses Wortes für die Lösung unserer Probleme, abgesehen von der kurzen Genugtuung für den rechtschaffenen Werfer? Ich sehe keinen.

Reform mag also ein schmutziges Wort sein, doch es nimmt sich in zunehmendem Maße als vielversprechendster Weg zum Erfolg in dieser Welt aus. Ich beschränke mich darauf, *der vielversprechendste* zu sagen und nicht *der einzige,* und zwar aus dem einfachen Grund, weil jegliche Gewissheit nun verdächtig geworden ist.

Die Gesellschaft ist eine Erweiterung des Individuums. Das Beste, was wir uns für die problematische Psyche eines Individuums erhoffen können, ist, sie *neu zu formen,* zu reformieren. Kein verantwortlicher Psychotherapeut würde sich zum Ziel setzen, mehr als das erreichen zu wollen, denn darüber hinauszugehen, die Psyche selbst zu zerstören, würde den Wahnsinn entfesseln. Nein. Wir können nur darauf hoffen, einige Einzelheiten im Umkreis der menschlichen Persönlichkeit neu zurechtzurücken. Wird ihr Innerstes zerstört, so öffnen wir der Katastrophe auf unverantwortliche Weise Tür und Tor. Selbst ein neugeborener Säugling eignet sich nicht für psychomanipulative Hauruckmethoden, er, nach sich ziehend Wolkenglanz und Glorienschein der Unsterblichkeit. Welche? Seine

Mitgift unhintergehbarer Gene. Nichts anderes ist Unsterblichkeit.

Und so muss es auch mit der Gesellschaft sein. Man formt sie neu, baut auf das, was vorhanden ist, nämlich auf die Realität, die ihr eigentlicher Kern ist, und nicht auf eine intellektuelle Abstraktion.

Nichts von alledem entschuldigt politische Untätigkeit oder gar Gleichgültigkeit. Ganz im Gegenteil ist das Verständnis für diese Zusammenhänge unabdingbar notwendig für sinnvolles Handeln, da das Wissen darum das einzig wirksame Gegengift gegen falsche Hoffnungen und epidemische Leichtgläubigkeit ist.

Im Vokabular gewisser radikaler Theoretiker werden Widersprüche zu tödlichen Krankheiten abgestempelt, denen allein die Gegner erliegen können. Doch Widersprüche machen das Leben aus, sie sind Lebenselixier. Hätte es unter den Säuen der Gadarener ein wenig Widerspruchsgeist gegeben, wäre vielleicht einigen der Tod im Wasser erspart geblieben.

Werden Widersprüche durchschaut und geht man klug mit ihnen um, können sie schöpferischer Zündfunke sein. Orthodoxes Denken, von rechts oder von links, ist die Grabstätte der Kreativität.

Diese Einsicht verdanke ich nicht dir, BB. Ich hab' sie mit der Muttermilch eingesogen. Was mir nur seither gefehlt hat, war die Bestätigung. ›Widerspreche ich mir selbst?‹, fragte Walt Whitman. ›Gut denn, ich widerspreche mir selbst‹, sang er trotzig. ›Ich bin groß, in mir leben Heerscharen.‹ In jedem Künstler leben Heerscharen. Graham Greene ist Katholik, Anhänger Roms, wenn man so will. Doch warum schreibt er dann fast zwanghaft von schlechten, zweifelhaften und zweifelnden Priestern? Weil ein echter Künstler, ungeachtet seiner Überzeugungen, mit allen Fasern seines Seins die elementare Feindschaft zwischen Kunst und orthodoxem Denken spüren muss.

Jene, die darauf bestehen, die vielgeliebten Unterdrückten

ohne Makel und ohne Falsch zu sehen, oder dem verhassten Unterdrücker nicht den leisesten Schimmer an Menschlichkeit zugestehen, sind Parteigänger, Nationalisten und linientreue Gefolgsleute. Im großen Finale aller Dinge wird auch für sie eine Wohnung bereitstehen, dort werden die engstirnigen Halbgötter, Gegenstand ihrer Verehrung, sie aufnehmen und in aller Bequemlichkeit unterbringen. Doch diese Wohnung wird nicht in der weitverzweigten und verwinkelten Höhle der Großen Mutter Idoto liegen.«

»Ich muss los«, sagte er und warf mir das handschriftliche Manuskript hin, während er seine Schuhe anzog. Ich starrte auf das Papier, auf die Handschrift – elegant und zugleich von großer Kraft erfüllt. Er stand auf. Auch ich stand auf und ging zu ihm hin. Impulsiv schloss er mich in die Arme. Ich schaute zu ihm auf, und er küsste mich. Alles in mir löste sich auf – meine Knie gaben nach, ich zitterte heftig und rang nach Luft.

»Ich glaube, es ist besser, du gehst«, sagte ich mühsam. Er gab mich langsam frei, und ich sank auf einen Stuhl.

»Ja, es ist besser, ich gehe.«

Und dann war er fort – nicht für den Augenblick, wie ich dachte, und vielleicht auch er, sondern für immer. Das Gewitter hatte sich, ohne dass wir es bemerkt hatten, verzogen. Zurückgeblieben war nur noch das müde Zucken vereinzelter Blitze und das gelegentliche satte Rülpsen fernen Donners.

8
Töchter

Idemili

Dass wir von unergründlichen Geheimnissen umgeben sind, ist allen außer den unheilbar Unwissenden bekannt. Doch selbst sie müssen sich der Tatsache, ja dem Unvermeidlichen stellen und zugeben, dass es in wohlbedachten, doch gewiss eintretenden Abständen zu Unterbrechungen im Fluss der von jenen Geheimnissen beherrschten hohen Kunst kommen wird, dem Wort ihrer Schirmherrin Geltung zu verschaffen, der Gottheit, die von fern, doch mit Sorgfalt und Eifer, das Geschehen auf dem Marktplatz, der ihre Welt ist, überwacht.

Am Anfang tobte die Macht zügellos und nackt durch unsere Welt. Und der Allmächtige, der seine Schöpfung durch das runde und unsterbliche Auge der Sonne betrachtete, sah, dachte nach und beschloss schließlich, Idemili, seine Tochter, zu entsenden, damit sie für den moralischen Charakter der Autorität Zeugnis ablege und die ungebärdigen Lenden der Macht mit einem Lendenschurz des Friedens und der Bescheidenheit kleide.

Sie kam in der prächtig schimmernden Wassersäule herab, die heute nur noch in der Legende lebt, der jedoch, wie manche sagen, jene, denen das Glück am holdesten ist, bisweilen in einem Augenblick höchst selten auftretender Sonnenverhältnisse zufällig begegnen; in Augenblicken, seltener noch als jene alle achtzehn Jahre wiederkehrenden Odunke-Feste mit ihrem Festzug, in dem girlandenbehangenes Vieh an den reich und prachtvoll geschmückten Feiernden durch die Straßen des Dorfes zum Opfer geführt wird. Majestätisch erhebt sich die Wassersäule aus der Tiefe des dunklen Sees und steigt in die Höhe, aufrecht wie der Stamm des Vaters aller Iroko-Bäume, dessen Krone nicht den darunterliegenden Wald, sondern das Firmament des Himmels beherrscht.

Zuerst war der See das einzige Heiligtum der Idemili. Doch als sich die Menschen vermehrten und über die ganze Welt verbreiteten, errichteten sie ihre kleinen Heiligtümer in immer weiterer Ferne vom See, dort, wo sie gutes Land und Wasser fanden und sich niederließen. Und noch immer vermehrten sie sich, und ihre Zahl wurde so groß, dass keine neue Siedlung sie zu ernähren vermochte; deshalb fand auch die Suche nach Land und Wasser nie ein Ende.

Und wie es sich nun so ergab, war gutes Land in größerer Fülle vorhanden als gutes Wasser, und es dauerte deshalb nicht lange, bis einige Dörfer, zu weit entfernt von Flüssen und Quellen gelegen, in den schlimmsten Jahren der Dürre ihren brennenden Durst mit dem Saft der Bananenstauden löschten. Idemili, die als Jäger verkleidet übers Land zog, sah diese Not, und als sie zurückgekehrt war, entsandte sie einen Fluss aus ihrem See, dass er sich durch die ausgedörrten Siedlungen schlängle bis hin zum Orimili, dem großen Strom, den in kommenden Generationen seltsame Fremde für sich entdecken und den Namen Niger geben sollten.

Einer Gottheit, die ihr Wort hält, mangelt es nie an Verehrern. Die Zahl von Idemilis Anhängern im Lande zwischen Omambala und Iguedo nahm ständig zu. Doch wie sollten sie eine angemessene Erinnerung an die Majestät der in ihrem dunklen See stehenden Wassersäule bis an die äußersten Enden ihrer verstreuten Siedlungen tragen?

Auch das höchste künstlerische Bemühen des Menschen, die Größe der Gottheit zu erfassen und darzustellen, wird stets in seiner Hand zerfallen, und je eifriger er sich darum bemüht, desto armseliger und ungereimter wird das Ergebnis. Deshalb täte er besser daran, es überhaupt nicht zu versuchen. Weitaus vorzuziehen wäre es, jenes Ungereimte zu ritualisieren und, indem man das Geheimnis der Metapher zu Hilfe ruft, durch das genaue Gegenteil auf die unerreichbare himmlische Herrlichkeit hinzuweisen, nämlich durch nüchternste Sachlichkeit – einen Bach, einen Baum, einen Stein, einen Erdhaufen, eine kleine Tonschale mit Kreidestückchen.

Und so geschah es, dass die unbeschreibliche Wassersäule, die am Nabel des schwarzen Sees Erde und Himmel verband, in zahllosen Schreinen im ganzen Land zu einem trockenen Pfahl wurde, der aufrecht und gerade auf dem nackten Lehmboden stand.

Hegt nun ein Mann, der zu Reichtum an Vieh und Feldfrüchten gelangt ist, den Wunsch, seinem Erfolg noch die Krone aufzusetzen, indem er sich den Zugang in die mächtige Hierarchie der *ozo*-Titelträger erkauft, so muss er, ehe die dafür notwendigen Feierlichkeiten ihren Anfang nehmen können und wiederum nachdem sie abgeschlossen sind, vor diesem Emblem erscheinen und ihm seine Opfer darbringen. Sein erster Besuch dient lediglich dazu, die Tochter der höchsten Gottheit über seinen ehrgeizigen Plan in Kenntnis zu setzen. Er wird dabei von seiner eigenen Tochter begleitet oder, hat er selbst nur Söhne, von der Tochter eines Verwandten; doch eine Tochter muss es sein.

Diese junge Frau muss zwischen ihm und der Tochter des höchsten Gotts stehen, ehe ihm Gehör geschenkt werden kann. Vor dem heiligen Stock hält sie seine Hand wie ein Kind und zählt bis sieben. Dann legt sie auf dem Boden sorgfältig sieben Kreidestücke aus, zerbrechliche Symbole des Friedens, und heißt ihn, sich so leicht darauf zu setzen, dass kein einziges der Kreidestücke zerbricht.

Ist alles so weit gutgegangen, so wird er zu seinem Hof zurückkehren und die komplizierten und kostspieligen *ozo*-Zeremonien mit dem *ozo*-Tanz und dem dazugehörigen Fest eröffnen, um der Dorfgemeinschaft und ihrer uralten Sitte Genüge zu tun. Dann muss er zur Tochter des Höchsten zurückkehren, um sie wissen zu lassen, dass er nun den hohen und heiligen Titel seines Volkes erworben hat.

Weder bei der ersten Audienz noch bei dieser zweiten lässt sich Idemili zu einer direkten Antwort herab. Er muss wieder gehen und auf ihr Zeichen und ihr Wohlwollen warten. Findet sie ihn unwürdig, die Autorität des *ozo*-Titels zu tragen, so sendet sie ihm einfach den Tod, dass er ihn heimsuche und ihre heilige Hierarchie vor Verunreinigung und Frevel bewahrt bleibe. Befürwortet sie jedoch seine Entscheidung, so besteht das einzige Zeichen, zu dem sie sich indirekt und unwillig herablässt, darin, dass er nach drei Jahren noch immer am Leben ist. So groß ist Idemilis Verachtung für den unstillbaren Durst des Menschen, über seinesgleichen zu herrschen.

In lange vergangenen Zeiten, so wird erzählt, lebte einmal ein gewisser Mann, schön und stattlich ohnegleichen, doch zügellos in seiner Geilheit wie der übelriechende Ziegenbock aus dem Schrein des Udo, der die Überfülle seines Samens aus einem riesigen Sack zwischen den Hinterbeinen den Ziegen, die für ihn vor zahlreichen Anwesen angebunden werden, einpflanzt – dieser Mann nun, so erzählt man sich, wünschte sich schließlich auch den *ozo*-Titel und trug Idemili sein Ansinnen vor. Sie sagte nichts. Er ging weg, unterzog sich dem notwendigen Ritual, schmückte sich mit der Adlerfeder und dem Titelnamen Nwakibie und kehrte zu ihr zurück, um sie wissen zu lassen, was er getan hatte. Wieder sagte sie nichts. Als letztem Ritual unterzog er sich dann, wie es der Sitte entsprach, achtundzwanzig Tage lang einem Aufenthalt in einer Junggesellenhütte, weit weg von seinen vielen Frauen. Doch obwohl er am Tage vor aller Augen dort wohnte, stahl er sich in dunkler Nacht davon, um auf gewundenen, mondbeschienenen Pfaden die Hütte einer gewissen Witwe aufzusuchen, auf die er schon seit einiger Zeit ein Auge geworfen hatte, denn was er in früheren, fröhlichen Zeiten zu sagen pflegte, galt auch jetzt: Warum soll ein Mann, der bei einer Witwe liegt, auf Schritte draußen vor ihrer Hütte horchen, wo er doch weiß, wie weit ihr Mann gereist ist?

Doch wen erblickte er eines Morgens um die Zeit des Hahnenschreis, als er auf dem Weg war, seinen hinterhältigen Schwindel wiederaufzunehmen, vor sich auf dem Pfad, den Kopf im Gebüsch zur rechten Seite verborgen und den Schwanz ebenso zur linken? Niemand anderes als Eke-Idemili selbst, die königliche Pythonschlange, Botin der Tochtergottheit – jene, die keinen Tropfen Gift in ihrem Munde trägt und der trotzdem größere Ehrfurcht entgegengebracht wird als der todbringendsten aller Schlangen!

Da er seine verschlungenen Wege zur Junggesellenhütte auf diese Weise versperrt sah, gehorchten seine Füße willenlos einer Macht, die ihn zielsicher wie ein Pfeil der Schmach seines ganzen Hofs und seiner Bestattung entgegentrug.

Beatrice Nwanyibuife kannte diese Traditionen und Legenden ihres Volkes nicht, denn sie hatten in ihrer Erziehung nur eine geringe Rolle gespielt. Wie wir bereits gesehen haben, war sie in eine abgeschlossene Welt hineingeboren worden; sie war getauft und auf Schulen geschickt worden, in denen viel Aufhebens um die Engländer, die Juden, die Hindu und fast alle anderen gemacht wurde, doch in denen kaum jemals die Rede von ihren Vorfahren war und von den Gottheiten, mit denen diese gelebt hatten. Und so geschah es, dass sie kaum wusste, wer sie selbst war. Kaum, wie gesagt, denn in gewissen kritischen Augenblicken eindeutiger als in anderen hatte sie das vage Gefühl, zwei verschiedene Personen zu sein. Ihr Vater hatte missbilligend das »Soldatenmädchen« beklagt, das von Bäumen herabfiel. Chris sah in ihr das ruhige, sittsame Mädchen, dessen stille Wasser jedoch tiefe, überwältigende Strömungen der Leidenschaft verbargen, die ihn jedes Mal in fast verhängnisvolle Tiefen zogen. Vielleicht war es allein Ikem, der am ehesten die Dorfpriesterin in ihr ahnte, die, wenn ihre Gottheit über sie kommt, prophetische Worte spricht und, wenn notwendig, ihren Suppentopf darüber auf dem Feuer stehen lässt, um danach, wenn der Gott sie wieder verlassen hat, zur Häuslichkeit der Küche oder zu ihrem Hocker auf dem Markt und dem Handel mit Pfefferschoten, getrocknetem Fisch und grünem Gemüse zurückzukehren. Er hatte dies deutlicher erkannt als Beatrice selbst.

Doch Erkennen oder Nichterkennen bewahrt uns keineswegs davor, erkannt, ja sogar in Dienst genommen und zum Werkzeug gemacht zu werden. Denn, wie es in einem neugeprägten Sprichwort ihres Volkes heißt, die Taufe (in ihrer Sprache »Wasser Gottes«) schützt nicht davor, von Agwu, der launenhaften Gottheit der Seher und Künstler, in Besitz genommen zu werden.

Nwanyibuife

Als sie durch das Spalier ihrer Expartykameraden abgeführt wurde wie ein entehrter, vom Standgericht kassierter Soldat, Epauletten und Rangabzeichen abgerissen, war sie bei seltsam klaren Verstand. Das lag an der leisen Stimme, die sie von dem unten wartenden Wagen unterrichtet hatte. Der drohende Unterton der Stimme signalisierte höchste Gefahr – leise, das ja, aber mit kalt aufblitzendem Eisen! Aha! Dies war also der Mann, der den Gerüchten nach von einem Intensivkurs in einer lateinamerikanischen Armee zurückgekehrt war und die allereinfachste Foltermethode für Untersuchungsverhöre erfunden hatte. Keine Riesenschweinerei, keine unhandliche Apparatur, sondern ein schlichtes Büroutensil, das jedermann in einem Schreibwarengeschäft kaufen und in die Tasche stecken kann – nämlich ein Hefter, vorzugsweise einer von der Marke Samsonite. Man muss nur die Hand dahin legen, wo das Papier sein sollte – Handfläche oben oder unten ist eigentlich egal –, und zack! Die Wahrheit tritt erstaunlich schnell zutage, auch bei den härtesten Fällen.

Diese Bildsequenz schoss Beatrice in Sekundenschnelle durch den Kopf. Als sie hinter dem Major durch das Zimmer ging, gelang es ihr, wie mit Hilfe eines unsichtbaren Radarschirms, der sich über ihrem Kopf drehte, jede Einzelheit der Szene aufzunehmen. Seine Exzellenz war der einzige Darsteller, der in diesem lebenden Bild fehlte. Alle Figuren, außer dieser einen, starrten sie schweigend und unverhohlen, von wo immer sie saßen oder standen, an, wobei besonders dem amerikanischen Mädchen die Augen vorquollen wie die eines rachsüchtigen Idols. Ein Mann allein hielt den Blick gesenkt und schaute auf den Teppich, auf dem er saß und mit den Fingern zu spielen schien – Alhaji Mahmoud, Vorsitzender der Handelskammer Kangan / Amerika. Er war die einzige Person auf der eben aufgelösten Party gewesen, mit der Beatrice an jenem Abend kein einziges Wort, außer einem lauen Hallo bei der Vorstellung, gewechselt hatte.

Es waren derselbe Wagen, derselbe Fahrer, derselbe Begleitoffizier wie zuvor. Die Männer waren aus dem Wagen gesprungen, um den Major zu begrüßen, der ohne ein weiteres Wort davonging, nachdem er ihren Fahrgast heruntergeleitet, ihr selbst die Tür geöffnet und sie wieder zugeschlagen hatte, sobald sie eingestiegen war.

Natürlich verlief die Rückreise schweigend, was ihr gerade recht war. Der Schauer der Angst, den das in der samtenen Stimme des Majors versteckte aufblitzende Eisen hervorgerufen hatte, war schnell vorübergegangen, und verflogen war auch der desolate Nebel, der sie zuvor umgeben hatte und den die eiserne Klinge so wirkungsvoll durchdrungen hatte. Was ihr während der mitternächtlichen Fahrt durch den Kopf ging und ihre Sinne bewegte, kann nicht mit einem einzigen Wort benannt werden. Es war vielfältiger als die in schneller Folge auftretenden heißen und kalten Fieberschübe der Malaria. Entrüstung, Demütigung, Wut, Trauer, Mitleid, Ärger, Rachsucht und andere, weniger identifizierbare Emotionen brachen über sie herein und gaben sie wieder frei, wie unablässig hereinströmende Meereswellen, die am flachen Strand aufschlagen, sich explosiv in weißen Schaum auflösen und ein wenig müde, ein bisschen besänftigt zurückfließen.

Eigentlich hätte man meinen können, sie würde in jener Nacht nicht schlafen. Doch sie tat es trotz allem, und ihr Schlaf war tief und bodenlos. Ohne Vorbereitung, ohne sich auszuziehen, war sie vom hellen Wachsein ins Schlafen hineingetaumelt. Und ihr Aufwachen war ebenso überstürzt. Im einen Augenblick war sie so gut wie bewusstlos und im nächsten vollkommen wach, mit klarem Kopf und klaren Augen. Sie war gelassen, fast heiter. Warum? Woher kam das? Der vergangene Abend schien nun in weite Ferne gerückt, wie eine Erinnerung aus einem langen und unruhigen Traum. Gestern Abend? Es war nicht gestern Abend, sondern heute, heute Nacht gewesen. Noch immer war es Samstagnacht, der Sonntagmorgen brach gerade erst an, und es war noch nicht hell geworden.

Von weither hörte sie einen Hahn krähen. Seltsam. Noch nie hatte sie in dieser den Beamten vorbehaltenen Wohngegend einen Hahn krähen hören. Ganz bestimmt war niemand hier so weit heruntergekommen, dass er sich wie gewöhnliche Leute aus dem Dorf Hühner gehalten hätte. Vielleicht dass sich irgendein Koch, Hausangestellter oder Gärtner vor seinem Zimmer in den Unterkünften für die Boys einen unerlaubten Hühnerstall gebastelt hatte. Die Engländer hätten dergleichen seinerzeit nie geduldet. In ihrem Reservat hatten sie das Halten von Haustieren strikt und ausnahmslos untersagt. Mit Ausnahme von Hunden natürlich. Dieser Brauch hat, so seltsam es klingen mag, überlebt, doch keineswegs aus den bei den Briten üblichen Beweggründen. Niemals wird man einem ihrer schwarzen Nachfolger beim Ausführen seines Hundes begegnen, stattdessen wird man am Eisengitter oder an dem mit Stacheldraht gesicherten Tor eine Warntafel mit der strikten Aufschrift VORSICHT BISSIGER HUND vorfinden; gelegentlich ist diese noch mit dem Abbild eines Wolfshundes oder eines deutschen Schäferhundes mit leuchtend roter Zunge geschmückt. Unglücklicherweise halten sich bewaffnete Einbrecher von Kangan nicht damit auf, diesen Hunden Fußtritte zu versetzen – sie erschießen sie.

Mit klarem Kopf im Bett zu liegen und auf die Geräusche des Morgens zu horchen war für Beatrice ein neues Erlebnis. Als das schwache Licht der Morgendämmerung schüchtern durch die Jalousieritzen und die Lichtöffnung ihres Schlafzimmers einzudringen begann, durchzuckte sie plötzlich jubelndes Erkennen, als das Lied eines Vogels an ihr Ohr drang, das sie so oft auf der Missionsstation ihrer Kindheit gehört hatte und, soweit sie sich erinnern konnte, seither nie wieder; ganz sicherlich nicht in Bassa. Sofort setzte sie sich im Bett auf.

Dieser Vogel, so hatte ihre Mutter einst erzählt, war der oberste Diener des Königs, und jeden Morgen fragte er die Wachen vor der königlichen Schatzkammer: *Alles in Ordnung mit des Königs Schatz …? Is the king's property correct? … The king's property … The king's property … Is the king's property correct?*

Sie stand auf, ging ins Wohnzimmer, holte von der Anrichte die Schlüssel zur Balkontür, schloss Eisengitter und Tür auf und trat auf ihren schmalen Balkon hinaus. Dort stand sie zwischen zwei Topfpflanzen, atmete tief die frische Morgenluft in ihrer verschwenderischen Kühle ein und schaute zu, wie sich die Lichtstreifen am östlichen Himmel langsam erhellten. Und dann sprach er wieder, der eifrige Kammerherr: *Is the king's property correct?* Und nun sah sie ihn gegen den hellen Morgenhimmel – ein kleines dunkelbraunes Kerlchen mit einem cremefarbenen Bauch und der leisesten Andeutung einer Zierfeder am Kopf. Er saß auf der höheren der beiden Schirmkiefern, die an der Auffahrt zum Wohnblock Wache hielten.

Beatrice hatte sich noch nie auch nur im Geringsten für Vögel interessiert und wusste außer Geiern und Kuhreihern auch kaum einen beim Namen zu nennen. Nun hatte sie dieser gewissenhafte Ehrengardist so für sich eingenommen, dass sie beschloss, so bald wie möglich seinen Namen herauszufinden. Sie wusste, es gab ein bebildertes Buch, *Die Vögel Westafrikas* oder so ähnlich hieß es ... Wieder fragte er: *The king's property ... The king's property ... Is the king's property correct?*

Seltsam, doch plötzlich traten Beatrice Tränen in die Augen, als sie zu dem kleinen Vogel sagte: »Armer Kerl, hast du das Neueste noch nicht gehört? Gestern Abend wurde in des Königs Schatzkammer eingebrochen, und sein ganzer Besitz wurde ihm weggenommen – seine Krone, sein Zepter, alles.«

Als sie im schnell zunehmenden Licht die Kiefern mit den Augen absuchte, sah sie, dass der Hüter der Kronjuwelen nicht alleine war. Dutzende seiner Art hüpften auf den Zweigen hin und her, putzten sich das Gefieder und gaben ein leises Trillern von sich oder antworteten einander mit kurzen, hellen Rufen. Er jedoch fuhr unbeirrt fort, in bestimmten Abständen mit lauter Stimme seine Frage zu stellen, so lange, bis die Sonne aufgegangen war und die Vögel, wie auf ein Zeichen hin, einzeln und zu zweit oder auch in größeren Gruppen wegflogen. Bald war der Baum leer.

Diese Vögel, überlegte sie, sind nicht erst heute früh hierhergekommen. Ganz eindeutig ist hier der Ort, an dem sie schon immer genächtigt haben. Warum habe ich sie nicht schon früher bemerkt?

Selbst ihrer armen Mutter, sosehr das Los ihres Frau-Seins sie auch niedergedrückt hatte, war es gelungen, aus dem seit undenklichen Zeiten gesungenen Lied des Vogels diese Geschichte von einem afrikanischen Vogel zu erfinden, der seine täglich neue Welt mit englischen Worten aufweckt. Wie ein heftiger Windstoß drang nun ein mächtiger Schwall von Erinnerungen auf sie ein, und sie rief sich in allen Einzelheiten alles, was mit jener Geschichte im Zusammenhang stand, ins Gedächtnis zurück. Ach ja, ihre Mutter hatte sie nur weitererzählt, nicht selbst erfunden. Der Ruhm gebührte einem gewissen Tischler-Komödianten, der bei christlichen Trauerfeiern im Dorf Ziehharmonika spielte und Kunststücke aufführte, wie zum Beispiel einen Tisch allein mit Hilfe seiner Zähne hochzuheben, um den Trauernden den Schlaf aus den Augen zu vertreiben und die Tortur der endlosen Lieder und Bekenntnisse zu versüßen.

Beatrice lächelte ein wenig schmerzlich. So ist das also, zwei ganze Generationen, ehe meinesgleichen mit Auszeichnung einen Universitätsabschluss in Englisch machen konnte, rodeten unter britischer Herrschaft des Lesens und Schreibens kaum kundige Tischler und andere den Dschungel der Urtexte und untergruben die Geräusche und Legenden des Tagesanbruchs, um mir den Weg zu bereiten.

Und mein Vater – der Wunder ist kein Ende, würde er sagen –, gehörte also auch er zu jenen frühmorgendlichen Pionieren im Dschungel der Sprachen? Welch unwahrscheinlicher Gedanke! Und doch waren da alle jene lauttönenden Grundsätze gewesen, die er gehandhabt hatte wie ein Mann seine Axt. *Reinlichkeit steht Gottesfurcht am nächsten! Pünktlichkeit ist die Seele allen Tuns!* (Dieser Spruch, so erinnerte sie sich lächelnd, war Vorspiel zu den Schlägen, die alle die erhielten, die an Regentagen zu spät zur Schule kamen.) Und dann das Prunkstück, sein Lieblingsspruch: *Aufschub ist die Lust des Faulen.* Ein Grundsatz gemischter Prägung – hybride Erstlingsfrüchte einer unbesonnenen Mesalliance. Oder, wie Ikem sagen würde, missionarischer Mischmasch!

Schnell und unerwartet erwärmte sie sich an der Erinnerung an diesen Mann, der wohl ihr Vater, ihr jedoch vollkommen fremd war, wie der Vogel, der in ihrem Baum lebte und sang und den sie bis dahin nicht gekannt hatte.

Sie stand noch immer am Geländer ihres Balkons, als Agatha kam, um ihrer täglichen Arbeit nachzugehen. »Kein Frühstück für mich, Agatha«, rief sie ihr fröhlich entgegen. »Aber bitte mach mir eine gute Tasse Kaffee.« Die trank sie dann genau da, wo sie im Morgengrauen Stellung bezogen hatte.

Eine Eidechse, rot an Kopf und Schwanz, blau am Rumpf, jagte, wie männliche Eidechsen das offenbar immer zu tun pflegen, ein eintönig grau aussehendes Weibchen über die gepflasterte Auffahrt. Sie verschwand blitzschnell in den Hecken, als ginge es um ihr Leben. Gelassen bezog er, von allen Seiten sichtbar, mitten im Hof Position und begann sich endlos aufzupumpen, zweifelsohne, um sich dem scheuen Weibchen, wo immer es sich im Gebüsch versteckt halten mochte, als Kraftpaket zu empfehlen.

Schließlich verließ sie den Balkon, ging hinein, duschte kalt und zog dann ein langes loses Kleid aus blauem *adire*-Stoff über, das an Hals und Ausschnitt, an den Ärmeln und am Saum mit kunstvollen weißen Mustern bestickt war. Als sie sich im Spiegel ihres Schlafzimmers betrachtete und ihr gefiel, was sie sah, dachte sie: Graue Eintönigkeit in der weiblichen Mode können wir getrost der Familie der Eidechsen und durchreisenden amerikanischen Journalistinnen überlassen.

Im Falle der Eidechse ist das wahrscheinlich vollkommen verständlich. Zieht man die Unersättlichkeit ihres Kerls in Betracht, so benötigt sie als Schutz wohl alle Eintönigkeit, die sie aufbieten kann.

Beatrice aß eine Pampelmuse und trank eine zweite Tasse Kaffee, während sie die Seiten der Sonntagszeitungen durchblätterte. Den größten Teil davon nahmen ganzseitige Traueranzeigen ein mit Nachrufen selbst auf Großväter, die vor fünfzig Jahren gestorben waren, derer jedoch anscheinend ergebene Hinterbliebene in jedem Augenblick liebevoll gedachten. Und, eingezwängt zwischen Erinnerungen an die lebenden Toten, die ebenso übertriebene Porträtierung der noch Lebenden, die, was Vermögen, Ansehen oder einfach Jahre anlangt, die Spitze der Leiter erklommen haben. Und hier und da findet sich zwischen diesen tot-lebendigen Berühmtheiten eine Anzeige, in der sich ein früherer Arbeitgeber oder Partner von einem jüngst Diskreditierten – natürlich unter Verwendung eines Fotos so schmeichelhaft wie ein Polizeifahndungsplakat – lossagt.

Irritiert warf sie die Zeitungen beiseite und fragte sich, warum man eigentlich solchen Schund kaufen und zu lesen versuchen musste. Doch tat man es nicht, konnte man sich nicht des Gefühls erwehren, möglicherweise etwas Wichtiges zu verpassen, und leider verfügen wenige von uns über die Willenskraft, sich diesem falschen Gefühl zu widersetzen. Sie stand auf, drehte die Stereoanlage an und legte Onyeka Onwenus *One Love* auf; dann kehrte sie zum Sofa zurück, warf den Kopf auf die Rückenlehne und schloss die Augen.

Als der Vormittag vorrückte, schien sie immer mehr an Fassung zu verlieren. Sie schaute häufig auf die Uhr. Einmal, nachdem sie eine neue Platte aufgelegt hatte, nahm sie den Telefonhörer in die Hand, horchte auf den Summton und legte wieder auf.

Als es endlich klingelte, schaute sie wieder auf die Uhr. Es war Punkt elf. Sie ließ das Telefon fünf- oder sechsmal läuten und hätte es auch noch länger läuten lassen, wäre Agatha nicht aus der Küche hereingestürzt gekommen, um den Anruf entgegenzunehmen.

Wer sich meldete, war genau der, dessen Anruf sie erwartet hatte. Chris.

»Du bist also wieder da«, scherzte er.

»Ja, ich bin wieder da«, antwortete sie.

»Ist was?«

»Was soll sein?«

»Ist alles in Ordnung, BB?«

»Aber natürlich. Hört es sich so an, als sei etwas nicht in Ordnung?«

»Allerdings ... Bist du allein?«

»Was willst du damit sagen?«

»Hör zu, ich komm' rüber. Bis gleich.«

Zwanzig Minuten später fuhr sein Wagen unten vor. Beatrice ging nicht gleich zur Haustür, sondern schaute erst zur Küche hinein und sagte Agatha, dass sie Besuch erwarte und solange er da sei, nicht gestört werden wolle. Agathas frech kalkulierender Blick bei dieser Mitteilung bewog Beatrice dazu, die Küchentür einfach abzuschließen. Dann ging sie und öffnete auf das Klingeln hin die Wohnungstür.

Chris beschloss, den Stier bei den Hörnern zu packen. Sobald er die Wohnung betreten hatte, fragte er, wie es auf der Party gewesen sei.

»Party? Aber das war doch gestern Abend.«

»Genau, gestern Abend. Und ich frage dich, wie es war.«

»Ging so.«

Sie hatten sich beide hingesetzt, sie auf das Sofa, er ihr gegenüber auf einen Stuhl, zwischen ihnen der niedere Tisch, der auf einem braunen, runden Teppich stand. Minuten, wenn nicht Stunden, starrten sie einander an. Chris war vollkommen ratlos. Er hatte BB noch nie in einer solchen Stimmung angetroffen und war überhaupt nicht darauf gefasst. Schließlich stand er auf, ging ein paar Schritte auf sie zu und blieb vor ihr stehen.

»Würdest du bitte so freundlich sein, BB, und mir sagen, was ich dir getan habe?«

»Mir getan? Wer sagt, dass du mit etwas getan hast?«

»Warum benimmst du dich dann so seltsam?«

»Nicht ich benehme mich seltsam, sondern du! Chris, du benimmst dich in der Tat sehr eigenartig. Hör zu, ich stelle dir eine einfache Frage. Chris, du sagst doch, ich sei die Frau, die du heiraten willst. Stimmt's? O.k., gestern Abend hat man mich unter äußerst seltsamen Umständen hier abgeholt. Ich rufe dich vorher an und erzähle dir alles. Du kommst hierher, und alles, was du zu sagen weißt, ist: Mach dir keine Gedanken, es ist alles ganz in Ordnung.«

»Ich habe nichts dergleichen gesagt.«

»Chris, du hast von mir, der Frau, die du heiraten willst, verlangt, mitten in der Nacht eine vierzig Meilen lange Fahrt nach Abichi zu machen ...«

»Nach Abichi? Du hast mir kein Wort von Abichi gesagt, oder?«

»Darum geht es auch gar nicht. Du hast von der Frau, die du heiraten willst, verlangt, mitzugehen und sich alle Möglichkeiten offenzuhalten. Erinnerst du dich? Nun, es tut mir leid, dir mitteilen zu müssen, dass ich deinen Rat nicht befolgt habe.«

»Du bist ...«

»Bitte, unterbrich mich nicht. Ich fahre also vierzig Meilen zu dieser gruseligen Party.«

»BB, von Abichi hast du nie etwas gesagt.«

»Bitte, lass mich ausreden. Man bringt mich an diesen seltsamen Ort, und mein zukünftiger Ehemann zieht sich in sein Bett zurück, schläft gut, wacht auf, hört um sieben Uhr BBC-Nachrichten, nimmt ein Bad, frühstückt und lässt sich danach geruhsam nieder, um die Zeitungen zu studieren. Vielleicht macht er sogar einen kleinen Spaziergang durch den Garten. Es ist erst neun Uhr, vielleicht erledigt er in seinem Arbeitszimmer noch dies und das. Und schließlich, gegen Mittag, erinnert er sich an das Mädchen, dem er gesagt hat, sie solle sich alle Möglichkeiten offenhalten. Er geht ans Telefon und sagt, ach, bist du wieder da!«

»Ich wollte nicht früher anrufen, wenn das der Grund deiner Klage ist ...«

»Ich beklage mich überhaupt nicht. Du wolltest ja gar nicht früher anrufen. Genau das ist es. Du hast es nicht getan, und weißt du auch, warum nicht? Weil du nicht erfahren wolltest, dass ich möglicherweise in Abichi mit deinem Chef geschlafen habe.«

»Wovon, zum Teufel, redest du?«

»Du wolltest es gar nicht wissen. Und warum nicht? Weil du ein sehr vernünftiger Mann bist, Chris. Du bist sehr rücksichtsvoll. Du würdest keiner Fliege etwas zuleide tun. Nun, ich habe schlechte Nachrichten für dich. Du bist zu verdammt rücksichtsvoll für meinen Geschmack! Ich will einen Mann, dem an mir liegt, nicht einen Mann …«

»BB, du hast den Verstand verloren!«

»Ich will einen Mann, der so fürsorglich ist, dass er wissen will, wo sein Mädchen schläft. Einen solchen Mann will dieses Mädchen.«

»Soso!«

»Soso! Ja, ja, soso – es ist auch höchste Zeit!«

»Hör zu, BB.« Er trat noch einen Schritt weiter auf sie zu und wollte ihr die Hand auf die Schulter legen.

»Fass mich nicht an!«, schrie sie.

»Schrei mich nicht an, BB.«

»Ich schreie überhaupt nicht.«

»Doch. Ich weiß nicht, was über dich gekommen ist. Du schreist mich an wie eine Prophetin der Cherubim-und-Seraphim-Sekte oder was weiß ich. Was ist eigentlich los? Ich verstehe überhaupt nichts mehr.«

Er stand noch auf dem Fleck, wo er zurückgewiesen worden war, und schaute auf sie hinab. Sie hielt nun die Arme vor der Brust verschränkt und hatte den Kopf gesenkt, als sei sie in stillem Gebet versunken. Lange Zeit rührte sich keiner, und es fiel kein Wort. Dann bemerkte Chris, wie ihre Brust und Schultern unmerklich bebten; er trat auf sie zu, setzte sich neben sie aufs Sofa, legte ihr den linken Arm um die Schulter, hob sanft mit der rechten Hand ihr Kinn und sah, dass sie weinte. Diesmal widersetzte sie sich ihm nicht, als er sie an sich zog und ehrfürchtig das Salz ihrer Tränen kostete.

Als sie sich auf jenem unbequemen Sofa abmühten, zueinanderzukommen, ineinander zu verschmelzen und ihr Getrenntsein zu überwinden, flüsterte sie – und ihr Atem kam schnell und drängend: »Komm, wir gehen hinein. Hier ist es zu unbequem.« Und mit Mühe rappelten sie sich aus dem Sofa hoch, gingen ins Schlafzimmer, schälten sich aus den Kleidern, die sie wegwarfen, als stünden sie in Flammen, und fielen zusammen hinein in den weiten, offenen Raum ihres Bettes; sie wälzten sich, bis sie nicht mehr konnte und sagte: »Komm!« Und als er ihrer Aufforderung folgte, stieß sie einen kehligen Schrei aus, der nicht nur ein Schrei war, sondern auch ein Befehl, oder ein Losungswort, das ihm Einlass in ihren Tempel gewährte. Von da an übernahm sie die Führung, nahm ihn schweigend an der Hand und geleitete ihn durch wogende Haine, auf die das gedämpfte gelbe Licht der Sonne Flecken malte, sie traten auf trockenes Laub unter ihren Füßen, bis sie zu Strömen voll klaren blauen Wassers kamen. Mehr als einmal war er an den steilen Ufern ausgeglitten, und sie hatte ihn mit solcher Kraft und Autorität zurückgeholt, wie er sie noch nie an ihr erlebt hatte. Eindeutig waren dies ihr heiliger Hain und ihre ureigensten besonderen Riten, die allein ihrer Macht unterlagen. Priesterin oder die Göttin selbst? Unwichtig. Doch würde er für würdig befunden werden? Würde er überleben? Diese nicht enden wollende qualvolle Lust am Kreuzweg von Lachen und Weinen. Ja, ich muss, o ja, ich muss – ja, o ja, ja, o ja! Ich muss, muss. O heilige Priesterin, halte mich, jetzt. Ich sinke, sinke, sinke. Und nun war es nicht mehr nur ein bloßes Versinken, sondern er stürzte, brach in sich selbst zusammen.

Und als er sich eben anschickte, um Gnade zu flehen, schrie sie einen Befehl: »Jetzt!«, und er zerbarst in einem Sternenregen und schwebte durch federleichte weiße Wolken, bis er am Ende eines langen und sanften, schwerelosen Falls in tiefem, blauem Schlaf versank.

Als er wie ein Kind in ihre Arme und an ihre Brust gebettet erwachte und ihr Blick ängstlich besorgt auf ihm ruhte, fragte er matt, ob sie schlafe.

»Priesterinnen schlafen nicht.«

Er küsste ihre Lippen und Brüste und schloss wieder die Augen.

»Du nanntest mich Priesterin, nein, Prophetin, glaube ich. Mich stört daran nur der Cherubim-und-Seraphim-Teil. Ich komme mir tatsächlich manchmal vor wie Chielo in dem Roman, Orakel der Hügel und Höhlen.«

»Das ist wohl mal so und mal so, denke ich.«

»Ja. Jetzt ist es gerade ganz stark. Und ich sehe Schwierigkeiten auf uns zukommen. Ikem wird es als Ersten erwischen. Ich meine es ernst, Chris. Er wird vorangehen auf dem Weg. Aber nach ihm bist du dran. Wir stecken alle mit drin – Ikem, du, ich, sogar Er. Das Ganze ist kein Kinderspiel mehr. Mein Vater pflegte zu sagen: Der Tanz, bei dem du deinen Schnupftabak in der offenen Hand trägst, ist zu Ende. Du und Ikem, ihr müsst schnell diese lächerliche Sache, die zwischen euch steht und die mir bis heute unerklärlich geblieben ist, in Ordnung bringen.«

»BB, ich kann mit Ikem einfach nicht mehr reden. Ich bin müde. Und alle Kraft hat mich verlassen.«

»Das stimmt nicht, Chris. Du hast mehr Ausdauer, als du denkst.«

»Könnte sein – aber weißt du, nur unter deiner Führung.« Er lachte schelmisch und küsste sie.

»Du weißt genau, mein dummer Junge, dass ich das nicht meine!«

Sie ließ ihn alleine im Bett, duschte schnell und kam wieder; dann erst hob sie ihr Kleid von dort auf, wo sie es hingeworfen hatte, und zog es wieder an. Chris' Augen hingen währenddessen unverwandt an ihrem makellosen Körper, und sie wusste es. Als Nächstes sammelte sie Chris' Kleidungsstücke ein und legte sie ordentlich am Fußende des Bettes aufeinander. Dann ging sie hinaus, um nach dem Mittagessen zu sehen. Grollend saß Agatha auf dem Küchenstuhl, den Kopf auf dem Tisch, und tat, als schliefe sie. Ja, das Essen sei inzwischen fertig, antwortete sie, und ihre schmalen, selbstgerechten Augen schienen hinzuzufügen: während ihr eurem sündhaften Tun nachgegangen seid.

Beatrice machte zu dem Bohnenkerngemüse mit gebratenen

Bananen und geschmortem Rindfleisch noch eine Schüssel Blattsalat. Agatha hatte sich nicht um einen Nachtisch gekümmert, wohl um sich am Ärger ihrer Herrin zu weiden. Beatrice überging sie stillschweigend und zauberte schnell aus Kuchenstücken, die sie mit Sherry beträufelte, und allerlei anderen süßen Resten aus dem Kühlschrank zwei Schälchen Dessert. Dann ging sie ins Schlafzimmer zurück und weckte Chris.

Aus dem freundlichen Lächeln, mit dem Agatha ihn bedachte, als er zu Tisch erschien, hätte man schließen können, dass sie ihn von ihrer moralischen Empörung ausnahm. Mädchen im Krieg!, dachte Beatrice und lächelte in sich hinein, was die andere offensichtlich bemerkte und mit einem schnellen, missbilligenden Blick beantwortete. Selbst Chris blieb die plötzliche Veränderung nicht verborgen.

»Was hat denn dein Mädchen?«, fragte er, sobald Agatha wieder in der Küche war.

»Nichts. Ihre ganze Gunst gehört dir.«

»Vertraulichkeit ist wie das Meer, das den Fischer umbringt?«

»Nein, es ist mehr als das. Sie ist Zeugin Jehovas.«

»Und du bist vom Hause Baal?«

»Genau – oder noch schlimmer: der Meister selbst.«

Während sie aßen, erzählte sie ihm vom Abend zuvor in Abichi. Vielmehr das, was sie zu erzählen über sich brachte. Chris hörte sich die Beschreibung der Szene mit Argwohn an, denn ihr munterer Ton kaschierte Schlimmes. Als sie schließlich mit der Sprache herausrückte, geriet er so außer sich, dass er unwillkürlich vom Stuhl aufsprang.

»Bitte, setz dich und iss.« Er setzte sich wieder, doch nicht zum Weiteressen. Keinen Bissen mehr.

»Ich fasse es nicht«, sagte er immer wieder. Beatrice' Bemühungen, ihn zum Essen zu bewegen, hatten keinerlei Erfolg. Unmerklich hatte er seinen Teller weggeschoben.

»Komm, Chris, dieser Salat ist nicht von Agatha. *Ich* habe ihn extra für *dich* gemacht.«

Er lenkte ein und schob sich drei oder vier Bissen Salat in den Mund. Dann legte er die Gabel wieder weg. Schließlich gab sie auf und sagte, sie hätte es besser wissen und ihren dummen Mund bis nach dem Essen halten müssen. Sie rief Agatha und bat sie, den Nachtisch wieder in den Kühlschrank zu stellen und ihnen den Kaffee zu bringen. Ohne zu antworten, begann Agatha stattdessen, den Tisch abzuräumen.

»Agatha!«

»Madam!«

»Lass das sein und hol uns bitte den Kaffee! Dann kannst du den Tisch abräumen.«

»Ja, Madam.«

»Komm, setzen wir uns doch, wo es bequemer ist«, sagte sie zu Chris. »Wir werden jetzt Kaffee und Cognac trinken, darauf bestehe ich. Ich möchte ein wenig feiern, aber frag mich nicht, was. Einfach feiern, sonst nichts. *Kabisa!*«

Langsam, ganz langsam kehrten unter Beatrice' gekonnten Wiederbelebungsversuchen seine Lebensgeister zurück. Sie hielt sich so weit wie irgend möglich bei amüsanten Nebensächlichkeiten auf und untertrieb den Schock. Doch am meisterhaftesten gelang es ihr, Chris aktiv daran zu beteiligen, den Abend zu analysieren.

»Wer ist dieser Alhaji, Vorsitzender, glaube ich, der Handelskammer Kangan / Amerika?«, fragte sie.

»Ach, der. Alhaji Abdul Mahmoud. Kanntest du ihn denn nicht? Das war mir nicht bewusst. Siehst du, das kommt davon, wenn man sich so abkapselt. Wenn du auch nur einmal im Monat zu einer Cocktailparty gingest, dann wärst du auf dem Laufenden ... Alhaji Mahmoud ist allerdings selbst auch so etwas wie ein Eremit. Er tritt selten irgendwo in Erscheinung, und tut er es doch, so redet er kaum ein Wort. Es sind Gerüchte im Umlauf, er habe in diesem einen vergangenen Jahr alle anderen Millionäre von Kangan weit in den Schatten gestellt. Von acht Ozeandampfern spricht man, von zwei oder drei privaten Jets, einem privaten Anleger. Kein Zollbeamter wagt sich dort in die Nähe, und, so heißt es, er sei der Schmugglerkönig. Was noch? Ungefähr fünfzig Unternehmen, eine Bank inbegriffen. Monopol auf staatlichen Kunstdüngerimport, das wär's. Sehr still, äußerst zurückhaltend, doch, wie es heißt, vollkommen rücksichtslos. Das mag ja bei Multimillionären die Norm sein. Was aber weitaus beunruhigender ist und was ich einfach noch nicht glauben kann, ist« (dabei senkte er die Stimme), »dass er möglicherweise als Strohmann für ... für deinen Gastgeber fungiert.«

»Nein!«

»Ich habe nichts gesagt. Gerüchte, nichts als Gerüchte. Eigentlich sollte ich ja darüber informiert sein. Ich bin schließlich Commissioner für Information, oder etwa nicht? Doch ich fürchte, ich verfüge selbst über sehr wenig Information ... Übrigens, BB, wie konntest du nur so hinterhältig sein? Mich mit diesem peinlichen Katalog meiner morgendlichen Aktivitäten zu konfrontieren, inklusive BBC-Nachrichten um sieben! Richtig hinterhältig ... Doch ich nehme an, es hätte noch schlimmer kommen können. Du hättest zum Beispiel hinzufügen können, dass ich mich jeden Morgen, wenn keiner hinschaut, davonstehle, um den Feindsender zu hören, während das Ministerium, dem ich vorstehe, der Nation über den KBC nichts als Unsinn auftischt.«

»Das habe ich also ganz gut getroffen?«

»Perfekt. Und verheerend. Ich verstehe nicht, warum du noch immer kein Theaterstück geschrieben hast. Du würdest Ikem weit in den Schatten stellen!«

»Da müsste ich mich aber sehr anstrengen. Trotzdem – vielen Dank!«

Ehe er schließlich gegen sechs Uhr ihre Wohnung verließ, hatte sie ihn noch einmal leidenschaftlich beschworen, seine Beziehung zu Ikem in Ordnung zu bringen.

»Was ich gestern Abend gehört und gesehen habe, hat mich

zutiefst erschreckt. Über Ikem ist in *absentia* zu Gericht gesessen und das Urteil gesprochen worden. Du musst ihn retten, Chris. Ich weiß schon, weiß, wie schwierig er ist. Glaub mir, ich weiß es. Doch du musst das alles einfach beiseiteschieben. Ikem hat außer dir keinen Freund und kein Gefühl für die drohende Gefahr. Oder vielmehr er hat es, weiß aber nicht, wie er darauf reagieren soll. Du hast alles Menschenmögliche versucht, das weiß ich, aber du musst es einfach noch mal probieren. Dafür sind Freunde da. Es bleibt nur noch sehr wenig Zeit, Chris.«

»Wenig? Es könnte sein, dass uns überhaupt keine Zeit mehr bleibt … ich sollte etwas tun, darin bin ich ganz einig mit dir – aber was? Denn es gibt ja keinen konkreten Punkt, über den Ikem und ich uns streiten. Was uns trennt, ist der Stil, nicht die Substanz. Und die Kluft scheint unüberbrückbar. Merkwürdig, nicht?«

»Sehr merkwürdig.«

»Oder … genau besehen … auch wieder nicht. Verstehst du, wenn wir – du und ich – uns um eine Apfelsine streiten, so könnten wir den Streit schlichten, indem wir uns die Apfelsine teilten oder übereinkämen, wer von uns beiden sie haben sollte, oder sie einem Dritten überließen oder sie sogar wegwürfen. Doch angenommen, wir stritten uns, weil ich zufällig Apfelsinen mag und du sie verabscheust – wie kommt man da zu einer Einigung? Du wirst Apfelsinen immer verabscheuen, und ich werde sie immer mögen, das ist und bleibt nun einmal so.«

»Aber wir könnten beschließen, dass es dumm und nutzlos ist, uns wegen unserer Vorlieben und Abneigungen zu streiten, oder nicht?«

»Ja«, antwortete er eifrig, »solange wir nicht fanatisch sind. Wird einer von uns zum Fanatiker, dann gibt es keine Hoffnung auf Einigung. Wir werden uneins sein, solange wir leben. Schon allein die Aussicht darauf laugt mich emotional vollkommen aus und lähmt mich geradezu … Warum bin ich noch immer in diesem Kabinett? Ikem bezeichnet uns als Zirkusnummer, und er hat größtenteils recht. Wir sind kein Kabinett. Das wirkliche Kabinett sind einige jener Clowns, die du gestern Abend gesehen hast. Warum also bin ich noch immer da? Anstand und Selbstachtung und dergleichen verlangen von mir, dass ich meinen Rücktritt einreiche. Aber kann ich das?«

»Ja, das kannst du.«

»Nun, ich habe dir eben gesagt, dass ich nicht die notwendige Kraft dazu aufbringe.«

»Unsinn!«

»Und selbst wenn ich mich wahnsinnig zusammenreißen und mein Rücktrittsgesuch heute einreichen würde, was dann? Ins Exil gehen und in europäischen Hauptstädten dem Alkohol frönen, mit weißen Frauen ins Bett gehen und kämpferische Reden vor einem gebannten Publikum schwingen, das Welten entfernt ist vom Ort des Geschehens? ... BB, diese Möglichkeit ist mir wohl bewusst, ich habe sie in Betracht gezogen, aber glaub mir, sie ist weit weniger attraktiv als diese Scharade hier.«

»Das heißt?«

»Das heißt, ich bleibe, wo ich bin. Außerdem – selbst wenn ich wollte, ist es mit dem Rücktritt vielleicht gar nicht so einfach. Erinnerst du dich daran, was er bei der erschreckenden Debatte zur lebenslangen Präsidentschaft gesagt hat? Einen kurzen Augenblick lang hat er seine vorgetäuschte Ruhe fallenlassen und mir gedroht: Sollte sich jemand einbilden, er könne aufgrund dieser Frage aus dem Kabinett ausscheiden, begeht er einen schweren Fehler.«

»Wer durch diese Tür geht, geht nicht heim, sondern direkt ins Gefängnis. Ja, daran erinnere ich mich wohl. Und?«

»Ich will damit nicht sagen, dass mich eine solch lächerliche Drohung auf meinem Posten hält. Ich erwähne dies nur, weil es zeigt, wie schwierig alles plötzlich werden kann. Deshalb habe ich Ikem schon hunderttausendmal gesagt: Halte dich eine Weile zurück, dann fegt dieser Sturm, wenn er losbricht, vielleicht über uns hinweg, deckt vielleicht Dächer ab, aber wir würden vielleicht … nur vielleicht … angeschlagen, aber lebendigen Leibes davonkommen. Aber nein! Ikem ist entrüstet, dass ich ihm solch feiges und völlig unwürdiges Verhalten anrate. Du selbst hast es immer und immer wieder mitangehört. Und jetzt verlangst du von mir, es noch einmal zu versuchen und vor einem Künstler bittend auf die Knie zu gehen, der sich Don Quichotte und andere Romanhelden zum Leitbild erkoren hat …«

»O Chris, das ist nicht fair. Das ist sehr unfair. Ikem steht auf seine Art genauso mit beiden Füßen auf dem Boden der Wirklichkeit wie wir. Vielleicht sogar noch mehr … Du brauchst doch wahrhaftig nur die lange Reihe seiner deftigen Freundinnen mit mir zu vergleichen …«

Sofort bereute sie die Einlassung. Sie hätte sich nicht ablenken lassen dürfen. Es verwässerte ihren dringenden Appell. Eine kleine Weile noch redeten sie ziellos weiter, um dann, ohne das Problem gelöst zu haben, auseinanderzugehen. Chris wiederholte lediglich seinen Standpunkt noch einmal, ehe er ging.

»Du verlangst von einem kampfesmüden Mann, einen fanatischen, bis an die Zähne bewaffneten Frontkämpfer zurückzuhalten. Meine Liebe, er wird für seine ganze Mühe nichts anderes ernten, als dass man ihn fertigmacht und er böse auf die Nase fällt.«

9
Perspektiven des Kampfes

Ikems Fahrt an jenem Nachmittag war nicht auf Chris' Anweisung hin, einen Reporter zum Präsidentenpalast zu schicken, erfolgt. Ein Berichterstatter war in der Tat entsandt worden, und er wird seinen Bericht auftragsgemäß abgeliefert haben. Ikem hatte seine eigenen Gründe, sich dorthin zu begeben; er suchte Aufklärung.

Er kam zum Palast, gerade als der Empfang zu Ende ging und die Delegation sich zum Gehen anschickte. Er konnte vorerst nichts anderes tun, als mit dem weißbärtigen Anführer der Delegation Höflichkeiten auszutauschen und mit ihm und den anderen ein späteres Treffen in dem Hotel, in dem sie untergebracht waren, zu verabreden.

Das Hotel Harmoney ist ein ärmliches Etablissement mitten in den Slums im Norden der Hauptstadt und, den bereitwilligen Auskünften nach zu urteilen, die Ikem den Weg dorthin wiesen, ein in der Umgebung allseits beliebter Ort. Ein Haus, in dem gewiss einige Prostituierte fest untergebracht sind, ein paar Zimmer von drei oder vier zu ungeregelten Zeiten unbestimmten Tätigkeiten nachgehenden jungen Männern belegt sind, die zumeist am Tage schlafen, aber vor allem erfreut es sich einer großen Kundschaft von Kleinhändlern aus den ländlichen Gebieten, die in regelmäßigen Abständen nach Bassa kommen, um Ware für ihre kleinen Läden einzukaufen. Ein Haus mit geschäftiger und doch auf besondere Weise behaglicher Atmosphäre.

Ikem hatte schon im Palast entdeckt, dass die Delegation nicht aus fünfhundert Leuten bestand, wie man ihm gesagt hatte, sondern nur aus sechs, und dass die vielen anderen, die jene sechs zum Palast begleitet hatten, zwar aus Abazon stammten, sich aber in Bassa angesiedelt hatten: Automechaniker, Kleinhändler, Schneider, Leute, die einen Vulkanisierbetrieb hatten, Taxi- und Busfahrer, die ihr Geschäft mit gemieteten Fahrzeugen betrieben, und viele andere, die allerlei Nebenbeschäftigungen in der Stadt nachgingen oder überhaupt nichts taten. Ein wahrhaft bunt zusammengewürfelter Haufen! Kein Wunder, dass Seine Exzellenz, nach allem, was man hörte, die Nachricht von ihrem plötzlichen Auftauchen mit beträchtlicher Besorgnis aufgenommen hatte. Würde mir an seiner Stelle auch so gehen, gestand sich Ikem schadenfroh ein.

Sie saßen um fünf oder sechs zusammengeschobene Tische im offenen Innenhof des Hotels beisammen, jetzt nicht mehr fünfhundert, sondern vielleicht zwanzig, hatten alle etwas zu trinken vor sich und diskutierten angeregt ihren Besuch im Palast.

Als sie Ikem durch das eiserne Tor von der Straße in den schlechtbetonierten Hof hereinkommen sahen, standen alle, auch die sechs Besucher, die Ältesten aus Abazon, auf und bereiteten ihm geradezu Ovationen. Er schüttelte jedem die Hand und schaute sich nach einem Platz um, als einer – eine Art Zeremonienmeister – ihm den frei gewordenen Ehrenplatz neben dem weißbärtigen Ältesten zuwies. Dann rief er großtuerisch »Bedienung!«, und als ein latschiger, mit einem schmutzigen blauen Hemd bekleideter Kellner erschien, bestellte er sechs Flaschen Bier und noch drei weitere gebratene Hähnchen. »*Quick quick*!«, sagte er.

Dann musterte er die Versammelten, nahm eine leere Bierflasche zur Hand, klopfte damit auf den Tisch und bat um Ruhe:

»In unserem Volk heißt es, wenn ein Mann von Rang und Namen eine Versammlung betritt, muss alles Reden aufhören, bis er seinen Platz eingenommen hat. Jemand Wichtiges ist eben gekommen, der keiner Vorstellung bedarf. Doch trotz alledem müssen wir uns nach dem richten, was die Weißen Protokoll nennen. Ich bitte unseren berühmten Sohn, den Chefredakteur der *National Gazette*, sich zu erheben.«

Ikem erhob sich und erntete eine zweite stürmische Ovation.

»Hört man allüberall Ikem Osodi, Ikem Osodi, würde man meinen, er schwillt bis unter die Decke an. Aber schaut ihn euch an, wie einfach er ist. Selbst so ein Dummkopf wie ich ist größer als er. Unser Volk sagt: Ein Tier mit großem Namen füllt nicht immer den Korb des Jägers.«

Da warf Ikem ein, dass er nun, da seine wahre Größe bekannt sei, wohl noch häufiger mit Prügel rechnen müsse als bisher, was ihm großes Gelächter eintrug.

Aber trotz des Trinkens, Essens und fröhlichen Gelächters gelang es dem Sprecher doch, seine Enttäuschung darüber zum Ausdruck zu bringen, dass dieser berühmteste Sohn Abazons bis jetzt noch keine Zeit habe, an ihren monatlichen Treffen und gesellschaftlichen Zusammenkünften teilzunehmen, um ihr ungeschicktes und von Unwissenheit bestimmtes Tun mit seinem umfassenden Wissen zu lenken. Er ließ sich so nachdrücklich und so eingehend über dieses Fehlverhalten aus, dass ihm der bärtige alte Mann dadurch, dass er sich erhob, schließlich Einhalt gebot. Er war groß und hager mit etwas gebeugten Schultern.

Die Schärfe in der Stimme des anderen Mannes fehlte hier gänzlich, doch die Kraft seiner Aussage schlug jedermann gleich in Bann. Als Erstes bedankte er sich bei seinen Landsleuten in Bassa für den Empfang, den sie ihm und den anderen fünf Ältesten aus der Heimat bereitet hatten. Er dankte den jungen Männern, von denen jetzt nur noch wenige anwesend waren, dass Hunderte von ihnen gekommen waren, um die Delegation zum Palast zu begleiten und Bassa zu zeigen, dass es in Abazon Menschen gab. Dann kam er mit scharfen Worten auf die Klagen seines Vorredners zu sprechen:

»Ich habe gehört, was du über diesen jungen Mann, Osodi,

gesagt hast, von dessen Tun, das unsere Herzen mit Stolz erfüllt, man überall weiß. An den Zusammenkünften, Hochzeiten und Namensfesten des eigenen Volkes teilzunehmen ist gut. Doch vergiss nicht, dass unsere weisen Männer auch gesagt haben: Ein Mann, der jeder Aufforderung des Ausrufers Folge leistet, wird auf seinen Feldern keinen Mais pflanzen. Deshalb gebe ich dir den folgenden Rat: Macht weiter mit euren Zusammenkünften, Hochzeiten und Namensfesten, weil das gut so ist. Lasst aber diesen jungen Mann in Ruhe, damit er dem, was er für Abazon und ganz Kangan tut, nachgehen kann; der Hahn, der am Morgen kräht, gehört nur einer Familie, doch besitzt seine Stimme die ganze Nachbarschaft. Du solltest stolz darauf sein, dass dieser prächtige junge Hahn, der das ganze Dorf aufweckt, von deinem Hof stammt.«

Seine Stimme war so machtvoll, so betörend, dass selbst der Zeremonienmeister, der sich so beklagt hatte, in vollem Einverständnis mit dem Kopf nickte wie alle anderen auch.

»Muss dein Bruder, um seinen Magen zu füllen, weit über den großen Fluss ziehen, so fordere ihn nicht auf, zu Hause bei den Herumlungerern zu bleiben, die sich den Hintern kratzen und dann am Finger riechen. Diesen jungen Mann habe ich heute Nachmittag, als er im Hof des Big Man zu uns kam, zum ersten Mal gesehen, vorher hatte ich ihn noch nie gesehen. Ich habe nie gelesen, was er angeblich schreibt, denn ich habe kein Abc. Doch ich habe von dem Kampf gehört, den er für die armen Menschen in diesem Land kämpft. Ich würde ungern hören, er habe diesen Kampf aufgegeben, nur weil er zum Namensfest von Okekes Sohn und Mgbafos Tochter gehen möchte.

Ich will euch eine Frage stellen. Wie begrüßen wir unsere Brüder, wenn wir ankommen und eine so riesige Versammlung vorfinden, dass wir nicht daran denken können, jeden Einzelnen zu begrüßen, jeden mit Titel anzusprechen? Sagen wir dann nicht: Jedem das Seine? Habt ihr mal darüber nachgedacht, welch weise Gepflogenheit unsere Väter aus diesen einfachen Worten gemacht haben? Jedem, was ihm gebührt! Jedem sein Titel! Es leuchtet uns allen ein, dass uns diese Handvoll Worte vor der Mühe der viermal hundert Handschläge bewahren kann und vor dem Kopfzerbrechen der Besinnung auf ebenso viele Ehrentitel. Doch das ist noch nicht alles. Dieses Wort will uns sagen: Jeder Mann hat das Seine, übergehe ihn nicht, wenn du seinen Hof betreten willst …

Man könnte es auch so beschreiben (denn die Wahrheit erscheint in vielerlei Gewand): … Lange, ehe zur Saat- oder Erntezeit die Sonne aufgeht, dann, wenn der Schlaf uns mit Süße umfängt, die köstlicher ist als Honig, weckt das Perlhuhn in der Stille und Kühle des weiten Graslandes plötzlich den Bauern mit seinem Schrei: o-o-i! o-o-i! o-o-i! Ich frage euch: Springt der Bauer sofort, schlaftrunken und mit schweren Augen, auf und macht sich für die Arbeit auf dem Felde bereit oder schreit er das Perlhuhn an: *Halt den Schnabel! Wer hat dir gesagt, dass es Zeit sei? Noch nie hast du eine Cassavafurche geharkt, noch jemals ein einziges Hirsekorn gesät!* Nein! Ist er ein Bauer, der zu Wohlstand gelangen will, dann wird er sich nicht mit dem Perlhuhn anlegen; er wird nicht dessen Schlachtruf in Frage stellen; er wird aufstehen und gehorchen.

Habt ihr jemals darüber nachgedacht? Ich sage euch, so hat der Höchste die Arbeit dieser Welt aufgeteilt. Jedem die seine! Dem Perlhuhn seine, dem Bauern seine.

Einigen von uns hat der Besitzer der Zukunft die Gabe zugeteilt, ihren Gefährten zu sagen, wann es endlich Zeit ist, sich zu erheben. Anderen schenkt Er die Bereitschaft aufzustehen, wenn sie den Ruf hören, sich mit klopfendem Herzen zu erheben, ihre Kriegsbekleidung anzulegen und an die Dorfgrenzen zu eilen, um dem hereinbrechenden Feind mit kühnem Mut im Kampf entgegenzutreten. Und dann gibt es noch jene, deren Aufgabe es ist, auszuharren und nach dem Ende der Kämpfe über das Geschehen zu berichten.

Das Schlagen der Trommel, die zum Kampf ruft, ist wichtig; der mutige Einsatz im Kampf selbst ist wichtig, und das Erzählen der Geschichte des Kampfes danach – alles ist auf seine Art wichtig. Ich sage euch, keines dieser drei Dinge könnten wir entbehren. Doch wenn ihr mich fragt, welches von den drei Dingen die Adlerfeder verdient, so will ich mutig sagen: die Geschichte. Hört ihr mich? Hättet ihr mir in jungen Jahren dieselbe Frage gestellt, so hätte meine Antwort, ohne zu zögern, gelautet: der Kampf. Doch das Alter gibt einem Mann gewisse Dinge mit der rechten Hand und nimmt andere mit der linken. Der Wasserstrahl eines alten Mannes mag nicht mehr wie früher einmal mit voller Kraft den Stamm des Baumes einen Schritt vom Wegrand entfernt treffen, sondern fällt um seine Füße wie bei einer Frau; doch als Gegengabe bekommt das Auge seiner Gedanken Flügel und streicht über den gewohnten Anblick der Heimstatt hinaus …

Weshalb also sage ich, dass der Geschichte der erste Platz gebührt? Aus demselben Grund, aus dem unsere Leute ihren Töchtern zuweilen den Namen Nkolika geben – Sich-erinnern-ist-das-Höchste. Warum? Weil nur die Geschichte den Krieg und den Krieger überlebt. Die Geschichte allein lebt länger als der Klang der Kriegstrommel und länger als die Heldentaten tapferer Krieger. Die Geschichte, nicht Kriegstrommel noch Kampf, bewahrt unsere Nachfahren davor, wie blinde Bettler in die Stacheln des Kaktuszaunes zu fallen. Die Geschichte ist unser Begleiter, ohne sie sind wir blind. Ist der Begleiter das Eigentum des blinden Mannes? Nein, auch die Geschichte gehört nicht uns, vielmehr gehören wir der Geschichte und leitet sie uns. Das unterscheidet uns vom Vieh; das Zeichen auf dem Gesicht unterscheidet ein Volk von seinen Nachbarn.«

Die leise tappenden Schritte der Kellner auf dem Betonboden des Hofes wurden in der entstehenden Pause deutlich vernehmbar.

»Der Hochmütige, der sich breit über die Schüssel Fufu

hockt, die ihm seine Frau vorsetzt[1], versteht wenig von dieser Welt. Die Geschichte wird eine Fufu-Kugel aus ihm kneten, wird ihn in die Soße tunken und als Ersten schlucken. Ich sage euch, er ist wie der kleine Hund, der sich umdreht und seinen Wind in ein brennendes Feuer furzt, um es zu löschen. Gelingt ihm das? Nein. Die Geschichte erlischt nicht ... so wenig wie das Feuer – wenn es nicht hell brennt, schwelt es unter der eigenen Asche weiter, oder es schläft und ruht in seinem Haus aus Feuerstein.

Sind wir jung und ohne Erfahrung, denken wir alle, die Geschichte des Landes sei einfach, jeder könne aufstehen und sie erzählen. Doch dem ist keineswegs so. Zwar steigen in uns allen immer wieder Teile der Geschichte auf, von denen wir berichten wollen. Doch was wir zu sagen haben, gleicht eher der Mitte einer mächtigen Boa, die ein törichter Waldarbeiter für einen Baumstamm hält und sich darauf niederlässt, um seinen Schnupftabak zu genießen ... Ja, wir legen wildäugig und flinkzüngig mit unserer kleinen Geschichte los, bis Agwu eines Tages vorübergeht und sie uns aus dem Mund schlägt; er verrenkt uns den Unterkiefer, straft uns wegen unserer Dreistigkeit und legt die Geschichte in die Hand eines Mannes seiner Wahl ... Agwu beruft keine Versammlung ein, um seine Seher, Propheten und Künstler auszuwählen! Agwu, der Gott der Heiler, Agwu, Bruder des Wahnsinns! Doch obwohl sie dem gleichen Schoß entspringen, bestimmt sie nicht dasselbe *chi*[2]. Agwu ist die rechte Hand, die ein Mensch seinesgleichen reicht; Wahnsinn ist die verbotene Hand. Wahnsinn entfesselt den Menschen und reitet ihn rücksichtslos in die wilde Savanne. Agwu hat den Menschen genauso sicher im Griff, bindet ihn aber zum Wohl aller an seinen Hof. Agwu wählt seinen Diener, malt mit weißer

1 Sehr fester Brei aus gekochten und gestampften Yams- oder Maniokknollen; Grundnahrungsmittel.

2 Persönlicher Schutzgeist.

Kreide einen Ring um sein Auge und taucht seine Zunge, ob er es will oder nicht, in den Orakeltrank; und sofort wird der Mann zu sprechen beginnen und dem abgetrennten Rumpf unserer Geschichte Kopf und Schwanz wieder anfügen. Dieser Seher wird uns in Erstaunen versetzen, denn möglicherweise ist er ein unbedeutender Mann, nicht der kühne Krieger, den wir kennen, und auch kein Trommler. Doch in der von ihm neu gefundenen Sprache wird unser Kampf in neuer und anderer Gestalt vor uns erstehen. Es kann der Schwindler sein, der in seiner Hütte unter dem Grasdach sitzt und draußen den Mond am Himmel hängen sieht. Ohne sich von seinem Sitz zu rühren, weiß er zu sagen, wie sich Waren auf einem fernen Markt verkaufen lassen. Sein Auge mit dem Kreidering sieht jeden Schlag, der in einem Kampf geführt wird, den er nie gekämpft hat. Er ist vom Erzählen so besessen, dass bisweilen – besonders dann, wenn er um sich schaut und keinen aus seiner Alterskohorte sieht, der ihm seine Äußerungen widerlegen könnte – die Narben von den Windpocken und Hautkrankheiten seiner Kindheit zu Kriegsnarben werden … ja zu Narben von jenem Tag, an dem *unsere* Männer die Männer der *anderen* zerstampften wie Palmfrüchte im schweren Mörser aus Iroko-Holz!«

Die Spannung entlud sich plötzlich in Gelächter. Der alte Mann selbst lachte leise und schalkhaft.

»Doch die Lügen jener, die von Agwu besessen sind, fügen niemandem Schaden zu. Sie schwimmen an der Oberfläche der Geschichte wie der weiße Schaum auf dem neuen Palmwein im Krug. Der wahre Saft des Baumes ringelt sich im Innern auf der Lauer …

Ich weiß nicht, warum meine Zunge heute Abend knackt wie *ukwa*-Körner im Tontopf auf Feuer. Ich weiß nicht, warum ich mich wie ein Mann fühle, dem geholfen wurde, eine schwere Last vom Kopf zu heben; er reckt wieder den Hals und schüttelt den Schmerz von sich ab. Ja, meine Kinder, ich fühle mich frei und leicht im Kopf, wie einer, der sein Werk getan hat und zufrieden gehen kann. Doch ich möchte euch nicht im Gefühl verlassen, dass jemand an seiner wahren Aufgabe gehindert wird, der, mit der er im Einvernehmen mit seinem Schöpfer den Weg in die Welt gesucht hat …«

Er hielt inne. Das Schweigen war so vollkommen, dass man sogar hören konnte, wie er mit den Zähnen mahlte. Ikem bemerkte, dass auch noch andere Menschen, Stammgäste des Hotels, die an einzelnen Tischen im ganzen Hof verteilt ihr Bier tranken, dem Zauber des alten Mannes verfallen waren und ihren Blick nicht mehr von ihm wandten.

»Als man uns vor zwei Jahren sagte, wir sollten dafür stimmen, dass der Big Man für immer regiere, und als alle möglichen Leute, die wir noch nie zuvor gesehen hatten, in unsere Dörfer gerannt kamen und uns drängten, ja zu sagen, sagte ich zu meinen Leuten: Wir haben Osodi in Bassa. Kommt er nach Hause und empfiehlt uns, ja zu sagen, werden wir es tun, denn er ist in Bassa unser Auge und Ohr. Ich sagte: Ist das, was diese fremden Leute uns erzählen, wahr, dann wird Osodi kommen, oder er wird es in seine Zeitung schreiben, und unsere Söhne werden es lesen und wissen, dass es wahr ist. Aber er ist nicht gekommen, er hat uns keine Botschaft gesandt und hat es nicht in seine Zeitung geschrieben. Also wussten wir, dass in den Reden der Schmeichler List steckte.

Anderes noch verriet mir, dass ihre Reden täuschen sollten. Jene, die ständig kamen und gingen und uns drängten, ja zu sagen, kamen eines Tages und erzählten uns, dass der Big Man selbst gar nicht für immer regieren wolle, sondern dass er dazu gezwungen werde. Wer zwingt ihn?, fragte ich. Das Volk, antworteten sie. Das bedeutet also wir?, fragte ich; und da schauten sie mit schiefem Blick zur Seite. Da wusste ich, dass Tücke im Spiel war. Ich bedankte mich bei ihnen, und sie gingen ihres Wegs. Ich rief meine Leute zusammen und sagte: Der Big Man möchte gar nicht für immer regieren, denn er ist vernünftig. Selbst wenn ein Mann eine Frau heiratet, so heiratet er sie nicht für alle Zeit. Eines Tages wird einer von beiden sterben, und damit ist die Ehe zu Ende. Aus diesem Grunde sagten meine Leute und ich nein.«

An dieser Stelle gab es riesigen Beifall, nicht nur von den Tischen, an denen die Abazon-Leute saßen, sondern auch von anderen Tischen.

»Doch das war nicht das Ende. Es kamen andere mit verschlagenem Blick und sagten: Weil ihr zu dem Big Man nein gesagt habt, ist er sehr böse und hat befohlen, dass alle Arbeiten an den Brunnenlöchern, die in eurer Gegend gegraben werden, eingestellt werden sollen, damit ihr erfahrt, was es bedeutet, die Sonne zu beleidigen. Ihr werdet so viel leiden, dass ihr in eurem nächsten Leben niemanden braucht, der euch anweist, ja zu sagen, egal, ob ihr verstanden habt, um was es geht, oder nicht.«

›Die Götter werden nicht zustimmen‹, sprachen darauf viele Stimmen.

Also kamen wir nach Bassa, um auf unsere Weise ja zu sagen, und vielleicht wird die Arbeit an unseren Brunnenlöchern wieder beginnen, und der Zorn der Sonne wird uns nicht alle vernichten. Heute wissen wir es, doch früher wussten wir nicht, dass uns Ja keine Schwierigkeiten bringt. Wir verstehen noch nicht ganz die Gepflogenheiten in der heutigen Zeit, doch wir haben dazugelernt. Die Maskentänzer in meinem Dorf sagten früher: Es stimmt, ich verstehe kein Englisch, aber wenn sie rufen *Catch am – Fangt sie!*, dann brauche ich keinen, der mir rät, mich so schnell wie möglich aus dem Staub zu machen.«

Im ganzen Hof gab es lautes Gelächter, einige kosteten den Witz aus, wiederholten ihn für sich oder ihren Nachbarn und lachten von neuem.

»Und so sind wir bereit, Neues zu lernen und neue Wege zu begehen anstatt der alten, nutzlosen. Überquerst du den großen Fluss, um eine Frau zu nehmen, musst du bereit sein, eine nächtliche Überfahrt im Kanu zu riskieren … Ich weiß nicht, ob die Leute, die wir hier aufgesucht haben, unseren Schrei nach Wasser hören werden oder nicht. Vor einiger Zeit hat man uns gesagt, dass der Big Man selbst vorhabe, unsere Dörfer zu besuchen und unsere Not zu sehen. Dann hat man uns wieder gesagt, dass er nicht kommt, denn er habe sich eben daran erinnert, dass wir vor zwei Jahren nein zu ihm sagten. Also sagten wir, wenn er nicht herkommen möchte, so wollen wir stattdessen hingehen und ihn in seinem Haus besuchen. Es gehört sich so, dass der Bettler den König besucht. Ist der reiche Mann krank, so besucht ihn der Bettler und sagt, dass er bedaure, dass der reiche Mann krank sei. Ist der Bettler krank, wartet er, bis er wieder gesund ist, und geht dann zum reichen Mann hin und sagt ihm, dass er krank war. Es obliegt dem armen Mann, den reichen Mann zu besuchen, der das Messer hält und die Yams.«

»Ja, so geht es in der Welt zu«, erwiderte zustimmend das Publikum.

»Wir wissen nicht, ob unser Besuch auf dem Hof des Big Man etwas nützen wird. Wir haben ihn nicht von Angesicht zu Angesicht gesehen, weil er sich gerade mit einem anderen Big Man unterhielt, der aus einem anderen Land bei ihm zu Gast weilt. Doch wir können nun zu unseren Leuten zurückkehren und berichten, dass wir nach Kräften gerungen haben ... Vor langer Zeit einmal begegneten sich Leopard und Schildkröte zufällig auf einer einsamen Straße. *Aha,* sagte der Leopard, der seit langem schon versucht hatte, die Schildkröte zu fangen, *endlich! Du bist des Todes!* Und die Schildkröte sagte: *Darf ich dich um eine Gunst bitten, ehe du mich tötest?* Der Leopard hatte nichts dagegen einzuwenden und stimmte zu. *Gib mir ein paar Augenblicke, um mich auf meinen Tod vorzubereiten,* sagte die Schildkröte. Und wieder hatte der Leopard nichts dagegen einzuwenden und gewährte ihr den Wunsch. Doch anstatt stillzustehen, wie der Leopard erwartet hatte, begann sich die Schildkröte mitten auf der Straße seltsam zu gebärden – mit allen vieren kratzte und scharrte sie auf der Straße und warf den Sand wie wild nach allen Seiten um sich. *Warum tust du das?*, fragte der verwunderte Leopard. Die Schildkröte antwortete: *Weil ich will, dass die Leute, wenn sie nach meinem Tod an dieser Stelle vorübergehen, sagen: Ja, hier haben zwei gekämpft, die sich ebenbürtig waren.*«

»Meine Freunde, genau das tun wir jetzt. Wir kämpfen. Vielleicht aus keinem anderen Grund, als dass jene, die nach uns kommen werden, sagen können: *Es stimmt, unsere Väter wurden besiegt, aber sie haben gekämpft.*«

Als Ikem zu seinem geparkten Wagen kam, draußen vor dem hohen eisernen Torbogen, auf dem mit Leuchtschrift *Harmoney Hotel* prangte, fand er ein riesiges Polizeimotorrad vor, das eindeutig so hinter seinem Wagen abgestellt worden war, dass er nicht wegfahren konnte. Als er sich verwundert umschaute, trat ein Polizist aus dem Schatten und fragte:

»Ist das Ihr Wagen?«

»Ja, stimmt was nicht?«

»*Why you no put parking light?*«

Parklicht. Das war neu. Noch nie zuvor hatte ihn jemand in Bassa nach dem Parklicht gefragt. Na ja.

»Das fand ich bei so viel Licht unnötig.«

Er deutete auf all die vielen Leuchtröhren an den Mauern des Harmoney Hotels.

»Wenn Sie also auf einer Hausmauer elektrisches Licht sehen, heißt das, *you no go put parking light*? In welchem Paragraph der Straßenverkehrsordnung steht das?«

»Ich würde sagen, dies ist eine Sache des gesunden Menschenverstandes.«

»Gesunder Menschenverstand! Ich hab' also keinen gesunden Menschenverstand, sagen Sie. O.k., Mr Commonsense, ich will Ihre Papiere sehen.«

Eine ganze Menge Leute waren aus dem Hotel herausgekommen, um dem Palaver beizuwohnen, und auch noch einige Passanten hatten sich dazugesellt. Auch jeder letzte Mann aus Abazon, der noch da war, hatte sich in kürzester Zeit am Schauplatz eingefunden, und der Zeremonienmeister trat vor und fragte den Polizisten, ob er denn den Chefredakteur der *National Gazette* nicht kenne.

»*I no know am*! Glaubt der, bloß weil er Chef ist, kann er mir blöd kommen, nur weil ich meine Arbeit mache. Chef kann er in seinem Büro sein, aber nicht auf der Straße.«

»Ist er doch gar nicht. *He no abuse you.* Ich war die ganze Zeit da«, sagte einer der Umstehenden.

»Halt deinen dreckigen Mund, Mr Besserwisser. Möchtest du vielleicht auf die Polizeiwache kommen und dort deine Erklärungen abgeben? Du hast nicht gehört, wie er sagte, ich hätte keinen gesunden Menschenverstand. *That no be abuse? Oga*, ich möchte jetzt Ihre Papiere sehen. Ihr meint, weil ihr die Gesetze macht, könnt ihr sie auch brechen.«

Ohne ein weiteres Wort holte Ikem seine Papiere und reichte sie dem Polizisten.

»Wo ist Ihre Versicherung?«

»Die schauen Sie sich gerade an.«

Der Polizist öffnete einen Notizblock, legte ihn auf die Motorhaube und begann zu schreiben, dabei schaute er immer wieder in Ikems Papiere. Immer mehr Schaulustige umringten den Wagen und die Hauptdarsteller – der Polizist spielte seine Rolle, nach der er jemandes Schicksal niederzuschreiben hatte, mit der wichtigtuerischen und quälenden Langsamkeit dessen, der kaum des Lesens und Schreibens mächtig ist ... Als er endlich fertig war, riss er den Zettel aus dem Block und reichte ihn Ikem wie ein unterschriebenes Todesurteil.

»Kommen Sie am Montagmorgen pünktlich um acht Uhr zur Verkehrspolizei. Wenn Sie nicht erscheinen oder zu spät kommen, geht's vor Gericht. *Kabisa!*«

»Kann ich bitte meine Papiere wiederhaben?«

Der Polizist lachte nachsichtig über diesen Klugscheißer.

»Der Hinweiszettel reicht bis Montag. Sollte die Polizei Sie irgendwo nach Ihren Papieren fragen, so zeigen Sie das vor. Und bringen Sie den Montag mit, *make you bring am*.«

Er faltete Ikems Papiere, steckte sie mit seinem Notizblock in die Brusttasche und knöpfte mit schwungvoller Gebärde, gleich einem Richter, der seinen Hammer betätigt, die Klappe zu.

Der Zeremonienmeister kochte vor Wut und wollte erneut protestieren, doch Ikem bedeutete ihm zu schweigen, legte den Finger auf die geschlossenen Lippen und zeigte dann mit demselben Finger auf das Pistolenhalfter des Gesetzeshüters.

»Einen Mann, der seine Pflicht tut, soll man nie provozieren. Bei der Polizei kann es vorkommen, dass sich ein Schuss versehentlich löst.«

»Nicht ich werde Sie umbringen, *my frien*!«

Das sagte er Ikem direkt ins Gesicht, und mit einem seltsamen Ausdruck von Hohn und Hass in den Augen bestieg der Polizist seine schwere Maschine und donnerte davon. Der Zeremonienmeister fragte Ikem:

»Hast du seine Nummer?«

»Ich fürchte, daran hab' ich gar nicht gedacht. Egal.«

»Hier ist sie.«

Und er hielt ihm eine Nummer hin, die er mit Kugelschreiber auf die linke Handfläche geschrieben hatte, und Ikem notierte sie auf der Rückseite seiner Vorladung.

Montag früh im Hauptgebäude der Verkehrspolizei. Ikem hatte beschlossen, etwas zu tun, was er selten tat – nämlich seinen Einfluss geltend zu machen. Es gab Wichtigeres, als Zeit zu verschwenden und sich mit einem Hilfspolizisten herumzuschlagen. Also hatte er den Chef der Verkehrspolizei vom Büro aus angerufen und einen Termin für neun Uhr dreißig vereinbart.

Ein höherer Offizier erwartete ihn am Tisch des diensthabenden Kollegen und führte ihn direkt in das Büro des Chefs.

»Wir sind uns persönlich noch nicht begegnet, Sir«, sagte der

Polizeichef und sprang aus seinem Sessel hinter dem Schreibtisch aus massivem Holz hoch. »Sehr erfreut, Sie kennenzulernen, Sir … Ich hatte einen riesigen Kerl erwartet, so groß«, und er machte Zeichen seitlich und nach oben.

»Nein, ich bin ziemlich klein. Jeder, der Lust dazu hat, kann mich ziemlich leicht verprügeln.«

»O nein. Die Feder ist mächtiger als das Schwert. Mit einem einzigen Satz aus Ihrer spitzen Feder können Sie jeden erledigen. Ha, ha, ha. Ich respektiere Ihre Feder, Sir … Was kann ich für Sie tun, Sir? Ich weiß, Sie sind ein vielbeschäftigter Mann, und ich möchte Ihre Zeit nicht unnötig in Anspruch nehmen.«

Als Ikem berichtete, was sich zugetragen hatte, konnte er sich des Eindrucks nicht erwehren, dass sich auf dem Gesicht des Mannes so etwas wie Erleichterung breitmachte.

»Ist das alles? Deshalb hätten Sie nicht den weiten Weg hierher machen müssen. Sie hätten mir die ganze Geschichte am Telefon erzählen können, und ich hätte den dummen Kerl angewiesen, Ihnen Ihre Papiere zurückzubringen und Ihnen außerdem noch Ihren Wagen zu waschen, ehe er sich hier wieder blicken lässt. Diese Jungs haben keinen Menschenverstand.«

»Nun, er hat bestimmt nur seine Pflicht getan.«

»Welche Pflicht? So ein Unsinn! Herumzufahren und wichtige Leute zu schikanieren.«

Er schlug mit der offenen Hand so heftig auf die Klingel, dass die Ordonnanz, die aus dem Vorzimmer hereinstürzte, verwirrt versuchte, gleichzeitig die Mütze gerade aufzusetzen, den Gürtel zuzuschnallen und auch noch zu salutieren.

»Holen Sie sofort jeden Mann, der am Samstagabend auf Streife war!«

»Verzeihung, es war am Freitagabend«, sagte Ikem.

»Verzeihung, Freitag! Alle sofort herkommen, außer denen, die jetzt gerade auf Streife sind … Ich muss mich wirklich noch einmal sehr für diese Belästigung entschuldigen, Mr Osodi.«

»Ist halb so schlimm«, sagte Ikem. Er hatte einen Augenblick daran gedacht, für den Polizisten ein milderndes Wort einzulegen, doch dann erinnerte er sich dessen völlig unmöglichen Benehmens und hielt den Mund. In diesem Augenblick kamen acht äußerst besorgt aussehende Polizeibeamte hereinmarschiert. Ikem erkannte seinen Mann sofort, beschloss jedoch, dass selbst ein Blickwechsel zu freundlich wäre. Sie salutierten und standen stramm, nur ihre besorgten Augen zuckten, als hätten sie ein Eigenleben.

Der Polizeichef seinerseits starrte sie an, ohne ein Wort zu sagen. Nach seinen Maßstäben waren sie in diesem Augenblick *alle* schuldig.

»Kennt ihr diesen Herrn?«

Alle schüttelten den Kopf.

»Was wisst ihr eigentlich? Idioten! Wer hat ihn am Freitagabend aufgeschrieben ... wo war es noch mal, Mr Osodi?«

»Vor dem Hotel Harmoney, Northwest Street.«

Dieser Information folgte eine winzige Pause der Überraschung oder gar des Schocks, die jedoch gnädig in dem Bekenntnis des Polizisten unterging.

»*Na me,* Sir.«

»*Na you*! Weißt du denn nicht, wer dieser Mann ist? Wie solltest du das wissen, wo du doch keine Zeitung liest; bist du bis zur sechsten Klasse in die Schule gegangen?«

»Ja, Sir.«

»*Na lie!* Du lügst. Außer es war eine freie Grundschule. Dieser Mann hier ist Mr Osodi, der Chefredakteur der *National Gazette.* Jedermann im ganzen Land kennt ihn, außer dir. Und du stellst nur Blödsinn an und schreibst einen Mann von solchem Kaliber auf. Wenn er nun morgen seine Feder zur Hand nimmt und die Polizei fertigmacht, fangt ihr alle an zu jammern *like monkey wey im mother die,* wie der Affe, dem die Mutter stirbt ... Geh und hole sofort seine Papiere, du Yamskopf.«

Der arme Kerl konnte nicht schnell genug hinauskommen.

»Jetzt macht mal eure Ohren auf. Ihr seht diesen Mann hier,

schaut ihn euch gut an, *look im face well well*. Wenn einer von euch in Zukunft unterwegs ist und sich je an seinem Wagen vergreifen sollte, der kriegt ordentlich *gbali-gbali*. Habt ihr verstanden?«

»Ja, Sir.«

»Beschränkte Polizisten seid ihr. Ihr denkt, so wird man Polizeichef? Morgen haltet ihr auf der Straße noch Seine Exzellenz an, und wenn ihr gefragt werdet, sagt ihr, ihr hättet ihn nicht erkannt. Schwachköpfe! Wegtreten!«

Wegen seines Besuches im Präsidium der Verkehrspolizei am anderen Ende der Stadt musste Ikem seine tägliche Redaktionskonferenz zwei Stunden später abhalten. Als er sich dafür entschuldigte, schilderte er natürlich auch seinen Zusammenstoß mit der Polizei, was, in allen Einzelheiten erzählt, beachtlich zur Unterhaltung im Ablauf einer Routinesitzung beitrug. Der Einzige, der auch nicht das Geringste davon zum Lachen fand, war Ikems Stellvertreter, ein ernster, bisher unterwürfiger Mann, der sich Ikems Beobachtung nach in letzter Zeit zunehmend von ihm distanzierte und ihm offen widersprach.

Als er wieder in seinem Büro war, hatte ihm sein dienstbeflissener Sekretär zweierlei auszurichten – eine Nachricht von John Kent, Mad Medico, der Ikem gebeten hatte, ihn zurückzurufen, und die andere von Elewa, die gesagt hatte, sie würde es später noch mal probieren.

MM nahm beim ersten Klingeln den Hörer ab und kam sofort zur Sache. Er hatte sich gefragt, ob Ikem Zeit hätte, heute Nachmittag auf einen schnellen Drink hereinzuschauen, um einen Freund von ihm kennenzulernen, einen Poeten und Herausgeber einer Zeitschrift in England. Ikem akzeptierte begeistert.

»Klar! Ich hab' dich ja schon so lange nicht mehr gesehen. Was hast du die ganze Zeit getrieben? Ich würde mich glücklich schätzen, einen echten Poeten und Herausgeber kennenzulernen – kann mein Glück kaum fassen! Darf ich meine Freundin mitbringen?«

»Aber ja, natürlich. Welche übrigens? Ist ja auch egal, bring mit, wen immer du magst … So gegen fünf. Bis dann also. Cheerio.«

Erstaunlich, dachte Ikem, wie kurz und geschäftsmäßig MM bei der Arbeit sein konnte. Keinerlei Anzeichen von Wahnsinn, wenn er erst in die Rolle des Krankenhausverwalters schlüpfte. Außer dem einen fast fatalen Rückfall – dem »Seltsamen Fall der Graffiti«, wie Ikem es in einem berühmt geworden Leitartikel genannt hatte.

10
Ungebärdiger Sohn

Afrika, sage mir, Afrika,
bist du das, gebeugter Rücken,
Rücken, der bricht unter der Last der Erniedrigung,
bebender Rücken mit roten Striemen,
der ja sagt zu der Peitsche unter der Sonne des Mittags?
Da antwortet mir feierlich eine Stimme:
Ungebärdiger Sohn, der starke junge Baum,
der Baum dort,
einsam und stolz unter weißen und welken Blüten,
das ist Afrika, dein Afrika,
es wächst wieder unbeirrt trotzig,
und seine Früchte nehmen langsam
den herben Geschmack der Freiheit an.

David Diop, *Africa*

Sie wollten gerade auf dem Weg zu MM die Wohnung verlassen, als es an der Haustür klingelte und zwei fremde, breit grinsende Männer vor ihm standen. Ikem blieb tapfer im Eingang stehen, seine Besorgnis, die durchaus am Platze gewesen wäre, nur durch das Grinsen zerstreut.

»Sie wünschen?«

»Wir kommen Ihnen zum Gruße.«

»Mir? Wer sind Sie? Ich scheine mich nicht erinnern zu können …«

»*We be taxi-drivers.*«

»Aha.«

Elewa war inzwischen zu ihm an die Tür getreten. Trotz des

kühlen Empfangs grinsten die Besucher unbeirrt weiter. Sobald Elewa auftauchte, sagte einer der Besucher:

»Ah, *madam, you de here.*«

»Ach, haben Sie mich nicht neulich abends von hier nach Hause gefahren?«

»Ja, das war ich, Madam. Sie erinnern sich an mich! Das ist sehr gut. Ich hätte nicht gedacht, dass Sie sich an mich erinnern könnten.«

»*So wetin you come do here again*? Ist es, weil Sie gerade entdeckt haben, dass ich Ihnen nicht genug bezahlt habe? Oder vielleicht habe ich Ihnen einen falschen Schein gegeben?«

»Nein, Madam. Wir kommen bloß dem *Oga* zum Gruße.«

Nun konnten ihnen die normalen Höflichkeiten, die es in Bassa wegen der Häufigkeit bewaffneter Raubüberfälle so gut wie überhaupt nicht mehr gab, nicht länger vorenthalten werden. Ikem und Elewa baten die Besucher herein.

»Madam, ich wusste nicht, dass ich Sie hier antreffen würde.«

»Ist dieser Mann vielleicht der Mann deiner Schwester? Warum sollte ich nicht hier sein?«

»Nein, Madam, *I no mean am like that,* so hab' ich das nicht gemeint.«

»Macht nichts. *Na joke I de joke.* Wollt ihr euch nicht setzen? Wir wollten eben ausgehen, aber setzt euch doch einen Moment.«

In der Zwischenzeit war Ikem klargeworden, wer einer der Besucher war – nämlich der Taxifahrer, der Elewa vor ungefähr einer Woche spät am Abend nach Hause gefahren hatte. Aber warum er jetzt in Begleitung zurückgekommen war und strahlte wie ein Passagier der Air Kangan, der eine Bordkarte ergattert hat, war ihm noch immer ein Rätsel. Elewa drückte es ein wenig anders aus,

»Wenn ich Sie grinsen sehe wie jemand, der im Lotto gewonnen hat, sage ich mir: Wer ist das noch mal? Dann macht es in meinem Kopf *klick*, und ich erinnere mich … Wer ist Ihr Freund?«

»Mein Freund *de drive taxi*, wie ich, und er ist Mitglied des Zentralausschusses der Taxifahrergewerkschaft.«

»Herzlich willkommen.«

»Danke, Madam. Danke, *Oga*.«

»Und dieser mein Freund hat mir neulich gesagt, dass Sie, Sir, der Chefredakteur der *Gazette* seien. Großartig! *Me I no know that*.«

»Wie solltest du das auch wissen? Liest du die Zeitung?«

»O Madam, ich versuche, ein klein wenig zu lesen. Was der *Oga* schreibt, ist spitze, *na waa*. Uns gefällt das sehr.«

»Nenn mir einen Artikel, den du gelesen hast.«

»Oh. Wo soll ich da anfangen. Der *Oga* schreibt so viele Sachen. Aber immer schreibt er für uns kleine Leute. *I no sabi book*, aber eines weiß ich, dieser *Oga* hier kämpft für uns, nicht für sich selbst. *He na big man*. Ihm kann keiner. Er könnte auch in seinem schönen Haus bleiben, *oyibo chop*[1] essen, kaltes Bier trinken, die Klimaanlage anstellen und uns vergessen. *But he no do like that*. Deshalb kommen wir ihm zum Gruße.«

»Vielen herzlichen Dank«, sagte Ikem tief gerührt. »Darf ich euch etwas zu trinken anbieten?«

»Bemühen Sie sich nicht, Sir.« Sie wussten, dass er gerade weggehen wollte und dass sie ihn nicht zu lange aufhalten durften. Und dann kam die wahre Geschichte ans Tageslicht. Dieser Mann war nicht nur der Fahrer, der Elewa an jenem Abend vor einer Woche nach Hause gefahren hatte. Er war durch den seltsamsten aller Zufälle der Fahrer, mit dem Ikem sich in dem schrecklichen Verkehrschaos um ein paar Meter Straße gekloppt hatte. Und nun war er gekommen, hatte einen Freund mitgebracht und wollte sich entschuldigen!

1 *oyibo:* der weiße Mann.

»Meine Güte, Sie schulden mir keine Entschuldigung. Überhaupt keine. Ich müsste mich entschuldigen, mein Freund.«

Ikem ging zu ihm hin und wollte ihm die Hand schütteln, aber der Mann bot ihm nicht eine, sondern beide Hände als Zeichen der Hochachtung an. Der Gewerkschafter tat dasselbe.

Ikem war das alles sehr peinlich, doch auf seltsame Weise empfand er auch eine Art Hochgefühl. Es war ihm unangenehm, daran erinnert zu werden, dass er sich trotz Bildung so leicht in einen albernen Wettstreit mit einem Taxifahrer verwickeln lassen konnte. Das Hochgefühl rührte vielleicht von diesem so seltenen menschlichen, über Position und Herkunft hinwegreichenden Kontakt mit diesen beiden Männern her, die allen Grund hatten, Hass zu empfinden, stattdessen jedoch voll Freundschaft gekommen waren; Menschen, die spontan und ohne Selbstgerechtigkeit das taten, was Bessergestellte ihnen so oft predigen, doch so selten tun.

Offenbar war der Fahrer des zweiten Wagens hinter Ikem der Gewerkschafter gewesen; er war es auch, der Ikem erkannte, als dieser zum Präsidentenpalast abgebogen war, und es sofort dem anderen mitgeteilt hatte. Daraufhin hatten sie an Ort und Stelle beschlossen, Ikem einen Entschuldigungsbesuch abzustatten. Aber es hatte bis jetzt gedauert, seine Adresse zu ermitteln, die einer von ihnen zu ihrer Verdatterung eben erst angesteuert hatte. *Na God him work,* lautete sein Kommentar zu dieser Verkettung von Zufällen.

Der Gewerkschafter, der bislang seinem Freund nur hilfreich zur Seite gestanden hatte, ergriff nun das Wort:

»Ich möchte die Frage beantworten, die Madam meinem Freund eben gestellt hat: Was haben wir in der *Gazette* gelesen? Ich selbst könnte hundert Beiträge nennen, aber dazu haben wir jetzt keine Zeit, *time no dey.* Deshalb sag' ich jetzt nur das eine, von dem jeder Taxifahrer hier weiß. Früher, wenn wir zum zentralen Taxiparkplatz an der Slaughterhouse Road kamen, hat es dort gestunken *pass nyarsh.* Weil, wie schon zu meines

Großvaters Zeiten, das ganze Vieh, das ins Schlachthaus getrieben wird, dort zum letzten Mal scheißt. Jedes einzelne. Und dieser Oga hier hat seine Feder genommnen und hat geschrieben, geschrieben, geschrieben, bis der Stadtrat aufgewacht und mit einem Bulldozer gekommen ist, den ganzen Dreck weggeräumt und alles *well well* saubergemacht hat. Wenn man jetzt sein Taxi dort parkt, wird einem nicht mehr speiübel, und man braucht auch kein Tuch mehr um die Nase. Wenn man heute Bohnenküchlein isst, und ein Stück fällt auf den Boden, *you fit pick am up and throw for mouth,* kann man es ruhig aufheben und in den Mund stecken, so sauber ist der Platz jetzt. Und dieser *Oga,* mit dem wir jetzt in aller Ruhe hier sitzen, der hat das gemacht. Deshalb habe ich zu meinem Freund gesagt, wir müssen zu ihm hingehen und ihn grüßen. Madam, ich bitte Sie, sorgen Sie gut für ihn, *make you de look am well.* Er ist ein ganz wichtiger Mann für unser Land.«

»Da brauchst du dir keine Sorgen zu machen«, sagte sein Freund. »Madam *de look am well well.* Als ich neulich Madam hier abholte, glaube ich, hatten sie sich ein wenig gestritten …«

»*Shut your mouth,* wer hat dir gesagt, wir hätten uns gestritten?«

»Madam, ich brauche keinen, der mir sagt, wenn sich ein Mann und eine Frau ein wenig streiten. Wenn die Augen der Frau wie die Lichter auf einem Krankenwagen zu blitzen beginnen, *you go know.* Aber als ich an dem Abend sauer wurde, weil der *Oga* mir mit der Taschenlampe in die Augen geleuchtet hat, sagte mir dieselbe Madam, die so böse und beleidigt war, ich soll mich nicht aufregen, weil der *Oga* wohl scharf werden könne, aber ein sehr freundlicher Mann sei. Das haben Sie doch an dem Abend zu mir gesagt, *no be so?*«

Elewa nickte.

»Aber warum haben Sie mir nicht auch gesagt, dass er Chefredakteur der *Gazette* ist?«

»Warum sollte ich? Und was hättest du damit angefangen?

Lesen alle, die in deinem Land nicht lesen und schreiben können, die Zeitung?«

»Na großartig! Weil Sie nichts gesagt haben, hab ich gleich den nächsten Fehler gemacht. Denn wenn ich in jenem Stau gewusst hätte, dass ein so großer *Oga* vor mir fährt, hätte ich ihm dann so viel *wahala* gemacht? *I de craze*? Nur wie hätte ich bei so einer Klapperkiste darauf kommen sollen? So was hab ich noch nie gesehen! Erstens, der Wagen ist zu alt; zweitens, er hat ihn selbst gefahren. Großartig! Wie soll ich denn wissen, dass so ein Big Man vor mir herfährt? Ich dachte, das ist so ein Selbstmacher, irgend so ein Kerl, der kein Geld für einen Fahrer hat und uns bloß den Verkehr verstopft. Ja, das hab' ich gedacht.«

»Vergessen wir es«, sagte Ikem. »Der *wahala* auf der Straße war gar nicht so schlecht, denn er hat uns jetzt hier zu Hause zu Freunden gemacht.«

»Ja, das ist wahr, *Oga*. Großartig!«

Als Ikem dann an jenem Nachmittag zu Mad Medico fuhr und über den Taxifahrer und seinen Freund nachdachte, ließ ihm ein besonderer Aspekt dieses Besuches keine Ruhe: Wie wichtig es dem Taxifahrer offenbar gewesen war, zu erklären, warum er eine bewunderte »Persönlichkeit« wie Ikem nicht erkannt hatte, und wie geschickt er es verstanden hatte, die Schuld für dieses Versagen dem Objekt seiner Bewunderung zuzuschieben, weil dieser nämlich einen alten zerbeulten Datsun fuhr anstatt eines Mercedes und dazu noch mit den eigenen Händen den Wagen steuerte, anstatt auf dem Ehrenplatz zu sitzen und sich fahren lassen. Zusätzlich also zu dem überschwänglichen und durchaus ehrlichen Lob war es ihnen gelungen, ihm ganz nebenbei ein paar Tiefschläge zu verpassen.

Ikem wusste nur zu gut, woher solche Widersprüche rührten, die den Wunsch eines Mannes, einfach und ohne Firlefanz wie einen Chauffeur zu leben, ihn keineswegs zum bescheidenen und beispielhaften Bürger machte, sondern vielmehr zum gemeinen Geizkragen, der nicht einmal einem von den Abertausenden arbeitslosen Fahrern auf der Straße einen Lebensunterhalt gönnte, ein Widerspruch von so perversem Ausmaß, dass er die Forderung nach der Zertrümmerung der grotesken Welt rechtfertigte, in der er wuchs und gedieh.

Doch selbst in einer solchen Welt blieb das Wunschbild unterdrückter Fahrer, nämlich eines nicht etwa wie sie im verbeulten, stotternden Karren, sondern ganz anders, stilvoller, im Fond eines Mercedes, vorzugsweise mit einem der unterdrückten Ihren als Chauffeur reisenden Big Man, unbegreiflich. Vielleicht würde nur eine an die Wurzel gehende Radikalkur auch diese ungesunde Toleranz heilen können, eine an Bewunderung grenzende Toleranz vonseiten der sich mühsam mit vom Sandfloh zerfressenen Füßen dahinschleppenden Unterdrückten für den Mercedes fahrenden, Privatjet fliegenden, Luxusyacht segelnden Unterdrücker. Das Beharren des Unterdrückten darauf, dass seine Unterdrückung mit Stil vollzogen werde! Welche halbherzigen Maßnahmen hätten auch nur die geringste Aussicht auf Erfolg? Nein, es musste ein volles, gedrücktes, gerütteltes und überfließendes Maß sein! Nur hielt sich auch in Diktaturen des Proletariats, in denen die Wurzeln längst ausgerissen und die Zweige gekappt waren, unerwarteterweise eine atavistische Toleranz für stilvolles Beiwerk wie Datschas und Intershops, etc. etc. für die revolutionäre Elite. Also ging es vielleicht gar nicht um Systeme, sondern um eine menschliche Schwäche, die nur durch eine Humusschicht politischer Erfahrung zu überwinden war, langsam und unbeirrt trotzig wachsend wie jener junge Baum, den David Diop am Rande der urzeitlichen Wüste pflanzte, kurz bevor das Jahr der Wunder anbrach und in Afrika junge Nationalstaaten überall so spektakulär aus dem Boden sprossem!

Als Ikems Gedanken endlich Worte fanden, die Elewas Meinung in dieser Angelegenheit suchten, lag ihre Antwort scharf und entschieden aufseiten der Taxifahrer und der menschlichen Natur:

»Hab' ich dir nicht schon lange gesagt, dass dein Wagen *de make person shame*? Heute hat er keine Batterie, morgen platzt ein Reifen. Ich hab' genug geredet und dir gesagt, wenn du das Geld nicht hergeben willst, um ein besseres Auto zu kaufen, dann nimm doch einen guten Peugeot vom Büro, wie andere das auch tun, und einen Fahrer *make he de drive am for you*. Ist deine Arbeit denn etwas anderes als das, was die andern tun? Es ist doch dieselbe Arbeit für die Regierung, oder etwa nicht? Ich versteh' das nicht!«

11

Das Hochgefühl, das nach dem Besuch der Taxifahrer von Ikem Besitz ergriffen hatte, begleitete ihn den ganzen Nachmittag und in die Nacht hinein – eine Nacht, in der ihm Elewa, im Bann dieser ganz neuen Stimmung eine ungeahnte – und für sie ungewöhnliche – Zärtlichkeit zeigte. Nachdem er sie nach Hause gebracht hatte, war er nun eben zurückgekehrt, kochte sich vorsichtshalber gegen die Müdigkeit, die seinen überwachen Geist bedrohte, eine Tasse starken schwarzen Kaffees, setzte sich nieder und begann nachzudenken. In solchen Augenblicken nahm sein Denken die Form von starken, ja überzeichneten Bildern an.

Er sah sich als Entdecker, dem es auf einer schwierigen und anstrengenden Expedition eben gelungen ist, eine Reihe von Hindernissen beiseitezuräumen und in der Folge – eher intuitiv als logisch begründet – zu der Überzeugung zu gelangen, dass, obwohl das endgültige Ziel seiner Suche noch immer hinter weiteren Abenteuern und Gefahren verborgen liegt, die bereits bewältigten Aufgaben letztlich für den Erfolg der Unternehmung sprechen.

Der Besuch der Taxifahrer war wahrscheinlich nicht Ursprung, sondern bloß Anlass für die gespannte Erwartung – der Höhepunkt vielleicht von verschiedenen zusammenhängenden Ereignissen, die mit dem Geschehen vom vergangenen Freitag ihren Anfang genommen hatten. Oder berührte er vielleicht nur eine Ahnung, die weit, weit in sein Unterbewusstsein reichte, die wie ein in der trockenen Erde der regenlosen Zeit ruhendes Samenkorn auf den Zauberer mit dem grünen Finger, den ersten Regen, wartete?

Jedenfalls hatte er schon immer vage das nicht genau definierbare Verlangen verspürt, sein innerstes Wesen mit der Erde und den Menschen dieser Erde zu verbinden. Ob dies zu verwirklichen wäre, war ihm niemals fraglich gewesen, sondern vielmehr, wie es auf integere Weise geschehen könne. Irgendwann hatte er, eher unbedarft, angenommen, dass ihm die sogenannten öffentlichen Angelegenheiten möglicherweise den Hebel bieten könnten, den er brauchte. Doch seine Teilhabe an diesen Angelegenheiten hatte ihm nichts als Ernüchterung gebracht und die endgültige Erkenntnis der Widersinnigkeit dieses Ausdrucks »öffentlich«, sofern er auf Angelegenheiten angewandt wird, die in den Nebel der Unwirklichkeit gehüllt über dem Leben und den Sorgen von neunzig Prozent der Bevölkerung schweben und sich immer weiter davon entfernen. Öffentliche Angelegenheiten! Sie sind nichts anderes als die Absprachen zwischen zu Politikern gewordenen Soldaten, die ihre Kohorten in der Geschäftswelt und in der Bürokratie haben. Ikem konnte nun nicht einmal mehr garantieren, dass seine eigene, begrenzte Teilhabe nicht fatale Fehler aufwies. Seine schärfsten Leitartikel, wie zum Beispiel seine Verurteilung des Blutsports der sogenannten öffentlichen Hinrichtung oder seine allgemeine Unzufriedenheit mit der Regierungspolitik, seine Auseinandersetzungen und Streitigkeiten mit Chris – das alles kam ihm nun vor wie eine flirrende Fata Morgana.

Natürlich, räumte er bitter ein, tun wir das alles sicherheitshalber »im Namen des Volkes«. Doch versichern wir uns nicht gleichzeitig des Fernbleibens des Volkes, wohl wissend, dass bei tatsächlichem Erscheinen diese Strohpuppe unsere frommen Beschwörungen selbst in unseren wenig zimperlichen Ohren allzu obszön klingen ließe?

Auch die eigentliche Krux der gegenwärtigen Regierung wurde ihm zunehmend klarer. Es ist nicht etwa die massive Korruption, obwohl ihr Ausmaß und ihre Allgegenwart wahrhaft unerträglich sind; es ist nicht die so erniedrigende Abhängigkeit von ausländischer Manipulation; es ist nicht einmal dieser zweitklassige hinterlassene Kapitalismus, lächerlich und zum Scheitern verurteilt; noch war es das schandbare Erschießen streikender Bahnarbeiter und demonstrierender Studenten und die nachfolgende Auflösung und das Verbot unabhängiger Gewerkschaften und Genossenschaften. Es ist die Unfähigkeit der Regierenden, lebensnotwendige innere Verbindungen mit den Armen und Entrechteten dieses Landes wiederherzustellen, mit dem verwundeten Herzen, das schmerzhaft im tiefsten Inneren der Seele dieser Nation pocht.

Naive Romantiker wollen uns glauben machen, dass sich dieses Herz vollkommener Gesundheit erfreut. Wie sollte es? Von parasitären Regimen ausgelaugt und seines Saftes beraubt, in Unwissenheit so vieler grundlegender Dinge, obwohl es ihm an Wissen über gewisse andere Dinge nicht mangelt, doch vor allem geschwächt von der perversen Großmut gegenüber einer großspurigen Unterdrückung! Wie sollte es sich vollkommener Gesundheit erfreuen? Unmöglich! Doch trotz seiner vielen Fehler kann man zu seinen Gunsten sagen, dass es in der Tat aufrichtige Integrität besitzt und einen hartnäckigen Gemeinschaftssinn, der es möglich macht, dass Elewa auf so spontane Weise mit dem Fahrer einen so herzlichen und humorvollen Kontakt herstellen kann, was vollkommen außerhalb von Ikems Möglichkeiten liegt.

Wie also, fragte er sich, konnte er Teil dieser Beständigkeit, dieses Gemeinschaftskodexes werden? Nicht (was wiederum die Romantiker gerne sähen) indem er vorgab, den Armen gleich zu sein, indem er ihre zerschlissene Kleidung nachäffte und Jeans trug, die durch absichtliche und teure Verfahren alt und geflickt aussahen. Warum sollte er zu den Beleidigungen, die sie bereits zu ertragen hatten, noch weitere hinzufügen? Wie also?

Meine eigene Erfahrung, meine Bedürfnisse und mein Wissen aufgeben? Könnte ich das? Sollte ich das? Ich könnte vielleicht Bedürfnisse aufgeben, aber Erfahrung und Wissen? Wie? Außer Betrug scheint es keine Möglichkeit zu geben, so zu werden wie die Armen. Was ich weiß, weiß ich, was immer auch kommen mag, also werde ich, was immer auch kommen mag, mir selbst treu bleiben, doch mit der entschlossenen Bereitschaft, zu helfen und mir helfen zu lassen. Wie jene komplexen, vielwertigen Atome in den Biochemie-Lehrbüchern habe ich Arme, die sich nach allen Seiten ausstrecken – eine helfende Hand, eine Hand, die um Hilfe fleht. Mit der einen werde ich die Erde berühren und die andere in den Himmel recken.

Aha! So gesehen könnte das die Erklärung dafür sein, warum die Unterdrückten mit so großer Beharrlichkeit darauf bestehen, dass der Unterdrücker seine Erscheinung nicht tarnen noch die Armen verwirren darf, indem er in ihren Kleidern auftritt. Vielleicht fordert die Ur-Integrität der Erde diese Beharrlichkeit ... Oder aber, wer weiß, ist der Grund weniger unschuldig (denn zur Erde gehört immer auch Bauernschläue) – dürfen die Insignien des Privilegs niemals deine Brust verlassen noch der »bunte Rock« je deinen Buckel ... damit du ... am Jüngsten Tage, am Tage der Abrechnung ... auffällig bist wie ein Pfau!

Rastlos wie ein Tiger im Käfig schritt Seine Exzellenz in dem begrenzten Raum zwischen seinem Schreibtisch und der hinteren Wand hin und her, seine Hände verkrampft auf dem Rücken – rechte Faust in der linken Hand. Er bedeutete Chris, sich zu setzen, und schritt bestimmt eine ganze Minute lang weiterhin auf und ab, ehe er zu sprechen begann:

»Es ist so weit! Gott weiß, dass ich es nicht gewollt habe. Ihr seid es, meine ältesten Freunde, du und Ikem, ihr habt euch aus Gründen, die euch selbst am besten bekannt sind, geschworen, eine Kraftprobe zu erzwingen. So sei es also! Mehr kann ich dazu nicht sagen ... Solange Untersuchungen über Ikems Verbindungen zu den Agitatoren aus Abazon im Gange sind, kann er nicht Chefredakteur der *Gazette* bleiben. Doch ungeachtet des Ausmaßes der Provokation muss ich ordnungs- und verfassungsgemäß vorgehen. Deshalb habe ich dich holen lassen. Ich möchte, dass du als Commissioner für Information ihm einen offiziellen Brief schickst, in dem du ihm seine sofortige Suspendierung vom Amt mitteilst.«

»Augenblick mal, Exzellenz. Ich verstehe überhaupt nichts. Was genau soll er denn verbrochen haben?«

»Ist das dein Ernst? Weißt du wirklich von nichts?«

»Ich fürchte, nein.«

»Nun, lassen wir jetzt die Frage, wer was wie weiß oder nicht … Laut Berichten des Geheimdienstes war er an der Planung des Protestmarsches zu diesem Palast hier beteiligt, den die angeblich aus Abazon stammenden Agitatoren neulich organisiert haben. Es hat sich nach sorgfältigen Untersuchungen herausgestellt, dass die meisten von ihnen arbeitslose, auf Parkplätzen herumlungernde Jugendliche waren, Drogenhändler und andere kriminelle Elemente aus dieser Stadt, aus Bassa.«

»Es tut mir leid, aber das kann ich nicht glauben.«

»In diesem Job, Chris, sind Glaubensfragen nicht mein wichtigstes Anliegen. Ich bin kein Bischof. Mein Anliegen ist die Sicherheit dieses Staates. Du solltest das wissen; du bist Commissioner für Information. Wie dem auch sei, du kannst versichert sein, dass unumstößliche Beweise vorliegen, dass Ikem direkt hier im Palast mit diesen Burschen Kontakt aufgenommen hat, und dann ist er zu einem gemeinsamen konspirativen Treffen zu einem Hotel in North Bassa gefahren. Nun, was sagst du dazu? Du scheinst recht skeptisch zu sein; wenn ich dir aber mitteile, dass die Geheimdienstagenten, die ihn beschattet haben, ihn wegen eines geringen Verkehrsdeliktes vor dem Hotel angehalten haben, als er wegfahren wollte, was sagst du dann? Nur um ganz klarzumachen, dass hier nichts vorgeschoben wird … Es ist doch gar nicht so übel zu wissen, nicht wahr, dass einige Regierungsorgane in diesem Land noch tadellos funktionieren?«

»Kann ich ihn sprechen?«

»Was meinst du? Hast du in letzter Zeit nicht mehr mit ihm gesprochen? Ach so, jetzt verstehe ich. Er ist keineswegs verhaftet oder dergleichen. Noch nicht. Ja, du solltest ihn unbedingt aufsuchen. Doch vor allem wünsche ich, dass er von seinen Pflichten entbunden und ihm der Zutritt zu den Räumen der *Gazette* strikt untersagt wird. Ist das klar?«

»Nein, das ist es nicht. Es tut mir leid, Exzellenz, aber ich werde den Chefredakteur der *National Gazette* nicht seines Amtes entheben, nur weil sich irgendein diensteifriger Sicherheitsoffizier eine Geschichte hat einfallen lassen …«

»Ich sehe schon, ich hätte mir meine Worte sparen können …«

»Wenn die glauben, gegen ihn etwas in der Hand zu haben, sollen sie ihn selber vorladen – oder suspendieren, wenn sie formelles Recht nicht einhalten wollen. Ich sehe überhaupt nicht ein, was ich damit zu tun haben soll.«

»Hör zu. Wie ich das Ganze sehe, wird diese Angelegenheit nicht einfach mit Suspendierung wegen konspirativer Zusammenarbeit mit kriminellen Elementen zwecks Überfall auf den Präsidentenpalast enden. Das ist vielleicht nur die Spitze des Eisbergs. Es gibt Hinweise darauf, dass Ikem schon vor zwei Jahren zusammen mit diesen Leuten die Volksbefragung zur Präsidentschaft sabotiert hat. Nebenbei bemerkt ist auch dein Anteil an dem Fiasko keineswegs befriedigend geklärt und könnte sehr wohl zum Gegenstand weiterer Untersuchungen werden.«

»Wovon um alles in der Welt redest du da …?«

»Deshalb hoffe – und bete – ich, dass du deine Lage … verstehst du … zum jetzigen Zeitpunkt nicht komplizierst. Es wäre äußerst unklug, dessen versichere ich dich. Wäre ich an deiner Stelle, würde ich wie angewiesen den Brief schreiben und die weitere Entwicklung abwarten.«

»Und wenn ich mich weigere?«

»Das würde ich an deiner Stelle nicht tun.«

»Tja, Exzellenz, da muss ich dich enttäuschen. Ich werde diese Anweisung nicht ausführen, und ich biete hiermit meinen Rücktritt an.«

»Rücktritt! Ha, ha, ha, ha. Was glaubst du, wo wir sind? In Westminster oder in Washington, D.C.? Nun komm schon! Dies hier ist eine Militärregierung in einem rückständigen westafrikanischen Staat namens Kangan ...«

»Wir wären nicht so rückständig, bestünden wir nicht so beharrlich darauf ...«

»Eines Tages, wenn du der Boss bist, kannst du das alles ändern. Aber der gegenwärtige Boss akzeptiert keinerlei Rücktrittsgesuche, außer natürlich, er hat sich die Mühe gemacht, selbst darum zu bitten. Ist das klar? Dies mag in deinen Ohren seltsam klingen, ich weiß, denn bislang hat dieser Boss dich und andere schalten und walten lassen. Damit ist jetzt Schluss, Chris. Ich werde das von nun an selbst tun, und ich beabsichtige, eine ganze Menge aus- und sonst wie zu schalten, ehe ich fertig bin. Hast du das verstanden? Ich wünsche unbedingt, dass der Brief vor Büroschluss heute Nachmittag in Ikems Hand ist. Du kannst jetzt gehen.«

Chris ging ohne ein weiteres Wort hinaus, doch unerschüttert in seinem entschlossenen Willen zum Widerstand. Er machte sich auf den Weg zu seinem Büro in der Absicht, sofort seine pivaten Papiere und anderen Kram in seine Wohnung zu schaffen, bis er auch dort ausziehen könnte. Als er jedoch das Büro betrat, reichte ihm die aufgeregte Sekretärin den Telefonhörer. Seine Exzellenz war am am Apparat.

»Ja, Chris. Ich habe mir die Sache noch einmal überlegt. Ich denke, du hast ganz recht, wenn du den Brief nicht selbst schreiben möchtest. Ich wollte dich anstandshalber so tun lassen, als seiest du noch immer Herr deines Ministeriums. Wie dem auch sei. Wir werden den Brief von hier aus hinbringen. In der Zwischenzeit wird der Direktor des SER ein wenig mit dir über seine Ermittlungen zum Referendumsdebakel und in anderen Fragen plaudern wollen. Zeig dich um Gottes willen maximal kooperativ!«

Seine Exzellenz tat seiner Drohung, selbst angesichts aller Provokation verfassungsgemäß zu handeln, alle Ehre an. Der Brief an Ikem, den ein Polizeimeldefahrer persönlich bei ihm in der Wohnung abgegeben hatte, war von einem gewissen Vorsitzenden des Aufsichtsrates der »Zeitungsgesellschaft Kangan«, Herausgeberin der *National Gazette,* unterschrieben. Ein gewisser Vorsitzender, denn der besagte Aufsichtsrat und die dazugehörige Gesellschaft siechten seit gut drei Jahren dahin. Ikem hatte den angeblichen Vorsitzenden nie kennengelernt, noch hatte er, seit er den Posten des Chefredakteurs übernommen hatte, einen einzigen von ihm unterzeichneten Brief gesehen. Unglaublich!

Wie eine Trophäe brachte er den Brief mit, nachdem er die Nachricht erhalten hatte, dass Chris ihn dringend sprechen müsse. Beatrice war bereits da. Als sie ihn begrüßte, trat ein etwas ratloser Ausdruck in ihr Gesicht. Vielleicht hatte sie wutschnaubende Kampfbereitschaft erwartet, stattdessen schien er seltsam gefasst zu sein, ja sogar heiter. Sah so ein künftiger Märtyrer aus, dessen geschulte Seele weit über das verschwomme Martyrium hinaus auf die scharfumrissene Märtyrerkrone blickte? Sie bemerkte, aber kommentierte weder seine neue Persona noch die Wirkung, die sie bereits auf ihren Gastgeber ausübte, denn es war wirklich bemerkenswert, wie sich die beiden Männer ruhig zusammensetzten und Einzelheiten ihrer jeweiligen und auch gemeinsamen misslichen Lage austauschten, wie zwei Hypochonder, die sich in Erinnerungen an ihre so liebgewonnenen Leiden ergehen.

Ohne sich dessen bewusst zu sein, reagierte Beatrice mit der für sie typisch distanzierten Pose – aufrecht und ein wenig steif, mit fest über der Brust verschränkten Armen saß sie da. Doch anstatt zur Krönung unbeweglich ins Leere zu starren, machte sie heute Zugeständnisse an ihre nicht zu unterdrückende Anteilnahme, indem sie unablässig ihren Blick von einem Gesicht zum anderen wandern ließ, während die beiden Männer ihr erstaunliches Zwiegespräch führten. Schließlich bemerkte Chris ihr beredtes Schweigen.

»BB, du sagst gar nichts.«

»Was soll ich da sagen?«

»BB hat schon zu Zeiten alles gesagt, als es ratsam gewesen wäre, darauf zu hören.«

»Aber wir waren zu beschäftigt mit unseren privaten Ablenkungsmanövern.«

»Geh nicht so hart mit uns ins Gericht; wir waren nicht die Einzigen. Alle Kämpfe, die jemals in diesem Land ausgefochten wurden, dienten der Ablenkung. Warum also nicht die kleinen, gelegentlichen Scharmützel, die wir hin und wieder inszenierten, um nicht verrückt zu werden? Das bezweifelst du? Gut, dann nenne mir irgendetwas, das wir ... diese Regierung ... einer von uns in den vergangenen drei Jahren getan hat ... oder auch in den vorhergegangenen neun Jahren der Zivilregierung, das kein Ablenkungsmanöver war.«

»Nun, jetzt ist es aber aus mit der Ablenkung«, sagte Beatrice.

»Wirklich? Ich bin mir da nicht so sicher. Dieser Brief hier und das ganze absurde Theater, das Sam neuerdings inszeniert, um mich loszuwerden und Chris einzuschüchtern – wofür soll das gut sein? Ablenkungsmanöver sind es, ganz einfach. Selbst die Gefahren, die ich auf uns alle zukommen sehe, wenn das Spiel außer Kontrolle gerät – was hat das alles mit dem Leben und den Sorgen und der Wirklichkeit von neunundneunzig Prozent der Menschen von Kangan zu tun? Nichts, überhaupt nichts.«

»Nun, ich denke noch immer, wenn ihr beide auf mich gehört und eure Scharmützel, wie ihr es nennt, früh genug eingestellt hättet, wärt ihr bei ihm nicht in Ungnade gefallen.«

»Ungnade? Ich bin überrascht, BB. Ich wusste nicht, dass du so unglaublich optimistisch sein kannst. Ungnade? Der Kerl will uns umbringen! Er ist verrückt, sag' ich dir. Seine Show ist ihm endgültig zu Kopf gestiegen.«

»Ich meine aber doch, BBs Aussage kommt der Wahrheit näher. Wie immer. Ich bin ganz deiner Meinung, dass der Kerl vollkommen irregeführt ist und deshalb sehr gefährlich sein kann. Doch sein Interesse beschränkt sich im jetzigen Augenblick darauf, uns ganz kleinzumachen; Mord liegt nicht in seinem Interesse. Was er mir heute früh am Telefon sagte, scheint mir doch sehr aufschlussreich zu sein. Er gebe mir Gelegenheit, sagte er, so zu tun, den Anschein zu erwecken, als sei ich noch immer Commissioner für Information.«

»Hat er das gesagt? Und was soll das bedeuten?«

»Nun, *den Anschein erwecken*, so zu tun, als ob, ist ihm sehr wichtig. *Nicht den Anschein erwecken* ist demnach die schlimmste Schande. Und das alles hängt aus seiner Sicht mit dem fehlgeschlagenen Referendum zur Präsidentschaft auf Lebenszeit zusammen. Die Schmach nagt noch immer. Ich glaube, ich hab' damals mit niemandem, auch mit euch nicht, darüber gesprochen – nach seinem Scheitern beim Volksentscheid hat er sich bitterlich bei Professor Okong beklagt, dass ich als Commissioner nicht meinen Teil dazu beigetragen hätte, den Erfolg des Unternehmens zu gewährleisten. Und dass du es ausgerechnet in jenem entscheidenden Augenblick für angebracht gehalten hättest, deinen Chefredakteursposten zu verlassen und deinen Jahresurlaub anzutreten.«

»Hat Professor Okong dir das erzählt?«

»Ja, aber dann hab' ich Sam selbst darauf angesprochen. Er hat das Ganze erst mal heruntergespielt, aber ich ließ nicht locker. Schließlich kam dann seine ganze Bitterkeit ans Licht. Er sagte, er sei zutiefst verletzt gewesen, dass wir, seine ältesten Freunde, ihn im Stich lassen und ihn so beschämen konnten. Genau das waren seine Worte.«

»Hat er das wirklich gesagt?«

»Ich erinnerte ihn dann daran, dass er doch eigentlich nie Präsident auf Lebenszeit sein wollte, und da ist er fuchsteufelswild geworden. *Nein, ich wollte nicht,* sagte er, *und du weißt, dass ich es nicht wollte. Aber da es nun mal entschieden war, hattet ihr beide, du und Ikem, für den siegreichen Ausgang zu sorgen. Aber ihr habt es vorgezogen, euch dieser Verantwortung zu entziehen.* Noch nie hatte ich ihn so verbittert reden hören.«

»Und du hast Ikem nichts davon gesagt? Von mir spreche ich ja gar nicht, wer bin ich schon. Aber Ikem? Chris, du überraschst mich immer wieder aufs Neue. Gibt es denn gar nichts auf dieser Welt, das dein Herz in Unruhe versetzen kann?«

»Das war vor mehr als zwei Jahren. Damals habe ich das nicht für so wichtig gehalten. Bis du eben den Ausdruck Ungnade benutzt hast, habe ich das nie unter diesem Blickwinkel gesehen.«

»Das spricht nicht sehr für deine Fähigkeit, zu analysieren oder hinter die Kulissen zu schauen, was ich dir ja schon immer gesagt habe.«

»Bitte, Ikem, bitte – nicht schon wieder diese Routinescharmützel, jetzt nicht ...«

»Nein, nein, BB. Es ist mir ernst. Hätte Chris mir damals von alledem berichtet, hätte ich darauf bestanden, dass wir beide auf der Stelle zurücktreten, dann würden wir jetzt nicht in diesem Schlamassel stecken. Verstehst du, was ich meine?«

»Mag sein. Aber die Chance ist vertan. Mich interessiert jetzt mehr, was Chris zu tun gedenkt und was er dir rät.«

»Ganz einfach. Ich werde heute Abend mein Rücktrittsgesuch schreiben und es ihm morgen früh zustellen lassen. Ikem empfehle ich dringend, ganz dringend, erst einmal stillzuhalten, bis ...«

»Quatsch, Chris, Schwachsinn! Das schlechteste Rezept für einen entlassenen Chefredakteur ist zu schweigen. Genau das will der Inhaber deiner Zeitung. Weil er dir das Papier beschafft, glaubt er, er besitze deine Stimme. Gefällt es ihm also, nimmt er dir das Papier weg, um dir zu zeigen, wie schweigsam du ohne seine Hilfe bist. Das darfst du nicht zulassen.«

»Willst du etwa eine eigene Zeitung gründen?«

»Sei nicht albern. Wer nicht schreiben kann, kann immer noch reden. Die Stimmbänder sind ja nicht betroffen.«

»Und wo willst du reden? Auf dem Gelegele-Markt? Ikem's Corner?«

»Chris!«

»Schon gut. Ich sage nur, du musst *vorsichtig* sein! Das ist alles. Oder *kabisa!* Obwohl er das in letzter Zeit nicht mehr benutzt.«

»Nicht mehr, seit es bis zu den Automechanikern durchgesickert ist«, sagte Beatrice.

»Das stimmt.«

»Ikem, ich denke, Chris hat recht. Du musst dich in den nächsten paar Wochen bedeckt halten, damit wir unsere nächsten Schritte sorgfältig planen können. Ich glaube, in dem Punkt hat Chris recht, obwohl ich meine, dass du, was die Gefahr anlangt, realistischer bist.«

»Nun, ich hatte trotz Chris' Anspielungen nicht gerade die Absicht, den Gelegele-Markt zum Hyde Park zu machen. Doch man wird mir Fragen stellen, und ich werde, verdammt nochmal, antworten. Ich werde mich nicht in ein Loch verkriechen …«

Ein Taxi schien Schwierigkeiten mit der Polizeiwache an der Einfahrt zu haben. Chris, der von seinem Platz aus das Tor sehen konnte, stand auf, ging zur Haustür, klatschte in die Hände, um die Aufmerksamkeit des Wachtpostens auf sich zu lenken, und bedeutete ihm, den Besuch durchzulassen. Doch der Taxifahrer hatte offensichtlich bereits die Geduld verloren und lud aufgebracht seinen Fahrgast an Ort und Stelle aus.

Dieser Fahrgast war Elewa. Sie bezahlte und wartete in großer Nervosität auf das Wechselgeld, was von da, wo Chris stand, deutlich erkennbar war, dann kam sie atemlos und zutiefst erregt ins Haus gerannt. Alle Willkommensgrüße missachtend warf sie sich Ikem in die Arme.

»*Wetin I de hear,* Ikem? Ist es wahr, dass sie dich entlassen haben?«

Ikem nickte und drückte sie an sich. Sie brach in Tränen aus, begann heftig zu weinen; prompt kippte die Atmosphäre. Allen dreien war dieser überwältigende Gefühlsausbruch peinlich, vor allem den Männern, und jeder sagte etwas Unbeholfenes, um das Mädchen zu trösten und die ursprüngliche Ruhe wiederherzustellen.

»Nun komm schon, Elewa, ich bin nur suspendiert, nicht entlassen … Woher weißt du das überhaupt?«

Das half. Fast so dramatisch, wie sie angefangen hatte, hörte sie auf zu weinen. Doch als sie sprach, klang ihre Stimme gebrochen und voll Kummer.

»*Everybody de talk,* alle in unserem Viertel reden davon. Sogar meine Mama, die krank ist, hat etwas davon mitgekriegt, als es in den Sechsuhrnachrichten im Radio von unserem Nachbarn kam. Aber ich bin in der Apotheke gewesen, um Medizin zu kaufen.«

»Mach dir nichts draus, meine Liebe. Du siehst, *I de alive and well.*«

»Dafür danke ich Gott!«

»*How de mama be today?*«

»Ein kleines bisschen besser … Du hast gesagt, sie hätten dich nicht entlassen, sondern … wie heißt das?«

»Suspendiert, sie haben mich suspendiert.«

»*Weting be suspend?* … Bitte, BB, was ist suspendieren?«

»Meine Schwester, mach dir keine Sorgen … wir sind am Leben, das ist das Wichtigste … Ich hab' nicht gewusst, dass es deiner Mama nicht gutgeht. Es tut mir leid. Bringst du sie nicht ins Krankenhaus?«

»Krankenhaus? *Who get money for hospital?* Und wenn das

Geld dafür da wäre – ein *wahala* dort … Meine Schwester, wir kleinen Leute gehen zum Apotheker!«

Es waren Elewas scharfe Ohren, die aus dem wahrscheinlich vollaufgedrehten Gerät in irgendeinem nahe gelegenen Boys-Trakt das Pausenzeichen vor den Nachrichten aufschnappte, und es war ihre Stimme, die »Nachrichten!« schrie. Chris sprang auf und rannte zum Fernseher, schaltete ein und schaute gleichzeitig auf seine Uhr. Ja, Elewa hatte recht. Die Achtuhrnachrichten sollten eben beginnen. Schweigend, mit finsteren Mienen, hockten sie sich davor.

Ikems Suspendierung war der Aufmacher. Für den kurzen Augenblick seines Erscheinens im Rampenlicht – eine nüchterne Nachrichtenansage ohne zusätzliches Drumherum – schlich sich ein fast belustigter Ausdruck in sein Gesicht. Dann aber schrie er plötzlich auf und sprang wie von der Tarantel gestochen auf die Beine.

»Nein, nein!«, schrie er. »Das dürfen sie nicht tun! Chris, hast du das gehört? Und du sagst, ich soll stillhalten! Ich soll schweigen und zulassen, dass sich diese Kannibalen mit ihren schmutzigen Händen an einem heiligen Mann dieser Erde vergreifen. Schalt das verdammte Ding aus!« Er stürzte schon auf den Fernseher zu, als ihm Chris' Stimme zu verstehen gab, er solle sich zusammennehmen, und außerdem sei dies weder sein Fernsehgerät noch sein Haus. Ikem machte kehrt und ließ sich in seinen Sessel fallen, den linken Daumen zwischen den Zähnen. Dann stand er wieder auf:

»Elewa, komm, wir gehen!«

Die ganze Aufregung hervorgerufen hatte eine beiläufige Nachricht, die wegen ihrer relativen Nebensächlichkeit an den Bericht über Ikem angehängt worden war und demzufolge mit der Formulierung eingeleitet wurde: Des Weiteren …

Ja, des Weiteren hatte die Polizei laut diesem geschniegelten und selbstgefälligen Ansager, der nationales Leiden in sorgfältig abgemessenen Milligrammdosen austeilte, sechs Anführer aus Abazon festgenommen, die kürzlich an einem illegalen Protestmarsch zum Präsidentenpalast teilgenommen hatten, für den sie jedoch nicht die gesetzlich vorgeschriebene Genehmigung der Polizei vorweisen konnten. Und (des Weiteren) hatte das Büro des Direktors des SER den Polizeireporter der Fernsehgesellschaft KTV davon informiert, dass die sechs Männer, die bereits wertvolle Aussagen gemacht hätten, im Hochsicherheitsgefängnis von Bassa (BMSP) inhaftiert seien.

12

Bei seinen bisher einzigen beiden Vorträgen an der Universität von Bassa war der Andrang groß gewesen, doch nichts im Vergleich zu jetzt. Jeder Platz im zweitausend Menschen fassenden Auditorium maximum war besetzt, und noch viel mehr saßen oder standen in den Gängen und drängten von den beiden Seitengängen rechts und links der Halle durch Fenster und Türen herein. Allem Anschein nach hatte die Suspendierung von der *National Gazette* seinen ohnehin guten Umfragewerten einen enormen Schub verpasst. Noch bemerkenswerter als die Größe des Publikums war dessen Geduld. Der Vortrag begann mindestens vierzig Minuten später als vorgesehen; währenddessen rannten schwitzende Funktionäre der Studierendenvertretung unablässig aus der Halle heraus und wieder hinein und schrien gelegentlich »Eins! Eins! Eins!« in ein totes Mikrophon. Aber die Stimmung im Publikum war so gut, dass es donnernden Beifall gab, als die Anlage schließlich doch zum Leben erwachte.

Noch ein kurzes letztes Beraten der Organisatoren untereinander, und die Veranstaltung schien endlich beginnen zu können. Doch nein. Zuerst die Einführung. Ein kleiner Funktionär der Studierendenvertretung ging ans Mikrophon und stellte den Zeremonienmeister vor, einen großen, gutaussehenden Mann im weißen dreiteiligen Anzug, der seinerseits, und das sehr ausführlich, den Ausschussvorsitzenden vorstellte, welcher wiederum mit äußerst umständlichen Worten den Moderator einführte, der endlich Mr Ikem Osodi begrüßte. Es erinnerte alles sehr an die Vetternwirtschaft einstiger Politiker, die, würden sie heute aus der Tiefe ihrer Rattenlöcher kriechen und über den Rand spähen, sich mit glänzenden Augen in glücklichem Gedenken den Schnurrbart streichen würden.

Ikem kündigte eine Rede zum Thema »Die Schildkröte und der Leopard – eine politische Meditation zum Imperativ des Kampfes« an. Das wurde mit tumultartiger Zustimmung begrüßt. Ohne Zweifel hatte er den richtigen revolutionären Ton getroffen, und Ikem lächelte innerlich über den *Coup d'état,* den er diesem Publikum mit seinen Klischeevorstellungen von Kampf und überhaupt allem anderen bereiten würde.

»Ich bedanke mich bei unserem Gesprächsleiter ...«, sagte er mit einer ironischen kleinen Verbeugung vor dem Professor, der eben vom Vorsitzenden des Studentenausschusses als Akademiker gepriesen worden war, den alle wegen seiner klaren und eindeutigen marxistischen Einstellung bewunderten und der als jüngster Professor in Kangan mit großem Können das Fach der Politischen Wissenschaften, das unter Professor Reginald Okong bourgeoise Tendenzen gezeigt, zu neuen Höhen des wissenschaftlichen Materialismus geführt habe ...

»Darf ich um Ihre Nachsicht bitten und diese Meditation – kein Lehrvortrag, nebenbei bemerkt, zu belehren habe ich nie gewagt – mit einer kleinen Geschichte beginnen.«

Und er erzählte dramatisch und emotional äußerst wirkungsvoll die Geschichte von der Schildkröte, die sich zum Sterben bereitete.

»Diese Geschichte hat mir ein alter Mann erzählt. Während ich hier vor Ihnen stehe, befindet sich der alte Mann, der mir diese unglaubliche Geschichte erzählt hat, in Einzelhaft im Hochsicherheitsgefängnis von Bassa.«

Nein! Warum? Einspruch! Unmöglich! und andere Äußerungen von Zorn und Empörung flogen wie Funken durch die Luft und erfüllten das Auditorium.

»Warum?, höre ich Sie fragen. Nun ... aus einem einfachen Grunde ... weil Geschichtenerzähler eine Bedrohung darstellen. Sie bedrohen alle, die sich so meisterhaft darauf verstehen, Kontrolle auszuüben, sie erschrecken jene, die sich anmaßen, die Macht über die Gedankenfreiheit an sich zu reißen – im Staat, in der Kirche oder Moschee, auf Parteikongressen, an der Universität oder wo auch immer. Deshalb.«

Es war eine kurze Rede – zwanzig oder fünfundzwanzig Minuten lang, mehr nicht. Doch sie war so gut gebaut und so machtvoll vorgetragen, dass sie den Charakter und die Größe eines epischen Prosagedichtes annahm. Sie war ernst, doch nicht feierlich, hier und da witzig, doch ohne in die Vertraulichkeit von scherzhaftem Geplänkel zu verfallen.

Die Zuhörer saßen oder standen schweigend und waren vollkommen hingerissen. Das abrupte Ende wirkte wie ein Paukenschlag und zeitigte laute Proteste. Rufe wie: *Feuer! Feuer! Mehr! Mehr!* und sogar *Einspruch!* verwandelten sich bald in einen rhythmischen Sprechchor, als Ikem sich setzte.

Der Gesprächsleiter wandte sich zu Ikem und sagte: »Sie wollen mehr!«

»Ja! Mehr! Mehr! Mehr!«

»Meine Freunde, ich danke für den Zuspruch. Doch jemand hat es einmal so ausgedrückt: Die Pipeline ist leer!«

»Nein! Nein! Nein! Einspruch!«

»Sie haben mir jetzt geduldig zugehört. Nun möchte ich Sie hören. Dialoge sind unendlich viel interessanter als Monologe. Also schießen Sie los mit Ihren Fragen und Kommentaren, ein Schlagabtausch ist immer gut. Sie haben eingesteckt, aber, wie es in der Bibel heißt, Geben ist seliger denn Nehmen. Deshalb sind jetzt ein paar Hiebe von Ihrer Seite willkommen. Aus diesem Grunde bin ich ja da.«

Und in der Tat: Erst in der Diskussion erlebte er den Kampf Mann gegen Mann, nach dem er so lechzte. Seinem Naturell nach ist er nie auf der Seite des Publikums. Was immer seine Zuhörer vertreten, muss er versuchen, nicht zu vertreten. Geben sie sich radikal, so gibt er sich konservativ; tragen sie Dogmen der Rechten vor, entfesselt er Revolution! Nicht dass er das jemals so geplant oder sich sorgfältig ausgedacht und zurechtgelegt hat – es scheint einfach so zu geschehen. Doch er ist sich dessen bewusst, und fragt man ihn danach, so kann er sogar, im Nachhinein, eine Art Erklärung dafür anbieten, nämlich, was immer man ist, es ist nie genug; man muss Möglichkeiten finden, auch irgendwas, und sei es noch so gering, von seinem Gegenüber anzunehmen, um selbst ganz zu werden und davor bewahrt zu bleiben, der tödlichen Sünde von Selbstgerechtigkeit und Extremismus zu verfallen.

Wenige Wochen zuvor hatte er sich ganz gegen seine Neigung dazu überreden lassen, bei einem der allwöchentlichen Mittagessen des Rotarierclubs von Bassa zu sprechen. Der Club hatte gerade noch mehr Grund als sonst, sich zu feiern, denn er hatte soeben einer Tagesklinik in einem der ärmsten Bezirke von Nordbassa, in dem es weder Elektrizität noch fließendes Wasser gegeben hatte, einen Wassertankwagen gekauft und geschenkt. Nach dem Mittagessen lehnten sich die Gastgeber im wohligen Dunst von guten Werken, Zigarrenrauch und Likör bequem zurück, um sich anzuhören, was ihr berühmter Gast ihnen zu sagen hätte … Nun, wie üblich, wich er von seinem Konzept ab und stürzte sich in etwas völlig Unerwartetes. Wohltätigkeit, donnerte er, ist das Opium der Privilegierten – angefangen bei dem guten Mitmenschen, der routiniert seine zehn Kobo aus dem Wechselgeld, das er in der Tasche trägt, dem Aussätzigen vor dem Supermarkt aus sicherer Entfernung in die Schüssel wirft, bis hin zu der Gruppe ehrbarer Bürger, wie Sie alle, die Wasser spenden, damit irgendeinem armen Lazarus in den Slums seine Spritze blitzsauber ausgekocht werden kann und der Verband, den er auf seinen Wunden trägt, hygienischer ist als alles, was er sonst am Leib trägt, und bis hin zu den Band-Aid-Stars, die so dramatisch den dunklen Weihnachtshimmel von Äthiopien erhellten. Während wir unsere guten Werke tun, dürfen wir nicht vergessen, dass die wirkliche Lösung der Probleme in der Schaffung einer Welt liegt, in der Wohltätigkeit unnötig geworden ist.

Von dem runden Behagen seiner Gastgeber blieben nur die spitzen Scherben der Feindseligkeit.

Diese Welt, von der Sie sprechen, gibt es erst im Himmel, höhnte einer der Herren. Selbst im Himmel, sagte ein anderer, gibt es Rangfolgen. Erzengel stehen höher als gemeine Engel.

So schnell wie möglich wurde Ikem von zwei Clubfunktionären hinausgeleitet – das übliche Vorgehen, hier aber so frostig eingehalten, als verweise man einen ungehobelten Gast direkt vom Tisch, den er beleidigt hat, des Lokals.

Doch das hier war kein Rotarierclub, das machte die Sache leichter und in anderer Hinsicht vielleicht schwerer.

Der erste Fragesteller war offensichtlich kein Student, sondern ein jüngeres Fakultätsmitglied. Seiner Frage ging eine eigene kleine Vorlesung voraus über das erwiesene Versagen des bürgerlichen Reformismus angesichts der grundlegenden Probleme der Dritten Welt im Allgemeinen und Kangans im Besonderen. Zog Mr Osodi unter Berücksichtigung dieses Problems nicht die Notwendigkeit in Betracht, die Nation nun unter die demokratische Diktatur des Proletariats zu stellen?

»Nein, keineswegs. Nicht einmal der demokratischen Diktatur von Engeln oder Erzengeln würde ich mich beugen wollen. Und was das Proletariat überhaupt anlangt – ich glaube, im Falle von Kangan wüsste ich gar nicht, wer das wäre.«

»Arbeiter und Bauern«, sagte der Gesprächsleiter hilfsbereit.

»Arbeiter und Bauern«, wiederholte Ikem ins Mikrophon, »hat man mir eben gesagt.«

»Und Studenten«, rief eine Stimme aus dem Publikum, was großes Gelächter hervorrief.

»Na schön«, sagte Ikem. »Es heißt schließlich, jeder sei sich selbst der Nächste.« Mehr Gelächter. »Weitere Vorschläge bitte. Wir haben jetzt Bauern, Arbeiter und Studenten … ausgezeichnet! Würden die Bauern hier im Saal bitte aufstehen.«

Aus allen Ecken des Auditoriums kam brüllendes Gelächter, besonders als ein weiterer Gentleman im dreiteiligen Anzug sich meldete.

»Nein, mein Lieber, Sie sind kein Bauer. Setzen Sie sich. Ich möchte einen richtigen Bauern … nun, meine Damen und Herren, es sieht ganz so aus, als hätten wir hier heute Abend keine Bauern. Vielleicht wissen sie gar nicht, dass wir diese Versammlung hier abhalten … Ich hab' mir übrigens von Leuten, die an Jahreshauptversammlungen von Aktionären teilnehmen, sagen lassen, dass es sogenannte Vollmachten gibt, die man einsendet und auf denen man jemand anderen benennt, der für einen eintritt, wenn man selbst nicht anwesend sein kann. Ist irgendjemand hier, der ein solches Dokument im Auftrag der Bauern bei sich trägt? Vielleicht wurden bei unserem werten Gesprächsleiter Vollmachten abgegeben?«

Aller gebotenen Seriosität zum Trotz fühlte sich der gelehrte Professor nun doch verpflichtet, sich an diesem recht peinlichen Spaß zu beteiligen. Er schüttelte den Kopf, nicht zu heftig, aber doch genug, um den Beifall der gefährlich humorvoll aufgelegten Menge zu gewinnen.

»Gut denn. Ich denke, wir sollten Bauern jetzt aus dem Spiel lassen. Sie sind nicht hier und haben keinen Vertreter geschickt … Es verbleiben uns also Arbeiter und Studenten …«

»Und Marktfrauen«, warf unter erneuten Heiterkeitsstürmen eine hohe Frauenstimme ein.

»Marktfrauen, mein Gute, fallen in dieselbe Kategorie wie die Bauern. Auch sie sind hier nicht vertreten … Ich will euch ein Geheimnis verraten, von dem noch niemand etwas weiß. Meine zukünftige Schwiegermutter ist eine Marktfrau.« Lachen!

»Eine reiche *Cash-Madam*«, schlug jemand vor.

»Nein, keine *Cash-Madam*. Eine einfache Marktfrau … und Spaß beiseite, ich meine es ernst. Meine zukünftige Schwiegermutter verkauft selbstgefärbte Stoffe auf dem Gelegele-Markt.

Sie ist keine *Cash-Madam*, wie ich schon gesagt habe; sie kann alle Waren, die sie besitzt, in einem einzigen Bündel auf dem Kopf tragen. Also kann sie zusammen mit den Bauern einen Sitz im Proletariat beanspruchen. Aber sie hat mir, ihrem zukünftigen Schwiegersohn, keineswegs die Erlaubnis erteilt, bei dieser Aktionärsversammlung hier als Bevollmächtigter aufzutreten … Deshalb machen wir jetzt weiter und setzen uns mit denen auseinander, für die wir kompetent sprechen können, nämlich mit uns selbst. Arbeiter und Studenten. Nehmen wir die Arbeiter zuerst. Wer sind sie? Es sind ebendie, die streiken, wenn überholte und schändliche koloniale Privilegien wie Kredite und Zuschüsse für Kraftwagen bedroht sind, deren Anführer keine befriedigende Auskunft über den Verbleib von Millionen geben können, die sie Monat für Monat durch die gesetzlich vom Lohn einbehaltenen Gewerkschaftsbeiträge der Arbeiter einnehmen, ebendie Arbeiter, die auf ihren Kongressen nie Probleme wie Fehlen am Arbeitsplatz, in den Lohnlisten nicht geführte Arbeiter und skandalös niedrige Produktivität angreifen. Und vor allem Arbeiter, deren Gewerkschaftsvorsitzender beim letztjährigen panafrikanischen Kongress darauf bestand, so lange sein Hotelzimmer zu hüten, bis der ihm zugewiesene Peugeot 504 durch einen Mercedes ersetzt werde. Sie erinnern sich an die Gründe, die er für dieses Verhalten angab? Arbeiterführer seien nicht, und das sind seine eigenen Worte, *gewöhnliches Gesindel.* Finden Sie das komisch? Ich nicht. Ich finde, es ist tragisch und leider wahr. Arbeiterführer sind vielmehr *außergewöhnliches Gesindel.* Seit einigen Jahren bekriege ich bekanntlich die Beamtengewerkschaft. Das ist Ihnen doch wohl bekannt?« *Ja,* brüllte die Menge lachend. »Der Grund für unsere kleine Unstimmigkeit ist die Tatsache, dass ich mit meiner Meinung, dass sie nichts als Parasiten sind, nicht hinter dem Berg halte.« Lauteres Lachen. »Diejenigen unter Ihnen, die unsere Auseinandersetzung verfolgen, erinnern sich vielleicht daran, dass sich alles im vergangenen Jahr zuspitzte, als ich am

Vorabend ihres Jahreskongresses einen bissigen Kommentar veröffentlichte.« Einige nickten zustimmend mit dem Kopf, andere erinnerten sich belustigt, hier und da wurde laut gelacht. »In ihrer Presseerklärung zu Kongressende nahmen sie auf gewisse bourgeoise, elitäre Lohnschreiber Bezug, die nichts weiter sind als die Laufburschen des Imperialismus!« Lautes Lachen. »Sie hier wussten wahrscheinlich nicht, auf wen sie anspielten, aber es war ihre Antwort auf meinen Leitartikel. Sie haben schon eine seltsame Art. Eines unserer Sprichwörter besagt, die Windungen des Wurms seien kein Tanz, sondern eben seine Gangart.« Lachen.

»Die Anklage, elitär zu sein, verwundert mich stets aufs Neue, denn jene, die diese Anklage erheben, halten sich mit ihrer Kritik nicht zurück, weigert man sich, ihre Art der Revolution den Massen vorzuschreiben. Ein Schriftsteller will Fragen stellen. Diese Burschen aber verlangen Antworten. Nun sagen Sie es mir: Was könnte elitärer, unverschämter elitär sein, als sich anzumaßen, Fragen zu beantworten, die überhaupt nicht gestellt wurden? Mein Gott nochmal! Gib uns die Antwort! Gib uns die Antwort! Verstehen Sie, dasselbe hat Jesus von seinen denkfaulen, weichhirnigen, brothungrigen Anhängern in Galiläa oder Gadara oder wo immer es war zu hören bekommen.« Stürmischer Applaus und Zurufe. »Lass uns ein Wunder sehen! Lass uns ein Wunder sehen, und wir werden an dich glauben. Hör auf mit den Gleichnissen und komm zur Sache. Die Zeit drängt. Wir wollen Resultate sehen! Jetzt, jetzt!« Erneutes Lachen und noch mehr Zurufe begrüßten diese unerwartete und donquichottische Auslegung der Heiligen Schrift. »Nein, ich kann euch nicht die Antwort geben, um die ihr so bettelt. Geht nach Hause und denkt nach! Ich kann eure heißgeliebte Lehrbuchrevolution nicht verfügen. Ich möchte stattdessen zur Aufklärung ermutigen, indem ich die Menschen zwinge, ihre Lebensbedingungen zu überprüfen, denn es heißt nicht umsonst, ein ungeprüftes Leben sei nicht lebenswert ... Als Schriftsteller strebe ich nur danach, den Horizont dieser Selbstprüfung zu erweitern. Ich möchte sie nicht von vornherein durch eine eingängige, halbgare orthodoxe Lehre verhindern. Meine Kritiker sagen: Die Zeit reicht nicht aus für dein schönes erzieherisches Programm; die Massen sind bereit und werden im Verlauf des Kampfes aufgeklärt werden. Und sie zitieren Fanon zur Sünde des Verrats an der Revolution. Sie erkennen nicht, dass Revolutionen genauso sehr durch Dummheit, Inkompetenz, Ungeduld und blinden Aktionismus verraten werden wie durch Untätigkeit.« Gemischter, vorsichtiger Beifall. Er zögerte, als überlege er seinen nächsten Schritt.

»Ich denke, ich sollte mir die Gelegenheit, die dieses Forum bietet, nicht entgehen lassen, um Ihnen den neuen Radikalismus vorzustellen, den wir uns meiner Überzeugung nach zu eigen machen sollten.« Erwartungsvoller Beifall. »Allem voran muss dieser Radikalismus weitsichtig genug sein, um über die gegenwärtige Phrasendrescherei hinauszuschauen, die unsere ganzen Probleme dem Kapitalismus und dem Imperialismus zur Last legt … Bitte verstehen Sie mich nicht falsch. Ich leugne keineswegs, dass externe Faktoren noch immer vielen unserer Probleme zugrunde liegen. Doch ich bleibe dabei, selbst wenn externe Faktoren *allen* unseren Problemen zugrunde lägen, müssten wir trotzdem bereit sein, aus praktischen Gründen zwischen mittelbaren und unmittelbaren Ursachen zu unterscheiden, wie uns unsere Geschichtslehrer einst sagten.« Nicken und Grinsen. »Darf ich Sie darauf aufmerksam machen, dass unsere Ahnen – übrigens dürfen Sie diese Typen niemals unterschätzen, wozu einige von Ihnen nur allzu bereit zu sein scheinen, fürchte ich. Nun, unsere Ahnen hatten ein phantastisches Sprichwort zum Thema mittelbare und unmittelbare Ursachen: Will man dem Mord auf die Spur kommen, muss man den Schmied suchen, der das Buschmesser geschmiedet hat.« Lautes Lachen. »Großartiges Sprichwort, nicht wahr? Doch es war nur als Anregung gedacht, weiterzudenken, nicht als Richtlinie für Polizisten, die an der Aufklärung eines tatsächlichen Verbrechens arbeiten.« Lachen.

»Wenn unsere fetten Beamten und die städtischen Angestellten der staatlichen Betriebe am 1.-Mai-Umzug teilnehmen, angetan mit lächerlich zu kleinen T-Shirts und Schuljungenmützen« – Gelächter – »ja, und sich dazu noch mit Klischees vom Kampf und der Geschichte anderer Leute brüsten, dann kapieren sie einfach nicht, dass sie im wirklichen Kontext des heutigen Afrika nicht zu den Unterdrückten gehören, sondern zu den Unterdrückern.« Beifall. »Denn genau diese Genossen sind es, die durch Unproduktivität und Betrug allen voran diese Nation sabotieren und auf diese Weise gewährleisten, dass die Segnungen des modernen Lebens für die echten Opfer der Ausbeutung in den Dörfern auf dem Lande immer ein Traum bleiben werden.« Gemischte Reaktionen.

»Ich höre einige *Einspruch!* rufen. Das gefällt mir. Lassen Sie mich das eben Gesagte begründen. Ich erhebe nie Anklagen, ohne sie zu begründen.« Hier und da ein *Feuer!*

»Gut, dann schieß ich mal los! Nehmen wir die Elektrizitätsgesellschaft von Kangan als ein Beispiel von vielen. Was sehen wir? Absichtlich chaotische Gebührenerfassung und Rechnungsstellung, um massive Betrügereien zu verdecken; illegal verlegte Leitungen, die vom eigenen Personal entweder gutgeheißen oder ausgeführt werden; Diebstahl von Zählern und eine Unmenge anderer kleiner und großer Vergehen, wozu, bitte sehr, letztendlich auch die Bereitschaft gehört, die gesamte Buchhaltungs- und Rechnungsabteilung niederzubrennen, sollte jemals eine Rechnungsprüfung angesetzt werden …« Gejohle. »Das ist überhaupt nicht komisch …« *Beachten Sie die nicht*!, tönte laut ein junger Mann aus der ersten Reihe und machte ein böses Gesicht über seine zum Lachen aufgelegten Nachbarn. »Dies alles dem Imperialismus und internationalen Kapitalismus zur Last zu legen, wie unsere modernen Radikalen das von uns verlangen, ist meiner Meinung nach hanebüchen und Humbug ... Es ist, als nähme man jedes Mal den Dorfschmied fest, wenn einer seinen Nachbarn totschlägt.« Gelächter und Beifall, was sogar den ernsten jungen Mann überrumpelte. »Soll ich weitermachen? Nein! Ich werde nichts weiter sagen, als dass diese Menschen, selbst wenn man seine Phantasie sehr anstrengt, keineswegs Arbeiter sind. Es sind Parasiten. Und ich werde niemals damit einverstanden sein, meine Angelegenheiten einer demokratischen Diktatur von Parasiten zu übergeben. Niemals! ... Nun, wie steht es um die Studenten? Ich sollte an dieser Stelle wirklich sehr vorsichtig sein, denn mir ist doch daran gelegen, heute Abend sicher nach Hause zu kommen.« Explosives Gelächter. »Aber hilft ja nichts! Ich bedaure, sagen zu müssen, dass meiner bescheidenen Meinung nach die Studenten die Crème aller Parasiten sind!« Noch mehr Lachen. »Haben nicht erst neulich pflichtdienstleistende Studenten eine neue, von einfachen Bauern selbsterbaute Entbindungsstation dem Erdboden gleichgemacht? Warum? Sie protestierten dagegen, dass man sie auf einen abgelegenen ländlichen Posten ohne Elektrizität und fließendes Wasser geschickt hatte. Haben Sie davon nichts in den Zeitungen gelesen?« Das Lachen war plötzlich verstummt. »Kann mir vielleicht jemand eine einzige gesellschaftliche Frage nennen, in der die Studenten als Gruppe sich vom erbärmlichen Durchschnitt abheben? Stammesdenken? Religiöser Extremismus? Selbst Wahlmanipulation? Kauft und verkauft ihr nicht auch Stimmen, schüchtert eure Gegner ein und kidnappt sie, genau so, wie früher die Politiker das auch getan haben?« Es wurde nun wieder verhalten geklatscht, lange nicht so stürmisch wie zuvor. »Verfügen Sie, wie es auch sein sollte, über kompetenteres Wissen und größere Fähigkeiten als jene unserer Landsleute, die nicht halb so viel Glück haben wie Sie, auf die wir unsere mageren Bildungsmittel geworfen haben? Es hat eine Stunde gedauert, bis diese Veranstaltung hier beginnen konnte, weil ein fehlendes Mikrophon nicht aufzufinden war ... Als ich hierher aufs Podium kam, explodierten auf dem ganzen Weg durch den Saal Erdnussschalen unter meinen Füßen. Wovon reden wir hier eigentlich? Entstehen hier nicht stammesorientierte Interessengruppen, die auf die Senkung der Qualifikationsanforderungen drängen, anstatt danach zu streben, es jedem Studenten, wo immer er auch herkommt, gleichzutun oder ihn an Leistung zu überbieten? Ja. Ihr zieht akademische Zollschranken vor, hinter denen ihr in eurer Mittelmäßigkeit herumtrödeln könnt, und ihr verlangt von mir das Einverständnis, mein Leben einer demokratischen Diktatur der Mittelmäßigkeit anzuvertrauen? Niemals! ... Nun, missverstehen Sie mich bitte nicht. Ich will Ihre Rolle in dem Prozess, der diese Nation endgültig auf den Weg zur Selbstbefreiung führt, nicht bagatellisieren. Doch Sie können dieser Aufgabe nicht gerecht werden, wenn Sie sich nicht zuerst daranmachen, sich selbst zu läutern, sich am Riemen zu reißen. Als Erstes müssen Sie lernen, Ihre eigenen Studentenführer zu verantwortlichem Handeln anzuhalten; erst dann werden Sie die moralische Autorität gewinnen, der Staatsführung etwas zu sagen. Sie müssen sich zur Skepsis erziehen und dürfen nicht jedes bisschen Aberglauben schlucken, das Ihnen von Heilern und Professoren aufgetischt wird. Ich sehe zu viel Nachgeplapper, zu viel Wiederkäuen halbverdauter radikaler Rhetorik ... Wenn Sie sich dieser Dinge entledigen, wird sich Ihr Potential, dieser Nation zu helfen und ihr die Richtung zu weisen, vervielfachen.« Riesiger Applaus. Verwunderlich?

Die Fragen folgten schnell und drängend, eine auf die andere. Schließlich blieb dem Gesprächsleiter nichts anderes übrig, als aufzustehen und zu sagen: Genug! Es war fast Mitternacht geworden. Er dankte Mr Osodi für einen äußerst anregenden Vortrag und ebenso anregende Antworten auf die gestellten Fragen. Er pries den Beitrag des Gastredners zum kulturellen und politischen Wachstum der Nation im Bereich von Journalismus und Literatur und gab seiner Hoffnung Ausdruck, dass, welches Missverständnis auch immer für seine Suspendierung vom Amt verantwortlich sei, dieses in Kürze aus der Welt geschafft werden könne. Beifall. Aber auf zwei Punkte wolle er doch noch, wenn auch ganz kurz, eingehen. Gedämpfter, unruhiger Protest aus dem Saal. Er versprach, sich kurz zu fassen. In seiner Eigenschaft als Literatursoziologe werfe er die folgenden Fragen im Kontext der ideologischen Entwicklung und Reifung eines Schriftstellers auf. Als Erstes müsse er bekennen, dass er Mr Osodis Konzeption des Kampfes zu individualistisch und abenteuerlich finde. Etwas Beifall. Zweitens müsse er ganz im Allgemeinen noch einmal seinen allseits bekannten Standpunkt darlegen, dass sich nämlich Schriftsteller im Hinblick auf die Dritte Welt nicht damit begnügen dürften, die sozialen Probleme zu dokumentieren, sondern sich der höheren Verantwortung zuwenden müssten, Rezepte anzubieten. Beifall.

»Schriftsteller verschreiben keine Rezepte«, schrie Ikem. »Sie bereiten ihren Mitmenschen Kopfschmerzen!«

Brüllendes Gelächter.

»Nun, dann bedanken wir uns in diesem Sinne bei Mr Osodi für einen äußerst unterhaltsamen Abend.«

13

Von den vielen Fragen, die Ikem bei seinem Vortrag kurz oder auch ausführlich beantwortete, betraf eine das sich ziemlich hartnäckig haltende Gerücht, dass die Zentralbank von Kangan beabsichtige, demnächst ihre Münzen mit dem Kopfbild des Präsidenten zu versehen. Entsprach dieses Gerücht der Wahrheit, und wenn ja, was war die Meinung des verehrten Gastredners dazu?

»Ja, wie jedermann ist auch mir dieses Gerücht zu Ohren gekommen. Ob ein solcher Plan tatsächlich besteht, weiß ich nicht. Ich kann nur eines dazu sagen – ich hoffe, das Gerücht ist unbegründet. Mein Standpunkt ist ganz eindeutig, insbesondere jetzt, wo ich mir wegen meiner Position als Chefredakteur der *Gazette* keine Gedanken mehr zu machen brauche. Ich sehe das folgendermaßen: Jeder amtierende Präsident, der töricht genug ist, seinen Kopf auf eine Münze zu setzen, sollte wissen, dass er damit seine Landsleute einlädt, ihn rollen zu lassen.«

Diese Erklärung, die im Auditorium mit kräftigem Beifall bedacht wurde, sollte vom nächsten Morgen an noch viel lauter im ganzen Lande widerhallen, als nämlich die *National Gazette* drohend und in ihrem größten Schriftgrad mit folgender Schlagzeile aufmachte: *Exchefredakteur für Königsmord!*

Eine der offenen Fragen der neueren Geschichte von Kangan lautet: Wie hätte Ikems Schicksal ausgesehen, wenn er diesen Auftritt in der Universität abgesagt hätte? Jene, die der Meinung sind, dass sein Vortrag der entscheidende Faktor war, unterschätzen wahrscheinlich den Eifer Major Johnson (Samsonite)

Ossais, Direktor des SER. Denn er ging unerbittlich an verschiedenen Fronten vor, nicht zuletzt der des kontroversen ausländischen Verwaltungsdirektors am Bassa Central Hospital, Mr John Kent, allgemein bekannt als Mad Medico. Seit über einem Jahr nun hatte der scharfsinnige Major in weiser Voraussicht Mr Kent sehr sorgfältig, doch diskret beschatten lassen. Und was sich für den Major aus dieser besonderen Übung ergab, war so entscheidend, dass allein diese Erkenntnisse vollauf genügt hätten, auch wenn der Vortrag nicht stattgefunden hätte. Allerdings darf die Blöße, die Ikem sich durch diesen Vortrag gab, keineswegs unterschätzt werden, denn er machte einen Zangenangriff und tödlichen Schlag leicht und unumgänglich.

Mr Kent wurde in aller Stille zum Verhör geholt, vier Tage lang geheim im BMSP in Isolationshaft gehalten, unter äußersten Sicherheitsvorkehrungen freigelassen und innerhalb von vierundzwanzig Stunden des Landes verwiesen. Eine knappe Radio- und Fernsehmeldung zu seiner Ausweisung aufgrund von staatssicherheitsgefährdenden Aktivitäten, vonseiten der Direktion des Staatsermittlungsrates, als Mr Kent bereits im Flugzeug saß, war die erste und letzte offizielle Mitteilung, die Kangan von diesem unerwarteten Geschehen erhielt. Wenige werden es auf den ersten Blick eindeutig mit der kurz zuvor bekannt gewordenen Suspendierung des Chefredakteurs der *National Gazette* in Verbindung gebracht haben, obwohl die beiden Meldungen, so kurz hintereinander, in vielen Köpfen den Eindruck hinterließen, dass die beklemmende Ruhe der vergangenen zwölf Monate sich möglicherweise nun doch einem schnellen Ende zuneigte.

Dann folgte wenige Stunden später eine Sondermeldung. Sie kam vom Armeerat (von dem seit Jahren niemand mehr gehört hatte) und informierte die Nation lediglich darüber, dass in einer außergewöhnlichen Sitzung des Armeerates Major Johnson Ossai, Direktor des Staatsermittlungsrates, zum Oberst befördert worden sei. Ende der Durchsage.

Er hält sich allerdings an sein Versprechen, die Dinge verfassungsgemäß abzuwickeln, dachte Chris, als er diese letzte Verlautbarung hörte.

Schön und gut, wenn Beatrice sich über seine morgendliche Gepflogenheit informatorischen Fremdgehens lustig machte, doch bis jetzt hatte ihm noch niemand bessere Möglichkeiten aufgezeigt, wie in Erfahrung zu bringen wäre, nicht was in der Welt vor sich ging – das hatte schon immer warten können –, sondern hier im Lande, in Kangan. Anstatt deshalb den BBC wie üblich um sieben zu hören, stand er am nächsten Morgen früher auf und stellte die Sechsuhrnachrichten an. Und siehe da, Mr Kents Ausweisung aus dem westafrikanischen Staat Kangan hatte es, wenn auch dürr und detailarm, in die BBC World News geschafft.

Mit einem Ohr an dem kleinen Transistorradio wählte er Ikems Nummer. Es war ihm nicht gelungen, ihn gestern Abend nach der Meldung zu MM zu erreichen. Der Hausboy, der am Telefon war, sagte, er sei am Nachmittag mit *dat girl* ausgegangen ... Und nun klingelte das Telefon unablässig, und keiner ging dran. Ikem war berüchtigter Spätaufsteher und hasste es, am frühen Morgen gestört zu werden, doch Chris fand, unter den Umständen könnte er zumindest mal abheben ... Nein. Nun gut.

Dann versuchte er es bei Beatrice. Sie antwortete zuerst ganz verschlafen, doch als sie hörte, worum's ging, war sie sofort hellwach.

»Versuch, den BBC reinzukriegen. Wahrscheinlich bringen sie einen ausführlichen Bericht in den Afrikameldungen nach den World News.«

»Aber wie krieg' ich die BBC rein? Das habe ich noch nie geschafft. Ich krieg' immer nur diese schreckliche Stimme Amerikas mit dem komischen Englisch. Mein Gerät muss vom CIA gemacht sein.«

Eine kleine Weile später rief sie zurück, sie klang vollkommen entmutigt und hatte nur vom erneuten Fehlschlagen ihrer Versuche zu berichten.

»Das macht doch nichts, Liebling. Komm gleich zu mir rüber. Es ist mir gelungen, die Nachricht über MM auf Band aufzunehmen. In der Zwischenheit versuche ich, Ikem zu erreichen. Dass er es fertigbringt, selbst bei Sturm zu schlafen, raubt mir noch den letzten Nerv … Bis gleich.«

Als Beatrice gegen Viertel vor acht eintraf, war Chris bereits von anderer Seite alarmiert worden und hatte verzweifelt in ganz Bassa herumtelefoniert, jedoch ohne Erfolg. Sobald er ihren Wagen vorfahren hörte, eilte er hinaus. »Ikem ist nicht in seiner Wohnung, obwohl er gestern Abend dort zu Bett gegangen ist …«

»Vielleicht ist er früh aufgebrochen.«

»Sein Wagen steht in der Garage und … wir müssen selbst nachschauen. Kannst du fahren?«

»Sicher.« Sie bemerkte, dass er zitterte.

Die Haustür war verschlossen, deshalb gingen sie zur Rückseite des Hauses und betraten die Wohnung durch den Kücheneingang, für den der Hausboy einen Schlüssel hatte. Die Wohnung war ein Bild der Verwüstung. Bücher, Papiere und Kleidungsstücke lagen überall verstreut im Wohnzimmer und in den Schlafzimmern auf dem Fußboden. Ein Wecker lag in den Scherben seines zerbrochenen Glases neben dem Bett.

Der Hausboy wiederholte, was er Chris bereits am Telefon gesagt hatte, als es an der Tür klopfte und eine Frau zögernd eintrat, ein Mann folgte ihr. Es waren Ikems Nachbarn aus der angrenzenden Wohnung. Der Mann, ein Beamter, erkannte den Commissioner sofort.

»Guten Morgen, Sir«, sagte er. Den Commissioner dort anzutreffen schien seine Stimmung etwas zu heben und ihm ein wenig das ungute Gefühl zu nehmen. »Agnes, das ist unser Informations-Commissoner, Mr Oriko. Sir – meine Frau.«

»Guten Morgen, Sir«, sagte Agnes, die Frau, und wurde zusehends munterer.

»Danke. Haben Sie Ihren Nachbarn seit gestern Abend gesehen?«

Der Mann warf einen fragenden Blick auf Beatrice, auf die übrigen Zimmer und auf die offene Tür.

»Außer uns ist niemand hier. Sie wissen, wer ich bin. Dies hier ist Beatrice Okoh, stellvertretende Staatssekretärin im Finanzministerium. Wir sind weder von der Polizei noch von der Sicherheit. Nur Freunde von Mr Osodi. Haben Sie irgendetwas gesehen?«

»Sehr erfreut, Sie kennenzulernen, Madam … Ich schlief tief und fest, als Agnes mich weckte und sagte, draußen seien zwei Jeeps …«

»Armeejeeps?«

»Ich ging ans Fenster, um nachzusehen, und sie hatte recht. Im Hof standen zwei Jeeps, und in der Zwischenzeit hatten die Männer angefangen, nebenan laut an die Tür zu hämmern. Dann, nach einer Weile, hörten wir, dass die Tür geöffnet wurde.«

»Haben sie sich identifiziert? Haben sie gesagt, wer sie sind?«

»Ich glaube, sie sagten, sie kämen vom Staatsermittlungsrat.«

»Ja, genau das haben sie gesagt. Und ihn hörten wir sagen, er komme ja schon!, ehe er die Tür öffnete.«

»Ja?«

»Wir waren nicht ganz sicher, ob es wirklich Soldaten sind. Sie wissen doch, dass bewaffnete Einbrecher manchmal vorgeben, sie seien Soldaten. Deshalb hatten wir Angst, hinauszugehen.«

»Das ist verständlich. Um welche Uhrzeit war das alles?«

»Es war genau um Viertel nach eins. Und gegen halb drei gingen sie wieder. Sie kamen mit unserem Nachbarn heraus.«

»Wie viele waren es?«

»*They plenty-o.* Einige gingen rein, und andere blieben draußen. Mein Mann meinte, es müssten an die zehn gewesen sein, aber ich habe sie nicht gezählt.«

»Haben Sie Kennzeichen gesehen und aufgeschrieben?«

»Ich habe es versucht, aber sie hatten unter der Schirmakazie geparkt, und das Sicherheitslicht, das die ganze Nacht über brennt, ist nicht hell genug, dass ich die Nummern hätte sehen können.«

»Wurde er grob behandelt? Sie können ruhig offen reden, Sie brauchen keine Angst zu haben.«

»Vielleicht drinnen. Aber draußen lief alles ganz ruhig ab.«

»Also gab es kein Gerangel … draußen?«

»Nein. Ich habe nichts dergleichen gesehen.«

»Aber die Hände unseres Nachbarn waren in Handschellen«, sagte die Frau, »und sein Gesicht …«

»Wir konnten wirklich nicht sehr viel sehen, Sir. Es war, wie gesagt, dunkel …«

»Sein Gesicht?«, fragte Chris und wandte sich direkt an die Frau.

»Wir konnten nicht genau sehen, ob sein Gesicht vielleicht geschwollen war. Es war zu dunkel. Deshalb wissen wir nicht, ob es die Dunkelheit war oder ob sein Gesicht wirklich geschwollen war.«

»Ich danke Ihnen sehr. Sie haben uns die erste verlässliche Information gegeben. Sie müssen sich keine Sorgen machen. Wir werden Ihre Namen nirgendwo erwähnen.«

»Vielen Dank, Sir, vielen Dank, Madam. Um unser Land ist es sehr, sehr schlecht bestellt, *na waa*. Nur Gott kann uns noch retten.«

Als Chris am Tag zuvor gegen sechs Uhr abends durch den Anruf eines Freundes zum ersten Mal von MMs Ausweisung gehört hatte, hatte er versucht, mit Ikem zu sprechen, aber der war offensichtlich mit Elewa ausgegangen. Am Morgen der Königsmord-Geschichte hatte er also zum letzten Mal mit Ikem gesprochen. Seinen Ärger im Zaum haltend, hatte er von Ikem genau wissen wollen, was dieser bei seinem Vortrag gesagt hatte.

Als Antwort auf seine Frage war er durchaus auf eine Explosion am anderen Ende der Leitung gefasst gewesen, doch zu seiner großen Freude schien Ikem eher zu beleidigen, dass das, was er gesagt hatte, auf so abscheuliche Weise verdreht worden war; er war dabei, einen scharfen Brief an den Herausgeber zu schreiben, und hatte sogar von eventuellem gerichtlichem Vorgehen gesprochen.

Als Chris nun hilflos in der verwüsteten Wohnung stand, flogen seine Gedanken, sozusagen in die leeren Gänge der Tatenlosigkeit verbannt, panisch von einer geschlossenen Tür zur nächsten.

»Ich frage mich, ob er den Brief abgeschickt hat.«

»Welchen Brief?«

»An den Herausgeber der *Gazette*. Es ist ganz wichtig, dass sie seine Entgegnung und Richtigstellung drucken.«

»Und du denkst, das werden die tun? Wo der widerliche Kerl sich jetzt die Finger leckt. Aber bitte, ruf an und frag ihn, warum sie den Brief noch nicht gebracht haben. Er war immerhin mal einer deiner Lakaien.«

»Wir müssen Elewa finden. Vielleicht lag schon vorher was in der Luft.«

»Wie meinst du?«

»Ich weiß auch nicht. Aber sie war bis sechs Uhr hier.«

»Die Männer sind nachts um eins gekommen. Aber ich meine auch, dass wir es Elewa auf alle Fälle sagen müssen. Weißt du zufällig, wo sie wohnt? Nein? Ich auch nicht. Vielleicht weiß es der Hausboy.«

»Ja, das ist eine gute Idee.«

Der Hausboy wusste weder, wo sie wohnte, noch, wo sie arbeitete.

»Überlegen wir doch mal. Ich meine, sie hat mir erzählt, dass sie in einem indischen oder vielleicht auch in einem libanesischen Laden als Verkäuferin arbeitet. Ich glaube, es ist ein Textilgeschäft. Aber welcher Laden das nun ist … Wir könnten natürlich die Gelben Seiten durchgehen … Aber Elewa und wie weiter? Das wissen wir auch nicht, oder? Ach, ich bin sicher, sie wird es auf die eine oder andere Weise erfahren und hierhin zurückkommen.«

Sie verließen die Wohnung, damit Beatrice zur Arbeit gehen konnte. Chris gab ihr den guten Rat, von ihrem Büro aus nichts weiter in der Sache zu unternehmen, sondern alles ihm zu überlassen.

Er verbrachte den gesamten Vormittag am Telefon. Die geistige Lähmung, die die Verwüstung in Ikems Wohnung bei ihm ausgelöst hatte, war gewichen. In dem Maße, wie er einen Schritt nach dem anderen unternahm, sah er, was zu tun war. Major Ossai war nicht zu sprechen, und auch sonst konnte ihm niemand im Büro des SER-Direktors mit den Informationen, die er wünschte, dienen.

Die Chefsekretärin des Präsidenten wollte ihn nicht durchstellen, sondern versprach, ihn zurückzurufen, sobald der Präsident Zeit hätte, mit ihm zu sprechen. Worum es denn gehe? Oh, aber das ist nicht Angelegenheit des Präsidenten. Darüber müssen Sie mit dem Direktor des SER sprechen.

Dann rief er den Generalstaatsanwalt an, der ihm sagte, er wisse von überhaupt nichts.

»Aber Sie müssten doch von Amts wegen informiert sein?«

»Nun, ja und nein. Wenn es sich aber eindeutig um eine Frage der Staatssicherheit handelt, wird's heikel … Natürlich werde ich letztlich alles erfahren, verstehen Sie …«

Professor Okong hatte von nichts gehört, und dem Oberstaatssekretär hatte eben in diesem Augenblick der Generalstaatsanwalt Bescheid gesagt.

Tja! Es hatte keinen Sinn, den Lebenden unter den Toten zu suchen! Also änderte er seine Taktik. Es war klar, dass Major Samsonite Ossai und sein Boss den Deckel draufhielten. Deshalb musste er darauf hinarbeiten, dass Ikems Verschwinden ganz groß an die Öffentlichkeit gelangte. Er wusste, dass er auf einige Vertreter ausländischer Nachrichtenagenturen in Bassa zählen konnte, auf ihre jeweiligen Medien. An der Heimatfront gab es keine vergleichbaren Kanäle, doch es gab das enorme Potential jenes riesigen Netzwerkes, das im Volksmund Gerüchteküche heißt – der Schrecken aller Tyrannen und Dunkelmänner der Macht. Ehe es Abend wurde, liefen die Drähte im In- und Ausland im Interesse des verschwundenen Mannes heiß.

Und dann wurde um achtzehn Uhr im Rundfunk eine erneute Sondermeldung des SER-Direktors verlesen:

> In Ausübung seiner Pflicht, die Freiheit und Sicherheit des Staates und damit eines jeden gesetzesliebenden Bürgers von Kangan zu schützen, hat der Staatsermittlungsrat eine Verschwörung unpatriotischer Elemente in Kangan aufgedeckt, die in Kollaboration mit gewissen ausländischen Abenteurern beabsichtigten, die rechtmäßige Regierung dieses Landes zu destabilisieren.
>
> Der führende Kopf dieser heimtückischen Verschwörung war Mr Ikem Osodi, jüngst noch Chefredakteur der regierungseigenen *National Gazette.*
>
> Von höchsten Sicherheitsbeamten geleitete Untersuchungen haben Mr Osodis aktive Beteiligung in dreierlei Hinsicht erwiesen:
>
> 1. Er war die Schlüsselverbindung zwischen den Akteuren in Kangan und ihren ausländischen Kollaborateuren.
>
> 2. Er war der Mittelsmann zwischen den Aufrührern in Bassa und einer Gruppe unzufriedener und unpatriotischer Stammesführer in der Provinz Abazon.
>
> 3. Unter dem Deckmantel eines Gastvortrags an der Universität von Bassa am 26. September unterstützte Mr Osodi die Ziele der Verschwörer, indem er die Studenten der Universität zu Staatsverdrossenheit und Rebellion gegen die Regierung und gegen die Person und das Leben Seiner Exzellenz des Präsidenten sowie gegen den Frieden und die Sicherheit des Staates aufwiegelte.
>
> In den frühen Morgenstunden nahmen Sicherheitsbeamte Mr Osodi in seiner Dienstwohnung, 202 Kingsway Road, im Beamtenwohnviertel fest und brachten ihn in einem Militärfahrzeug zum Verhör in das Hauptquartier des Staatsermittlungsrates. Auf der Fahrt jedoch bemächtigte er sich der Schusswaffe eines seiner Begleiter. Im Verlauf des darauf folgenden Handgemenges zwi-

schen Osodi und seinen Bewachern in dem fahrenden Wagen löste sich ein fataler Schuss; Mr Osodi wurde getroffen.
Seine Exzellenz hat eine hochrangig besetzte Kommission unter der Leitung des Stabschefs Generalmajor Ahmed Lango mit der sofortigen Untersuchung des Vorfalls beauftragt und erwartet innerhalb von vierzehn Tagen einen Bericht.
Unterdessen sind weitere Nachforschungen zum vollständigen Aufdeckung der Verschwörung im Gange. Ziel dieser Bemühungen ist es, weitere Personen, ungeachtet ihrer Position, zur Rechenschaft zu ziehen, die an dieser verräterischen Verschwörung beteiligt sind und versuchen, unser großes und geliebtes Land von seinem eingeschlagenen Weg zu friedlichem Fortschritt abzubringen und es in erneutes Blutvergießen und in die Anarchie zu stürzen. Lang lebe Seine Exzellenz der Präsident! Lang lebe die Republik Kangan!
Gezeichnet: Oberst Johnson Ossai, Direktor des Staatsermittlungsrats. Ende der Sondermeldung.
Radio Kangan wird diese Erklärung um neunzehn Uhr wiederholen.

Während er nervös auf Beatrice wartete, warf Chris ein paar Dinge in eine Reisetasche. Als sie vorfuhr, ging er mit der Tasche hinaus, schloss die Haustür ab und verließ sein Haus – wie es sich herausstellen sollte, für immer.

Die Entscheidung, wegzugehen, hatte zuerst wenig mit der Angst um seine eigene Sicherheit zu tun, obwohl dieser Faktor mit jedem Tag an Bedeutung zunehmen sollte. Doch in diesem Augenblick brannte ihm nur die eine Frage, die bereits Gestalt angenommen hatte, als die Meldung noch lief, auf den Nägeln, nämlich wie diese abscheuliche Lüge widerlegt werden könne. Nicht morgen, da könnte es bereits zu spät sein, sondern jetzt!

Sobald er seinen ersten Unterschlupf erreicht hatte, griff er zum Telefon und verabredete mit zwei ausländischen Korrespondenten noch für denselben Abend um acht Uhr ein Treffen. Dann ging er in das Hinterzimmer, wo man ihm ein Campingbett und einen Tisch zum Schreiben bereitgestellt hatte, und begann, seine eigene Stellungnahme zu entwerfen und niederzuschreiben. Seine Gedanken waren erstaunlich klar und gesammelt – nicht die kleinste Einzelheit schien ihm zu entgehen. Kurz nachdem er begonnen hatte, erschien er wieder in dem Wohnzimmer, wo sein Gastgeber und Beatrice saßen und telefonierten, und sagte, sie müssten sicherstellen, dass alle, mit denen sie sprachen, verstanden, dass Ikem nicht nur getroffen, sondern tot sei. Er war überzeugt, dass die Verfasser jener Erklärung der Regierung absichtlich eine Formulierung gewählt hatten, die von der Allgemeinheit missverstanden werden konnte, um damit die Schockwirkung dieser Nachricht zu dämpfen und ihre Tragweite zu kaschieren. Beatrice fand das etwas weithergeholt, sagte aber weiter nichts.

Als sie um kurz nach elf wieder zu Hause war, wartete in der Wohnung schon eine aufgelöste Elewa auf sie, ebendie Elewa, nach der sie den ganzen Tag vergeblich gefahndet hatte. Und genau wie Chris es vorhergesehen hatte, hatte sie die Meldung vollkommen missverstanden! Einen kurzen Augenblick lang spielte Beatrice mit dem Gedanken, sie bis zum nächsten Morgen in ihrer Unwissenheit zu belassen. Doch sofort wurde ihr klar, wenn sie das täte, dann nicht aus Rücksicht, sondern um sich selbst eine schwere Aufgabe zu ersparen. Das gab den Ausschlag. Von nun an würde die Zukunft, von der sie ahnte, wie erbarmungslos sie sich ihnen zeigen würde, von Menschen wie Elewa und ihr unmenschlichen Mut erfordern und nicht Zimperlichkeit.

Doch wie eigenartig reagiert der Mensch, wenn das tiefste Gefühl angesprochen ist – Elewa erwies sich als die Stärkere von beiden! Ein durchdringender Schrei, der in Beatrice' Kopf wie ein Salut für einen gefallenen Kameraden widerhallte, und Elewa setzte sich, gefasst und schweigend. Nun war es Beatrice selbst, die den lindernden Tränen ihren Lauf ließ, die sie den ganzen Abend über zurückgehalten hatte, während sie fieberhaft von Chris' geheimer Kommandozentrale aus Telefongespräche geführt hatte.

Am späten Nachmittag des darauffolgenden Tages war klar, dass der SER nun Chris suchte. Eine von Chris in weiser Voraussicht getroffene Maßnahme war gewesen, Beatrice zu bitten, in ihre Wohnung zurückzukehren und wie gewöhnlich am Morgen zur Arbeit zu gehen. Bis auf Weiteres solle sie sich von ihm fernhalten. Kurz vor Büroschluss bat ihre Sekretärin sie, einen Anruf vom Direktor des Staatsermittlungsrats entgegenzunehmen. Sie ließ sich einen Moment Zeit zur Sammlung und Einstimmung. Als sie dann sprach, klang sie kühl und desineressiert, aber nicht feindselig.

»Hier spricht Oberst Johnson Ossai.«

»Ja, was kann ich für Sie tun, Oberst?«

»Nun … ich habe hier eine sehr wichtige Botschaft für Commissioner Oriko von Seiner Exzellenz … Ich habe schon mehrere Male versucht, ihn im Ministerium zu erreichen, doch er war nie da. Ich habe auch bei ihm zu Hause angerufen, aber da antwortet niemand. Vielleicht … wissen Sie … hm … wo er sich aufhält? Es ist …«

»Nein, ich weiß nicht, wo er ist.«

»Ach, dann tut es mir leid, dass ich Sie gestört habe.«

»Keine Ursache, Oberst. Wiederhören.«

In der Zwischenzeit hatte Chris zusätzlich zu den ausländischen Korrespondenten noch äußerst nützliche Kontakte mit anderen Meinungsmachern hergestellt. Ganz besonders hatte ihn sein Zusammentreffen mit dem Vorsitzenden des Studentenausschusses der Universität Bassa ermutigt. Aus Sicherheitsgründen hatte er ihn nicht in sein Versteck kommen lassen, sondern sie hatten einen Treffpunkt in einer anderen Ecke des Beamtenviertels ausgemacht. Doch wie es sich herausstellte, erwies sich diese Vorsichtsmaßnahme als ganz unnötig. Die barbarische Königsmordgeschichte der *National Gazette* hatte die Studierendenvertretung so erbost, dass die Studenten die

Ausgabe bei den Zeitungsverkäufern beschlagnahmten und mittlerweile öffentlich auf dem Freedom Square des Campus verbrannten. Die Vertretung hatte außerdem einen ausführlichen und wütenden Brief an den Herausgeber geschrieben, in dem sie eine Entschuldigung für die Beleidigung der Studenten und ihres Gastredners forderte.

Chris reichte dem Vorsitzenden eine Kopie seiner Stellungnahme und beobachtete ihn beim Lesen. Es dauerte nicht lange, bis das Papier in seinen Händen zu zittern begann. Als er es ihm zurückreichte, fuhr er sich mit dem Handrücken über die Augen. Er versuchte zu sprechen, doch ein heftiges Auf und Ab seines Adamsapfels schien die Worte zu blockieren.

»Davon brauche ich eine Kopie«, brachte er schließlich heraus. »Darf ich das kopieren und Ihnen zurückbringen?«

»Diese Kopie gehört Ihnen«, sagte Chris und gab ihm das Blatt zurück, »wenn Sie wollen.«

»Vielen Dank, Sir. Wir werden heute Abend zweitausend Kopien machen, damit es jeder Student morgen früh als Erstes in der Hand hat. Diese Regierung hat nun Selbstmord begangen.«

»Nun, junger Mann«, sagte Chris, stand auf und reichte ihm die Hand zum Abschied, »ich hoffe, Sie haben recht. Ich hoffe es von ganzem Herzen. Garantien gibt es keine, dass die Niedertracht uns so bereitwillig diesen Gefallen tut … Ich bin froh, dass wir diese Gelegenheit zu einem Gespräch hatten.«

»Vielen Dank, Sir. Sie können sich auf uns verlassen.«

»Dieses Land verlässt sich auf Sie. Passen Sie auf sich auf.«

Chris' letzte Besucher an jenem Abend waren die beiden Taxifahrer. Elewa hatte den ganzen Vormittag und die Hälfte des Nachmittags damit verbracht, einen von ihnen ausfindig zu machen und zu arrangieren, dass sie Chris am selben Treffpunkt aufsuchten.

Am dritten Tag brachte die BBC, die bereits die Nachricht von Ikems Tod verbreitet hatte, ein Interview ihres Korrespondenten in Bassa mit Chris, einem hohen Regierungsverteter in Kangan, wie es hieß, und Freund des vielgeachteten und bewunderten Schriftstellers Ikem Osodi, dessen Tod im Polizeigewahrsam die Militärregierung dieses geplagten westafrikanischen Staates in eine tiefe Krise gestürzt habe. Mit sehr bewegter, aber fester Stimme und ohne falsche Beitöne hatte Chris den offiziellen Bericht über Ikems Tod als »offenkundig falsch« bezeichnet. Wie könne er sich dessen so sicher sein? Weil Ikem in Handschellen aus seiner Wohnung abgeführt worden sei und sich deshalb niemals einer Schusswaffe seiner Häscher hätte bemächtigen können. Sie sagen also damit, dass er ermordet wurde? Ich sage, dass nicht der geringste Zweifel daran besteht, dass Ikem Osodi brutal und kaltblütig von den Sicherheitsbeamten dieser Regierung ermordet wurde.

Der Korrespondent wurde am nächsten Tag des Landes verwiesen. Doch die Studierendenvertretung hatte inzwischen die Geschichte aufgegriffen und forderte ein Ermittlungsverfahren, die sofortige Entlassung von Oberst Ossai und seine strafrechtliche Verfolgung wegen Mordes.

Zwei Jeeps der Spezialeinheit der Polizei, die geschickt worden waren, um den Vorsitzenden des Studentenausschusses und seinen Stellvertreter festzunehmen, verpatzten ihren Einsatz – die jungen Männer entwischten ihnen. Als wäre dieses Spiel noch nicht gefährlich genug, begannen andere Studenten, sie als hirnlose Trottel zu verhöhnen. Sich über die Polizeispezialeinheit von Kangan lustig zu machen ist schlimmer, als einen Deutschen Schäferhund zu reizen. Sie wurden wild. Doch aus unerfindlichen Gründen griffen sie nicht zu den Schusswaffen. Vielleicht hatte das blutige Ende eines ähnlichen Überfalls vor zwei Jahren doch wider alles Erwarten seine Spuren hinterlassen … Vielleicht wird in tausend Zeitaltern gottähnlicher Geduld selbst dieser Felsen der Rücksichtslosigkeit vom steten Tröpfeln der Felsdecke ausgehöhlt! Mit Schlagstöcken und Nilpferdpeitschen fielen sie über ihre fliehenden Opfer her und jagten sie durch die Hörsäle, die Bibliothek, die Kapelle bis in die Schlafsäle. Im Wohnheim der Studentinnen, in das einige der Angreifer im blinden Eifer der Hatz eingedrungen waren, fanden sie sich schließlich alle ein und ergingen sich in entsetzlichen Racheorgien, Verschmelzung des Kriegs der Geschlechter mit dem modernen Klassenkampf.

Als später die Krankenwagen heranheulten, um die Verwundeten einzusammeln und ins Krankenhaus zu bringen, brachte das Radio eine Meldung, nach der die Universität auf unbestimmte Zeit geschlossen werde und alle Studenten bis achtzehn Uhr am selben Abend das Universitätsgelände zu verlassen hätten.

Der britische High Commissioner in Bassa sprach im Außenministerium mit einer Verbalnote zu Ausweisung zweier britischer Staatsangehöriger vor, doch kam man ihm mit der Kopie eines Briefes zuvor, der angeblich vom Sicherheitsdienst abgefangen worden war, und riet ihm, in seinen Amtssitz zurückzukehren und zu warten, bis man ihn ins Ministerium einbestelle.

Der Brief, ein blauer Luftpostbrief, war an Mr John Kent adressiert und mit Dick unterschrieben. Ein Teil des Briefes, der mit Rotstift am Rand angestrichen war, lautete folgendermaßen:

> Sehr erfreut, vor allem diesen Dichterknaben kennenzulernen, Chefredakteur des hiesigen Regierungsorgans, meine ich. Prächtiger Bursche. Erstaunlich erfrischend angesichts des bisherigen Eindrucks von afrikanischen Diktaturen, Hochverrat mal so beiläufig begangen und den Lokaldiktator als Witzfigur charakterisiert werden zu hören! Und dazu noch von einem so prominenten Mitglied seiner eigenen Regierung. Für die Chefredakteure der *Times* und des *Guardian* wären gelegentliche Ferien in Bassa nicht schlecht! Ich schreibe einen kurzen Artikel für den *Telegraph.*

Chris konnte sich nicht mehr frei von einem Versteck zum andern bewegen, weil in der Zwischenzeit eine große Anzahl mit Armee und Polizei bemannter Straßensperren überall in der Stadt aus dem Boden geschossen war. Beatrice, die bei einer Erkundungsfahrt an seiner verlassenen Dienstwohnung vorüberfuhr, sah in der Einfahrt einen Jeep und mehrere Männer der Antiterroreinheit stehen. Sie fuhr weiter in die Stadtmitte, ließ ihren Wagen auf dem Parkplatz gegenüber der katholischen Kathedrale und telefonierte von einer öffentlichen Telefonzelle aus.

Sie ging früh zu Bett an jenem Abend, doch sie schlief unruhig und schreckte immer wieder hoch. Als sie das dritte oder vierte Mal aufgewacht war, meinte sie, Geräusche aus dem Gästezimmer gehört zu haben. Sie stand auf und ging auf Zehenspitzen hinüber; von der Tür aus sah sie sofort in dem schwachen Schein der Sicherheitsleuchten draußen, wer auf dem Bett saß.

»Elewa!«, sagte sie und knipste das Licht an. »Du darfst so nicht weitermachen.«

Beatrice hatte beschlossen, sie ein paar Tage lang bei sich zu umsorgen, hatte ihren Schreibtisch an die Wand gerückt und ein Bett für sie bereitgemacht. An jenem Abend hatten sie ein langes Gespräch geführt, sie hatte ihr fünf Milligramm Valium gegeben, und als sie selbst zu Bett ging, hatte Elewa schon geschlafen. Und nun saß sie hier auf der Bettkante, ihr Gesicht ein Spiegel der Verwüstung. Ihr abwesender Blick erschreckte Beatrice, und sie bekam Angst. Es war nicht nur Trauer. Es war mehr. Es lag darin jetzt etwas von einem verängstigten Kind – Verwirrung, Alarm, Panik.

»So geht es nicht weiter. Wenn du dich nicht selbst aus all diesem Elend retten willst, *make you save the pickin inside your belly*. Hörst du? Ich hab' dir doch gesagt, dass jetzt keine Zeit zum Weinen ist. Er ist fort. *Wey done go done go*. Das Einzige, was wir jetzt noch tun können, ist stark sein, damit wir einen guten Kampf kämpfen können.

Komm, wisch dir die Tränen weg. *No worry* – Gott ist bei uns!«

Elewa fing laut an zu weinen. Beatrice setzte sich neben sie, drückte mit der einen Hand Elewas Kopf an ihre Brust und tätschelte ihr mit der anderen die Schulter. Als sie ruhiger geworden war, löste Beatrice sich langsam und drückte Elewa sanft aufs Kissen zurück. Sie ging zur Wand, löschte das Licht und setzte sich wieder zu ihr aufs Bett.

»*Make you lie down*«, sagte Elewa mit von Tränen reingewaschener Stimme. Beatrice gab ihrem Wunsch nach und legte sich schweigend neben sie auf den Rücken. Nach einer Weile drehte sie sich auf die Seite und bettete Elewas Kopf zärtlich in ihren Arm. Dann begann sie wieder, ihr gleichmäßig auf die Schultern zu klopfen. Die Türen der Erinnerung taten sich auf, und sie sah sich selbst als Kind, wie sie die einzige Puppe, die sie jemals besessen hatte, mit rhythmischem, sanftem Klopfen in den Schlaf wiegte. Es war ein hölzernes Ding gewesen, mit unterentwickelten Händen, einem unbeweglichen, geraden Körper und dem weißen Maskengesicht der junge Agbogho Mmuo. Die verschwenderische Fülle von Elewas wohlproportioniertem Busen hob und senkte sich ruckhaft, wie bei einem Kind, das lange geweint hat. Schließlich aber bemerkte Beatrice an ihren tiefen Atemzügen, dass sie nun doch endlich eingeschlafen war; gelegentlich schreckte sie aus heftigen Albträumen auf, die sie barmherzigerweise jedoch nicht aufweckten. Sie brauchte den Schlaf, das arme Kind. Bald war auch sie selbst eingeschlummert.

Erst Scheinwerfer, verschwommen im Halbschlaf, dann das harte Knirschen von Autoreifen im Kies der Auffahrt. Sie sprang auf. Durch die Glaslamellen sah sie drei Jeeps, selbst in der Nacht an ihren unheimlichen, schlitzförmigen und nahe beieinanderstehenden Scheinwerferaugen eindeutig zu erkennen. Ihr Herz klopfte wild, als sie in ihr Schlafzimmer rannte, ein Paar feste Jeans aus dem Schrank riss, hineinfuhr, den Reißverschluss hochzog und den Gürtel zuschnallte. Dann suchte sie ein zweites ebensolches Paar heraus. Elewa stand neben ihr.

»Schnell, zieh die an!«

In aller Eile griff sie noch nach zwei Morgenmänteln …

Schwere Schläge an der Haustür …

»Miss Okoh, hier ist die Staatssicherheit. Aufmachen!«

Sie zog ihren Morgenmantel über, half Elewa in den anderen und bedeutete ihr mit Hand- und Kopfbewegungen, in das Gästezimmer zurückzugehen.

»Miss Okoh. Wir warnen Sie zum letzten Mal. Öffnen Sie sofort die Tür, hier ist die Staatssicherheit!«

»Ich komme.«

»Beeilen Sie sich!«

Sie nahm den Schlüsselbund von der Ablage und begann, die Ketten der Eisengitter aufzuschließen, doch ihre Hände zitterten so sehr, dass es ihr nicht gelang, den Schlüssel ins Schlüsselloch zu stecken. Elewa riss ihr die Schlüssel aus der Hand, öffnete das Vorhängeschloss und nahm die Kette von dem schweren Gitter. Durch diese Entschlossenheit wieder zur Vernunft gebracht, nahm Beatrice die Schlüssel erneut an sich, flüsterte Elewa, die den Befehl jedoch ignorierte, zu »Geh rein!«, und drehte den Schlüssel in der Metalltür mit der Drahtglasscheibe. Sie wurde ihr von außen aus der Hand gerissen und flog auf. Ein riesiger Soldat drängte herein und wischte die beiden Frauen rechts und links mit rudernden Armen so heftig beiseite, dass Elewa, leicht wie ein Schilfrohr, zu Boden ging.

»Langsam, Sergeant!« Diese Ermahnung kam von einem Offizier, der auf etwas weniger dramatische Weise die Wohnung betrat. Drei andere folgten ihm, während die Übrigen an der Tür stehen blieben.

»Miss Okoh?«

»Ja.«

»Es tut mir leid, Sie zu dieser Stunde zu stören. Doch ich habe Anweisung, Ihre Wohnung zu durchsuchen. Wenn Sie also gestatten?«

»Suchen Sie etwas Besonderes?«

»*What kind nonsense question be dat?*«

»Schluss jetzt, Sergeant. Hier rede ich. Halten Sie den Mund!« »Doch ja, Miss Okoh, durchaus, aber Debatten darüber gehören nicht zu unserer Vorgehensweise. Übrigens empfehle ich, dass jeder, der außer Ihnen noch in der Wohnung ist, sich sofort zeigt. Alle Ausgänge sind bewacht, und auf jeden, der zu fliehen versucht, wird geschossen. Ist das klar? Dann wollen wir mal.« Mit den Handzeichen eines Frontkommandeurs verteilte er seine Männer auf die verschiedenen Räume. Dann machte er die Runde und überwachte ihr Vorgehen. Beatrice folgte ihm in diskretem Abstand.

Der Sergeant mit den blutunterlaufenen Augen, der den Auftrag erhalten hatte, Beatrice' Schlafzimmer zu durchsuchen, leistete ganze Arbeit. Er hatte alle Betttücher vom Bett gerissen, sie auf den Boden geworfen und trampelte bei seiner frenetischen Suche darauf hin und her. Ein Glück, dass Beatrice sich nie angewöhnt hatte, Koffer, Schubfächer und so weiter abzuschließen. Also gab es für den Sergeant in seinem Wahn nichts aufzubrechen. Er warf nur mit Kleidungsstücken um sich. Der Offizier kam herein und forderte ihn erneut auf, sich zurückzuhalten; dann hob er selbst die Betttücher vom Boden auf und warf sie aufs Bett zurück. Als ihm sein Vorgesetzter den Rücken zukehrte, sah Beatrice, wie es in den Augen des Sergeanten blitzte – ein Blick voll tiefster Verachtung und abgrundtiefem Hass.

»Miss Okoh, wenn ich fragen darf: Wer ist diese junge Dame?«

»Elewa ... meine Freundin.«

»Ihre *Freundin?* Interessant. Was macht sie?«

»Was meinen Sie?«

»Ich meine, ist sie irgendwo beschäftigt?«

»Ja. Sie ist Verkäuferin in einem libanesischen Geschäft.«

»Wohnt sie immer bei Ihnen?«

»Nein, sie ist nur auf Besuch hier.«

»Aha.«

Während man über sie sprach, wie Verkäufer und Käufer auf dem Markt über ein dummes Tier, schossen Elewas Blicke wie Pfeile vom einen zum andern. Ihr Kummer wurde für den Augenblick von diesen seltsamen Ereignissen verdrängt. In ihren zu großen Jeans und dem Morgenmantel darüber sah sie fast komisch aus. Sie ging nicht mit Beatrice und dem Offizier umher, sondern hatte auf einem Esszimmerstuhl in dem an das Wohnzimmer angrenzenden Raum Stellung bezogen.

Beatrice, die sich wegen des Sturzes Sorgen machte, fragte sie, sooft sie durchs Wohnzimmer kam, wie es ihr gehe. Alles in Ordnung, antwortete sie jedes Mal. Vielleicht war ja das Valium für ihre Nervenstärke verantwortlich. In Elewas Zimmer durchsuchte der dort zugeteilte Soldat Papiere und Bücher auf dem Schreibtisch, als Beatrice im Gefolge des Offiziers wieder hereinkam.

»Suchen Sie auch Bücher?«

»Alles«, antwortete der Offizier für den Soldaten. »Mein Volk hat ein Sprichwort, das mein Vater oft benutzt hat. Ein Mann, dem ein Pferd fehlt, wird überall danach suchen, selbst unter dem Dach.«

Nahezu eine Stunde lang suchte er überall nach dem fehlenden Pferd, entschuldigte sich dann bei Beatrice für die gestörte Nachtruhe, salutierte und ging. Sollte es tatsächlich bei der Staatssicherheit, ja in der gesamten Armee und Polizei von Kangan doch noch, wenn auch nur einen einzigen anständigen jungen Mann geben? Oder war dies das Inbild des Bösen – das lächelnde Gesicht Mephistos im trügerischen Mönchsgewand? Besser, vom Schlimmsten auszugehen.

14

Als sie sich schlaftrunken anzog, um ins Büro zu gehen, klingelte das Telefon im Schlafzimmer. Erschrocken nahm sie beim zweiten Läuten den Hörer ab. Eine Stimme sagte: »Miss Okoh?«

»Ja. Wer ist da?« Ihr Herz klopfte wie verrückt, und der Telefonhörer in ihrer bebenden Hand schlug gegen ihr Ohr. Schweigen am anderen Ende. War er weg? Dann:

»Egal, wer. Ich weiß, wo das Pferd ist. Aber ich möchte es nicht finden. Bringen Sie es woanders unter. Noch vor Abend.« Er hatte aufgelegt.

Oder war die Leitung gekappt worden? Sie stand benommen da, durch den Hörer am Ohr fühlte sie noch immer das Zittern ihrer Hand. Hoffte sie, die Stimme würde zurückkehren? Waren sie abgehört worden? Langsam legte sie auf und sank mit bleierner Müdigkeit auf ihr ungemachtes Bett.

Ihn woanders unterbringen? War es eine Falle? Um ihn auf die von Soldaten wimmelnden Straßen hinauszulocken? Wer war dieser Mann eigentlich? Könnte es sein, dass er es aufrichtig meinte? Wen, um Gottes willen, könnte sie um Rat fragen? Tränen der Einsamkeit stiegen ihr in die Augen. Sie stand auf, wischte sie ab, putzte sich die Nase und ging auf Zehenspitzen in Elewas Zimmer. Sie schlief wunderbar ruhig, wie ein kleines Kind – im Bann eines Traums vielleicht, in dem die schlimme Nachricht noch nicht eingetroffen war, wo das hier Geschehene noch nicht geschehen war. Leise ging sie wieder hinaus, ließ sie zurück, um so viel Kraft wie nur irgend möglich aus der kurzen Gnadenfrist ihrer Träume zu schöpfen. Sie nahm ihre Handtasche und machte sich alleine auf die Suche nach einem sicheren Telefon.

Später im Büro war sie den ganzen Tag über unruhig, fragte sich, ob eine der Dutzenden von Pannen, die das »woanders unterbringen« vereiteln könnten, möglicherweise passiert war und welche. Eine würde genügen. Dasselbe sagte man von Kugeln … Das Schlimmste war, so untätig herumsitzen zu müssen, blöde Briefe zu unterschreiben und nicht zu wissen, was eigentlich los war. Sollte sie schnell einen Anruf von einem anderen Büro aus riskieren, damit sie, auch ohne ein Wort zu sagen, wüsste, ob sein Gastgeber, der schon zur Arbeit gefahren war, als sie die Botschaft übermittelte, informiert und zurückgekommen war, um die nächste Unterbringung zu arrangieren? Und immer wieder – dieser Offizier, war er aufrichtig? Gab es überhaupt noch Aufrichtigkeit in diesen haifischverseuchten Gewässern? Was für ein Spiel spielte er also? Gott! Warum konnte sie nicht einfach in eines der Büros am anderen Ende des Ganges schlüpfen, die Nummer wählen und hören, wer antwortete? Aber Chris würde wütend sein; er hatte so sehr darauf bestanden, dass sie nicht mit ihm in Verbindung treten dürfe … Und wenn sie einfach die Nummer wählte und nichts sagte, könnte das am anderen Ende eine Panik auslösen und zu einem falschen Schritt führen … O Gott!

Schlag halb vier entfloh sie dem Büro wie ein Vogel dem Käfig. (Chris hatte auch darauf bestanden, dass sie um seinetwillen das Büro nicht vor Büroschluss verlassen dürfe, denn sie würde sonst Aufmerksamkeit erregen. Verdammte Gründlichkeit!) Sie ging nicht direkt nach Hause, sondern angeblich einkaufen. Doch vom überfüllten Parkplatz aus suchte sie keineswegs die Geschäfte auf. Der muntere Schritt, der sie beflügelte, als sie zum Parkplatz zurückkam, sprach Bände. Sie beschloss, sich einen Flakon Blue Grass zu leisten, und betrat einen der Läden. Statt eines Fläschchens kaufte sie zwei – eines für Elewa. Dann holte sie noch ein Brot und ein paar andere Lebensmittel und machte sich beschwingt auf den Heimweg. Auf dem Parkplatz legte sie ihre Tasche mit den Einkäufen auf der Motorhaube ab und öffnete den Reißverschluss der Handtasche, um den Schlüssel herauszuholen. Sie durchsuchte die eine Innentasche und dann die andere. Ihr armes Herz begann gleich wieder zu klopfen. Sie sagte sich, sie müsse jetzt ruhig bleiben, tief durchatmen und die Tasche noch einmal gründlich durchsuchen. Das tat sie denn auch und leerte sogar den ganzen Inhalt der Tasche aus. Aber der kleine Schlüsselbund war nicht da. Sie eilte, rannte fast die ganzen hundert Meter bis zu der öffentlichen Telefonzelle. Ein Mann telefonierte. Sie klopfte an die Glastür und versuchte, sie aufzuschieben. Der Mann unterbrach seine Unterhaltung und protestierte laut.

»Es tut mir leid, ich suche meine Autoschlüssel.«

»Hier sind keine Autoschlüssel«, sagte der Mann verärgert, zog ihr die Tür aus der Hand, schloss sie fest und nahm seine Unterhaltung wieder auf, nicht ohne vorher einen langen Zischlaut von sich zu geben – länger, als es Männer normalerweise schaffen. Nachdem sie mit wachsender Hoffnungslosigkeit ihre Schritte durch die verschiedenen Läden, in den Läden und an die Kassen zurückverfolgt hatte, wo sie ihr Portemonnaie aus der Handtasche geholt und bezahlt hatte, kehrte sie niedergeschlagen zu ihrem Wagen zurück. Alle, besonders die Mädchen in der Parfümerieabteilung, erinnerten sich an sie, aber nicht an ihren Schlüsselbund.

Sie war müde, unsäglich müde. Die übliche bedrückende Tyrannei der Sonne wurde plötzlich zum gezielten Racheakt, Vergeltung vielleicht für die nervöse Energie, die sie soeben statt der von oben verordneten Mattigkeit an den Tag gelegt hatte. Ringsumher auf dem Parkplatz sah sie vage und wie im Zeitlupentempo Hunderte, die klüger waren als sie, die gehorchten und denen es wohl erging.

Aus keinem besonderen Grund drehte sie sich um und warf einen Blick ins Wageninnere, und dort sah sie ihre Schlüssel in der Zündung stecken. Jubel! Nun konnte sie nach Hause gehen, und selbst wenn sie den Ersatzschlüssel nicht finden sollte – wovor sie sich sehr fürchtete, seit sie begonnen hatte, Pläne zu schmieden –, könnte sie einen Mechaniker holen, selbst einen Autodieb, der das Türschloss aufbrechen oder mit dem Fenster etwas machen konnte, und wäre wieder flott.

Frohgemut machte sie sich auf die Suche nach einem Taxi. Lag es an der Freude über den wiedergefundenen Schlüssel oder an einer tiefgründigeren Reaktion, hervorgerufen durch die Krise, in der sie und ihre Freunde wie in einem Netz gefangen saßen? Was immer es war, sie begann eine Unterhaltung mit dem Taxifahrer und erfuhr sehr bald Dinge, von denen sie nichts wusste – über Ikems Tod, über den verschwundenen Informations-Commissioner und über die für den nächsten Tag geplante Versammlung der Taxifahrergewerkschaft, die »den Mund auftun wollte zu dieser unglaublichen Geschichte von Ikem Osodis Tod«.

»Wenn Sie irgendwohin müssen, *make you go today*. Morgen fährt kein Taxi.«

Als sie an ihrer Wohnung ankamen, waren Beatrice und der Taxifahrer so gut Freund geworden, dass er sich kein bisschen beschwerte, weil er warten musste, während Beatrice geraume Zeit nach ihrem Ersatzschlüssel suchte. Das Bier, das sie ihm anbot, um ihm die Zeit auf angenehmere Weise zu vertreiben, legte er unter das Armaturenbrett, bis er Pause habe. Er versprach, die leere Flasche morgen auf seinem Weg zu der Versammlung zurückzubringen.

»Diese Mühe brauchen Sie sich wegen der Flasche nicht zu machen«, sagte Beatrice.

»Warum soll ich mir nicht die Mühe machen? *I be monkey*, von dem es heißt, es sei leicht, ihm Wasser zu geben, aber wie kriegt man den Becher zurück?«

Laut lachend stieg Beatrice für die Rückfahrt zum Parkplatz ein. Selbst der Witzbold musste über seinen Witz lachen.

Wie behauptet, war Chris' letztes Versteck um Mitternacht durchsucht worden. Beatrice war ziemlich früh aufgestanden, doch sie musste warten, bis genug Verkehr auf den Straßen war, ehe sie sich hinauswagen konnte, um dort anzurufen. Die Unterhaltung war kurz, Einzelheiten und Namen wurden nicht genannt.

»Besuch gehabt?«

»Ja, sie kamen um zwölf.«

»Probleme?«

»Bis jetzt keine.«

»Bis jetzt?«

»Nun, eigentlich keine. Überhaupt keine.«

»Gott sei Dank.«

Klick!

Sie kehrte, wie sie es manchmal tat, leise durch den Kücheneingang in ihre Wohnung zurück. Elewa saß am Tisch und tunkte trockenes Brot in einen Becher mit Ovomaltine, während Agatha am Türrahmen zwischen der Küche und dem Esszimmer lehnte und ihr zuschaute.

»Was glotzt du? Und was ist das für ein Frühstück? Keine Eier … keine Margarine …«

»*She no ask me for egg or margarine.*«

»Sie hat nicht drum gebeten?«

»*Make you no worry,* BB. Dies hier genügt mir.«

»Agatha, du bist sehr dumm und sehr böse … geh mir aus dem Weg!«

Sie drängte an ihr vorbei in die Küche, nahm drei Eier, schlug sie auf und bereitete ein Omelett. Während sie wartete, bis es fertig war, holte sie die Frühstückssachen aus dem Kühlschrank – Margarine, Orangenmarmelade, Honig, Orangensaft, Milch. Dann setzte sie sich zu Elewa und bestand darauf, dass sie von dem Ei aß und den frischen Orangensaft trank. Beatrice bediente sie, wie es sich gehörte, nicht nur, weil Elewa wegen ihres Leids ein Anrecht darauf hatte, sondern weil sie mit ihrer

Fürsorglichkeit Agatha beschämen wollte, die nicht einmal versucht hatte, ihren Groll darüber zu verbergen, dass sie jemanden bedienen sollte, der, der Verachtung in ihren Augen und der geringschätzigen Art, wie sie die Lippen zusammenkniff, nach zu urteilen, selbst kaum besser war als sie.

Nach dem ersten Aufwallen ihres Zorns entdeckte Beatrice, dass sie zum ersten Mal für dieses arme, verdrehte, vertrocknete und frömmelnde Mädchen etwas empfand, was ihm entgegenzubringen ihr noch nie eingefallen war – nämlich Mitleid. Ja, sie dachte, ihre Agatha, die jeden Samstag vom Morgengrauen bis zum Sonnenuntergang für die Rettung ihrer Seele tanzte und tobte, die Traktate verteilte (einmal, als Beatrice gerade aus dem Zimmer gegangen war, hatte sie sich sogar an Chris rangemacht), war bemitleidenswert. Ja, diese Agatha, die so freigebig mit Traktaten war, die vom errettenden Blut Jesu geradezu troffen, und die doch selbst keinen einzigen Tropfen Nächstenliebe in ihrem eigenen kraftlosen Blut hatte.

Als Beatrice ihren Kaffee trank, an einem Stück Brot knabberte und ein wenig Omelett aß, nur um Elewa Gesellschaft zu leisten und aufzupassen, dass sie sich in ihrem Zustand anständig ernährte, fragte sie sich, warum sich Agatha wohl so gemein Elewa gegenüber benahm.

Natürlich war es ein hartes Brot, Hausmädchen zu sein. Beatrice wusste das. Sie hatte dieses Problem, weiß Gott, nie heruntergespielt oder bewusst auf jemanden herabgeschaut, der in einem Haushalt arbeitete. Denn sie war sensibel und intelligent genug, um die Zusammenhänge verstehen zu können, und ihre Literaturstudien hatten ihren Blick für die Realität notgedrungen geschärft: Im absurden Glücksspiel, das den nachkolonialen Gesellschaften Afrikas ihr Geschick zuteilte, konnte es ohne weiteres geschehen, dass von zwei Menschen, die den Tag als sich vollkommen gleichende Zwillinge begannen, sich der eine am Abend als Präsident wiederfindet, der den Menschen auf den Kopf scheißt, und der andere als Nachtkarrer, der die Scheißkübel der Menschen auf dem Kopf wegträgt. Wie sollte also eine junge Frau wie Beatrice, die intelligent war, mitfühlend, sich der Situation bewusst, auf eine andere, die weniger Glück als sie gehabt hatte, herabschauen und mehr darin sehen als eben genau das – blinden Zufall?

Doch das war es nicht allein. Es kam anderes hinzu. Man nehme nur mal Elewa. Hatte sie nicht bei der großen, launenhaften Lotterie ebenso wenig Glück gehabt wie Agatha? Eine kaum gebildete Verkäuferin in einem Laden, der einem Libanesen gehörte; ihr Zuhause ein einziges Zimmer, das sie mit ihrer Mutter, die einen Kleinhandel betrieb, tief in den Slums von Bassa teilte. Warum war sie nicht bitter geworden? Warum strahlte sie Wärme, Selbstachtung und Vertrauen aus, fühlte man sich zu ihr hingezogen? Warum schien es so selbstverständlich zu sein, sie in dem Gästezimmer unterzubringen, und nicht wie Agatha im Bediententrakt? Sie war Ikems Freundin, das stimmte. Aber war das alles? Und wie kam es überhaupt, dass Ikem unter all den Millionen, die genauso wenig Glück gehabt hatten, ausgerechnet sie als Freundin gewählt hatte? Sie besaß etwas, was ihr selbst das glücklose Los, das sie gezogen hatte, nicht nehmen konnte. Dieses Etwas, durch das Ikem sich zu ihr hingezogen gefühlt hatte und das ihr selbst zuzurechnen war.

Ikem! O ja, Ikem. Provokativer, nervenzermürbender, liebenswerter Ikem! Er war es, er musste die Ursache für diese ungewöhnlichen Gedanken sein! Sie rief sich seinen letzten Besuch in ihrer Wohnung ins Gedächtnis zurück. Obwohl sie ihn danach noch ein paarmal gesehen hatte – das letzte Mal erst vor ein paar Tagen bei Chris, als sie alle zusammen im Fernsehen die Berichterstattung zu seiner Suspendierung verfolgt hatten –, so war dieser letzte Besuch hier in der Wohnung mit seinem Tod immer mehr in den Vordergrund getreten und hatte frühere, ja sogar spätere Erinnerungen verdrängt.

Vielleicht war es der Lichthof dieses Bewusstseins, der Elewa, die, wie es sich herausstellte, ein lebendiges Stückchen von ihm in sich trug, diese neue Strahlkraft verlieh und die nicht nur der Abglanz einfacher Trauer war, der man in Kangan überall zu jeder Stunde begegnen konnte, sondern ein Anhauch – deutlich, fast gottähnlich, der ein Mädchen, das kaum Schulbildung genossen hatte, jedoch freundlich und sehr attraktiv war, in ein verehrungswürdiges Wesen verwandelte.

Doch noch bemerkenswerter schien ihr, wie dieses Bewusstsein nun, da ihr Ärger abflaute, auch die verachtete Agatha einschloss, die sich bis jetzt durch ihr biederes, frömmelndes Pfingstlergehabe hartnäckig der Sympathie Beatrice' entzogen hatte, ja, ausgerechnet sie, so dass vor Beatrice' geistigem Auge ein neues Bild aufstieg, zu dem die Erzählstimme bemerkte: *Nun liegt es an euch Frauen, uns zu sagen, was getan werden muss. Und ganz bestimmt ist Agatha eine von euch.*

Und wer weiß? Vielleicht könnte man sogar sagen, dass Agatha, weil sie so eindeutig, auf so unerfreuliche Weise und so eigensinnig mit ihrem Schicksal haderte, durch ihre unerbittliche Weigerung, sich versöhnlich stimmen zu lassen, der Sache einen wertvolleren Dienst erweist als Elewa mit ihrem stillen Hinnehmen; wertvoll für dem Erhalt der Erinnerung an die Unterdrückung, auf Hochglanz poliert sozusagen und einsatzbereit. Wie wär's damit?

Agatha hatte sich angewöhnt, stundenlang zu weinen, wann immer Beatrice auch nur den leisesten Tadel ausgesprochen hatte, und Beatrice hatte sich angewöhnt, sie dabei vollkommen zu ignorieren. Doch heute, nachdem sie das benutzte Geschirr in die Spüle gestellt hatte, wandte sich Beatrice nach Agatha um, die mit in den Händen vergrabenem Gesicht am Küchentisch saß, und legte ihr die Hand auf die bebende Schulter. Sie hob sofort den Kopf und starrte ihre Herrin ungläubig an.

»Es tut mir leid, Agatha.«

Aus Ungläubigkeit wurde Schock und schließlich ein Sonnenaufgang strahlenden Lächelns.

Die Stimme war leutselig geworden, ja redselig. Zwei Anrufe an einem Tag! Am Morgen rief er an, um ihr sein volles Lob über die Unterbringung des Pferdes andernorts auszusprechen; doch befände sich das Pferd noch immer in Bassa, er müsse ihr eindrücklich nahelegen, dass die Stadt keine sichere Umgebung für es sei. Sie täte gut daran, ziemlich bald einen Überlandausritt zu erwägen.

»Was mich anlangt, brauchen Sie sich keine Sorgen zu machen; ich kann versprechen, ein Pferd nicht zu finden. Aber die anderen sind darin sehr effizient.«

Verwirrt von dieser wunderlichen Mischung aus launigen Bemerkungen und tödlichem Ernst, hörte Beatrice sich sagen: »Meinen Sie es aufrichtig?«, was in ihren Ohren fast so seltsam klang wie die Unterhaltung, die Anlass dazu gegeben hatte. Er gab keine Antwort. Vielleicht hatte er den Hörer bereits vom Ohr genommen und ihre Frage nicht gehört. Oder aber er hatte sie gehört, wünschte jedoch nicht, sich in die verwundbare Lage zu versetzen, befragt zu werden. Auch gut. Man sollte einem geschenkten Gaul nicht ins Maul schauen. Sie hatte den Mann nicht als Privatdetekiv engagiert, deshalb hatte er jedes Recht, die Bedingungen für seine freiwillig bereitgestellte Hilfe festzulegen.

Hilfe, hatte sie gesagt? Sie nahm also bereits an, er sei auf ihrer Seite, rechnete mit ihm. Reichlich verführt. Vorsicht, Beatrice, Vorsicht! Wie sagten doch ihre Leute? Schmähe den Tag nicht, der noch eine Stunde Licht in den Händen hält.

Am Abend rief er wieder an, um die Frage zu beantworten.

»Sie fragten, ob ich aufrichtig sei. Wenn Sie damit meinen, ob ich reite oder ob ich Polo spiele, so ist die Antwort ein nachdrückliches Nein. Aber wenn Sie meinen, ob ich Pferde mag, ja. Ich bin ein Pferdeliebhaber.« Klick!

Also hatte er es doch gehört. Aber er hatte die Zeit gebraucht, einen ganzen Tag, um sich eine kluge Antwort auszudenken. Nun. Sie konnte sich wirklich nicht beklagen … obwohl sie zugegebenermaßen ein wenig über den sportlichen Ton besorgt war, der sich da einschlich. Andererseits, warum nicht? Warum sollte sich dieser unkonventionelle Wohltäter an ihrem eigenen bedrückenden Bewusstsein vom Ernst der Lage messen lassen? Hatte sie vergessen, dass er, trotz seiner Zuvorkommenheit neulich, ein Scherge blieb? Und was läge näher für einen Mann seines Schlages, als einen etwas unorthodoxen Humor an den Tag zu legen – Galgenhumor!

Zwei andere Ereignisse jenes Tages verstärkten Beatrice' Sorge. Die *National Gazette* hatte am Morgen eine seltsame Geschichte gebracht: Der Informations-Commissioner, Mr Christopher Oriko, der in der vergangenen Woche weder in seinem Büro noch in seiner Dienstwohnung gesehen worden sei, habe nach unbestätigten Berichten in einem Flugzeug einer ausländischen Fluggesellschaft das Land mit dem Ziel London verlassen; er habe einen falschen Bart getragen und sei als Priester verkleidet gewesen.

Was führten sie im Schilde? War es Vernebelungstaktik, damit sie ihr zweites Opfer weniger blutrünstig als das erste beseitigen könnten? Um sechs Uhr folgte eine Polizeimeldung: Mr Christopher Oriko, Commissioner für Information, werde von Sicherheitsbeamten im Zusammenhang mit der Verschwörung zum Sturz der Regierung gesucht; jedermann, der Informationen über seinen Aufenthaltsort besitze, sei aufgefordert, diese der nächsten Polizeidienststelle mitzuteilen; die Bürger wurden gewarnt, dass es ebenso schwerwiegend sei, Informationen über einen Verschwörer zurückzuhalten, wie es zu versäumen, eine Verschwörung anzuzeigen oder selbst an einer Verschwörung beteiligt zu sein. Auf jedes dieser Vergehen stehe die Todesstrafe.

Diese Meldung war für Beatrice keineswegs überraschend gekommen. Und doch fröstelte einen beim Vortrag der idiotischen Anschuldigungen zu dem eingeblendeten, wer weiß wo ausgegrabenen und wenig schmeichelhaften Brustbild von Chris, auch ohne die abschließende Todesdrohung.

Sie und Elewa blieben nach der Meldung in nachdenklichem Schweigen sitzen. Agatha, die es anscheinend in der Küche mit angehört hatte und an die Tür gekommen war, lehnte schweigend im Türrahmen. Dann klingelte wie auf Bestellung das Telefon und platzte ins spannungsgeladene Schweigen. Elewa setzte sich hocherhobenen Hauptes auf, wie ein Reh, das Gefahr wittert, dessen gespitzte Ohren auf das bestätigende Geräusch warten. Doch es kam kein heimliches Rascheln und keine blitzende Bewegung. Beatrice' veränderter Gesichtsausdruck, der Tonfall und die Gesprächsfetzen an ihrem Ende zerstreuten das Grauen, das in letzter Zeit Telefongespräche umgab. Der Gegenstand des Gesprächs war tatsächlich die Meldung gewesen, doch wer immer es war, mit dem Beatrice sprach, schien nur freundliche Anteilnahme zum Ausdruck zu bringen. Als sie auflegte, hatten Elewa und Agatha ihrerseits aus ihrer leisen Unterredung eine Schlussfolgerung gezogen. »Madam, *make you no worry*«, sagte Agatha. »Und wenn sie von hier bis Jericho suchen, *they no go find am*. Gottes Macht ist groß!«

»*Amin*«, erwiderte Elewa. »So ist es!«

15

In der Zwischenzeit hatte Chris aus der Enge seines Verstecks weitreichende Fäden gesponnen. Hätte Beatrice in diesen wenigen Tagen seiner dubiosen Karriere innerhalb des Beutespektrums besseren Zugang zu ihm gehabt, wäre sie vielleicht von dem seltsamen Benehmen des Räubers weniger überrascht gewesen, denn noch als Flüchtiger ließ sich Chris seinerseits eine Zuspitzung des Jagddramas nicht nehmen. Durch diesen scheinbaren Luxus gestaltete sich seine bedrängte Lage nicht nur erfreulicher, sondern erlaubte ihm sogar gelegentlich die Illusion, Räuber zu sein und nicht Beute; Spinne, die emsig ans Werk ging, und nicht dem Untergang geweihte Fliege, deren scheinbar ungehinderte Kreise unmerklich enger werden und ein zappelndes Ende finden. War dies ein notwendiger Teil der Psychologie der Verfolgung, dass sie sich selbst, und erst recht dem armen Opfer, sportliches Verhalten und Fairplay vorzugaukeln vermag?

Chris' neues Netzwerk war an der Unterstützung von Freunden festgemacht, die ihn in Gastzimmern und Boys-Trakten beherbergt und ihn bei einer Gelegenheit sogar durch ein loses Brett in die dampfende Hitze und Dunkelheit über der Zimmerdecke geschoben hatten. Dieses Versteckspiel gab allen Beteiligten das hübsche, verschwörerische Gefühl, Teil eines zugegebenermaßen riskanten, jedoch bei weitem noch nicht bedrohlichen Unternehmens zu sein. Nachdem die Polizeimeldung jedoch deutlich genug zum Ausdruck gebracht hatte, dass auf alles, auch auf dieses Spiel, die Todesstrafe stand, hatten Chris und sein derzeitiger Gastgeber ein ernstes Gespräch miteinander und kamen zu dem Schluss, dass es nicht auszuschließen sei, dass der eine oder andere von denen, die bis jetzt mitgespielt hatten, durch diese Wende der Ereignisse Angst bekäme und stillschweigend, um sich seinen eigenen Frieden zu erkaufen, Informationen über Chris weitergeben könnte. Und so wurde die Notwendigkeit, Bassa endgültig zu verlassen, plötzlich ganz dringend. Doch in Anbetracht der kurzen Zeit, die ihm zur Verfügung stand, würde dieser Ortswechsel sehr riskant sein, und es gab keine Möglichkeit, ihn in einem einzigen Schritt durchzuführen. Also wurde arrangiert, dass er und sein Adjutant, Emmanuel, als ersten und vorläufigen Schritt das Beamtenwohnviertel verlassen und sich unter dem Geleit von Braimoh, dem Taxifahrer, in die Slums der nördlichen Stadtteile begeben sollten. Emmanuel Obete war der besagte Vorsitzende des Studentenausschusses, der nach ein paar Besuchen eines Nachmittags seine Tasche mitgebracht hatte und einfach geblieben war.

»Warum bist du zu mir gekommen?«, fragte ihn Chris, nicht gleich am ersten Tag, auch nicht am zweiten, sondern am dritten Morgen, als sie zusammen mit ihrem Gastgeber ein schnelles, aus gebratenen Bananen und Maisbrei bestehendes Frühstück aßen.

»Um mich zu schützen«, sagte Emmanuel, der eine neue Seite seines Wesens, den Clown, offenbarte. Chris und sein Gastgeber schauten sich an und lachten.

»Gibt es bei euch ein Sprichwort von dem Mann, der im Beutel dessen sucht, der selbst sucht?«

Jetzt musste Emmanuel lachen und sagte nein, das gebe es nicht … Aber Moment mal … es gebe ein ähnliches von einem, der ein neues Loch gräbt, um ein altes mit dem Sand auffüllen zu können.

»Der ist vielleicht eine Marke«, sagte Chris zu seinem Freund. Und er belästigte den jungen Mann nicht mehr mit der Frage, warum er gekommen sei.

Emmanuel war auch vor der Polizei auf der Flucht. Doch da er nach Einschätzung der Polizei nur von mittlerer Bedeutung war, wurde er nicht als VIP behandelt, dessen Fotoautomatenfoto im Fernsehen erschien. Ein aufsässiger Funktionär der Studierendenvertretung war nichts Neues für die Polizei von Kangan, und sie würden nicht viel Aufhebens um ihn machen.

»Jetzt möchte ich Ihnen den wirklichen Grund meines Kommens verraten«, sagte Emmanuel etwas später am Tag.

»Aha«, sagte Chris. »Der Grund, den du mir heute Morgen genannt hast, hat mir vollauf genügt. Wie lautet er diesmal?«

»Nun, diesmal ist es, weil die bei der Staatssicherheit so blöd sind, dass sie überall nach mir suchen werden, nur nicht da, wo Sie sind.«

»Hier unterschätzt du wieder einmal die Leute. Das ist äußerst gefährlich. Es ist besser, den Feind zu überschätzen, als ihn zu unterschätzen. Nimm die Sache mit dem fatalen Schuss. Wer sich so etwas ausdenkt, kann nicht ganz blöd sein.«

»Ich glaube nicht, Sir, dass sie sich das ausgedacht haben. Glückstreffer, würde ich sagen.«

Emmanuels geringe Meinung von Armee und Polizei wurde nur noch von seiner düsteren Beurteilung der Journalisten in Kangan übertroffen. Im Zweifel müsse man der Staatssicherheit etwas mehr Grips bescheinigen. Und zu seinem Glück kam ihm die unglaubliche Leichtigkeit, mit der er die Geschichte von Chris' Flucht nach London in der *Gazette* untergebracht hatte, als unbestreitbarer Beweis sehr gelegen. Er, Chris und ihr Gastgeber lachten unbändig, als die Nachricht erschien, und Chris musste als früherer Chefredakteur der *Gazette* beschämt zugeben, dass diese Angelegenheit den Berufsstand der Journalisten in Kangan in der Tat in einem sehr ärmlichen Licht erscheinen ließ.

»Als Sie oder Ikem Chefredakteur waren, wäre das natürlich nie passiert«, sagte Emmanuel in einem Ton, der einer gewissen spitzbübischen Zweideutigkeit nicht ganz entbehrte.

»Danke, Emmanuel. Sehr großzügig!«

»Nein, ich meine es ernst, Sir.« Und diesmal schien dem auch so zu sein.

Doch Chris ließ die Sache keine Ruhe. Noch lange, nachdem sich die allgemeine Heiterkeit über Emmanuels Coup gelegt hatte, sagte er sich immer wieder: »Ein einziger Anruf! Von einem hohen Zollbeamten, der natürlich nicht namentlich genannt werden wollte! Unglaublich!«

Chris' Verkleidung für den ersten Sprung nach draußen war keineswegs so einfallsreich wie Emmanuels Priesterrock. Er trug Braimohs Arbeitskleidung und eine passende Kopfbedeckung dazu, außerdem ein paar Ölflecken im Gesicht und an Hals und Armen, um seine für die neue Kleidung oder für seinen angeblichen Beruf als Einzelhändler für kleine Autoersatzteile zu gepflegt schimmernde Haut etwas zu dämpfen. Der einwöchige Bart, den er sich für alle Fälle hatte stehen lassen, wurde als wenig überzeugend verworfen, besonders als sein Gastgeber halb im Spaß meinte, der Bart des Ehrwürdigen Vaters in Emmanuels weit überzeugenderer Geschichte könne möglicherweise nach sich ziehen, dass sich die Aufmerksamkeit der Polizei in den nächsten Tagen instinktiv auf Kinnpartien richte.

Als Braimoh kam, um Chris für die riskante Tour in den Norden der Stadt abzuholen, saßen zwei Fahrgäste auf dem Rücksitz seines alten Taxis. Er schätzte, dass sie acht oder neun Straßensperren zu passieren hätten. Chris begrüßte die beiden Fremden hinten und setzte sich vorne neben den Fahrer. Ehe sie wegfuhren, wühlte Braimoh im Handschuhfach herum und brachte schließlich drei Kolanüsse ans Tageslicht, die er Chris anbot.

»*Make you de chew am for road.* Alle, die sehen, wie Sie die Nüsse knacken, werden sagen, der arme Mann *never chop breakfast.*«

Die beiden Männer lachten etwas sehr herzhaft über diese

Bemerkung, und Chris, der nicht ganz sicher war, ob diese Männer immer so lachten oder ob sich Böses hinter ihrem Lachen verbarg, warf einen fragenden Blick auf Braimoh, als er nach den dargebotenen Nüssen griff.

»Die beiden sind Freunde. *No worry.*«

Chris nahm die Kolanüsse an sich und bedankte sich bei Braimoh. Dann reichte er den beiden Männern als Friedenszeichen sozusagen eine der Nüsse nach hinten und schob die anderen in die Hosentasche. Da er gesehen hatte, wo sie hergekommen waren, würde er sie zuerst waschen müssen.

Emmanuel kam kurz herausgerannt, um sich schnell zu verabschieden, und verschwand dann wieder im Boys-Trakt hinter dem Haus. Es war vereinbart worden, dass er getrennt reisen würde, um dann später wieder zu Chris zu stoßen. Ohne Schwierigkeiten passierten sie die drei ersten Straßensperren. Die Soldaten und Polizisten sahen müde aus und winkten ziemlich unaufmerksam die Wagen durch. Chris war sich fast sicher, dass Emmanuels Geschichte in der *Gazette* mehr als nur am Rande dafür verantwortlich sein musste, die Gesetzeshüter so unachtsam werden zu lassen. Was für ein prima Kerl war doch dieser Emmanuel! Warum haben wir solche jungen Männer bislang nie gefördert? Nun, um ganz ehrlich zu sein, haben wir nicht einmal gewusst, dass es sie überhaupt gab! Wir? Wer sind wir? Die Dreieinigkeit, die sich einbildete, ganz Kangan gehöre ihr? – so hatte BB es einmal auf recht unfreundliche Weise ausgedrückt. *Three green bottles hanging on the wall* … Eine war schon gefallen, eine wankte. Gleich kippt sie! Dann wird das Wir zum Ich, wird zum Pluralis Majestatis.

In der weiten Kurve kurz vor der Three-Cowrie-Brücke wurde der Verkehr langsamer. Ohne Zweifel eine weitere Straßensperre. Die Idioten von der Polizei mussten natürlich ausgerechnet am Nadelöhr vor der Brücke kontrollieren und den ganzen Verkehr lahmlegen! Endlich war Braimoh um die Kurve und stand auch schon direkt vor der Sperre! Dies war kein gewöhnlicher Kontrollpunkt, sondern eine kombinierte Großaktion von Polizei und Armee. Zwei Militärjeeps und drei Polizeipatrouillenwagen mit blinkenden Lichtern standen am Straßenrand. Weiter vorn wurden die Wageninsassen zum Aussteigen aufgefordert.

Braimoh geriet in Panik und setzte zu einer Kehrtwendung an, was angesichts der zur Verfolgungsjagd bereitstehenden blinkenden Patrouillenwagen ein schwerer Fehler war! Der Mann hinter Chris schrie Braimoh an, in der Spur zu bleiben, und dieser gehorchte prompt. Doch sein unüberlegtes Handeln schien bereits bemerkt worden zu sein.

»*Oga*, schnell raus! Wir gehen zu Fuß!«

Wie ein Blitz war Chris aus dem Wagen und mit ihm der Mann, der gesprochen hatte. Glücklicherweise hatten sie die Außenspur am Kantstein.

»*Quick, make we de go*!«

Als sie mit forschem Schritt vom Wagen weg auf die Brücke zugingen, kam der Soldat, der Braimohs verdächtiges Manöver gesehen zu haben schien, sofort auf sie zu. Chris beobachtete ihn aus dem Augenwinkel, bis sie auf gleicher Höhe waren. Der Soldat blieb stehen.

»He, stehen bleiben!«, schrie er. Chris und sein Begleiter blieben auf dem Gehweg stehen und wandten sich dem Soldaten auf der Straße zu. Sein Gesicht war durch drei tiefe Narben auf beiden Wangen gekennzeichnet. Als er den Befehl brüllte, hatte er seine automatische Waffe von der Schulter genommen. Die Breite eines Autos trennte ihn von Chris und seinem Begleiter.

»*Where you de go*?«

»Wir gehen zum Three-Cowrie-Markt.«

»Was hast du in der Tasche? *Bring am here*!«

Chris' Begleiter trat zwischen zwei Wagen hindurch auf die Straße hinunter und öffnete seine schmutzige Einkaufstasche, damit der Soldat sie inspizieren konnte.

»Du da, komm her. *Wetin be your name*?«

»Sebastian«, erwiderte Chris, wobei ihm eine schnelle Inspiration den Namen seines Hausangestellten eingab.

»Sebastian wer?«

Er wusste es nicht. Doch glücklicherweise wurde ihm schnell genug klar, dass das nichts ausmachte.

»Sebastian Ojo.«

»*What work you de do*?«

»Er verkauft Autoersatzteile.«

»Hab' ich dich gefragt? *Or na you be him mouth*?«

»Ich verkaufe Autoersatzteile«, sagte Chris.

»Wie kommt es dann, dass du zu Fuß gehst, wo du doch Autoersatzteile verkaufst?«

»Der Motor in seinem Auto ist kaputt.«

»*Shurrup! Big mouth. I no ask you*!«

Doch er hatte die brenzlige Aufmerksamkeit bereits von Chris abgelenkt und ihn ein wenig aufatmen lassen, gerade als der Boden unter seinen Füßen heiß und seine Knie schwach wurden. Chris' rechte Hand, die ihm schwer und untätig an der Seite hing, fand ihren Weg in die Hosentasche, spürte dort eine der Kolanüsse und förderte sie zutage. Bei ihrem Anblick leuchteten die Augen des Soldaten auf. Chris brach die Schließfrucht auf und gab ihm die größere Nuss, die andere steckte er sich selbst in den Mund. Der Soldat nahm die Gabe begierig entgegen und kaute laut und schmatzend.

»Danke, Bruder«, sagte er, heftete seinen Blick auf Chris und kniff die Augen zu, möglicherweise in dem Bemühen, sich zu erinnern. »Nur ein armer Mann merkt, wenn sein Bruder *never chop since morning. De big Oga,* die den armen Mann in die Sonne stellen, denken an so was nicht. Warum nicht? Weil ihr eigener Bauch voll ist mit Cornflakes und Milch und Omelett.« Er musterte Chris von neuem und tippte sich dann an die Stirn. »Ich glaube, ich hab' dich schon mal irgendwo gesehen.«

»Hast du vielleicht schon mal was bei ihm im Laden eingekauft, um dein Motorrad zu reparieren?«, sagte Chris' Begleiter.

»Welches Motorrad? *I tell you say I get machine?*«

»Ach, mach dir nichts draus. Kein Zustand dauert ewig. Eines Tages *you go get*. Glaubst du denn, wenn ich so rede, ich hätte ein Motorrad? Ich hab' nicht mal ein gewöhnliches Fahrrad. Aber ich glaube ganz fest daran, dass ich das Fahrrad und das Motorrad überspringe und in einem Auto lande! Dann kommt einer und hält mir die Tür auf und sagt *Yes Sir*! Und ich trage meinen Bauch vor mir her wie eine Frau, die gerade schwanger geworden ist, setze mich hinten auf den Ehrenplatz, stecke eine Zigarette in den Mund anstatt der Kolanuss und sage zum Fahrer *comon move*! Ich glaube da ganz fest dran. Du musst auch fest daran glauben. Dann wird alles gut werden.«

Das wehmütige Lächeln des Soldaten passte nicht recht zu seinen grimmigen Clannarben.

Gelassen wanderten sie über die Brücke und warteten darauf, dass Braimoh und sein Begleiter ihre eigene Tortur durchgestanden hätten. Chris war nun wieder ganz obenauf, so sehr, dass sein Gang geradezu etwas Beschwingtes an sich hatte. Er ging sogar so weit, dass er seinem Begleiter vorschlug, von nun an die Straßensperren zu Fuß zu passieren, das hätte die besten Chancen.

»Werden Sie dann auch nicht wieder vergessen, wo Sie arbeiten?«, fragte sein Begleiter neckend. »Als Sie dem Soldaten nicht gleich antworteten, hat mich echt die Angst gepackt, *I make pray*, dass sich dieser Mann nicht als Informations-Commissioner vorstellt!«

»Ich, Commissioner? Wo denkst du hin! Ich hab' einen ganz, ganz kleinen Handel mit Autoersatzteilen – original und aus Taiwan.«

»*Ehe! Talkam like that*. Kein unsicheres Gerede mit Zitterstimme! Aber sehen Sie, *Oga*, es ist nicht schwer, Big Man zu sein, aber ein armer Mann sein, das ist keine kleine Sache. Nichts als *wahala. No be so?*«

»Ja, so sehe ich das auch. Vor dem heutigen Tag hab ich nicht gewusst, dass man, um als kleiner Mann zu gelten, ein besonderes College besuchen muss!«

Dies nun gefiel seinem Begleiter, und er lachte lange und laut. »*Na true you talk, Oga. Special College!* Elementarschule des Armen Mannes!«

Fröhlich marschierten sie weiter und beredeten leise miteinander ihre soeben erfolgreich überstandene Prüfung. Chris fragte sich, warum sie der Soldat überhaupt angehalten hatte. Hatte er doch bemerkt, wie sie aus dem Taxi ausgestiegen waren?

»Überhaupt nicht!«, sagte sein Freund. »Soll ich Ihnen sagen, warum er uns angehalten hat? Weil Sie so ängstlich gegangen sind, als fürchteten Sie, eine Ameise zu zertreten. Und gleichzeitig haben Sie den Mann *corner-corner* aus den Augenwinkeln heraus beobachtet. Das nächste Mal müssen Sie forsch auftreten, als würden Sie sagen, die Straße gehört meinem Vater.«

»Danke«, sagte Chris. »Das muss ich mir merken … Nicht leicht, erfolgreich kleiner Mann zu sein.«

16

Die Reise in den Norden begann fünf Tage später. Die Wahl war ganz natürlich auf Abazon als Zufluchtsort gefallen. Auf rein gefühlsmäßiger Ebene sprach dafür, dass es Ikems Heimatprovinz war, die, obwohl er in den vergangenen Jahren selten viel Zeit dort verbracht hatte, auf paradoxe Weise Nährmutter seiner besten Eingebungen geblieben war, so dass nun, da er tot war, die Reise dorthin für Chris und Emmanuel zu einer Art Pilgerreise wurde.

Außerdem war die Provinz auf so unbestimmte wie umfassende Weise gegen das Regime. Man konnte sie in der Tat als natürliches Guerillaland bezeichnen, selbstverständlich nicht im wörtlichen Sinn des geplanten, bewaffneten Kampfes, was zum jetzigen Zeitpunkt noch extrem weit hergeholt wäre, sondern im engeren, aber entscheidenden Sinn einer Gegend, in der, um einen Behördenslogan zu borgen, »Vertrauliches vertraulich behandelt wurde«.

Und zu guter Letzt stammte, wie es sich herausstellte, Braimohs Frau Aina aus dem südlichen Abazon, und Braimoh hatte sich bereit erklärt, den illustren Flüchtling persönlich seinen Schwiegerleuten zur sicheren Verwahrung zu übergeben.

Alle diese Vorzüge von Abazon mussten natürlich vor dem Hintergrund des einen beachtlichen Nachteils gesehen werden, dass es nämlich eine Gegend war, in der das Regime möglicherweise mit einem offenen Auge schlief – besonders seit Ikems Tod und dem hässlichen Ausbruch einer erneuten Krise aufgrund der Weigerung der Regierung, seiner Verwandtschaft den Leichnam zur Beerdigung freizugeben, und dies unter dem dreisten Vorwand, dass die Untersuchungen der Umstände, die zu seinem Tod geführt hätten, noch nicht abgeschlossen seien!

Die Nacht vor Antritt der Reise war recht außergewöhnlich gewesen. Auf eigenen Wunsch war Beatrice von Braimoh im Taxi eines Freundes auf Umwegen gebracht worden, um Chris Lebewohl zu sagen. Sie trug bei dieser Gelegenheit abgelegte Sachen aus dem roten Segeltuchsack, in den ihre Altkleider wanderten und auf die nächste Heilsarmeesammlung warteten. Elewa war mitgekommen. Es sollte ein kurzer Besuch sein, anschließend würden die beiden jungen Frauen wieder ein anderes Taxi nehmen, zur nur wenige Kilometer entfernt liegenden Behausung von Elewas Mutter fahren und dort die Nacht verbringen. Eine allzu späte Rückkehr zu Beatrice' Wohnung im Beamtenviertel, was möglicherweise unnötige Aufmerksamkeit erregen würde, sollte vermieden werden.

Doch die Anstrengung und die verwirrenden Ereignisse der vergangenen Tage und Nächte, die Beatrice mit solcher Unerschrockenheit und ganz allein durchgestanden hatte, schienen bei diesem quälenden Wiedersehen plötzlich mit unerträglicher Schwere auf ihren Schultern zu lasten. Musste sie denn wirklich die Rolle der unglücklichen Geliebten in einem billigen, sentimentalen Film spielen, die verzweifelt aus dem Fenster eines Expresszuges ihrem Liebsten am Fenster eines in Gegenrichtung in einen anderen dunklen Tunnel rasenden winkt? Und so lehnte sie sich mit verzweifelter Entschlossenheit auf, die in der machtvollen Vorahnung begründet war, dass sie und Chris am heutigen Abend an einem Kreuzweg angelangt waren, hinter dem ein neuer, unvorhersehbarer und noch nie dagewesener Tag anbräche, dessen Ernte in dem langen, auf ihrem Haupt balancierten Korb ihr erst die neue Morgenröte offenbaren würde.

Und so geschah es, dass Beatrice, ungewohnt bange, beschloss, sich an dem dünnen Faden, der sie mit den Tagen verband, die sie einstmals gekannt hatte, festzuhalten und die seidenen Fäden der Stunden und Minuten dieser letzten vertrauten Nacht ins Unendliche zu spinnen.

»Ich werde bis morgen früh hierbleiben«, erklärte sie aus dieser felsenfesten Entschlossenheit heraus, gerade als Braimoh zum zweiten Mal einen Blick durch die Tür warf, um Anweisungen wegen eines Taxis entgegenzunehmen. Blicke wurden gewechselt, doch keiner wagte Einspruch zu erheben. Ganz im Gegenteil – in aller Eile wurden um eine nunmehr ungerührte Beatrice herum neue Vorkehrungen erwogen, diskutiert und beschlossen, während sie mit über der Brust verschränkten Armen, unbeweglich wie eine Gottheit in ihrem Schrein, den Blick unverwandt ins Leere richtete.

Wie aus weiter Ferne nahm sie die Diskussion und was schließlich beschlossen wurde, wahr: Elewa würde Emmanuel im Taxi mit zu ihrer Mutter nehmen; Braimoh würde die fünf Kinder zum Schlafen im Haus eines Nachbarn unterbringen …

»O nein, nein, nein!«, sagte Chris plötzlich wie vom Traum erwacht und stampfte heftig mit dem Fuß auf den mit Linoleum ausgelegten Boden. Aller Augen wandten sich ihm zu, doch er schüttelte nur immer wieder den Kopf, ehe er mit großer Entschlossenheit erklärte, dass die Kinder nicht ausquartiert werden dürften. Folgender Gedankengang etwa hatte diese Reaktion bei ihm ausgelöst: Ich habe schon Braimoh und seine Frau Aina nicht daran hindern können, mir ihr Bett abzutreten und sonst wo zu übernachten. Nun werden, verdammt nochmal, ihre fünf Kinder nicht auch noch wegen Beatrice ihrer Schlafstätte beraubt werden.

Aufgeregt flüsternd lehnte er sich vor und erklärte ihr seine Überlegungen. Ohne einen Augenblick zu zögern, reagierte sie darauf – ihr ganzes Sein und alle ihre Gedanken waren so vollkommen auf Chris' Metamorphose von körperloser Stimme zurück in ein Wesen von Fleisch und Blut konzentriert gewesen, dass kein Raum geblieben war für Dinge wie Betten und Fußböden auf wessen und zu welchen Kosten. Nun aber setzte sie sich ebenso entschlossen wie Chris für die Kinder ein. Aufrichtig bestrebt, wiedergutzumachen, sagte sie weiter, was sie anlange, so benötige sie für die Nacht nichts anderes als den Stuhl, auf dem sie sitze.

Später dann musste Chris sie mehrere Male rufen, ehe sie sich entschloss, von jenem Stuhl aufzustehen, über die schlafenden Kinder zu steigen, ihr Gele an einen Nagel in der Wand zu hängen und zu dem Bett hinüberzugehen. Sie schämte sich noch immer wegen ihrer Gedankenlosigkeit. Doch woher hätte sie wissen sollen, dass sie, während sie einfach dem Impuls gehorchte, diese eine Nacht vor einer Reise ins Unbekannte in Chris' Nähe zu bleiben, auf selbstsüchtige Weise eine arme Familie vor die Tür setzte? Warum hatte ihr das niemand gesagt? Oder hätte sie, wie es im Volksmund hieß, einfach an ihrem Finger riechen und wissen müssen? Und wer überhaupt hätte ihr Bescheid sagen sollen? Braimoh etwa? Verstehen Sie, Miss, meine Frau und ich verbringen die Nacht auf dem Fußboden eines Nachbarn, und unsere fünf Kinder schlafen hier auf dem Boden, da ist für Sie kein Platz. Oder Chris? Ja, Chris, der Informations-Commissoner, hätte sie informieren müssen, nicht *hinterher*, sondern *vorher*. Doch woher hätte selbst er von dem Impuls wissen sollen, der in ihr brodelte und dann in ihrem Entschluss wie ein Vulkan aus ihr herausbrach? Der Fehler lag also bei ihr. Obwohl sie nicht bewusst darüber nachgedacht hatte, musste sie wohl in irgendeinem unaufmerksamen Bereich ihres Denkens von der Annahme ausgegangen sein, dass die eine oder andere von all den Türen in dem langen, übelriechenden Gang, der sich durch den Bauch dieses luftlosen Mietshauses zog, in noch andere von Braimoh und seiner Familie bewohnte Räume führen würde. Warum hatte sie das eigentlich angenommen? Jedermann wusste doch, dass die großen Familien der Armen in den Städten in einem einzigen fensterlosen Zimmer wohnen mussten. Hatte sie im Glauben gelebt, dieses Wissen werde für sie im Bereich des Hörensagens bleiben, nie werde es ihr Los sein, es in Gestalt einer wirklichen Familie zu erfahren und die mageren Ressourcen sogar eine ganze Nacht lang zu teilen?

Chris rief wieder nach ihr. Er hatte sich bereits auf das Bett hinter den beiden großen Vorhängen aus billigem Baumwollstoff gelegt, die an einer Kordel befestigt waren, die sich von einer Wand zur anderen spannte, in der Mitte jedoch durchhing, so dass man den Wunsch verspürte, die Kordel fester um den Nagel zu wickeln, an dem sie befestigt war.

Sie suchte sich sorgsam ihren Weg durch das Gewirr junger schlafender Körper auf Strohmatten am Fußboden und erreichte schließlich das Bett. In ihrer Tasche hatte sie einen Schlafanzug mitgebracht, doch die Tasche war ungeöffnet neben dem Stuhl stehengeblieben. Nun saß sie auf der Bettkante, zog ihre Bluse aus und warf sie über die durchhängende Vorhangkordel. Dann löste sie ihr Hüfttuch, band es lose über der Brust wieder zusammen und legte sich neben Chris.

Ihre Liebe in jener Nacht konnte sich wegen mancherlei Einschränkungen nicht so recht entfalten. Zumindest zwei der Kinder auf dem Fußboden vor dem Baumwollvorhang – ein Junge und ein Mädchen – wären fraglos so weit eingeweiht, dass sie wüssten, ob etwas hinter dem Vorhang vor sich ging und was. Außerdem war da noch das bei der leisesten Bewegung in vielfachen Tonlagen knarrende Bett.

Das Zimmer hatte eine einzige Tür. Sie führte auf den langen Mittelgang und war von innen verriegelt. Dann gab es am Bett noch eine Holzklappe, die auf einen riesigen stehenden Abwasserkanal hinausging. Also musste die Luke stets geschlossen bleiben, um den Gestank und die Stechmücken draußen zu halten.

Doch genug von beidem fand seinen Weg herein. Sobald die einsame Glühbirne im Zimmer ausgeschaltet war, begannen die Mücken ihren Singsang, was immer schlimmer war als das

Stechen und, wie einige meinen, noch schlimmer als die Bisse der Wanzen, die alsbald den Stechmücken folgten und ihren nächtlichen Angriff auf diese glatthäutigen Eindringlinge aus dem Beamtenviertel bis zum Morgengrauen nicht einstellten. Kein Wunder, dass Chris so abgezehrt und erschöpft aussieht, dachte Beatrice.

Wohl mochten diese konkreten Ärgernisse die Riten dieser letzten Nacht eines langen Dramas gestört haben, das mehr als nur diese beiden Standhaften zu Darbietungen an Liebe und Freundschaft, Verrat und Tod vereint hatte, doch ließ noch anderes als Hitze und Ungeziefer den Hauptzelebranten zögern.

Chris hatte gleich, als sie am Abend das Zimmer betreten hatte, bemerkt, dass sie eine mächtige Aura jener anderen Beatrice umgab, die er in ehrfürchtigem Scherz stets als göttinnengleich bezeichnet hatte. Und als er im Bett lag und sie rief, sich zu ihm zu legen, als er beobachtete, wie sie sich im fahlen Dunkel des Zimmers schließlich von ihrem Stuhl erhob, war er hingerissen von ihrem würdevoll schreitenden Gang, der an das Erscheinen der Maskenträgerin der Agbogho Mmuo gemahnte – aufrecht, hoch erhaben, mit großem Kopfputz, noch nicht entweiht vom Tanz.

Sie wies ihn nicht zurück. Aber sie beschränkte sich auf das für ihr Ritual Gebotene. Er verstand vollkommen und bemühte sich bald darum, ihrer beider Gedanken mit Geschichten aus der Kindheit abzulenken. Die Stechmücke, die Chris wiederholt, jedoch erfolglos mit einem alten Hemd, das er zu genau diesem Zweck mit ins Bett gebracht hatte, zu erlegen versuchte, sirrte wie in der Fabel umso beharrlicher um das ihren Antrag abweisende Ohr. »Welche Entschuldigung hat die Wanze dafür vorzubringen, dass sie beißt, ohne vorher zu singen?«, fragte Beatrice.

»Von ihr heißt es, dass der Mensch einmal versucht habe, sie und ihre frisch geschlüpfte Brut mit einem Kessel voll kochenden Wassers umzubringen. Ihre Kleinen waren drauf und dran den Kampf aufzugeben, doch sie sagte zu ihnen: Gebt nicht auf, was heiß ist, wird einmal kalt werden.«

»Und lebten dahin und beißen noch heute.«

»Genau.«

»Ich frage mich, was sie ihnen nach einer guten Dosis Insektenspray sagen würde?« Was sie wiederum veranlasste, Chris zu fragen, warum er nicht daran gedacht habe, sich, seit er hierhergekommen war, eine Dose FLIT zu kaufen.

»Am ersten Abend hab' ich tatsächlich daran gedacht, aber am nächsten Morgen entschloss ich mich dagegen.«

»Wie bitte?«

»Verstehst du, Emmanuel hat mich darauf hingewiesen, dass Insektenspray ein Mittel ist, das sich unser Gastgeber nicht leisten kann, und dass es deshalb besser wäre, ihn nicht durch das Mitbringen einer Dose zu beleidigen. Ich war überwältigt von dieser Argumentation, und er gab mir das Geld zurück, das ich ihm gegeben hatte, um an der Tankstelle eine Dose zu besorgen.«

Beatrice schwieg. Dann sagte sie: »Ein Unikum, dein Emmanuel! Aber ich bin sehr froh, dass ich nicht fünf Nächte hier verbringen muss.«

Ihre leise Unterhaltung wurde plötzlich von Rumoren auf dem Fußboden unterbrochen. Es schien, dass eines der Kinder seinen Bruder nassgemacht hatte. Der Protest, zuerst schläfrig vorgebracht, verschärfte sich zusehends und wurde zur eindeutigen, hellwachen Beschuldigung und zu allgemeinem Aufruhr; jemand begann zu weinen und nach der Mutter zu rufen. Klick!, machte der Schalter, und die einzelne, nackte, von der Mitte der Zimmerdecke hängende Glühbirne überflutete das Zimmer mit Licht. Chris und Beatrice verhielten sich still wie zwei Mäuse, die weit weg von ihrem Loch aufgeschreckt werden und hinter Gerümpel in einem überfüllten Raum Zuflucht suchen.

»Pst!« Der älteste der drei Jungen oder das größere der beiden Mädchen hatte offenbar das Kommando übernommen. Es herrschte wieder Ruhe. Wahrscheinlich verständigten sie sich mit Händen und Blicken, zeigten zweifellos auf das Bett mit seinen illustren Gästen. Der Schalter machte wieder Klick, und die Dunkelheit kehrte zurück, für kurze Zeit noch von leisem Flüstern begleitet; dann war alles still.

Chris und seine beiden Gefährten hatten eine gute Entscheidung getroffen, als sie beschlossen, mit dem Bus anstatt mit Braimohs Taxi in den Norden zu reisen, denn ein Bus zog unbedingt weit weniger die Aufmerksamkeit auf sich als ein Taxi, selbst wenn es ein so betagtes Gefährt war wie Braimohs.

Der Bus, für den sie sich entschieden hatten, gehörte zu einer neuen Generation von Transportmitteln, die selbst den des Lesens und Schreibens Unkundigen unter der Bezeichnung *Luxus* bekannt waren; so benannt, weil sie aus der Fabrik kamen und mit gepolsterten Sitzen ausgestattet waren. Chris war noch nie in einem *Luxus* gefahren. Seine letzte Erfahrung mit Bussen in Kangan lag viele Jahre zurück, in der Zeit, ehe er zum Studium nach England gegangen war. In jenen Tagen waren Busse noch die rohe Handarbeit von mutigen und einfallsreichen Schweißern, Schlossern und Autospenglern gewesen, die jedes Blech, das ihnen unter die Hände kam, zu einem Behälter auf Rädern zurechtklopften und dann einen Schildermaler beauftragten, das Ganze über und über mit dem Wort BUS in verschnörkelten Lettern zu bemalen.

Ehe er einstieg, umrundete Chris den *Luxus* und musterte das Fahrzeug von allen Seiten, als wolle er es möglicherweise kaufen. Er empfand seltsamen Stolz angesichts der Verwandlung, die trotz allem ihren Ursprüngen treu blieb. Die verschnörkelten Schriftzüge waren vom Wohlstand praktisch unangetastet geblieben. Vielleicht arbeiteten die Schildermaler seiner Jugend noch immer, oder, was wahrscheinlicher war, sie hatten Generationen von Lehrlingen in ihrer seltsamen Schreibkunst unterwiesen. Und es war durchaus denkbar, dass der einfallsreiche

Schlosser und Schweißer, der am Straßenrand gearbeitet und die ersten Busse geschaffen hatte, heute Verwaltungsdirektor des Transportunternehmens war, das eine Flotte von *Luxus* sein Eigen nannte! Wenn es schon am oberen Ende keinen Fortschritt in den Angelegenheiten der Nation gegeben hatte, so doch eindeutig am unteren Ende, wenngleich ohne offizielle Richtungsweisung und deshalb nur halb erreicht. Seit langem schon hatten die Schildermaler ihren Auftrag, einfach das kurze Wort BUS zu übertragen, auf die Verkündigung kunstvollerer Botschaften erweitert, ganz in der Tradition jenes unbekannten Mönches vielleicht, der ernsthaft und unablässig bei Kerzenlicht arbeitete und wie schon unzählige Male zuvor das Vaterunser abschrieb und der dann, von einer noch nie dagewesenen Inbrunst ergriffen, beschloss, das Gebet mit einer neuen, phantastischen Formulierung eigener Erfindung abzuschließen: *Denn dein ist das Reich und die Kraft und die Herrlichkeit in Ewigkeit, Amen!*

Die Schildermaler von Kangan arbeiteten nicht in der dunklen und heiligen Abgeschiedenheit von Klosterzellen, sondern unter dem feurigen Auge der Sonne auf den jedermann zugänglichen Marktplätzen. Und doch, den Mönchen darin nicht unähnlich, suchten sie danach, in ihrer Arbeit die Vergangenheit einzufangen und Zukünftiges zu erfinden. In roten, weißen und gelben Buchstaben verkündete der blaue Rumpf eines *Luxus* drei verschiedene Botschaften – eine hinten, eine andere auf jeweils beiden Seiten und die dritte und vielleicht wichtigste, quasi die Schlagzeile, über der Windschutzscheibe.

Chris, der nun völlig mit seinen neuen Lebensbedingungen als erstaunt beobachtender Neuling im Leben von Kangan ausgesöhnt war, merkte sich diese Inschriften.

Die Botschaft auf der Rückseite des Busses, geschrieben in der einheimischen Sprache von Bassa, außerordentlich knapp und präzise und deshalb schwer, wenn nicht unmöglich zu übersetzen, lautete einfach: *Ife onye metalu* – Unsere Taten fallen. Auf den Seiten erschienen auf Englisch die Inschriften: *All Saints Bus*, und vorn, auch auf Englisch, verkündete die Inschrift endlich (oder vielleicht anfänglich): *Angel of Mercy*, Engel der Barmherzigkeit.

Chris belegte einen Fensterplatz in der Mitte; Braimoh hatte sich bereits einen Platz ganz vorn gesichert, gleich hinter dem Fahrer, während Emmanuel im hinteren Teil des Busses auf einem Platz am Gang mit einem äußerst attraktiven Mädchen vom Fahrkartenschalter schäkerte, dessen betörende Gesichtszüge selbst bei Chris einen nachhaltigen Eindruck hinterlassen hatten.

Diese drei Botschaften trieben ihn um. Als Gegenmittel gegen die Angst kamen sie vielleicht gerade recht. Nach der Fast-Katastrophe an der Three-Cowrie-Brücke hatte er beschlossen, dass sein Gesicht in brenzligen Lagen seine innere Verfassung zu deutlich wiederspiegele, und er arbeitete seither an einer hoffentlich bald gelasseneren und daher zweckdienlicheren Miene.

Doch es war eine Sache, Atem- und andere Entspannungsübungen vor einem Spiel zu proben, und eine ganz andere, tatsächlich entspannt aussehen zu können, wenn jetzt zum Beispiel finstere Staatssicherheitsleute den Bus besteigen sollten. Oder um es mit den Worten eines jüngst erteilten guten Rats zu sagen: Wie sollte er es schaffen, in einer solchen Notlage der Welt gegenüber den Eindruck zu erwecken, dass dieser ungewohnte Bus, in dem er jetzt nervös saß, tatsächlich das Eigentum seines Vaters war?

Paradoxerweise konnte Braimoh, der nichts Nennenswertes auf dieser Welt besaß, einfach durch die Art und Weise, wie er dort vorne Platz genommen hatte, durchaus als der wahre Sohn des Besitzers des *Angel of Mercy*, alias *All Saints Bus*, alias *Ife onye metalu* gelten.

Als Chris einen Blick nach hinten warf, sah er Emmanuel, der auch nichts besaß, zumindest im Augenblick nicht, ebenfalls recht locker dasitzen – nicht ganz so gelassen wie Braimoh natürlich, doch weitaus mehr als seine Wenigkeit, immerhin Teil des Triumvirats, bitte sehr, dem ganz Kangan gehörte! Er lächelte bitter. Diese Beatrice musste man wirklich im Auge behalten!

Hätte er jetzt ein Buch dabei, könnte er sich darin vertiefen und verhindern, dass ihn sein Gesicht verriet. Allerdings würde nur ein Verrückter, um der Aufmerksamkeit anderer zu entgehen, in einem Bus von Kangan ein Buch lesen. Der einzige Lesestoff, den er in seiner Tasche hatte, waren ein paar nicht signierte und harmlose Gedichte, die er aus den zerstreuten Papieren in Ikems Haus gerettet hatte.

Also fielen ihm jene Dekorationen und Verschönerungen auf dem *Luxus* ein und beschäftigten seine Gedanken. Die christliche und quasi-christliche Schreibkunst stellte kein Problem dar und schreckte nicht. Doch mit dem dritten Spruch verhielt es sich ganz anders: *Ife onye metalu* – eine in ihrer Uneindeutigkeit dunkle und bedrohliche Feststellung. Unsere Taten fallen … auf uns zurück? Fordern ihren Tribut? War das alles? Nein, das war nur ein Teil davon, dachte Chris, der weitaus harmlosere Teil. Das wirkliche Gewicht dieser rätselhaften Schrift schien das Ganze umzukehren. Was immer über einem schwebte, was immer sich da rächen sollte, konnte doch wohl nur das sein, was man auf die eine oder andere Weise, wenn nicht in diesem, so doch in einem vorigen Leben verbrochen hatte. Das war's! Diese drei Worte also, im Gewand einer archaischen Sprache und verborgen am hinteren Ende des Busses, erweisen sich als erste Strophe eines eindringlichen heidnischen Wechselgesangs, der eine atavistische und tödliche Intonation des Leidens darstellte. Der Schuldige leidet; der Leidende ist schuldig. Und was die Rechtschaffenen anlangt, jene, deren Arme gerade gewachsen sind (zu denen zweifelsohne der Besitzer des *Luxus* gehört), *ihnen* wird es immer gutgehen!

Nach einer Denkpause begann Chris zu lächeln – nicht über

die unerhörte, somit entlarvte Dogmatik, sondern über die nüchterne Vorsicht des Besitzers des *Luxus*, der die Geistesgegenwart besessen hatte, seinen wertvollen Besitz mit einer schutzbringenden Versicherung aus jedem ihm bekannten Glauben zu umgeben; sollte die eine nicht zünden, würde die Nächste funken. Er war noch einen Schritt weitergegangen als der Pessimist, der seine Hose mit einem Gürtel wie auch mit einem Paar Hosenträger festhält – er tat noch einen extra Gürtel dazu, der rundherum freizügig mit kleinen, in Leder gefassten Amuletten besetzt war!

17
Die Große Straße in den Norden

Die Sorte von Menschen – ansässige Bourgeoisie und ausländische Diplomaten –, die sich bei Cocktailpartys an einen heranmachen und einem versichern, dass Bassa keineswegs Kangan sei, sind genau die, die sich unablässig so aufführen, als sei Bassa tatsächlich Kangan. Warum? Weil sie, wie alle anderen guten Menschen auch, noch nie mit dem Bus Bassa verlassen haben und auf der Großen Straße in den Norden gereist sind. Hätten sie es auch nur ein einziges Mal getan, so wären sie bekehrt und würden aufhören, so zu schwafeln! Doch sie bringen stets die Entschuldigung vor, diese Reise sei zu gefährlich, zu heiß und vor allem für vielbeschäftigte Leute wie sie zu lang.

In dem Maße nun, wie die Macht dieser schlichten, verunehrten Realität jeden von Chris' fünf oder auch sechs Sinnen traf, mit derselben Wucht, wie Insektenschwärme nach dem ersten Regen Straßenlampen bombardieren, drang das sich daraus ergebende Wissen durch jede Pore seiner Haut bis ins tiefste Innere seines Seins und setzte die bereits begonnene Verwandlung des Mannes, der er war, fort.

Was wäre, fragte er sich, wenn sich das Glücksrad drehte und ihn an die Schauplätze seines vorigen Lebens zurückversetzte – Cocktailrunden, jene hohlen Rituale, die er, um fair zu sein, stets wegen ihrer vollkommenen Leere verabscheut hatte, und vielleicht noch mehr, weil sie ihm rein physisches Unbehagen bereiteten. Da er etwas schwerhörig war, zwangen ihm die hundert oder mehr zu einem allgemeinen Dröhnen verstärkten Unterhaltungen eine Hörblockade auf, und es blieb ihm nichts anderes übrig, als ziellos von einem Paar sich bewegender Lippen zum anderen zu wandern, nichts hörend, nur idiotisch lächelnd. Was würde er tun – Gott bewahre –, sollte er sich in jener Folterkammer wiederfinden? Er würde um den Mut beten, jedem Lippenpaar und jeder Zahnreihe, ehe er weiterging, zu sagen: »Es ist die reine Wahrheit, *obwohl* es von Ihnen kommt!« Und vielleicht würde er für seinen Mut mit dem seltenen Vergnügen belohnt werden, mit anzusehen – da er ja nicht hören konnte –, wie ein Hohlkopf nach dem anderen köstliche Sekunden lang verdattert die Klappe hielt, weil seinem nicht stillstehenden Mundwerk lediglich ein »*How the go de go?*« entschlüpft war. Beatrice hatte natürlich vollkommen recht mit ihrem Entschluss, nie zu Cocktailpartys zu gehen; doch dann war Beatrice auch nie das Missgeschick widerfahren, Informations-Commissioner zu sein. Nein, Bassa war ganz gewiss nicht Kangan. Von seiner Warte am Fensterplatz im *Luxus* aus konnte Chris sich dafür verbürgen!

Die undurchdringlichen Regenwälder des Südens, in denen sich selbst eine große Autostraße wie ein sich schlängelnder Wildwechsel ausnahm, begannen zu weichen und zuerst nur äußerst zögernd, mit der Zeit aber bereitwilliger, weniger großartigen Gewächsen Platz zu machen und, noch ein paar hundert Kilometer weiter nördlich, sogar einer offenen Parklandschaft mit weiten grasbedeckten Ebenen und niederen, verkrüppelten Bäumen. Die Stimmung des Reisenden hob sich in dem Maße, wie die Wälder lichter wurden, was dem Auge die berauschende Freiheit einräumte, den Blick schweifen zu lassen und das Panorama großer Weiten aufzunehmen, die sich bis an einen Horizont erstreckten, wo vor dem Hintergrund eines klaren Himmels winzige Bäume auf fernen Hügeln Miniaturen von japanischen Gärten entstehen ließen.

Selbst der Asphalt, auf dem der *Luxus* nach Norden eilte, wusste seine eigene Geschichte von zwei verschiedenen Welten zu erzählen. Zuerst dick aufgetragen und weich wie ein Kissen, verkümmerte er zusehends, bis er schließlich dünner schwarzer Farbe glich, die mit geizigen Pinselstrichen auf den Lateritboden aufgetragen worden war. Der Belag war hier und da aufgebrochen und zeigte mehr und mehr von dem rotbraunen Untergrund, was den schönen, eleganten *Luxus* zwang, von einer Seite zur anderen zu kurven, um den tiefsten Furchen und Schlaglöchern auszuweichen, doch Chris hieß diese Enttäuschung, die ihn um seine Bequemlichkeit brachte, als segensreich willkommen, denn sie legte der wilden Jagd des *Luxus* Schranken auf, der der reinste Straßenrowdy war, die Sicherheit seiner Insassen in den Wind schlagend, jedes kleinere Gefährt von der Straße drängend, als seien Verkehrsregeln allein eine Frage der Fahrzeuggröße. Aufgebrochene Straßen und holpriges Reisen hatten ihre Vorteile, dachte Chris.

Die sich aufhellende Stimmung, die es ihm ermöglicht hatte, sich allerlei visuellen und intellektuellen Vorstellungen hinzugeben, hatte er einer wichtigen und erfreulichen Tatsache zu verdanken. Nachdem der *Luxus* die Metropole Bassa hinter sich gelassen hatte und in den Tunnel der Wälder eingetaucht war, der schließlich in das offene Land hinausführte, war, was die Straßenkontrollen anging, eine dramatische Wende zum Besseren eingetreten. Eine Zeitlang noch traten sie in ziemlich gleichbleibende Abständen auf, waren auch in ziemlich gleicher Stärke bemannt, doch sie dienten nun einem anderen Zweck. Man nahm kaum Notiz von den Fahrgästen, sondern konzentrierte sich darauf, von den Busfahrern Wegzoll zu fordern und zu erhalten. Selbst als in einem Fall ein besonders grimmig aussehender Polizist alle Passagiere zum Aussteigen aufforderte, erwies sich dies nur als weitere List, um dem Fahrer einen noch höheren Zoll abzuverlangen, und die wenigen Fahrgäste, die tatsächlich ausgestiegen waren und zu denen auch Braimoh gehörte, wurden lächelnd aufgefordert, ihre Plätze wieder einzunehmen. Es war also nicht nur der Zauber der Landschaft – obwohl dieser seinen Teil dazu beitrug –, der es Chris' seit

Tagen bedrängtem Geist ermöglichte, hinauszuschweifen über diese weite grasbedeckte Landschaft, mit ihren Ebenen, Tälern und Hügeln, die bilderbuchähnlich mit kleinen Bäumen jeder erdenklichen Form und jeder Schattierung von Grün besetzt waren. Diese Flucht vor der Gefahr nahm Farben und Konturen eines Picknicks an!

In dem Maße, wie man langsam aus der Regen- in die Dürrezone vordrang, passten sich die Städte und Dörfer an der Großen Straße in den Norden skalenmäßig an. Die massiven Gebäude der Neureichen unten an der Küste machten den weniger eindrucksvollen, doch noch immer mit Blechdächern und verputzten Mauern versehenen Häusern Platz, genau so, wie die riesigen Wälder mit ihren Iroko-, Mahagoni- und anderen großen Hartholzbäumen den blütentragenden Bäumen, wie zum Beispiel dem Flammenbaum, wichen.

Während der Bus in dem Versuch, die scharfen Kanten des bröckelnden Asphalts zu umgehen, von einer Seite der Straße auf die andere schwankte, bemerkte Chris, dass dieselben Blechdächer nun mehr und mehr auf verputzten Lehmwänden ruhten. Doch schließlich wurde auch dieser Schein aufgegeben, und die Wände zeigten offen ihr wahres Gesicht aus rötlicher Erde. Und so ging es weiter vorbei an der Ehrenformation der Baugattungen, bis Chris von seiner Tribüne aus die bescheidenen Landwehren der runden, strohgedeckten Hütten vorüberziehen sah.

Polizei- und Armeekontrollpunkte kamen und gingen, ohne dass noch jemand auch nur zum *Schein* vorgab, den Bus von der vorderen Tür aus zu inspizieren. Ganz offen nahmen sie nun das Geld von den Busfahrern entgegen, auf beiden Seiten schien Einvernehmen zu herrschen. Doch hinterher versäumten es der Fahrer und sein Beifahrer nie, über die Soldaten zu schimpfen und zu fluchen.

»Mögen doch die Haare deiner Mutter Feuer fangen«, betete der Fahrer einmal, sobald er aus der Reichweite eines Polizisten war, mit dem er offensichtlich einige anfängliche Probleme gehabt hatte.

Der Bus war nun seit etwas mehr als fünf Stunden unterwegs und machte jetzt in der staubigen und geschäftigen Stadt Agbata mit ihrem berühmten Markt halt – eine für diesen Teil des Landes große und geschäftige Stadt. Es war der Hauptversorgungsplatz an der Großen Straße in den Norden und von erfahrenen Reisenden auf dieser Strecke äußerst geschätzt. Die Passagiere waren froh, der trägen, abgestandenen Hitze in dem Bus zu entkommen, hinaus in die trockene, wabernde Hitze. Als sie ausstiegen, schüttelten sie die Krämpfe aus den Gliedern und suchten in diesem ungeschützten, sandigen Gelände ein privates Örtchen, wo sie sich erleichtern könnten. Die Besitzer der Essbuden und Speisehäuser hatten laufend Kämpfe mit jeder neu ankommenden Busladung auszutragen, besonders mit den Frauen, die mit scharfem Blick ihre Hinterhöfe anpeilten, trotz zahlreicher Aufschriften in kühnen Lettern: HIER NICHT URINIEREN. Die meisten Männer hingegen, ermutigt von der Tradition und häufigen Reisen, wanderten nicht so lange umher wie ein Huhn, das nach einem Ort sucht, wo es sein Ei legen kann, sondern suchten sich einfach einen geparkten Lastwagen aus, stellten sich dicht an einen der Reifen und erleichterten sich.

Das nächste Anliegen, etwas zu essen, war leichter erfüllbar. Dutzende von kleinen Hütten mit großartigen Namen warben mit farbenfrohen Schildern, die durch verbale Aufforderungen verstärkt wurden, um den Besuch der Reisenden: *Hier Ziegenfleisch! Hier Egusi-Suppe! Hier Buschfleisch! Wünschen Sie Reis, kommen Sie hierher! Leckere, leckere gestampfte Yams!*

Das Wort *ordentlich,* auf vielfache Weise buchstabiert, kam in den meisten Aufschriften vor. Chris und seine Gefährten entschieden sich für *Sehr ordenliches Restorant,* allein wegen seines halbwegs sauberen gelben Perlenvorhangs. Im Bus hatten sich die drei aus Vorsicht so verhalten, als seien sie sich vollkommen fremd. Doch die letzten knapp einhundertfünzig Kilometer hatten gezeigt, dass ein solches Maß an Vorsicht nicht notwendig war. Und deshalb saßen sie nun mutig an einem Tisch beisammen und hatten sich Essen bestellt: Reis für Chris, gebratene Yams und Ziegenfleischeintopf für Emmanuel und *garri* mit Buschfleisch für Braimoh.

Sie redeten noch immer nicht viel miteinander, und man hätte sie leicht für drei Reisende halten können, die sich vielleicht flüchtig kannten oder sogar erst im Verlauf der Reise Bekanntschaft geschlossen hatten.

Die Bedienung brachte ihnen eine Plastikschüssel voll Wasser, damit sie ihre Hände waschen konnten, und eine Untertasse mit festgebackenem Waschpulver. Es war offensichtlich, dass das Wasser seit langem nicht mehr gewechselt worden war, und ein fettiger Rand aus Palmöl zierte direkt über dem schmutzigen Wasser die Schüssel.

Chris, dem das Wasser zuerst angeboten wurde, schaute instinktiv auf seine Hände und dann auf das Wasser und schüttelte den Kopf. Emmanuel lehnte ebenfalls ab. Braimoh, der Mutigste der Gruppe, bat die junge Frau, das Wasser zu wechseln, was sofort die Besitzerin mit den lächelnden Augen auf den Plan rief, die aus der Ferne das Geschehen überwacht hatte.

»Das Wasser wechseln?«, lachte sie. »Ihr Leute aus dem Süden! Wisst ihr, wie viel wir jetzt für einen Kanister Wasser bezahlen? Ein Manilla fünfzig.«

»Und heute sind die Tankwagen überhaupt nicht gekommen«, warf die Bedienung ein, die noch immer ihre Schüssel mit schmutzigem Wasser darbot.

»Nein«, sagte ihre Chefin. »Die Tankwagen sind nicht gekommen. Die Leute, die ihr dort drüben seht, verkaufen das Wasser von gestern zu zwei Manilla.« Sie zeigte durchs Fenster auf einen Mann, der eine dicke Stange wie eine Wippe über die Schultern gelegt trug, an deren Enden jeweils ein voller Sechzehnliterkanister hing. Zwei oder drei andere taten es ihm gleich und trugen vorsichtig und mit äußerstem Geschick ihre schwere und unberechenbare Last durch die Menge.

Einige Kilometer nördlich von Agbata kamen sie an eine ziemlich lange Brücke, die über ein vollkommen ausgetrocknetes Flussbett führte; auf der anderen Seite ein riesiges Schild, auf dem zu lesen stand: WILLKOMMEN IN SÜDABAZON. Es war erstaunlich, dachte Chris, wie vor fünfzig oder mehr Jahren angeblich von den Engländern recht willkürlich festgelegte Provinzgrenzen bisweilen so vollkommen mit den Gegebenheiten übereinstimmten. Jenseits jenes ausgetrockneten Flussbettes gab es kaum auch nur die Spanne von einem Meter als Übergang – man fuhr unmittelbar ins Buschland hinein, das zwei regenlose Jahre praktisch in Wüste verwandelt hatten.

Der in den Bus hereinströmende Luftzug schien direkt aus einem Hochofen zu kommen, das einzige Grün waren nun die phantastisch mit Stacheln bestückten Kakteen, die ein paar desolat beisammenstehenden Hütten als Schutz dienten, und gelegentlich in den staubigen Feldern ein dickbäuchiger Baobab-Baum, so seltsam in seiner Erscheinungsform, dass man leicht der Geschichte Glauben schenken konnte, die besagt, dass Elefanten auf Wassersuche – als sie noch diese Gegenden durchwanderten – mit ihren Stoßzähnen die raue Rinde des Baumes aufbrachen, um den Saft herauszusaugen, den der Baum in Regenjahren im Inneren seines monumentalen Stammes gesammelt hatte.

Beim plötzlichen Anblick eines riesigen Aufgebots von Polizei und Armee an der Provinzgrenze, das größer war als alles, was ihnen seit dem Verlassen von Bassa begegnet war, packte Chris noch einmal heftigste Angst. Doch sie nahmen keinerlei Notiz von den Fahrgästen und hielten auch den Fahrer nicht auf, der ausstieg und über die Straße zu einem der Ihren hinüberschlenderte. Als er zurückkehrte und seinen Platz am Steuer wieder einnahm, winkte er ihnen, wie Chris fand, sehr freundlich. Doch kaum hatte er die Straßensperre hinter sich gelassen, beschwerte er sich lauthals und ohne Zurückhaltung über ihre Habgier und rief schließlich den Fluch des Feuers auf sie herab, auf dass es den Busch ihrer Mütter in Brand setze.

Sicherheitskräfte! Wen oder was sicherten sie? Vielleicht waren sie dort stationiert, um die hungrige Wüste davon abzuhalten, mit ihrer Bettelschale die sicheren Grenzen des Südens zu überschreiten.

Als der Bus immer tiefer in die sengende Ödnis eintauchte, griff Chris in seine Tasche und zog Ikems unsigniertes Gedicht »Die Feuersäule – Ein Hymnus an die Sonne« heraus und begann, es langsam mit neuen Augen zu lesen, sprach die Worte nach wie der erstaunt lernende Schüler einer Alphabetisierungsklasse. Vielleicht waren es die Termitenhügel in der verbrannten Landschaft, die ihn darauf brachten, die ihm anhand von nie gekannten Einzelheiten enthüllten, dass das scharfe Auge des Dichters sich nicht auf Phantasiegebilde, sondern auf Tatsachen gerichtet hatte. Dabei war dies noch nicht mal das richtige Abazon – das wirkliche Zentrum der Katastrophe musste mindestens noch eine Tagesreise entfernt liegen! Der Staub war zu Asche geworden. Ein Mann auf einem Esel wurde vom Bus überholt, sein Gesicht das wahrhafte Abbild eines im Harmattan Verstorbenen.

> … und nun waren die Zeiten aus der Legende wiedergekehrt. Vielleicht nicht ganz so schlimm wie damals, noch nicht. Aber diesmal könnte es leicht schlimmer ausgehen. Warum? Weil sich heute keiner aufmachen und, hilflose Angehörige in der wilden Savanne zurücklassend, im Sternenlicht südwärts wandern, heimlich in einem winzigen Dorf ankommen, seine Einwohner überfallen, sie erschlagen, ihr Land in Besitz nehmen und sagen kann: Das habe ich getan, weil mir der Tod aus den Augen starrt. Deshalb schicken sie stattdessen eine Abordnung von Ältesten zu denen, die heute das Messer halten und die Yams, und erbitten Hilfe.

Nach dem Halt in Agbata gab es zahlreiche leere Plätze im Bus. Braimoh kam weiter nach hinten und setzte sich auf den Platz direkt vor Chris, dem sich bereits Emmanuel zugesellt hatte, da sein Mädchen seiner Gesellschaft nun die einer jungen Krankenschwester vorzog.

»Junge Männer sind auch nicht mehr, was sie einmal waren«, sagte Chris.

»Hast du dir tatsächlich dieses Mädchen entwischen lassen, und dazu noch in einem Bus?«

»Ich hab' mir größte Mühe gegeben, doch sie wollte nicht anbeißen. Kann man es ihr bei den Lumpen verdenken?« Mit der linken Hand deutete er voll spöttischer Verachtung auf seine Person und die schlechtsitzenden Kleidungsstücke aus einem Secondhandladen. »Was für ein Landstreicher! Und dazu noch das schreckliche Pidgin, das ich sprechen musste. Ihr hättet mich hören sollen!«

»Armer Kerl«, sagte Chris mit einem Funkeln in den Augen. »Es tut mir aufrichtig leid, dass ich dir all diese Unannehmlichkeiten bereite!«

»Ich muss zugeben, dass ich an einem Punkt so frustriert war, dass ich sie gefragt habe, ob sie schon von dem Studentenführer gehört habe, der angeblich auf der Flucht sei.«

»Nein! Ist nicht wahr!«

»Nein, hab' ich nicht, aber fast. Es ist nicht leicht, so ein Mädchen zu verlieren.«

»Noch dazu unter Vorspiegelung falscher Tatsachen!«

»Stellt euch nur vor!«

»*Sorry-o.*«

»Überhaupt ist sie die schüchternste Person, die ich in meinem ganzen Leben kennengelernt habe. Ich glaube nicht, dass nur meine Kleider schuld daran waren.«

»Das hätte ich auch nie vermutet. Deinen wahren Wert kann kein Lumpengewand kaschieren.«

»Danke! Die eigentliche Schwierigkeit lag darin, sie überhaupt dazu zu bewegen, den Mund aufzumachen. Und heraus kam dabei: höchstens ein Wort pro Stunde. Und es war entweder *ja* oder *nein.*«

»Wie hast du dann herausbekommen, dass sie Schwesternschülerin ist?«

»Zähe Angelegenheit. *Na proper tug-of-war.*«

»Wie heißt sie?«

»Adamma. Ihr Vater ist Zollbeamter ganz weit oben im Norden.«

»Eine ganze Menge Information, die du aus ja und nein zusammengesetzt hast.«

Sie lachten und schwiegen dann alle wie auf ein Zeichen hin. Unabhängig voneinander waren sie alle zum selben Schluss gekommen, dass sie nämlich, obwohl bis jetzt alles ziemlich gut gelaufen war, das Schicksal nicht durch zu große Ausgelassenheit herausfordern dürften. Schweigend bemerkte Chris, als er versonnen in die leere Landschaft hinausschaute, die Termitenhügel.

Als er das Prosagedicht durchgelesen und den Schluss ein zweites Mal überflogen hatte, sagte er leise zu Emmanuel: »Das musst du lesen«, und reichte ihm den Zettel.

Braimoh war es dann, der ihre Aufmerksamkeit auf die große Menschenmenge ungefähr fünfhundert Meter voraus auf der Straße lenkte. Fast gleichzeitig schienen alle im Bus dieses in der flachen, baumlosen Landschaft so außergewöhnliche Schauspiel bemerkt zu haben. Viele der Fahrgäste hatten sich halb aus den Sitzen erhoben, um den seltsamen Auflauf besser sehen zu können. Was es wohl sein mochte? Ein Kontrollpunkt? Der Fahrer ging vom Gas und fuhr vorsichtig weiter. Als die Szene näher rückte, begannen einige Uniformen aus dem staubigen Dunst aufzutauchen. Einige Wagen und Lastwagen standen vor dem Hindernis auf der Straße, und dahinter wurden langsam ein Bus auf der Reise nach Süden und auch noch andere Fahrzeuge sichtbar.

Die Zahl der Zivilisten übertraf bei weitem die der Uniformierten – wahrscheinlich Reisende, deren Fahrt unterbrochen worden war, und auch ausgezehrte Bauern der Gegend, die es aus ihrem dürren Dasein in einigen wenigen, in der Landschaft verstreut liegenden Ansiedlungen runder Hütten angezogen hatte.

Der Bus kroch auf das Rätsel zu. Ein Unfall? Nein! Das Wiegen und Wogen der Menschen ließ weniger an Leid oder Zorn denken als an Feiern. Und nun herrschte kein Zweifel mehr. In fast jeder Hand waren Bierflaschen zu erkennen, und das Tanzen – denn für das, was hier vor sich ging, schien es keine bessere Bezeichnung zu geben – wurde vom Zurückwerfen der Köpfe begleitet, wobei der Inhalt ganzer Flaschen direkt in den Schlund geschüttet wurde, ohne mit den Lippen in Berührung zu kommen.

Der Bus hielt am Straßenrand. Leute strömten auf ihn zu wie ein beschwipstes Empfangskomitee. Doch kaum bremste der Bus, platzte wie eine Handgranate von draußen ins Innere der Ruf COUP! Die Reisenden verließen den Bus, als sei er ein brennendes Schiff. Der Fahrer, keineswegs wie ein guter und ehrenhafter Kapitän, schob alle beiseite, um als Erster hinauszukommen.

Chris stürzte sich in die Menge und suchte nach jemandem, der vielleicht mehr wüsste. Schließlich machte er einen Polizeisergeanten aus und zog ihn in seiner atemlosen Wissbegier ziemlich brüsk beiseite. Der Kerl tat ihm gern den Gefallen, eine Flasche in der rechten und sein Mark-IV-Gewehr in der linken Hand.

»*Na radio there talk am.* Dort drüben«, begann er. *Dort* war ein unansehnlicher Unterstand, aus Pappe und Blech zusammengestückelt, um der Besatzung des Kontrollpunktes gelegentliche Erleichterung vor den Angriffen der Sonne zu bieten und vielleicht auch ein wenig Ungestörtheit, um mit den Autofahrern schwierige Schmiergeldgeschäfte abzuhandeln. Ein

Funkgerät dort drinnen hatte offensichtlich die Nachricht verbreitet.

»Zur selben Zeit wie die Nachrichten kam dieser volle Bierwagen. Also haben wir gesagt, *na God send am*. Der Fahrer sagte, das Bier *no be him own, na government get am*. Also haben wir gesagt: Sehr gut. Jetzt ist die Regierung gefallen, wer soll das Bier trinken? Wir stehen hier in der Sonne und haben nicht einmal Wasser, deshalb hat uns Gott ein wenig Bier geschickt, dass wir unsere eigene Cocktailparty machen können.«

Sein Lachen war recht ansteckend, und das kleine Publikum, das sich schnell um den Geschichtenerzähler versammelt hatte, nickte zustimmend, kippte Bier und lachte mit. Selbst Chris musste lachen, doch nicht, weil ihn das alles wirklich belustigte, sondern sein Lachen war eher als Anreiz gedacht, um noch mehr Informationen herauszuholen.

»Wo ist das Gerät?«, fragte er und nahm an, dass wahrscheinlich Militärmusik gesendet würde, unterbrochen von laufenden weiteren Meldungen.

»Gestohlen. Als wir auf der Straße waren und getrunken haben, ist ein Dieb hineingegangen und hat das Radio weggetragen. Das ganze Land ist eine einzige Diebesbande. *This country na so so thief-man full am.* Aber warum gerade bei mir stehlen? Kennen die mich denn überhaupt nicht? Ehe irgendein Fahrzeug heute von hier wegfährt, werde ich alle sehr, sehr gründlich durchsuchen, und der dumme Verbrecher, der mein Radio hat – Gott steh ihm bei, ihm und dem Präsidenten!«

»Und was haben sie über den Präsidenten gesagt?«

Der Sergeant schaute ihn misstrauisch an. »Warum machst du dieses Kreuzverhör? Was geht dich armen Mann der Präsident an, he? Ich sag', was geht den Geier der Barbier an?« Er genoss eindeutig die Aufmerksamkeit, die man ihm schenkte. »Auf alle Fälle ist der Präsident verschwunden, *done disappear,* nirgends zu finden. Sie sagen, Unbekannte wären in den Palast eingedrungen und hätten ihn gekidnappt. Wir sollen an diesem

Checkpoint die Augen offenhalten!« Er lachte schallend und riss seine bereitwilligen Zuhörer mit. »Das ist also unser Land, *na waa*! Wo gibt's denn so was! Ein leibhaftiger Präsident, der verlorengeht! Wie die alte Frau, die ins Dorf kommt und sagt, ihre Ziege sei verlorengegangen! *This Africa na waa*!«

»Habt ihr Soldaten nicht die Weißen rausgeschmissen?«, fragte jemand. »*Ehe, white man done go now* und hat alles dem Präsidenten gelassen. Und nun ist der im Busch verlorengegangen. Was tun wir jetzt?«

»Wir machen einen neuen Präsidenten. Das ist nicht schwer«, sagte ein Dritter.

»Nicht schwer, eh? Und morgen sagen sie dir, dein neuer Präsident ist auf die Palme gegangen und kann nicht mehr herunter«, sagte der zweite Mann und erntete riesiges Gelächter. Ein Witzbold offenbar und sehr von sich eingenommen.

»Also, was machen wir jetzt?«

»Sammelt von allen Leuten, Männern, Frauen, Kindern und selbst den Ungeborenen zwanzig Manilla ein, bringt sie mir, und ich nehme das Geld nach England und verhandle dort mit dem IWF, *bring white man back to Kangan*.«

Chris löste sich aus dieser verrückten Gruppe und ging auf die Suche nach Emmanuel.

»Kannst du dir einen Reim auf das alles machen?«, fragte er, als er ihn schließlich gefunden hatte.

»Noch nicht, Sir. Außer dass es zu stimmen scheint, dass Seine Exzellenz gestern Abend gekidnappt wurde und der Generalstabschef geschworen hat, er werde ihn finden, inzwischen jedoch die Zügel der Regierung in die Hand genommen hat.«

»Wir müssen nach Bassa zurück. Sofort. Wo ist Braimoh? Hol unsere Sachen aus dem Bus.« Sein leidenschaftlicher Ernst beschämte Emmanuel ob seines kleinmütigen Sarkasmus, und er ging geknickt weg, um seinen Auftrag auszuführen.

Chris stürzte sich an anderer Stelle erneut in das Menschengewühl, das sich zusehends in trunkenes Chaos verwandelte.

Die Flaschen wurden, nachdem sie geleert waren, und gelegentlich auch schon vorher, auf der Straße zerschmettert, und nicht wenige Füße bluteten. Jeder vielversprechende Informant, den er ansprach, war zu betrunken und zudem verärgert, weil seine nüchternen Fragen in den Augen seiner Opfer einer Nötigung gleichkamen.

»Besorg dir was zu trinken«, sagte jemand und sprach wie einer, der vor seinem gegenwärtigen Zustand daran gewöhnt gewesen war, Autorität auszuüben.

»Ich habe genug«, sagte Chris und klang, ohne es zu beabsichtigen, ziemlich überheblich.

»Wenn du so viel getrunken hast … wie ich getrunken habe … warum stehst du dann so gerade vor mir? Oder sind es vielleicht meine Augen?« Der Mann wiegte den Kopf wie ein Albino, obwohl er schwarz war wie Ebenholz.

»Ich stehe gar nicht gerade«, sagte Chris und war auf unerklärliche Weise von diesem sich höchst differenziert äußernden Betrunkenen fasziniert.

»Nein, es sind nicht meine Augen … Du stehst nicht … Ich meine, du stehst tatsächlich so gerade vor mir wie ein Fahnenmast. Verstehst du? Ergibt sich also folgendes schwierige Problem: Wenn du sagst, du hast genauso viel Bier getrunken wie ich, warum stehst du dann gerade? Oder sagen wir es mal so – wir beide haben das gleiche mit Palmöl gekochte Essen gegessen, wie kommt es dann, dass einer von uns, zum Beispiel du, schwarz scheißt wie die Nacht? Das möchte ich wirklich wissen, Mister! Zwei Leute haben Palmölsuppe gegessen …«

»O. k., darüber unterhalten wir uns später.«

»Später? Warum? Aufschub ist die Lust des Faulen.« Hick! »Das hat der Direktor unserer Schule immer gesagt.« Hick! »Er liebte große Worte; und noch etwas anderes liebte er, das kann ich dir sagen … seinen Stock …«

»Vielen Dank! Bis später«, sagte Chris und riss sich von ihm los.

Die verzweifelten Schreie des Mädchens übertönten den dichten, sich weithin ausbreitenden Lärm der Straßenparty. Der Polizeisergeant hatte sie gepackt und schleppte sie in Richtung einer kleinen Ansammlung runder Hütten nicht weit von der Straße, umgeben, wie es in der Gegend üblich war, mit einem Zaun hässlich stacheliger Kakteen. Er zerrte sie an den Handgelenken hinter sich her, das Gewehr über die Schulter geschlungen. Einige der Reisenden, vor allem die Frauen, protestierten ängstlich, doch der überwiegende Teil der Männer hatte seinen Spaß daran.

In ihrer Verzweiflung ließ sie sich auf den Hintern plumpsen. Doch der Sergeant war nicht willens aufzugeben. Er zog sie in ihrem vormals hübschen blauen Kleid über verdorrte Unkrautbüschel und gefährliches zerbrochenes Glas.

Chris sprang hin, packte den Mann am Arm und befahl ihm, das Mädchen sofort loszulassen. Und als genüge dies noch nicht, setzte er hinzu: »Ich werde dem Generalinspekteur der Polizei darüber Bericht erstatten.«

»Wo willst du mich verpetzen? *You de craze*! Bist du nicht der, der mich nach dem Präsidenten ausgefragt hat? Wenn du nicht sofort von hier verschwindest, werde ich deinen Kopf in die Luft fliegen lassen wie die Mauern von Jericho! *Craze-man*!«

»*Na you de craze*«, sagte Chris. »Ein Polizeibeamter, der einen Lastwagen voll Bier stiehlt und dazu noch ein Schulmädchen abschleppt! Du bist eine Schande für die Polizeitruppe!«

Der andere sagte nichts mehr. Er nahm das Gewehr von der Schulter, legte an und kniff die Augen zusammen, während sich ringsumher aufgeregte Stimmen erhoben; die einen drängten Chris, das Weite zu suchen, die anderen den Polizisten, das Gewehr wegzutun. Aber Chris blieb fest und schaute dem Mann unverwandt ins Gesicht, als wollte er ihm sagen: »Untersteh dich zu schießen!« Doch dieser schoss, direkt in die ihm dargebotene Brust.

»Mein Freund, ist dir klar, dass du eben den Informations-

Commissioner erschossen hast?«, fragte ein auf den Beinen unsicherer Mann, der wie ein Albino, den die Sonne blendet, unablässig den Kopf wiegte.

Emmanuel und Braimoh trafen mit dem Gepäck aus dem Bus just in dem Moment am Ort des Geschehens ein, als Chris zunächst in einen grotesken Kniefall sank, dann umkippte und schließlich auf dem Rücken landete. Emmanuel kauerte sich zu ihm, während das Mädchen auf der anderen Seite kniete und mit dem Hemd des Verwundeten das große Loch zu stopfen versuchte, aus dem das Blut pumpte.

»Bitte, Sir, sterben Sie nicht!«, schrie Emmanuel, und Tränen strömten ihm übers Gesicht. Chris schüttelte den Kopf und bändigte mit letzter Kraft seine Todesfratze zu einem Dämmerungslächeln. Durch das Lächeln hindurch murmelte er Worte, die sich anhörten wie *The Last Grin* … Heftiges Husten erstickte den Rest. Ein Zittern ging durch seinen Körper, dann lag er still.

Der Sergeant hatte sein Gewehr hingeworfen und war in die Wildnis des Buschlandes hinausgeflohen. Braimoh war ihm an den Hütten vorbei nachgerannt und hatte ihn ungefähr hundert Meter weiter zu Boden geworfen. Sie rangen miteinander, dass hohe Staubwolken aufflogen. Doch Braimoh war ihm weder in Größe, Kraft noch Verzweiflung gewachsen. Die Menge an der Straße beobachtete, wie er wieder hochkam und diesmal unbehelligt seine Flucht in einen blutroten Sonnenuntergang hinein fortsetzte.

18

Beatrice hatte, einer plötzlichen Eingebung folgend, beschlossen, in ihrer Wohnung eine Namensfeier für Elewas kleines Mädchen abzuhalten. Es sollte keine traditionelle Feier werden, das lag nicht in ihrer Absicht. Außer einer Namensgebung beabsichtigte sie überhaupt nichts zu feiern. Nach Lage der Dinge würde sie so etwas noch wohl lange, lange nicht ertragen können.

Doch ein Baby musste einen Namen haben, und es schien nichts dagegen zu sprechen, ihm diesen in Gesellschaft einiger Freunde zu geben oder dies am siebenten Markttag nach seiner Geburt zu tun, wie es die Tradition verlangte. Andere rituelle Details würden zurückgestellt werden müssen, denn dieses Baby war ein Kind der Entbehrung – wie die meisten Kinder natürlich; doch anders als die meisten war es nicht einmal mit einem unheilbar optimistischen Paten gesegnet, der es am Tag seiner Namensfeier in den Armen halten und es *Die-in-der-Fülle-wandelt* oder *Die-zum-Essen-kommt* oder so ähnlich nennen würde, um es dann unbekümmert seiner Mutter wieder zu übergeben, damit es seinen elenden, notvollen Weg durchs Leben antrete – eine Parodie seines eigenen Namens. Nein, dieses Baby würde nicht auf weiche Kissen gebettet sein, sicher geschützt vor den täglichen Bissen der kleinen Ameisen auf dem Lehmboden. Schon jetzt musste es ohne ein Bedarfsgut auskommen, das selbst die Ärmsten für sich in Anspruch nehmen dürfen – einen Vater (selbst ein Vogelscheuchenvater hätte genügt), der es auf den Armen halten und ihm an diesem achtundzwanzigsten Tag seines Lebens seinen Namen geben würde.

Beatrice hatte dieselbe Handvoll Freunde eingeladen, die wie Versprengte einer aufgelösten Armee zusammengehalten hatten und ihr geblieben waren. Dass es ihr überhaupt gelang, diese Beziehungen aufrechtzuerhalten, zeigte, in welchem Maße sie begonnen hatte, sich zu verändern – schon vor den gewaltsamen Ereignissen der unmittelbaren Vergangenheit; dass sie es nahezu stillschweigend tat, war beredter Tribut an die Macht der verlorenen Sache.

In früheren Zeiten wäre ihre Reaktion auf Chris' Tod gewesen, sich vollkommen in sich selbst zurückzuziehen, den Tieren der Wildnis gleich, die sich zum Sterben eine dunkle, einsame Ecke des Waldes aussuchen, weil sie sich von ihren Artgenossen keinen Trost erwarten. Doch die Wochen der bösen Vorzeichen, die die blutigen Ereignisse des Novembers ankündigten, hatten sie bereits einen Verteidigungspakt mit einem kleinen Häufchen ihr nahezu fremder Menschen schließen lassen, einen Pakt, der sich als stärker erweisen sollte denn familiäre oder Freundschaftsbande. Wie die Blutsbande früherer Zeiten war auch dieses mit Blut besiegelt, doch dieses Blut floss nicht sicher und unberührt durch Adern, sondern war leichtfertig vergossen und entweiht worden.

Trotz ihrer Zähigkeit war es Beatrice im ersten Schock des Verlustes viel schlechter ergangen als Elewa. Wochenlang lag sie in völliger Verzweiflung darnieder. Doch eines Morgens erhob sie sich und nahm Abschied von den Gedanken, die sie quälten. Es war der Morgen, an dem Elewa fast eine Fehlgeburt erlitten hätte. Von jenem Tag an bis zum Tag ihrer Entbindung widmete sie sich dem Wohlergehen der jungen Frau. Als sie sich während jener Wochen zum ersten Mal wieder der Verwüstung in ihrem Herzen öffnete, entdeckte sie erstaunt, dass sie schon wieder gefestigter und klarer war.

Mit immer weniger Angst und Zagen war sie jetzt auch in der Lage, gewisse Aspekte des vergangenen Albtraums noch einmal zu durchleben und sogar ihre Gefühle, Reaktionen und Gedanken zu prüfen. Hatte sie zum Beispiel recht daran getan, die besondere Einladung des neuen Staatsoberhauptes, der ein Staatsbegräbnis für Chris angeordnet hatte, abzulehnen? Verletzte sie ihre Pflicht, sein Andenken zu wahren, mehr, wenn sie wegblieb, als dass sie es ehrte, indem sie seinen Feinden gegenüber ihr Misstrauen zeigte? Vierundzwanzig Stunden nach dem Staatsstreich, ehe die Nachricht von Chris' Tod sie erreicht hatte, hatte sie mit tiefem Abscheu mitangesehen, wie ein weinerlicher Generalmajor Ahmed Lango plötzlich auftauchte und der Nation gelobte, »die Verantwortlichen für ihr abscheuliches Verbrechen schnellstens zur Rechenschaft zu ziehen«. Selbst die leichtgläubigen Menschen von Kangan, berühmt für ihre Straßentänze nach jedem Machtwechsel, fragten sich, wo sich dieser loyale Offizier wohl versteckt gehalten hatte in den ersten vierundzwanzig Stunden, als sein Oberster Befehlshaber von »Unbekannten« aus dem Palast entführt, gefoltert, mit Kopfschuss exekutiert und im Busch unter einem Fuß Erde verscharrt worden war. Doch als es so weit war, dass Kangan diese Fragen stellte, hatte die Nachricht von Chris' Ermordung Beatrice erreicht, und ihre Verbindung zu allem anderen war abgerissen.

Hauptmann Abdul Medani hatte ihr die Nachricht überbracht. Er war in einem Taxi gekommen und trug Zivil. Doch sein Gesicht hatte sich ihr während der Wochen, in denen er die geheimnisvolle Stimme gespielt hatte, so tief eingeprägt, dass sie trotz seiner Kleidung und der Sonnenbrille sofort den Offizier erkannte, der die Durchsuchung ihrer Wohnung geleitet hatte. Und sie hatte seinem Gesicht das Verhängnis abgelesen, ehe er überhaupt den Mund aufgetan hatte. Er sagte, er wolle sich nur vergewissern, dass sie es nicht aus dem Radio erfuhr, und ging dann gleich wieder weg. Eine Stunde darauf strahlte der Staatsrundfunk die Meldung aus. Später an jenem Abend waren Emmanuel und Braimoh zurückgekehrt.

In den darauffolgenden Wochen und Monaten war ihre

Wohnung für Emmanuel, Braimoh und das Mädchen Adamma ein richtiges Zuhause geworden. Auch der Hauptmann war recht häufig dort anzutreffen. Bisweilen, besonders an den Wochenenden, waren sie alle beisammen und diskutierten die anhaltende Krise im Land. Zuerst hörte Beatrice die Stimmen und die in ihrer Gegenwart geführten Streitgespräche so, als spiele sich das alles in einem Nebenzimmer hinter verschlossenen Türen ab. Doch langsam drangen einzelne Worte, dann Bruchstücke von Sätzen und schließlich sogar ein gelegentlicher Scherz zu ihr durch, der ihrem sich aus der Erstarrung lösenden Gesicht eine leise Bewegung, ein schwaches Lächeln entlockte.

Die Tür hatte sich allmählich aufgetan, und die Worte und bruchstückhaften Sätze verbanden sich zu lebhaften Unterhaltungen, ja Diskussionen, meistens zwischen Emmanuel und Abdul. Doch obwohl Beatrice zu hören schien, was gesagt wurde, so nahm sie doch an dem Gedankenaustausch nicht aktiv teil. Noch immer versuchte sie, mit äußerster Sorgfalt ihre eigenen Gedanken auf Umwegen daran vorbeizuführen. Doch trotz alledem waren Zusammenstöße nicht zu vermeiden, und es konnte nicht ausbleiben, dass diese hin und wieder, wenn auch in noch so geringem Maße, das Tempo und die Richtung ihres eigenen schweigenden Tuns veränderten.

»… kannst du mir erklären, auf welche Weise dieses letzte Blutvergießen Kangan auf seinem historischen Marsch, wie du es nennst, geholfen haben soll? Das Blut Seiner Ehemaligen Exzellenz und das Blut seiner Opfer – wenn sie wirklich seine Opfer waren …«

Wenn sie wirklich *seine* Opfer waren, wiederholte Beatrice für sich. Genau der Gedanke, der auch bei ihr bereits aufgetaucht war, nur in einem anderen Gewand! Die Erklärung der Tragödie von Chris und Ikem als Folge kleinlicher Intrigen oder persönlichen Missgeschicks wich in ihrer fiebernden Überlegung langsam der im Ganzen erschreckenderen, doch plausibleren Theorie eines wohlbedachten Plans. Die Vorstellung von Chris als bloßes weiteres Opfer auf der Großen Straße in den Norden oder Ikem als frühes Opfer eines sich in zunehmendem Maße zum Polizeistaat entwickelnden Regimes befriedigte sie nicht mehr. Waren sie nicht vielmehr Marionetten einer entfremdeten Geschichte, deren Weg Schritt für Schritt vorgezeichnet war? Und wenn ja, wie viele, deren Schicksal längst besiegelt war, waren dann im Aufbruch begriffen oder auf der Reise, die Gesichter hell von den illusionsreichen Erwartungen einer zollfreien Reise und glücklichen Ankunft?

An jenem Tag brach sie ihr langes Schweigen und fragte die beiden jungen Männer: »Was muss ein Volk tun, um seine verbitterte Geschichte zu besänftigen?«

Das Lächeln, das die Gesichter in jenem Raum erhellte, besonders die der beiden unermüdlichen, plötzlich verstummenden Debattanten, galt nicht jener schwerwiegenden Frage und ihrem aus der bodenlosen Tiefe der Trauer emporsteigenden Echo – es war vielmehr das Ende eines Exils, das die freudigen Mienen begrüßten, die Rückgabe des Worts an eine zweifelnde Priesterin, die die Gottheit eine Zeitlang mit Stummheit geschlagen hatte, weil sie sich angemaßt hatte, ihrer Allmacht Grenzen zu setzen. Es war durchaus nicht so, dass Beatrice vor jenem Tag gar nichts geredet hätte. Sie hatte die anderen begrüßt und ihnen sogar gelegentlich Gastfreundschaft und Unterkunft angeboten. Selbstverständlich hatte sie eine Woche nach Chris' Beerdigung ihre Arbeit im Büro wiederaufgenommen, und zu Hause hatte sie in Gesellschaft von Agatha und Elewa den Haushalt besorgt. Doch in alledem hatte sie nur Worte benutzt, die ihre Gedanken nicht beherrschen oder ans profane Licht zerren konnten. In langsamen Schritten nur wurde sie zugänglicher, Anstoß gab meistens die eine oder andere geringfügige Krise innerhalb ihrer kleinen Gemeinschaft.

Abdul hatte ihr anvertraut, dass er beauftragt worden war (oder sich selbst beauftragt hatte – ganz klar war das nicht), über sie und ihre Freunde zu wachen. Sie hatte gelächelt und ihm viel Glück gewünscht. Wochen später beschloss sie, Emmanuel anstandshalber davon zu unterrichten. Er war empört.

»Der Kerl ist ein Spitzel. Wie können wir bloß so naiv sein?«

»Wir? Stets der Gentleman, Emmanuel. Ich sehe, dass die Wochen mit Chris, in denen ihr eng miteinander gelebt und Verschwörungen ausgeheckt habt, ihre Spuren hinterlassen haben. Nein, nein – ich bin nicht naiv; der Mann meint es aufrichtig.«

»Woher willst du das wissen?«

»Weibliche Intuition, wenn du so willst.«

»Seit wann?«

»Was soll das heißen, seit wann? Fragst du mich, seit wann ich Frau bin …? Und eben hab' ich dich noch einen Gentleman genannt.«

Noch geraume Zeit danach hatte Emmanuel seinen Groll gezeigt und demonstrativ geschwiegen, wann immer Abdul in der Nähe war. Ohne weiter einzugreifen, hatte Beatrice die beiden beobachtet. Schließlich war es Neugier gewesen, die Emmanuels Schweigen ein Ende gesetzt hatte, und zwar als es um die Gerüchte ging, die über Oberst Johnson Ossai im Umlauf waren.

»Stimmt es wirklich, dass er verschwunden ist?«, hatte Emmanuel entgegen seiner eigenen Absicht gefragt. Abdul hatte einfach genickt, ohne sich herabzulassen, *seinerseits* den Mund zu öffnen. Emmanuels Misstrauen war ihm bewusst geworden, und er hatte, wie Beatrice fand, äußerst souverän darauf reagiert – hatte Emmanuel und sein Verhalten einfach ignoriert.

»Aber wie kann ein ganzer Staatssicherheitschef einfach verschwinden? Einfach so?«

»Ich glaube, du hattest Bassa bereits verlassen, als der Big Man höchstpersönlich verschwand.« Seine nächsten Worte schien er eher an Beatrice und die anderen zu richten. »Ich kann euch sagen, was man bisher weiß. Oberst Ossai wurde zuletzt gesehen, als er die Räume des Staatsoberhauptes betrat, und seitdem nicht mehr. Erinnert ihr euch an Idi Amin? Nun, laut unbestätigten Meldungen pflegte dieser seine Rivalen im Kampf um Frauen zu erdrosseln und zu köpfen; die Köpfe bewahrte er als eine Art Trophäe im Kühlschrank auf. Vielleicht steckt Ossai irgendwo in einer Gefriertruhe.«

»Du scheinst nicht sehr besorgt um deinen Chef«, sagte Beatrice. »Das ist ja fürchterlich.«

»Wenn ich dir auch nur die Hälfte von dem erzählte, was ich von Ossai weiß, wärest du auch nicht allzu besorgt.«

»Was ist das doch für ein Leben!«, sagte Emmanuel.

»Soldaten sind nicht sentimental. Erste Lektion: *Soja come, soja gwo!*«

Doch all das lag bereits Wochen und Monate hinter ihnen – Wochen und Monate der langsamen Vorbereitung auf den heutigen Ausflug ins Ritual.

Als Elewa Beatrice flüsternd anvertraute, was sie für den wahren Grund des Nichterscheinens ihrer Mutter hielt, beschloss Beatrice, die Namensgebung gleich vorzunehmen, auf der Stelle. Sie rief die kleine Gesellschaft zusammen und machte sich daran, eine rituelle Handlung zu improvisieren.

Sie hob das winzige Bündel aus dem Bettchen, wandte sich Elewa zu und sagte: »Gib diesem Kind seinen Namen.«

»Na you go name am.«

»O.k. Du hast uns vor einem falschen Schritt bewahrt. Danke. Ich fange noch einmal an … Es war einmal ein Prophet im Alten Testament, der seinem Sohn den Namen *Die-Übriggebliebenen-werden-sich-bekehren* gab. Sie müssen damals in Zeiten wie den unsrigen gelebt haben. Doch wir haben dafür ein anderes Bild, wir haben unsere eigenen Zeichen für die Hoffnung, die aus nie versiegender Quelle fließt. Wir werden dieses Kind AMAECHINA nennen: *Möge-der-Pfad-niemals-enden.* Kurz, Ama.«

»Aber das ist ein Jungenname.«

»Das macht nichts.«

»Mädchen hören auch darauf.«

»Es ist ein sehr schöner Name. Der Pfad des Ikem.«

»Ja, das ist richtig. Möge er niemals enden, nie zuwachsen.«

»So ist es recht!«

»Möge er immer hell sein! Der leuchtende Pfad des Ikem.«

»Dat na wonderful name.«

»Na fine name so.«

»In unserer traditionellen Gesellschaft«, sprach Beatrice weiter, »gab der Vater dem Kind seinen Namen. Aber der Mann, der es heute hätte tun sollen, ist nicht da … Hör auf zu schniefen, Elewa! Der Mann ist nicht hier, obwohl ich weiß, dass er jetzt um uns ist und uns mit Lausbubenlächeln zuschaut. Ich habe ihn immer geneckt, und deshalb necke ich ihn auch jetzt. Was weiß ein Mann schon von einem Kind, und dazu maßt er sich noch an, ihm den Namen zu geben …«

»Nichts, außer dass ihm seine Frau gesagt hat, er sei der Vater«, sagte Abdul, was großes Gelächter hervorrief.

»Na true, my brother«, sagte Braimoh. »Die Frau kommt und sagt dem Mann, dass es sein Kind sei. Dann wird der Mann stolz wie ein Pfau und gibt damit an. *Yéyé*-Väter sind wir, zu nichts zu gebrauchen!«

»Genau so ist es. Ich meine, unsere Tradition macht an dieser Stelle einen Fehler. Es ist wirklich am sichersten, die Mutter zu fragen, wer ihr Kind ist, was es ihr bedeutet und wie es heißen soll. Deshalb müsste eigentlich Elewa jetzt Ama in den Armen halten und uns sagen, was sie ihr bedeutet. Wie es war, von diesem wunderbaren Mann, Ikem, geliebt zu werden. Aber seht doch, Elewa ist zu schüchtern!«

»I no shy at all«, erwiderte Elewa mit feuchten und doch strahlenden Augen, wie heller Sonnenschein, der durch dünnen Nieselregen dringt. »Ich bin nicht schüchtern, aber ich bin nicht so gebildet und habe kein Buchwissen.«

»Dis no be book matter!«

»Mag sein, meine Liebe aber du weißt viele Dinge, die klüger sind als alles, was in den Büchern steht.«

»Das kannst du laut sagen«, sagte Emmanuel.

»Genau«, sagte Hauptmann Medani.

»*Dat na true word*«, sagte Braimoh.

»*Ehe!*«, pflichtete Aina ihm bei.

»Wir alle«, fuhr Beatrice fort, »haben *schlimme, schlimme* Zeiten gesehen. Aber du, Elewa, hast, um dem Leid zu trotzen, etwas so Wunderbares wie dieses Baby produziert, das blühende Leben.«

»Das ist wahr. Sehr wahr«, sagte der Hauptmann.

»Auch Ideen leben fort …«, begann Emmanuel zögernd.

»Ideen leben in Menschen«, sagte Beatrice ziemlich bestimmt und schnitt ihm das Wort ab. Er gehorchte einen Augenblick lang, kratzte sich am Kopf und redete dann trotzdem weiter:

»Das kann ich nicht akzeptieren. Die Ideen, die Ikem in einer einzigen Rede vorgetragen hat, haben mein ganzes Leben verändert. Aus einem Papagei ist ein Mann geworden.«

»Wirklich?«

»Ja, wirklich. Und das gilt auch für das Leben einiger meiner Freunde. Es war nicht Ikem, der Mann, der mich verändert hat. Ich kannte ihn kaum. Es waren seine zu Papier gebrachten Gedanken. Einer ganz besonders: Wir können möglicherweise akzeptieren, dass unser Handeln eingeschränkt wird, doch niemals, unter gar keinen Umständen, dürfen wir akzeptieren, dass unserem Denken Schranken gesetzt werden.«

»Schon gut«, sagte Beatrice und beugte sich dem überwältigenden, unaufhaltsamen Eifer. »Auch ich habe empfunden, was du eben gesagt hast, obwohl ich Ikem auch als Mann gekannt habe. Du hast gewonnen! Menschen *und* Ideen also. Trinken wir auf beide.«

Agatha brachte ein Tablett mit Getränken herein und begann ganz unvermittelt eines der Lieder ihrer Sekte zu singen –

eine Gunst, mit der sie dieses Haus noch nie beehrt hatte. Emmanuel nahm ihr das Tablett ab und stellte es auf den Tisch in der Mitte. Adamma holte Gläser und begann einzuschenken. Agathas inzwischen von der Last befreiten Hände fanden eine passendere Beschäftigung und klatschten die Begleitung zu ihrem Lied; ihre Hüften wiegten sich in langsamem Tanz.

Jehova lässt sich von keinem täuschen,
Jehova ist groß, wer könnte ihn beirren?
Segnet Jehova uns, wer wollte da fluchen?
Jehova-jireh! Lasst uns seinen Namen preisen!

Aina stand auf, band ihr Hüfttuch fester und nahm Agathas heilig-verführerischen Tanz auf.

»Aber ist Aina denn nicht Muslimin?«, wandte sich Beatrice flüsternd an Elewa.

»Doch, *na proper grade one Moslem*!«, antwortete Elewa, schaute etwas verwundert drein und überlegte sich, was diese Frage sollte. Dann plötzlich schien sie das Problem der Fragestellerin entdeckt zu haben. »Heißt es, dass Muslime nicht tanzen dürfen, wenn Christen singen?«, fragte sie zurück.

»Nein, *das* hab' ich nicht gemeint«, erwiderte Beatrice mit Nachdruck. Doch zu sich selbst sagte sie: »Nun, wenn eine Tochter Allahs mit der Tochter seines Rivalen tanzen kann, was sollte dann die Priesterin der Unbekannten davon abhalten, auch ein Bein zu schwingen?« Sie lächelte in sich hinein, und schon bewegte sie den Kopf rhythmisch von einer Seite zur anderen anstelle ihrer Hände, die noch immer versuchten, Ama in den Schlaf zu wiegen.

Nachdem das ansteckende kleine Lied fünf- oder sechsmal gesungen worden war, rief Braimoh: »Hipp! Hipp! Hipp!«, und die ökumenische Verschwisterung wurde mit einem lustigen »Hurra!« und viel Gelächter besiegelt.

Just in diesem Augenblick fuhr draußen ein Taxi vor, dem Elewas Mutter und Onkel entstiegen. Beatrice und Elewa wandten sich spontan einander zu – die eine sagte: »Du hattest recht«, und die andere gleichzeitig: »Hab' ich dir's nicht gesagt?«

Beatrice wusste von Elewas Onkels schlechtem Ruf, dem er jetzt mit aller Entschlossenheit gerecht zu werden beabsichtigte. Kaum dass er saß, hatte sich sein Blick unverwandt auf das Tablett mit den Drinks geheftet, und wie die eingefangene Luftblase in der Wasserwaage eines Maurers tanzte sein Adamsapfel ruhelos auf und nieder.

»Elewa, willst du der Mama und deinem Onkel nicht einen Drink anbieten?«

Mama nahm eine Flasche Mineralwasser, doch der Onkel lehnte das ihm angebotene Bier ab und verlangte stattdessen »Snaps«. Als man ihm zu verstehen gab, dass kein Schnaps im Hause sei, sagte er nichts als: »Ah?« – eine knappe, doch beredte Art, verstehen zu geben: Was ist das für eine Namensfeier ohne Schnaps?

Beatrice stand auf, legte das Baby ins Bettchen, ging zur Anrichte und kam gleich darauf mit einer Flasche White-Horse-Whisky zurück. Elewas Onkel akzeptierte den Ersatz recht bereitwillig. In schneller Folge kippte er hintereinander zwei Gläschen hinunter, dabei warf er den Kopf nach hinten und blies, ehe er schluckte, die Backen wie einen Blasebalg auf. Dann setzte er das kleine Glas ab und bat um eine Flasche Bier.

Mit einem Seitenblick auf den Halbbruder ihres verstorbenen Mannes sagte Elewas Mutter: »Wir sollten zur Sache kommen, deretwegen wir hier sind. Ich will nicht, dass jemand mein Enkelkind fallen lässt.«

»Niemand wird jemand fallen lassen«, erwiderte der Onkel und hob mit leicht zittriger Hand sein Bierglas an die Lippen … »Trinken macht einen Mann nicht schwach. Es macht ihn stark, so dass er noch besser zugreifen kann«, fügte er hinzu, nachdem er das halbe Glas hinuntergeschüttet hatte … »doch da sich die gute Frau hier Sorgen macht, wollen wir tun, was sie sagt. Ein weiser Mann tut, was seine Frau sagt, und findet Stücke geräucherten Fischs in der Suppe. Ein Narr widerspricht seiner Frau und findet nur Tarowürfel.«

Abdul saß mit zur Seite geneigtem Kopf und hörte auf Emmanuel, der ihm übersetzte, was die alten Leute sagten. Nun wandten sich aller Augen Beatrice zu. Sie hatte das Baby wieder auf den Arm genommen, doch anstatt es dem alten Mann zu reichen, der sein Glas abgestellt hatte, um das Baby in Empfang zu nehmen, sagte sie:

»Dieses Kind hat bereits seinen Namen erhalten. Es heißt Amaechina.«

Die alten Leute waren sichtlich vor den Kopf gestoßen. Der Mann erholte sich zuerst und fragte: »Wer hat ihm den Namen gegeben?«

»Wir alle hier«, sagte Beatrice.

»Ihr alle hier«, erwiderte der alte Mann. »Ihr alle seid sein Vater?«

»Ja, und seine Mutter.«

Zu aller Überraschung brach er in lautes Lachen aus und steckte mit seiner Fröhlichkeit alle an. Außer Elewas Mutter.

»Ihr jungen Leute«, sagte der alte Mann, »ihr bringt es fertig, gleichzeitig schwanger zu sein und ein Baby zu stillen … Gebt mir noch ein bisschen von dem scharfen Zeug.«

Schnell brachte ihm Elewa die Whiskyflasche und das kleine Glas zurück.

»Was für ein munterer alter Knabe,« sagte Abdul.

»Da kennst du ihn schlecht. Warte nur ab.«

Elewas arme Mutter fühlte sich alleingelassen mit der Last und dem Ärger über die missachteten Bräuche, und das ganz ohne Blitzableiter. Schließlich machte sie eine Kehrtwendung und ließ alles an dem opportunistischen Alten ab – einem Heiler, den man für Geld und anderes herbestellt hatte, damit er die bösen Geister verjage, die nun ihn jagten.

»Du wirst mir meine Flasche Schnaps und mein Huhn zurückgeben«, sagte sie zu jedermanns Überraschung zu ihm. Sein Gesicht umwölkte sich einen ganz kurzen Augenblick lang, um sich dann wieder aufzuhellen.

»Was das anlangt«, sagte er, »so gilt: Was vor dem Maskentanz ins Freie gebracht wird, darf man nicht wieder mit ins Haus nehmen. Essen geht nur in eine Richtung – abwärts. Wenn es heraufkommt, ergeht es jemandem schlecht.«

»Du wirst mir meinen Schnaps und mein Huhn zurückgeben«, wiederholte sie eigensinnig.

»Hör zu, gute Frau, was ich dir zu sagen habe. Ich will dir einen Rat geben. Du bist verärgert, und ich verüble dir das auch nicht. Doch welchen Sinn hat es, wenn du mit mir schimpfst, wie das Huhn mit dem Topf, wo doch sein wirklicher Feind weder der Kochtopf ist noch das Feuer, auf dem es kocht, sondern das Messer. Du musst dich an diese jungen Leute halten. Halte deine Tochter und ihre Freunde dazu an, dir eine Flasche Schnaps und dein Huhn zurückzugeben. Doch was das Opfer anlangt, das vor dem Maskentanz dargebracht wurde, das ist mit dem Maskentanz in seinem Termitenloch verschwunden.« Er verfiel wieder in einen regelrechten Lachkrampf und hielt sich die Seiten und den schlappen Bauch. Alle lachten wieder mit ihm, außer Elewas Mutter. Er hörte unvermittelt auf und wandte sich den anderen zu:

»Als die gute Frau hier zu mir kam und sagte: Unsere Tochter hat ein Kind, und ich möchte, dass du kommst und ihm einen Namen gibst, sagte ich mir, etwas stimmt hier nicht, etwas fehlt. Ehe wir *waa* hörten, als der Palmzweig herunterkrachte und in den Busch fiel, haben wir nicht das *kpom* gehört, das uns wissen ließ, dass der Palmzweig geschlagen wurde. Ich habe nichts von einem Brautpreis gehört, und du sprichst davon, ich soll einem Kind den Namen geben. Aber ich habe der guten Frau nicht widersprochen, denn ich möchte gerne Fisch in meiner Suppe … Wisst ihr, warum ich so lache? Ich lache, weil die Welt in euch jungen Leuten ihren Meister gefunden hat. Ja! Ihr habt die Welt zurechtgerückt, dahin, wo sie hingehört … Die gute Frau hier hat sich den Kopf zerbrochen, woher sie Kolanüsse, Guineapfeffer, Honig und Bitterspinat nehmen soll …«

»Und Schnaps und Hühnchen.«

»Ja, das auch. Und während sie sich den Kopf zerbricht, kommt ihr hier in diesem Haus – einem Haus, wie es die Weißen haben – zusammen und gebt dem Mädchen einen Jungennamen … So muss man mit dieser Welt umspringen … Wenn jemand glaubt, ich fange einen Streit an, weil jemand die Arbeit getan hat, die ich hätte tun sollen, so kennt derjenige mich schlecht. Ich streite mich nur, wenn jemand anderes das isst, was mir zusteht. Deshalb werde ich nicht streiten, sondern werde mich vielmehr bedanken. Ich sage, wer immer das Fufu gegessen hat, der soll auch die Soße noch essen. Ein Kind hat einen Namen bekommen. Was hofft man denn unten in der Soßenschüssel zu finden, wenn nicht Fisch? Wo immer das Kind schläft, soll es am Morgen wieder erwachen. Das ist mein Gebet … Gute Frau, wo ist die Kolanuss? Ich werde sie doch noch brechen!«

Alle klatschten und begrüßten die plötzliche Entscheidung dieses seltsamen Mannes, die vielleicht das Wort Gebet in ihm ausgelöst hatte. Elewas Mutter konnte nicht länger gegen den mächtigen Strom zugunsten des alten Mannes anschwimmen. Sie öffnete ihre Tasche und gab ihm eine Kolanuss.

»Elewa, geh und wasche die Nuss und lege sie auf einen Teller. Dann bringst du mir Wasser zum Händewaschen.«

Elewa und Agatha gingen in die Küche und taten, was sie der alte Mann geheißen hatte. Nachdem er sich die Hände gewaschen und sie mit Bedacht an einer strahlend weißen Serviette abgetrocknet hatte, die in äußerstem Kontrast zu seinem eigenen schmutz- und schweißgetränkten, längst vergilbten Spitzenhemd stand, nahm er eine feierliche Haltung ein, ergriff die Kolanuss mit den Fingerspitzen der rechten Hand, hielt sie mit der Handfläche nach oben in die Höhe und bot sie dem Höchsten an.

»Besitzer der Welt! Herr über unzählige Namen! Die Kirchenleute nennen Dich Drei-in-einem. Das ist ein guter Name. Doch er geizt mit Ehrerbietung, und dem Lobpreis wird nicht Genüge getan. Vierhundert-in-einem wäre unserer Meinung nach angemessener. Doch wir streiten uns weder mit Kirchenleuten noch mit denen von der Moschee. Ihre Absichten sind gut, ihre Gedanken auf dem rechten Weg. Nur, der Hand gelingt es nicht immer, so gerade zu werfen, wie das Auge sieht. Wir ehren einen Mann, wenn er ein Huhn schlachtet, damit seine Hand, wenn sie morgen erstarkt ist, eine Ziege schlachten wird …

Was uns hier zusammengeführt hat, ist das Kind, das kleine Mädchen, das du uns gesandt hast. Möge ihr Weg gerade sein …«

»*Isé!*«, erwiderten alle.

»Möge sie die Fülle des Lebens haben, und möge ihre Mutter die Fülle des Lebens haben.«

»*Isé!*«

»Möge das, was ihrem Vater widerfuhr, nicht noch einmal geschehen.«

»*Isé!*«

»Als ich fragte, wer ihr den Namen gab, sagten sie: Wir alle. Möge dieses Kind unser aller Tochter sein!«

»*Isé!*«

»Mögen wir alle die Fülle des Lebens haben.«

»*Isé!*«

»Mögen diese jungen Menschen hier dieses Kind und alle anderen Kinder nicht vergessen, wenn sie die Pläne für ihre Welt machen.«

»*Isé!*«

»Mögen sie auch an nutzlose alte Menschen wie mich und Elewas Mutter denken, wenn sie ihre Pläne machen.«

»*Isé!*«

»In Kangan haben wir zu viel Not gesehen, seit der Weiße Mann gegangen ist, weil jene, die Pläne machen, nur für sich selbst und ihre eigenen Familien planen.«

»*Isé!*«

Abdul nickte energisch, den Kopf zur Seite gewandt, da ihm Emmanuel laufend die Übersetzung alles Gesagten ins Ohr flüsterte.

»Ich meine, es gibt zu viel Streit in Kangan, zu viele müssen sterben. Aber Streit beginnt immer erst, wenn einer dem anderen den Finger ins Auge bohrt. Will man Streit abschaffen, muss man den Finger im Auge abschaffen.«

»*Isé! Isé!*«

Abdul, dem das Kolanuss-Ritual ziemlich fremd war, ließ sich von seiner Begeisterung so hinreißen, dass er die von der Tradition gesetzten Grenzen der gemeinsam gesprochenen Zustimmung durchbrach und in seinem Überschwang in die Hände klatschte.

»Ich habe bis heute noch nie ein Haus wie dieses betreten. Möge es nicht das letzte Mal gewesen sein.«

»*Isé!*«

»Sie sind jederzeit herzlich willkommen hier«, fügte Beatrice hinzu, wie Abdul die Grenzen des Rituals durchbrechend.

»Verfolgt uns etwas, so werden wir ihm entkommen; verfolgen wir etwas, so werden wir es fangen.«

»*Isé!*«

»Solange das, was wir verfolgen, nicht einem anderen gehört.«

»*Isé!*«

»Mögen alle das Leben haben!«

»*Isé!*«

»Es lebe Bassa!«

»*Isé!*«

»Es lebe Kangan!«

»*Isé!*«

Nachdem Elewas Mutter und der Onkel in dem alten Taxi mit Braimoh und Aina nach Hause gefahren waren, saßen sie im ruhigen und entspannten Abglanz der rituellen Intensität des Tages noch beisammen. Doch der Tag erwies sich als außergewöhnlich in seiner lebensspendenden Kraft, und es dauerte nicht lange, bis unter der ruhigen Oberfläche Leidenschaft wogte.

Es begann mit leise plätschernden Reminiszenen. Eindeutig zu erkennen war, dass Emmanuel durchaus mit sich selbst zufrieden war und daher beschloss, jemand anderen, nämlich Beatrice, zu der, wie er es nannte, Evolution des Doppel-Toasts auf Menschen und Ideen zu beglückwünschen. Sie wiederum war eine Autorität, deren Blick zunehmend für die besonderen Bedürfnisse ihrer Freunde mehr und mehr geschärft war.

»Ich muss sagen, mir gefiel dein beherztes Eintreten für das freie Denken.«

»Der Club der wechselseitigen Bewunderung tagt wieder«, pflaumte Abdul.

»Und Neid führt nicht weiter«, pflaumte Beatrice.

»Doch rückblickend glaube ich«, fuhr Emmanuel fort und ignorierte den Köder des scherzhaft hingeworfenen Geplänkels, »dass du mir etwas sehr Wesentliches beigebracht hast, als du darauf bestanden hast, dass der Mensch als Träger der Idee wichtig ist. Erinnerst du dich an den Tag, an dem du mir gesagt hast, dass Chris einen Gentleman aus mir gemacht habe?«

»Das hab' ich doch nur im Spaß gesagt.«

»Späße sind etwas Ernstes«, sagte Abdul scherzend.

»Ja, das stimmt … An jenem Tag und auch heute wieder hast du mir bewusst gemacht, wie viel ich Chris verdanke. Ich weiß nicht, warum ich nicht früher darauf gekommen bin, doch das Größte, was er mich lehrte, war seine Art zu sterben.«

Die fröhliche Stimmung erstarb im Fluge, legte ihre Schwingen an und fiel wie ein Stein; die nebenbei geführten Unterhaltungen versiegten.

»Ich kniete an seiner Seite auf der Straße und weinte hilflos. Sie«, er deutete mit dem Kopf auf Adamma, »versuchte zu helfen. Dann sagte ich etwas Idiotisches wie *Sterben Sie nicht, verlassen Sie uns bitte nicht.* Und dann die Anstrengung – schwer zu beschreiben, man konnte zuschauen –, wie er versuchte, den Schmerz aus seinem Gesicht zu verbannen, ein Lächeln heraufzubeschwören und noch einen Witz zu reißen. Es klang wie *The Last Grin …*«

Beatrice fuhr auf.

»Ja, ich erinnere mich«, sagte die stille Adamma. »*The Last Green …* Aber weiter ist er nicht mehr gekommen.«

Beatrice stürzte in ihr Schlafzimmer, Elewa folgte ihr. Solange sie weg waren, sagte keiner ein Wort. Nach ein paar Minuten kam Elewa zurück.

»Ist es schlimm?«, fragte Abdul schnell, ehe alle anderen sich erkundigen konnten.

»Es ist alles in Ordnung. Ein wenig weinen ist nicht schlimm. BB ist nicht wie ich. Ich weine jeden Tag wie ein Baby, das keine Mutter mehr hat.«

»*Madam too strong*«, sagte Agatha. »*To strong too much no de good for woman.*«

»Es ist für niemanden gut, ob Frau oder Mann, *na be same thing*«, sagte Elewa. »Es ist gut, wenn man weinen kann … Ich hab' versucht aufzuhören, ich hab's lange versucht – aber dann hab' ich nein gesagt, lass es sein, wie es ist.«

»Warum sitzt ihr alle im Dunkeln?«, sagte sie und knipste das Licht an, als sie fast eine halbe Stunde später wieder das Wohnzimmer betrat. Ihre Stimme war fest. Sie hatte sich das Gesicht ein wenig zurechtgemacht und versuchte sogar zu lächeln, als sie sich setzte. Dann sagte sie:

»Es tut mir sehr leid.«

»Nein, mir tut es leid, dass ich heute darüber gesprochen habe. Ich wollte nicht …«

»Nein, nein, nein, Emmanuel. Ich bin so froh, dass du darüber gesprochen hast. Wirklich, du weißt gar nicht, wie dankbar ich bin. Ich sage euch nur eines – mir geht es jetzt besser, viel besser als irgendwann seit diesem schlimmen Tag.« Sie schwieg. Vielleicht konnte sie trotz ihrer neugewonnenen Fassung nicht mehr weitersprechen.

Um die schmerzliche Leere zu füllen oder vielleicht auch, weil er einfach nicht anders konnte, begann Emmanuel von neuem:

»Verstehst du, ich bin erst zweimal dabei gewesen, als jemand starb.«

»Willst du wohl dieses nutzlose Gerede jetzt in deiner Tasche behalten«, befahl im Elewa. »Warum musst du es ihr so schwermachen? Hast du nicht genug angerichtet?«

»Lass den jungen Mann in Ruhe. Emmanuel, bitte sprich weiter.«

»Das erste Mal, als ich dabei war, war es mein Vater. Und dann Chris. Ohne Chris hätte ich niemals erfahren, dass es möglich ist, in Würde zu sterben.«

»Und dein Vater ist nicht in Würde gestorben?«, fragte Abdul.

»Nein. Obwohl er im Vergleich zu Chris ein alter Mann war, hatte er nicht gelernt zu sterben. Er hat alle angefaucht, er weinte sogar. Er hatte Angst, fürchtete sich vor dem Tod. Er war von einem Arzt zum anderen gerannt, und als er sie alle durchhatte, lief er in die Gebetshäuser. Er hatte Prostatakrebs. Tag für Tag überfiel uns irgendein Geier mit der Geschichte von einem Heiler oder einer Seherin in einem entlegenen Dorf, und prompt schleppte mein Vater meine arme Mutter gleich am Morgen dorthin. Es war eine unglaubliche Erleichterung, als er starb – ich schäme mich, das zuzugeben ... Und dann war da Chris, ein junger Mann, dessen ganzes Leben noch vor ihm lag, und doch konnte er dem Tod ins Auge sehen und lächeln und einen Witz machen. Es war einfach unglaublich ...«

»Du weißt nicht, warum ich eben so geweint habe ... Der

Witz war eine verschlüsselte Botschaft an mich, an uns alle«, sagte Beatrice zu jedermanns Überraschung. »Übrigens hat es Adamma besser verstanden. Was er zu sagen versuchte, war *The Last Green*. Das war zwischen uns ein privater Scherz. *The Last Green Bottle* – aus dem Kinderlied: *The last green bottle hanging on the wall, and if that green bottle should accidentally fall, there'll be no more bottles hanging on the wall.* Ein schrecklicher, bitterer Witz. Er lachte über sich selbst. Das war die Größe, die sie beide besaßen. Chris und Ikem. Sie konnten über sich selbst lachen und taten es oft. Anders als die pompösen Esel, die jetzt an der Macht sind.«

»Das kann man wohl sagen!«, sagte Emmanuel.

»Wisst ihr, warum ich geweint habe? Chris hatte eben erst begonnen, die Lektion jenes bitteren Witzes zu verstehen. Die Flaschen hängen dort an der Wand an einem Faden, so dünn wie ein Haar; trotzdem schauen sie selbstgefällig auf die Welt herab. Chris sandte uns eine Botschaft, er wollte uns warnen. Diese Welt gehört den Menschen dieser Welt, nicht einem Klüngel, wie begabt er auch sein mag …«

»Vor allem, wenn er nicht mal begabt ist«, sagte Abdul.

»Es ist dieselbe Botschaft, die uns Elewas Onkel heute eintrommeln wollte, oder nicht? Auf seiner eigenen, verrückten Trommel natürlich. Trotz seiner großen Begabung hatte Chris eben erst begonnen, Menschen wie diesen alten Mann überhaupt wahrzunehmen. Erinnert ihr euch, was er heute Nachmittag gebetet hat? Er war noch nie in einem Haus wie diesem, dem Haus eines weißen Mannes, gewesen, möge es nicht das letzte Mal gewesen sein.«

»Und wir haben *Isé!* gesagt«, sagte Abdul.

»Das haben wir. Das war ein Versprechen. Und es muss glaubwürdiger sein als andere Versprechungen in letzter Zeit.«

»*Isé!*«

Nun endlich schienen die erstaunlichen und heftigen Gemütsbewegungen jenes außergewöhnlichen Tages abzuklingen. So vollkommen, wie die Dunkelheit die Welt draußen umhüllt hatte, so vollkommen war das Schweigen, das auf sie alle herabgesunken war. Ama, von Beatrice liebevoll Vielfraß genannt, weil sie aus der Flasche wie auch an Elewas Brust, die wie eine köstliche reife Papayafrucht am Baume hing, getrunken hatte, schlief nun friedlich in ihrem Bettchen.

Niemand sprach, niemand rührte sich. Niemand suchte den Blick des anderen. Beatrice saß aufrecht, die Arme über der Brust verschränkt …

Dann endlich, wie von einer langen Gedankenreise eben erst zurückgekehrt, einen wertvollen Schatz in den Augen tragend, murmelte sie – für Freunde, die sie willkommen hießen? oder nur einfach für sich selbst? *Schön!* und ein zweites Mal noch leiser: *Schön!*

Alle hatten sich ihr zugewandt. Sie allein schaute noch auf etwas in der Ferne – auf ein Drittes vielleicht, den anderen unsichtbar, dem ihre leise und feierliche Anrede galt?

Die letzte Phase der Verwandlung ging schnell. Ein tiefes Atemholen, das im ganzen Zimmer zu hören war, und die von ihr abfallende Starre gaben Kunde von ihrer Rückkehr …

»Ich kann dir nicht genug danken, Emmanuel, dass du dabei warst und mir die Botschaft zurückgebracht hast. Und natürlich dir auch, Adamma.« Sie lächelte beiden zu und bemühte sich, Fassung zu bewahren. »Wahrheit ist Schönheit, nicht wahr? Muss es wohl sein, damit jemand, der unter solchen Schmerzen stirbt, noch … noch lächeln kann. Er erkennt alles, und es ist … wie soll ich sagen? … es ist unerträglich, ja *unerträglich* schön. Das ist es! Wie in Kunenes Gedicht vom großen König Shaka, auf den die Speere seiner Angreifer von allen Seiten eindrangen. Doch wir erfahren, wie er in jenem Augenblick die Wahrheit erkannte und mit einem Lächeln auf den Lippen starb … Ach, Chris!«

Tränen rannen ihr übers Gesicht, doch sie bemühte sich nicht, sie abzuwischen …

»BB, was soll das nun wieder?«, protestierte Elewa und bezeugte mit geöffneten Händen den himmlischen Mächten ihre Unschuld. »Selbst *ich* weine nicht so! Du wirst uns doch jetzt keine Schwierigkeiten machen wollen? Ich bitte dich!«